DIE KOMPLIZIN DES ENTFÜHRERS

GLASS AND STEELE 10

C.J. ARCHER

Übersetzt von
SIMONE HELLER

WWW.CJARCHER.COM

KAPITEL 1

LONDON, WINTER 1890

Trotz all ihres Gejammers, dass sie nicht eingeladen war, hätte Willie die Hochzeit von Lord Coyle und Hope Glass verabscheut. Das monotone Leiern des Vikars war wegweisend für die steife Veranstaltung, die sich in der Feier fortsetzte, die im Haus der Braut in London abgehalten wurde. Obwohl Lord Coyles Stadthaus größer war, schrieb die Tradition vor, dass Lord und Lady Rycroft das Ereignis veranstalteten, und, wie Matt mit dem Hauch eines Murmelns anmerkte, während er mich in eine Ecke lotste, weit weg von der strahlenden Brautmutter, war Tradition der Klebstoff, der verhinderte, dass die oberen Klassen vom höchsten Regalbrett purzelten.

„Hier sind ganz wenige junge Leute", flüsterte ich Matt zu, während ich die kleine Anzahl Gäste im Salon betrachtete. „Wo sind denn die Freundinnen von Hope?"

„Sie hat vermutlich keine."

„Sei nicht so gemein. Außerdem kann sie sehr charmant sein, wenn sie will."

Bei der Feier kam Hopes Charme voll zur Geltung. Sie lächelte hübsch, während ihr jeder Gast gratulierte, und klammerte sich an den Arm ihres neuen Ehemanns, als würde sie ihn vergöttern. Es war eine ziemlich sinnlose Darbietung. Kein einziger Mensch in diesem Raum würde glauben, dass sie den grotesken Lord Coyle aus Liebe geheiratet hatte. Der lebenslange Junggeselle war einer der reichsten Männer des Landes, und seine Macht und sein Einfluss waren erheblich. Matts Cousine hatte einen sehr guten Fang gemacht, wenn auch einen ohne Liebe. Doch ich beneidete sie nicht im Geringsten.

Ich legte eine Hand auf Matts Arm und lächelte zu ihm auf.

Er erwiderte das Lächeln. „Ich hoffe, das Essen ist gut. Ich brauche etwas, das ich Willie unter die Nase reiben kann."

„*Das* ist jetzt tatsächlich gemein."

„Sie hat es verdient, nachdem sie gesagt hat, dass ich in diesem Anzug fett aussehe." Er drückte sich eine Hand auf seinen äußerst flachen Bauch. An Matts Körper war kaum ein Gramm Fett.

„Sie hat nicht fett gesagt, sie hat gesagt, du siehst aus, als würde dir das Eheleben gut bekommen."

„Das ist ein Euphemismus fürs Fettwerden."

Ich verdrehte die Augen. Ich hätte niemals erwartet, dass er so empfindlich wegen seines Aussehens sein würde. „Du weißt doch, dass Willie keine Komplimente machen kann, darum sind sie normalerweise als sarkastische Beleidigungen getarnt. Es war eigentlich ganz süß, als sie gesagt hat, dass das Eheleben dir gut bekommt."

Eine ältere Dame kam an Matt vorbei und lächelte ihn an.

Er verneigte sich leicht vor ihr. „Lass Willie nicht hören, dass du sie süß nennst", sagte er durch sein Lächeln. „Sie wird irgendwas erschießen, nur um zu zeigen, dass du Unrecht hast."

Tante Letitia löste sich von einer Schar Damen, mit denen sie geplaudert hatte, und schloss sich uns an. Auf ihrem Gesicht stand ein ernster Ausdruck, und ich machte mich bereit für etwas, von dem ich annahm, dass es eine Predigt werden würde. „Was macht ihr beiden da so versteckt in einer Ecke?"

„Uns verstecken", sagte Matt.

„Ihr solltet euch unters Volk mischen. Hier sind Leute, die ihr noch nicht getroffen haben, und die beleidigt sind, dass ihr sie nicht auf eure Hochzeit eingeladen habt."

„Jetzt noch?", fragte ich.

„Je älter wir werden, desto länger merken wir uns diese

Dinge. Und auch den Groll." Sie nahm mich an der Hand. „Lass mich dir Matthews Cousinen zweiten Grades vorstellen."

„Ich habe Cousinen zweiten Grades?", fragte Matt.

Seine Tante starrte ihn aus zusammen gekniffenen Augen an. „Du bist ihnen auf Patiences Hochzeit mit Lord Cox begegnet."

„So kannst du ihn nicht mehr nennen", rief ich ihr in Erinnerung, während sie mich zu Matts Cousinen zweiten Grades zog. „Er hat seine Baronie verloren, als der echte Erbe – ähm – gefunden wurde."

Ich warf einen Blick auf Lord Coyle, der neben seiner Frischvermählten mit den Gästen plauderte. Er war derjenige gewesen, der die Ereignisse in Gang gesetzt hatte, die Patiences und Byrons Leben auf den Kopf gestellt hatten, indem er den älteren Halbbruder davon in Kenntnis gesetzt hatte, dass er tatsächlich der wahre Erbe war. Es war keine Überraschung, dass das Paar nicht auf die Hochzeit der jüngsten Glass-Schwester gekommen war, mit dem Mann, der ihren Fall in die Wege geleitet hatte. Sie hatten Byrons Kinder auf einen Urlaub in Schottland mitgenommen und das als Ausrede genutzt, um dem Geschwätz von London zu entkommen, nachdem die Neuigkeiten öffentlich geworden waren, aber ich vermutete, dass es auch darum ging, sich Lord Coyle heute nicht stellen zu müssen.

Irgendwann würden sie es allerdings tun müssen.

„Als sie ihn geheiratet hat, war er Lord Cox, also werde ich ihn auch so bezeichnen", sagte Tante Letitia. „Kommt schon, India, Matthew. Die Pflicht ruft. Ihr müsst jeden einzelnen Gast treffen, bevor das Frühstück vorbei ist."

„Zum Glück haben sie so wenige Freunde", sagte Matt.

„Viele sind über Weihnachten und den Winter auf dem Land."

„England ist von Schienen bedeckt, Tante. Sie hätten kommen können, wenn sie es gewollt hätten."

„Sei nicht so impertinent, Matthew. Lord Coyle wollte die Hochzeit nur für eine kleine Anzahl Vertraute abhalten. Deshalb sind die meisten Gäste hier von der Glass-Seite, und es sind nur wenige einflussreiche Freunde Seiner Lordschaft da."

Ich war mir nicht sicher, ob ich Lady Louisa Hollingbroke oder Lord Farnsworth als Freunde eingestuft hätte. Als

Mitglieder des magischen Sammlerclubs waren sie, zusammen mit Coyle, im besten Fall Bekanntschaften. Er hatte keine weiteren Mitglieder des Clubs eingeladen, nur jene mit einem Adelstitel. Nicht einmal Sir Charles Whittaker war unter den Gästen, und ganz gewiss nicht die Delanceys, die außerordentlich reich waren, aber keinen Titel hatten.

„Oh, seht mal", sagte ich, als eine Prozession Bediensteter mit silbernen Tabletts hereinkam. „Das Essen ist da."

Tante Letitia zog mich bestimmt neben sich her. „Kein Essen, bis du die Cousinen getroffen hast."

Matt und ich kamen unserer Pflicht nach und sprachen mit jedem Familienmitglied der Glasses, von denen die meisten in Tante Letitias Altersklasse waren. Wir sprachen sogar kurz mit der mittleren Glass-Schwester Charity, und das auch noch zivilisiert, obwohl sie es nicht verdient hatte, nachdem sie behauptet hatte, Cyclops hätte sich verabscheuenswert ihr gegenüber verhalten, wo er doch nichts dergleichen getan hatte. Als sie fragte, ob Cyclops sie in letzter Zeit erwähnt hätte, lächelte Matt sie angespannt an, sagte: „Nein", und lotste mich weg.

Ich nahm mir eine köstlich aussehende französische Pastete von einem Tablett, das von einem Angestellten vorbeigetragen wurde, und warf einen Blick auf Braut und den Bräutigam, die auf dem Sofa saßen. Während Hope lächelte und mit der Frau neben ihr redete, warf Lord Coyle abwechselnd sehnsüchtige Blicke zur Tür und dann auf seine Frau. Als Lord Rycroft versuchte, ihn in ein Gespräch zu verwickeln, antwortete Coyle ihm knapp, sodass das Lächeln aus Rycrofts Augen schwand. Er verbeugte sich und ging weg.

Das Esszimmer war nicht groß genug, dass alle Platz fanden, darum versammelten sich die Gäste im Salon, wo einige stehen mussten. Auf ein Signal von ihrer Mutter hin erhob sich Hope vom Sofa wie ein zarter Schmetterling, in weiße Seide und Spitze gekleidet, und verließ das Zimmer. Mit einem angespannten Lächeln drängte Lady Rycroft Charity, ihrer Schwester zur Hand zu gehen. Charity nahm Hopes lange Brautschleppe auf und warf sie sich über den Unterarm wie ein Butler, der eine frisch gebügelte Zeitung trug. Sie spazierte hinter ihrer Schwester her, bis Hope etwas über die Schulter zischte, sodass Charity Fahrt aufnahm. Die beiden verließen den Salon mit Lady Rycroft auf den Fersen.

„Das ist die seltsamste Hochzeit, auf der ich je gewesen bin", drang die lakonische Stimme von Lord Farnsworth hinter mir heran. „Der Bräutigam wirkt, als wäre er bereit für ein Nickerchen, und die Braut sieht nicht so aus, als würde es sie kümmern, dass ihr neuer Ehemann so alt und langweilig wie die Bodendielen ist."

Lord Farnsworth war schneidig in seiner Weste und der weißen Fliege, sein geglättetes blondes Haar hatte einen Mittelscheitel. Seine blauen Augen wären stechend gewesen, wären sie nicht von halb geschlossenen Lidern verhüllt gewesen. Ich fragte mich, ob er seine besten Eigenschaften absichtlich verbarg, bevor ich diesen Gedanken abtat. Weshalb sollte das jemand tun? Vor allem jemand, der behauptete, auf dem Hochzeitsmarkt zu sein.

Seit ich ihn vor ein paar Wochen bei einer Soiree des Sammlerclubs, auf der ich Ehrengast gewesen war, zum ersten Mal getroffen hatte, war ich Lord Farnsworth durchaus ein paar Mal begegnet. Er tauchte zu den seltsamsten Zeiten bei uns zu Hause auf, etwa an dem Abend, an dem er die Oper während der Pause verlassen hatte, oder an einem Vormittag, an dem er sich uns zum Frühstück angeschlossen hatte, nachdem er eindeutig nicht geschlafen und viel zu viel getrunken hatte. Das war Willies Schuld gewesen. Sie hatten sich in einer Spielhölle getroffen, und sie hatte ihn dann zum Frühstück zu uns eingeladen, nachdem er sich beschwert hatte, dass er seinen Koch in einem Pokerspiel an einen Gegner verloren hatte.

„Lord Coyle ist nicht langweilig", erklärte ich ihm. „Er ist hochintelligent und spielt ein kompliziertes Spiel."

Lord Farnsworth verzog das Gesicht. „Ich spiele auch ein kompliziertes Spiel, wissen Sie. Ich habe tatsächlich gestern Abend eins gespielt. Ich habe einen Diamanten gewonnen und einen Abend in einer Runde talentierter Kartenspieler, wenn ich das so sagen darf."

Ich zog eine Augenbraue hoch. „Sie haben einen Abend gewonnen?"

Matt räusperte sich auf eine Art, die man nur als Warnung beschreiben konnte. Lord Farnsworth nahm sie nicht zur Kenntnis. „Von einer wunderbaren Witwe mit vorlautem Wesen. Ich kann mich jetzt nicht ganz an ihren Namen erinnern, aber sie hat lange rote Haare und schöne Finger. Ich schätze nicht, dass Sie sie kennen, Mrs. Glass. Sie und sie schwimmen nicht im selben See, wie es der Zufall so will."

Ich presste die Lippen aufeinander, damit ich nicht lächelte; nicht wegen Lord Farnsworths Geplauder, sondern weil Matt aussah, als würde er gern flüchten wollen. Mit jedem Treffen wurde seine Toleranz für Seine Lordschaft geringer.

„Wenn man schon von seltsamen Paaren redet, hier kommen Louisa und ihr Zeitungsschreiberling", sagte Lord Farnsworth, als sich Oscar und Louisa näherten. „Was sieht sie in ihm, meinen Sie?"

„Magie", sagte Matt, während er Oscar grüßend die Hand hinhielt.

„Was ist damit?", fragte Oscar.

Lord Farnsworth wackelte mit den Fingern. „Die liegt bei Hochzeiten in der Luft, wie ich feststelle. Meinen Sie nicht, Louisa?"

Louisa beäugte Lord Coyle auf dem Sofa. Eine desinteressierte Verdrießlichkeit hatte sich auf seine Züge gelegt, nachdem Hope das Zimmer verlassen hatte. „Die Ehe hat nichts mit Magie zu tun, aber alles mit praktischen Erwägungen", sagte sie, ihr entging Lord Farnsworths eigentliche Absicht.

„Manche Ehen haben nur mit Magie zu tun", sagte Oscar mit erzwungener Fröhlichkeit, was dafür sorgte, dass seine Verlobte ihn scharf anschaute. „India, du siehst heute sehr elegant aus."

„Vielen Dank."

„Kein Mr. und keine Mrs. Swinsbury?", fragte Oscar, womit er sich auf Patience und Byron bezog, die ehemaligen Lord und Lady Cox.

Matts Rückgrat versteifte sich ganz leicht. „Suchen Sie nach Futter für einen Artikel?"

„So ein Schurke bin ich doch nicht, Glass. Ich will einfach nur mit dem Kerl reden, von einem gewöhnlichen Mann zum anderen. Ich freue mich nicht über seinen Fall."

„Es ist kein Fall."

Klugerweise hielt Oscar den Mund. Lord Farnsworth tat das nicht.

„Ich stimme dem Zeitungsschreiber zu. Wenn man von einem Baron zu einem Niemand wird, ist das auf jeden Fall ein Fall. Ich sage das mit dem äußersten Respekt, ohne jemanden beleidigen zu wollen, der kein Adliger ist."

Ich konnte fast Willies Stimme hören, die ihn wegen dieser Anmerkung zur Rechenschaft zog.

Zum Glück waren weder Matt noch Oscar von der Art, die sich Gedanken um das machte, was jemand wie Lord Farnsworth dachte, oder denen es wichtig war, ob man adlig war. Selbst Oscar, der eine Adlige heiraten würde, hätte zugegeben, dass er Louisa für ihr Geld heiratete, nicht wegen ihres Titels, den er ohnehin nicht für sich in Anspruch nehmen konnte, wenn sie heirateten.

„Ich höre, sie genießen ihren Urlaub in Schottland", fuhr Lord Farnsworth fort.

„Weit weg von neugierigen Blicken", fügte Matt an, der den Blick nicht von Oscar wandte.

Oscar plusterte sich auf.

„Ich bin überrascht, dass Sir Charles Whittaker nicht hier ist", ging ich dazwischen. „Ich dachte, er und Lord Coyle wären irgendwie befreundet."

Louisa schüttelte den Kopf, sodass ihre blonden Locken mädchenhaft hüpften und mich daran erinnerten, wie jung sie war. Ihre selbstsichere Art ließ mich das ganz leicht vergessen. „Es ist nur ihr gemeinsames magisches Interesse, das sie zusammenbringt", sagte sie. „Ich denke nicht, dass Coyle ihn mag."

„Coyle mag niemanden", ergänzte Matt. „Ich dachte, ich hätte ihn und Whittaker einmal am Belgrave Square spazieren gehen sehen. Sie wirkten bei dieser Gelegenheit auf jeden Fall befreundet."

„Sie sind wohl beide zur selben Zeit durch den Garten gewandert", sagte Louisa. „Ich kann Ihnen versichern, Lord Coyle würde es nicht einfallen, ihn auf seine Hochzeit einzuladen. Er sieht sich Sir Charles weit überlegen."

Ich drückte Matts Arm und warnte ihn, nichts mehr zu sagen. Wir wollten niemanden wissen lassen, dass wir Sir

Charles belauscht hatten, als er Lord Coyle erzählt hatte, dass ich mich nach Wollmagiern erkundigt hatte. Diese Information hatte er nur von Mrs. Delancey erhalten können. Der Wollmagier wurde für meine Experimente mit Fabian Charbonneau gebraucht, meinen magischen Mentor und Mitarbeiter an Zaubersprüchen, etwas, was Sir Charles sofort erraten hatte, als Mrs. Delancey ihn in Kenntnis gesetzt hatte.

Wir hatten keinen der Gentlemen oder auch Mrs. Delancey deswegen zur Rede gestellt und mussten erst noch etwas mit unserem Wissen über ihre Zusammenarbeit anfangen. Matt wollte ihnen falsche Informationen zu meinen Experimenten mit Fabian liefern, aber ich war mir nicht sicher, ob das eine gute Idee war. Der vernünftigste Kurs schien für mich Tatenlosigkeit zu sein. Matt jedoch mochte es nicht, nichts zu tun.

Große Geschäftigkeit an der Tür verkündete die Rückkehr von Hope, die inzwischen ein meergrünes Kleid anhatte, das mit jadegrünem Samt gesäumt und einem Blattmuster von Kragen bis zum unteren Saum bestickt war. Mit den kleinen Löckchen, die auf ihrer Stirn arrangiert waren, sah sie wirklich sehr hübsch aus. An der Art, wie sie den Kopf erhoben hielt, das Kinn leicht vorgereckt, schätzte ich, dass ihr das auch bewusst war.

Charity wirkte neben ihrer glamouröseren Schwester leichenblass. In den letzten Wochen schien sie bleicher geworden zu sein, und das schwarze Kleid, das sie trug, half auch nicht. Sie betrat den Salon nur zögerlich, als würde sie nur der Schwung des Kielwassers ihrer Schwester hineingetragen.

Lord Coyle wippte vor und zurück, bis er genug Schwung hatte, um sein erhebliches Gewicht aus dem Sofa zu stemmen. Er nahm die Hände seiner Frau. „Sollen wir aufbrechen, meine Liebe?"

Lady Rycroft eilte vor und küsste ihre Tochter auf die Wange. Es war ein Signal für die weiteren Familienmitglieder, dem Paar gute Wünsche für die Flitterwochen mitzugeben. Als ich an der Reihe war, wusste ich nicht, was ich sagen wollte. Hope viel Glück zu wünschen, schien nahezulegen, dass sie das brauchen würde, und ihnen zu sagen, sie sollten ihren Urlaub genießen, wirkte unangemessen. Ich konnte mir nicht vorstellen, dass einem von ihnen Zeit außerhalb der Stadt gefiel. Lord Coyle insbesondere war wohl kaum ein Mensch, der gern einen idyllischen Spaziergang an einer Meerespromenade weit weg von seinen geschäftlichen Angelegenheiten hier in London unternahm.

Ich gratulierte ihnen einfach noch einmal und sagte: „Auf Wiedersehen."

Hope tätschelte mir die Hand. „Vielleicht könnt du und Matt euch uns bei unserer Rückkehr zum Tee anschließen. Wir werden nicht lange weg sein."

Ich lächelte und erübrigte etwas, von dem ich hoffte, dass es ein unbestimmtes Nicken war.

„Wir sind beide sehr beschäftigt", sagte Matt. Ihm war wohl klar geworden, wie unhöflich das klang, denn er fügte an: „Schickt uns ein paar zeitliche Vorschläge, und wir werden sehen, was sich machen lässt."

„Sie müssen nicht teilnehmen", erklärte ihm Lord Coyle. „Nur Ihre Frau. Sie kann mir alles über ihre Experimente mit Charbonneau erzählen."

„Sie wird Ihnen gar nichts erzählen, Coyle." Matt schaffte es, einen Hauch Eis in seine Stimme zu legen, obwohl sie sonst liebenswert klang.

Hopes Lächeln erstarrte, aber Lord Coyle knurrte nur zustimmend. Ich nahm an, dass er die Abweisung erwartet hatte.

Tante Letitia eilte herüber und neigte den Kopf zu ihrer Nichte, um sie auf die Wange zu küssen. „Du musst ein Dinner für die Freunde Seiner Lordschaft abhalten, sobald ihr zurückkehrt, Hope. Lade Charity ein. Sie muss sich mal mit guter Gesellschaft umgeben."

Charity machte ein angeekeltes Geräusch tief in der Kehle.

Ihre Mutter versuchte, es mit einem Lachen zu überspielen, dessen Falschheit nur die allgemeine Aufmerksamkeit auf sich zog. „Sie ist jetzt nicht mehr Hope, Letitia. Sie ist Lady Coyle."

Tante Letitia schniefte. „Sie ist meine Nichte. Für mich wird sie immer Hope bleiben."

Lady Rycroft wirkte, als wolle sie protestieren, bis ihr Mann sein Glas hob und nach einem Toast für das glückliche Paar rief. Lord und Lady Coyle brachen auf, so schnell Seine Lordschaft es gestattete. Ich stieß einen langen Atemzug aus, dankbar, dass ich es geschafft hatte, dieses Ereignis ohne ein bitteres Wort zwischen mir und Hope zu überstehen, oder eine Drohung von ihrem neuen Ehemann. Ich war mir nicht sicher, was ich jetzt erwarten sollte, da er von meiner Suche nach einem Wollmagier wusste.

Ich beäugte Oscar, der sich zusammen mit Louisa bei unseren Gastgebern entschuldigte.

„Nein", sagte Matt, seine Stimme ein tiefes Dröhnen in meinem Ohr, das durch meinen Körper vibrierte.

„Nein?", wiederholte ich. „Willst du das näher ausführen?"

„Ich weiß, was du denkst, und ich drücke mein Unbehagen darüber aus, dass du Barratt fragst, ob er dich mit einem Wollmagier in Verbindung bringen kann."

Manchmal war es unheimlich, wie gut Matt meine Gedanken lesen konnte. „Du hast mehr als nur Unbehagen ausgedrückt. Du wolltest es mir verbieten."

„Ich bin verletzt, dass du das von mir denkst, India. Ich würde dir im Traum nichts verbieten wollen."

Ich presste die Lippen aufeinander.

Seine Finger streiften leicht meine. „Ich würde nicht im Traum daran denken, dir etwas zu verbieten, weil ich weiß, dass das den gegenteiligen Effekt haben würde. Ich rate dir einfach nur, ihn nicht zu bitten. Barratt weiß bereits zu viel über den Zauber, der die Uhren fliegen lässt, den du mit Charbonneau geschaffen hast, und obwohl er vertrauenswürdig sein mag, ist es seine Verlobte nicht."

„Meinst du, er würde es ihr erzählen, selbst wenn ich ihn bitte, das nicht zu tun?"

„Ich denke, dass sie die Information aus ihm herausholen wird, auf die eine oder andere Art."

Wir schienen überall von manipulativen Menschen umgeben zu sein. „Also gut. Ich frage ihn nicht."

Louisa ganz aus dem Weg zu gehen, erwies sich aber als unmöglich. Sobald Matt meine Seite verlassen hatte, um seiner Tante in unsere wartende Kutsche zu helfen, trat sie neben mich.

„Mir ist aufgefallen, dass Sie meinen Verlobten mit einer neugierigen Miene betrachtet haben, India", sagte sie aalglatt. „Gibt es etwas, das Sie mit ihm zu besprechen wünschen?"

„Ich habe mich einfach gefragt, wann ich die glückliche Angelegenheit eures Hochzeitstages erwarten kann", sagte ich genauso glatt. „Der heutige Tag hat den Gedanken daran ausgelöst, das ist alles."

„Wir haben noch kein Datum festgelegt." Louisas Blick folgte der zurückweichenden Gestalt Oscars, der wegging, die Hand an seinem Hut, damit er in der steifen Brise nicht weggeweht wurde. Er musste irgendwohin und hatte das Angebot ausgeschlagen, in unserer Kutsche oder der seiner Verlobten mitzufahren.

„Er ist ein gut aussehender Mann", fügte sie an, als würde sie versuchen, mich von seinen Qualitäten zu überzeugen. „Er meint es auch mit der Magie ernst."

Nein, sie listete seine guten Eigenschaften nicht auf, um mich von seiner Tauglichkeit zu überzeugen, sie versuchte, sich selbst zu überzeugen. Sie war nicht in Oscar verliebt, und sie wusste, dass er nicht in sie verliebt war. Ihre Ehe würde eine praktische sein, genauso wie die von Lord Coyle und Hope. Nur dass Louisa Oscar wegen seiner magischen Abstammung heiratete, nicht wegen seines Geldes und Einflusses.

„Wie geht es Fabian?", fragte sie plötzlich.

Ich blinzelte verblüfft. „Ihm geht es sehr gut."

Sie lächelte, aber es verblasste rasch. Sie nahm meine Hände. „Würden Sie ihm etwas von mir ausrichten?"

„Natürlich, aber sicher können Sie es ihm auch selbst sagen. Er würde sich freuen, Sie zu sehen."

Sie zog die Hände zurück. „Das bezweifle ich. Nachdem er meinen Vorschlag, ihn zu heiraten, abgelehnt hat, wurden die Dinge zwischen uns unbehaglich." Ihre Kutsche fuhr vor, und sie wartete darauf, dass ein Bediensteter die Tür öffnete.

„Was soll ich ihm denn ausrichten?", fragte ich.

Sie nahm die Hilfe ihres Dieners an, um in die Kabine hinaufzusteigen. „Ach, vergessen Sie es. Es spielt keine Rolle." Der Diener schloss die Tür und bedeutete dem Kutscher, loszufahren.

„India?", drängte Matt von dort, wo etwas weiter den Bürgersteig entlang unser Gefährt stand. „Was wollte sie?"

„Ich bin mir nicht sicher."

Ich schloss mich in der Kutsche Tante Letitia an, die mit einer Decke über den Knien da saß, das Kinn in den Pelzkragen ihres Mantels gesteckt. Ich nahm ihre Hand und setzte mich neben sie, um sie zu reiben.

Sie seufzte zufrieden. „Zwei Nichten verheiratet, noch eine zu erledigen."

„Einen Mann für Charity zu finden, wird schwierig werden", sagte Matt mit einem schiefen Lächeln.

„Unsinn. Es gibt jemanden für alle. Sogar für Charity. Und für Willie auch."

Ich war mir nicht so sicher, ob es irgend*einen* für Willie geben würde. Sie schien es vorzuziehen, zwei oder mehrere Partner gleichzeitig zu haben, war niemals zu glücklich mit einem. Sie war alles, wenn nicht einzigartig. Vielleicht jedoch zu einzigartig für Tante Letitias Empfindsamkeiten, und es war am besten, auf diese Tatsache nicht allzu sehr hinzuweisen.

Matt rückte plötzlich vor und klopfte an das Dach. „Halt!"

Wir blieben stehen, wodurch Tante Letitia und ich fast vom Sitz rutschten. Matt sprang aus der Kutsche, bevor sie ganz zum Stillstand gekommen war.

„Barratt!", brüllte er.

Es war tatsächlich Oscar, der an einer Mauer in der Nähe des Eingangs zu einer schmalen Gasse lehnte, den Körper nach vorn gebeugt, seine Atmung abgehackt, während er heftig nach Luft schnappte.

Er schaute auf, und ich keuchte. Seine Nase war blutig, sein Auge war rot und schwoll bereits an. „Ich wurde angegriffen." Er deutete auf eine weglaufende Gestalt.

Matt sprintete hinter ihr her. Ganz gleich, wie sehr ich ihn zurückrief, es hatte keine Wirkung. Er bog um eine Ecke, etliche Schritte hinter Oscars Angreifer, holte aber rasch auf.

„Passen Sie auf!", rief Oscar. „Er hat ein Messer!"

KAPITEL 2

„*D*u hättest sagen sollen, dass er ein Messer hat, bevor Matt ihn verfolgt hat", fuhr ich Oscar an.

Er tupfte sich die blutige Nase mit seiner Hand im Handschuh. „Tut mir leid. Ich habe nicht nachgedacht."

Ein eisiger Wind zupfte an meinen Wangen. Ich rieb mir über die Arme und starrte Matt nach, wünschte mir, er möge unbehelligt zurückkommen.

„Ma'am", rief Woodall, unser Kutscher, vom Kutschsitz herab. „Ich glaube, ich sollte ihm nachlaufen."

Ich wollte gerade zustimmen, als Matt wieder um die Ecke erschien. Er trabte auf uns zu und nahm meine Hand, als ich zu ihm ging.

„Lauf nicht noch mal Schurken nach", tadelte ich ihn. „Lass das die Polizei machen."

„Es sind keine Schutzmänner in der Nähe", erwiderte er.

Oscar tupfte sich die Nase. „Das liegt daran, dass es ein gutes Viertel ist. Sie halten das für unnötig."

„Dein Auge ist fast zugeschwollen", sagte ich. „Du solltest einen Arzt aufsuchen. Wir werden dich jetzt hinbringen."

„Vielen Dank, India."

„Sie können die Fahrt damit verbringen, uns zu erzählen, weshalb Sie jemand angegriffen hat", sagte Matt düster.

Ich blieb mit einem Fuß auf dem Tritt hinauf in die Kutsche

stehen. „Du glaubst, das war kein zufälliger Angriff von einem Dieb?"

„Am helllichten Tag? Nein, glaube ich nicht." Matt beäugte Oscar.

Oscar seufzte. „Sie haben recht. Es war kein zufälliger Angriff. Dieser Grobian wurde von jemandem geschickt."

Ich keuchte. „Wer sollte denn so etwas tun? Und weshalb?"

Matt half mir den Tritt hinauf. „Es gibt bestimmt eine lange Liste, angefangen mit den Leuten, die keine Magier mögen."

Es stimmte, dass Oscar keinen Hehl aus der Tatsache gemacht hatte, dass er ein Magier war. Wir wussten aus erster Hand, dass es eine Reihe von talentfreien Handwerken in der Stadt und darüber hinaus gab, die sich Sorgen machten, dass Magier ihre Magie einsetzen könnten, um Waren von überlegener Qualität herzustellen. Obwohl die Magie nur vorübergehend war, und die Ware, sobald sie verflogen war, auf ihre natürliche Qualität zurückfiel, hatten die Talentfreien Angst, Kundschaft zu verlieren. Das hatte zu Spannungen in den Gilden geführt, aus denen verdächtigte Magier hinausgezwungen worden waren, oder zumindest mit Argwohn beäugt. Es hatte sogar Gewalttaten gegeben, die Magier im Gegenzug verübt hatten, und auch gegen sie waren welche verübt worden. Es war sehr naheliegend, dass Oscar das jüngste Opfer war.

Er war allerdings anderer Meinung. „Mein Angreifer forderte, dass ich aufhöre, das Buch zu schreiben."

Oscar schrieb ein Buch über Magie, aber manche Leute hielten das für eine schlechte Idee und wollten es unterdrücken. Matt war einer dieser Menschen. Er glaubte, es würde nur für noch mehr Unmut zwischen den beiden Fraktionen sorgen.

Matt funkelte Oscar allerdings nicht an. Tatsächlich achtete er gar nicht auf Oscar. „Tante? Alles in Ordnung?"

Tante Letitia sagte nichts. Sie starrte einfach nur aus dem Fenster, ihr Ausdruck reglos. Matt beugte sich vor und berührte sie am Ellbogen, um sie herauszuholen.

„Was für ein kalter Tag", sagte sie. „Ich glaube nicht, dass wir noch einen Spaziergang machen sollten, Harry. Vater hat dir sowieso befohlen, dich drinnen zu halten. Versuche, ihn heute nicht zu ärgern. Meine Nerven vertragen keinen weiteren Streit mehr."

„Ich mache, worum du bittest, wenn auch nur wegen deiner Nerven." Matt lächelte sie sanft an. „Wir müssen nur einmal anhalten, um einen Freund abzuliefern, dann fahren wir nach Hause."

Wir setzten Oscar am Wohnort unseres Freundes Gabe Seaford ab, dem medizinischen Magier, dann fuhren wir weiter nach Hause zur Park Street. Matt lotste Tante Letitia die Treppen hinauf in ihr Zimmer. Ich holte ihr Dienstmädchen und schloss mich dann Duke und Willie im Wohnzimmer an. Cyclops war ausgegangen, um Catherine Mason in ihrem Uhrenladen zu besuchen. In letzter Zeit war er sehr häufig dort, aber sie mussten immer noch mit ihren Eltern über ihre wachsende Zuneigung reden. Sie beharrten darauf, ihre Beziehung langsam voranschreiten zu lassen. Es war äußerst frustrierend.

„Was hat sie denn dieses Mal aufgebracht?", fragte Willie. Sie lungerte in einem Sessel am Kamin, auf höchst undamenhafte Art ausgebreitet, ihre Füße in den Socken zur Wärme hingestreckt, ihre Stiefel neben dem Sessel.

„Wir sind auf dem Heimweg stehen geblieben, um Oscar zu helfen", sagte ich. „Er ist verprügelt worden."

Weder Duke noch Willie wirkten sonderlich besorgt über diese Neuigkeiten. „Hat er es verdient?", fragte Duke.

„Natürlich hat er das", sagte Willie. „Es ist ein Wunder, dass man ihn nicht öfter verprügelt."

„So schlimm ist er nicht", sagte ich, setzte mich neben Duke auf das Sofa. „Seine Leidenschaft dafür, als Magier frei zu leben, treibt ihn einfach dazu, von Zeit zu Zeit törichte Dinge zu tun. Er meint es gut."

„Es gut zu meinen, ist keine Ausrede fürs Dummsein."

Duke schenkte eine Tasse Tee aus der Kanne ein und reichte sie mir, als gerade Matt eintrat. „Wie war die Hochzeit?", fragte er.

„Langweilig", sagte Matt. „Wir sind aufgebrochen, sobald das Paar in die Flitterwochen ging."

Willie machte ein missbilligendes Geräusch in ihre Teetasse, von der ich vermutete, dass da ein Schluck mit etwas Stärkerem als Tee drin war. „Man hätte mich einladen sollen. Ich gehöre zur Familie."

Duke verdrehte die Augen. „So war sie schon den ganzen Vormittag. Ich wünschte, ich wäre mit Cyclops gegangen."

„Ich habe dich nicht aufgehalten", schoss Willie zurück.

„Sie wollen mich dort doch nicht. Nicht wenn Ronnie den ganzen Vormittag draußen auf Lieferung ist und sie allein sein können. Also, warum wurde Barratt verprügelt? Hat er irgendeinen hochnäsigen Snob auf der Hochzeit beleidigt?"

„Nicht, dass wir wüssten", sagte Matt. „Der Angreifer forderte, dass Oscar aufhört, sein Buch über Magie zu schreiben. Oscar hat sich geweigert, also hat der Angreifer versucht, ihn dazu zu zwingen, indem er ihn verprügelte. Ich habe ihn verfolgt, aber er ist in eine Droschke gesprungen und geflohen. Ich habe mitgehört, wie er den Fahrer nach Hammersmith schickte, aber sein Gesicht habe ich nicht gesehen."

„Wird Barratt es der Polizei berichten?", fragte Willie, ohne von ihrer Tasse aufzuschauen.

„Weshalb?", fragte ich ganz unschuldig. „Willst du Kriminalinspektor Brockwell bitten, sich des Falles für Oscar anzunehmen? Ich bin sicher, er würde sich über eine persönliche Betreuung freuen."

Duke schnaubte. „Wer? Brockwell oder Barratt?"

„Hört auf, ihr beiden." Willie stellte die Tasse mit einem dumpfen Geräusch auf dem Tisch neben dem Sessel ab. Zum Glück war sie leer, denn der Aufprall hätte den Inhalt über die Ränder schwappen lassen. „Ich und Jasper sind fertig. Er hat klargemacht, dass ich ihn anekele, und er will nichts mehr mit mir zu tun haben."

„Du hast ihn schockiert, Willie, das ist alles", sagte ich. „Jetzt, da er Zeit hatte, sich an den Gedanken zu gewöhnen, dass du Frauen genauso magst wie Männer, ist er vielleicht bereit, ein weiteres Techtelmechtel mit dir zu haben."

Sie sank tiefer in den Sessel, die Arme hoch vor der Brust verschränkt. Sie schaute finster auf die glühenden Kohlen im Kamin, als wären sie der Quell ihrer Probleme mit dem Kriminalinspektor. Das echte Problem war, dass sie nicht von Anfang an offen mit ihm wegen ihrer Neigungen gewesen war. Sie hatte angenommen, dass er sie nicht mehr mögen würde, sobald er es erfuhr. Ich hatte mehr Zutrauen in Brockwell. Er mochte ja zäh wirken wie nicht gegartes Brot, aber er war eigentlich sehr offen. Trotz seiner anfänglichen Missbilligung hatte er die Existenz der Magie und Willies rastlose Art und ihr Verlangen, auch mit anderen Menschen intim zu werden, akzeptiert. Er hatte nur nicht erwartet, dass sie mit Frauen intim wurde, und als er es herausgefunden hatte, war er verletzt gewesen. Man konnte es ihm doch kaum vorwerfen, wenn das nichts war, was Willie erwähnt hatte.

„India hat recht", sagte Matt. „Gib Brockwell noch eine Chance."

Sie gab ein Geräusch tief in der Kehle von sich, doch die Bedeutung konnte ich nicht entschlüsseln.

Duke schien ihr Brummen besser zu verstehen. „Sei nicht so stur. Du solltest zumindest mit ihm reden. Ich denke auch, dass India recht hat, und er bereit sein wird, dort weiterzumachen, wo ihr aufgehört habt, wenn du ihn lässt."

Willie wirkte, als würde ihr der Gedanke allmählich gefallen, als Duke anfügte: „Es kann für einen Mann nicht so leicht sein, eine Frau zu finden, die nicht heiraten will."

Sie schob sich hoch. „Vielen Dank, Duke. Es gibt wohl keinen anderen Grund, aus dem er mich mögen könnte, was?" Sie schnappte sich ihre Stiefel und stürmte hinaus.

Duke verzog den Mund, während er ihr nachsah. „Ich glaube, ich weiß, was ich falsch gesagt habe."

„Das will ich doch hoffen", sagte Matt, der versuchte, nicht zu lächeln. „Dein Fehler ist so offensichtlich wie das Fehlen des Weihnachtsschmuckes, den ihr drei in unserer Abwesenheit hättet aufhängen sollen."

Duke schenkte sich eine weitere Tasse Tee ein, dann holte er einen Flachmann aus seiner Tasche. „Als Cyclops aufgebrochen ist, haben ich und Willie das Interesse verloren." Er schenkte sich einen Hauch Whiskey in seinen Tee, dann bot er den Flachmann Matt an. Matt schüttelte den Kopf. „Wir haben mit einer Papiergirlande angefangen. Sie ist in der Bibliothek."

„Ist schon in Ordnung", sagte ich zu ihm. „Wenn es Tante Letitia besser geht, können wir zusammen etwas machen."

In Wahrheit wollte ich das Haus selbst schmücken. Es war mein erstes Weihnachten hier, mein erstes mit Matt, mein erstes als verheiratete Frau. Sobald wir von einen Baum gesprochen hatten, hatte ich sofort mit den Papierdekorationen anfangen wollen. Ich hatte mir nur gewünscht, die anderen würden mir helfen, aber sie hatten gesagt, sie würden heute Vormittag anfangen, während wir auf der Hochzeit waren. Zum Glück hatte Cyclops Besseres zu tun, Willie hatte die Aufmerksamkeitsspanne eines Kleinkindes, und Duke folgte dorthin, wohin Willie ging.

Tante Letitia erwachte von ihrem Nickerchen und fühlte sich wieder wie sie selbst, nicht mehr wie die junge Frau, als die sie sich während ihrer Gedächtnislücken vorkam. Wir verbrachten den Nachmittag zusammen in der Bibliothek und planten Weihnachtsschmuck und Feierlichkeiten.

Matt erhielt eine Nachricht von Oscar, in der er sich für seine Hilfe vorhin bedankte und uns bat, niemandem von dem Vorfall zu erzählen, darunter Louisa. Ich hielt es für töricht, etwas so Wichtiges seiner Verlobten vorzuenthalten. Es betraf nicht nur sie, sondern es könnte ihr auch Mitgefühl ihm gegenüber bescheren, und Mitgefühl führte manchmal zu Zuneigung. Als ich das zu Matt sagte, nannte er mich romantisch. Das Lächeln auf seinem Gesicht, während er es sagte, und die Zärtlichkeit seiner Hände, während er mich liebkoste, legten nahe, dass er romantisch nicht für etwas Schlechtes hielt. Ganz im Gegenteil.

Ich verbrachte den nächsten Vormittag mit Fabian Charbonneau und einem Wollmagier, den er gefunden hatte. Obwohl er erst seit sehr kurzer Zeit in England lebte, hatte Fabian schnell etliche Magier in der Stadt kennengelernt, und er nutzte diese neuen Kontakte, um einen Wollmagier aufzuspüren, der zu unserem neuen Zauber beitragen konnte.

Wie Oscar verbarg Fabian seine Magie nicht. Ich versteckte meine, weil sie gesuchter war als ihre. Es war nicht die Tatsache, dass ich kaputte Uhren reparieren konnte, ohne es auch nur zu versuchen, es war meine Fähigkeit, die Magie anderer Magier zu verlängern, die mich einzigartig machte. Der Zeiterweiterungszauber war mir von meinem Großvater übergeben worden, um Matt das Leben zu retten. Da Chronos und ich die einzigen

Uhrenmagier im Land waren, vielleicht der ganzen Welt, bedeutete unser Erweiterungszauber, dass wir wirklich wertvoll waren. Ich wollte kein Leben führen, in dem ich ständig bedrängt wurde, die Magie anderer zu erweitern, besonders in einer Welt, in der Magier bereits von den Talentfreien gefürchtet wurden. Sollten die Talentfreien erfahren, was ich tun konnte, wie sehr würden sie sich ins Zeug legen, um mich aufzuhalten?

„Diese Worte sind die gleichen wie bei meinem Uhrenreparaturzauber und deinem Eisenverstärkungszauber, Fabian", sagte ich und deutete auf den Zauber, den Mr. Pyke, der Wollmagier, für uns aufgeschrieben hatte. „Und die hier sind anders. Das müssen diejenigen sein, die wir in unseren Zauber einfügen."

Fabian beugte sich über meine Schulter. Er roch heute nach Sandelholz, ein neuer Geruch und sehr viel englischer als seine üblichen französischen Blumendüfte. „Sehe ich auch so. Wollen wir sie ausprobieren?"

Mr. Pyke räusperte sich und kam aus der Ecke, wo er gestanden hatte, seit er den Spruch für uns aufgeschrieben hatte. Er war ein Mann mittleren Alters mit leicht hervorstehenden Zähnen und einem kahl werdenden Kopf. Laut Fabian nutzte Mr. Pyke seine Magie nicht in vielen seiner Teppiche, nur in manchen, damit er von der Gilde nicht entdeckt wurde.

„Kann ich fragen, was Ihr Zauber erreichen wird?", fragte er.

Fabian zögerte, aber ich konnte mir nicht vorstellen, wie wir das vor Mr. Pyke geheim halten konnten. Zum einen sollte er wissen, dass er etwas zu dem neuen Zauber beitrug, und zum anderen brauchten wir ihn, während wir ihn aufsagten, um sicherzustellen, dass wir ihn richtig aussprachen.

„Wir wollen einen fliegenden Teppich anfertigen", sagte ich.

Mr. Pyke sah sich im Zimmer um. „Das erklärt, weshalb die Möbel beiseite gerückt wurden. Wie erschaffen Sie einen neuen Zauber dafür?"

„Mr. Charbonneau kann Eisenobjekte fliegen lassen und ihre Geschwindigkeit und Richtung steuern, während ich dasselbe mit Uhren tun kann. Sie können das nicht für Sachen aus Wolle, aber Ihr Zauber macht Wolle stärker und die Teppiche sehr schön."

„Für kurze Zeit."

„Das spielt für diesen Zauber keine Rolle. Wir brauchen von Ihnen nur das Wort oder die Worte, die die Wolle in Ihrem Zauber darstellen, dann ersetzen wir damit die Worte, die Eisen oder Uhren aus unserem Zauber bedeuten, und *voilà*. Der neue Spruch sollte diesen Läufer fliegen lassen."

Fabian tauchte den Füller in die Tinte und füllte die notwendigen Worte vom Wollzauber in unseren Flugzauber im Notizbuch ein. „Bitte steigen Sie von dem Läufer, Mr. Pyke."

Mr. Pyke drückte sich eng an die Wand, während Fabian die Worte vorlas.

Nichts passierte.

„Habe ich das richtig gesagt?", fragte Fabian Mr. Pyke.

Mr. Pyke zuckte mit den Schultern. „Ihr Akzent könnte einen Unterschied machen."

Fabian legte das Notizbuch vor mich. „Versuch du es, India. Deine Magie ist stärker als meine, und du hast einen englischen Akzent."

Still las ich mir die drei Zeilen durch, dann las ich sie erneut vor, diesmal laut, während ich mir vorstellte, wie der rechteckige Orientteppich aufstieg.

Beim zweiten Versuch flatterte eine der Ecken, bevor sie wieder auf den Boden fiel.

Mr. Pyke kniete sich hin und glättete eine Falte im Teppich. „Sie müssen die zweite Silbe betonen, nicht die erste." Er schloss sich mir am Schreibtisch an und deutete auf eines der beiden Worte, die wir aus seinem Zauber übernommen hatten.

Ich versuchte es noch einmal, und diesmal hob sich der ganze Teppich vom Boden. Ich keuchte, und plötzlich fiel er herab.

Fabian jubelte, Mr. Pyke klatschte. „Sehr gut, geflogen ist er aber nicht."

„Ich habe meine Konzentration durch meine Überraschung über unseren schnellen Erfolg verloren", sagte ich.

Fabian legte mir beruhigend eine Hand auf die Schulter. „*Deinen* Erfolg, India. Versuche es noch einmal. Sieh zu, ob du ihn zur Decke aufsteigen lassen kannst."

Ich beruhigte meine Atmung und konzentrierte mich auf den Teppich, auf sein intensives rotgoldenes Gewebe, das in blaue und cremefarbene Wirbel gefasst war. Der Teppich stieg vom

Boden auf, diesmal erhob er sich aber weiter in gleichbleibender Geschwindigkeit, bis es den Kerzenleuchter berührte, nur einige Sekunden lang schwebte. Dann ließ ich ihn herab, hielt sogar auf halbem Weg inne, um zu sehen, ob ich ihn in größerer Reichweite steuern konnte. Dann ließ ich ihn langsam zu Boden schweben, wo er sich in seiner ursprünglichen Position niederließ.

Mr. Pyke starrte mich mit offenem Mund an. Fabian grinste und applaudierte.

„Wir haben es geschafft", murmelte ich.

„*Du* hast es geschafft, India", sagte Fabian.

Ich schüttelte den Kopf. „Das hättest du auch tun können. Deine Magie ist stark, und du kannst den richtigen Akzent nachahmen."

„Meine Magie ist nicht wie deine. Deine ist etwas Besonderes."

Er schloss sich Mr. Pyke an, der die Hände auf den Teppich legte. „Er ist sehr warm", sagte Mr. Pyke, während er mit den Fingern über das Gewebe strich.

Ich schaute mir den Zauber noch einmal an, dann schloss ich das Notizbuch. „Das war erfolgreicher, als ich erwartet habe."

„Was werden Sie nun mit dem neuen Zauber anfangen?", fragte Mr. Pyke.

„Nichts", sagte ich. „Wir wollten einfach sehen, ob es möglich ist, das zu tun."

„Werden Sie jetzt andere Gegenstände fliegen lassen? Weitere Metalle vielleicht?"

„Das bezweifle ich. Es hat keinen Sinn. Wir werden uns vermutlich zu etwas ganz anderem weiterbewegen."

Ich schaute zu Fabian, und er lächelte zurück. In seinen Augen leuchtete Verwunderung über unseren Erfolg.

Mein Herz reagierte darauf mit einem leichten Flattern in der Brust. Wir hatten etwas Wunderbares erreicht. Wir hatten den ersten neuen Zauber seit Jahren geschaffen – vielleicht Jahrhunderten. Nicht nur das, ich hatte einen Zauber gesprochen, der nichts mit Uhren zu tun hatte. Magier hatten seit sehr langer Zeit nicht mehr außerhalb ihrer eigenen Handwerke gearbeitet, und selbst damals hatten nur ein paar wenige Mächtige neue Zauber erschaffen können, die ein Handwerk nutzten, das nicht ihr zuvorderst magisches war.

Ich war einer jener mächtigen Magier. Es war ernüchternd und auch ziemlich überwältigend. Die Implikationen konnten weitreichend sein. Ich strich mit der Hand über das Notizbuch, fühlte mich irgendwie aufgeregt.

„Ich hätte gern meine Bezahlung", sagte Mr. Pyke.

Fabian zog ein paar Banknoten aus seiner inneren Jacketttasche. „Natürlich. Vielen Dank für ..."

„Ich will kein Geld."

„Wie bitte?"

„Ich sagte, ich will kein Geld."

Fabian neigte den Kopf. „Aber wir haben Ihre Gebühr besprochen, bevor Sie heute hergekommen sind. Sie haben der Summe zugestimmt." Er versuchte Mr. Pyke die Banknoten zu reichen, doch der Wollmagier weigerte sich, sie anzunehmen.

Fabian murmelte etwas auf Französisch, was ich nicht verstand. „Was wollen Sie denn?"

Mr. Pyke schaute mich an. „Ich will, dass Sie meine Magie verlängern, Mrs. Glass."

Ich schoss hoch. „Nein! Auf gar keinen Fall."

„Der Verlängerungszauber wird meine Teppiche ein Leben lang halten lassen. Mehr als das! Stellen Sie sich vor, einen Teppich zu haben, der niemals dünn wird, niemals ausfranst oder verbleicht. Mein Name und mein Ruf werden in meinen Teppichen weiterleben."

„Ich verlängere die Zauber anderer nicht, Mr. Pyke. Sie haben mit Mr. Charbonneau eine Summe vereinbart, nehmen Sie bitte freundlicherweise das Geld an und gehen Sie. Darf ich Sie auch an Ihr Versprechen erinnern, unsere Errungenschaft für sich zu behalten."

Mr. Pyke warf einen Blick auf Fabian und trat dann einen Schritt auf mich zu. Ich ging einen Schritt zurück, und Fabian trat neben mich. Aber Mr. Pyke wirkte nicht wie ein gewalttätiger Mann. Er schnaubte nur frustriert. „Es ist nur fair, wenn Sie das für mich tun, Mrs. Glass. Immerhin lassen Sie Ihre Uhren auf ewig pünktlich laufen. Sie verlieren nie auch nur eine Sekunde, wenn Sie Ihren Verlängerungszauber darauf einsetzen. Die Leute werden sich Ihre Uhren generationenlang ansehen und ihre Qualität und Genauigkeit bewundern. Weshalb können nicht alle Magier dieselben Vorzüge genießen?"

„Zum einen nutze ich den Verlängerungszauber nicht in meinen Uhren, und zum anderen verkaufe ich keine Uhren. Sie werden ein ziemliches Vermögen mit dem Verkauf Ihrer Teppiche anhäufen, sobald sich die Nachricht verbreitet, dass ihre gute Qualität anhaltend ist."

„Das Geld ist mir gleich. Ich will einen Ruf als Qualitätshersteller, der mich überlebt." Er fuhr sich mit der Hand über den Mund und schaute mir ernst in die Augen. „Mrs. Pyke und ich sind nicht mit Kindern gesegnet. Meine Teppiche sind alles, was ich habe. Ich schätze diejenigen, in die ich meine Magie gebe. Ich webe sie mit bloßen Händen und verkaufe sie nicht einfach an jeden. Es muss der richtige Kunde sein. Sie müssen die hervorragende Qualität von Wollteppichen zu schätzen wissen. Wenn die Lebensdauer dieses Teppichs durch Ihre Magie erweitert werden kann, dann wird er mein Erbe sein. Verstehen Sie das, Mrs. Glass?"

„Das tue ich."

Ich hegte auch eine Leidenschaft für die Uhren, an denen ich arbeitete. Ich hätte nicht gesagt, dass ich sie wertschätzte, aber ich spürte eine Verbindung mit ihnen. Für mich war es wie eine Berufung, ein Zwang, aber ich konnte sehen, wie andere Magier ihre magischen Werke betrachteten und sie als eine Erweiterung ihrer selbst sahen. „Aber ich kann Ihre Magie nicht verlängern", fuhr ich fort. „Es ist nicht richtig oder gerecht. Es tut mir leid, aber meine Entscheidung ist endgültig."

Mr. Pykes Nasenflügel blähten sich, und seine Wangen wurden rosa.

Aber bevor der Wollmagier noch ein Wort sagen konnte, trat Fabian zwischen uns. „Wir haben uns auf eine Summe geeinigt, die werde ich Ihnen zahlen. Nicht mehr." Er stieß das Geld in Mr. Pykes Handfläche. „Gehen Sie als Gentleman, der sein Wort hält, nicht als Vagabund, der von meinen Angestellten hinausgeworfen wird."

Mr. Pykes Hand schloss sich um die Banknoten. „Sie können mir nicht vorwerfen, dass ich es versucht habe."

Fabian rief einen Befehl, und sein Bediensteter kam angelaufen.

„Ich geh ja schon", murmelte Mr. Pyke.

Ich sah ihm nach und stieß angehaltene Luft aus, sobald seine Schritte sich zurückgezogen hatten. „Ich schätze, damit hätten wir rechnen sollen."

„Es tut mir leid, India. Ich hätte ihn besser auswählen müssen."

„Ist nicht deine Schuld. Er hat dich hereingelegt. Wenigstens hat er sich nicht stur gestellt und darauf beharrt."

„Es würde keinen Unterschied machen. Du würdest immer noch Nein sagen, mein Butler würde ihn immer noch hinauswerfen." Er zuckte die Schultern mit einer trägen Eleganz, die ich mir als seine französische Art vorstellte. Er grinste und deutete dann auf das Notizbuch. „Komm. Versuche es noch mal. Diesmal werde ich darauf fliegen."

„Auf dem Teppich fliegen! Fabian, bist du verrückt?"

Da war wieder dieses Grinsen. „Vielleicht." Er setzte sich im Schneidersitz auf den Teppich und legte die Hände auf die Knie. Nach einem Moment des Nachdenkens griff er um den Rand. „Mach es. Sprich den Zauber."

Ich konzentrierte mich erst auf den Teppich, sammelte meine Aufmerksamkeit, um mir vorzustellen, wie er aufstieg. Dann sprach ich die Zauberworte aus dem Buch.

Der Teppich erhob sich, wie er es anfangs getan hatte, aber er neigte sich unter Fabians Gewicht besorgniserregend. Er rutschte herab. Zum Glück war er nur wenige Zentimeter vom Boden aufgestiegen.

„Alles in Ordnung?", fragte ich und half ihm auf die Beine.

Er staubte seine Hose ab. „Ich glaube, auf den Bereich unter mir muss nächstes Mal ein bisschen mehr Konzentration aufgewendet werden."

„Ich bin mir nicht sicher, ob es so einfach ist. Ich frage mich, ob man den Zauber anpassen muss."

Wir dachten beide schweigend einen Augenblick lang darüber nach, bevor Fabian wieder die Schultern zuckte.

„Er hat sich erhoben", sagte er. „Das ist ein gutes Zeichen. Ich dachte, das würde er nicht, wenn ich darauf sitze."

„Das war doch kaum ein Flug auf dem Teppich, Fabian. Das war schon eher ein Balanceakt."

Er lachte. „Wollen wir es noch einmal versuchen?"

Wir versuchten es drei weitere Male, aber jeder Versuch endete mit demselben Ergebnis. Fabian wollte es noch einmal probieren, aber es war Zeit, dass ich aufbrach. Er ging mit mir hinaus zu meiner wartenden Kutsche und winkte mir nach, nachdem er erklärt hatte, dass er versuchen würde, meinen Erfolg auf eigene Faust noch einmal zu wiederholen. Ich befahl ihm, sich nicht noch einmal auf den Teppich zu setzen, ohne dass ich dabei war.

Matt war zu Hause, als ich ankam. Er winkte mich in die Bibliothek und schloss die Tür. Er wirkte sehr selbstzufrieden.

„Ich habe einen Teppich fliegen lassen!", stieß ich hervor, konnte meine Neuigkeiten nicht für mich behalten.

Seine Augenbrauen verschwanden fast im Haaransatz. „Ich gratuliere."

„Du freust dich nicht darüber", sagte ich ausdruckslos.

„Ich bin überrascht. Ich dachte nicht, dass du es so schnell schaffst." Er setzte sich auf die Tischkante und nahm meine Hand. „Ich freue mich für dich, weil ich weiß, dass das etwas ist, wofür du hart gearbeitet hast, aber ich nehme mir das Recht heraus, argwöhnisch gegenüber dem Zauber und allen zukünftigen Zaubern zu sein, die du erschaffst."

„Das Notizbuch ist sicher weggesperrt, und Fabian wird es niemanden sehen lassen." Ich erzählte ihm nicht von Mr. Pykes Forderung nach einer Bezahlung durch mich. Es war nichts daraus geworden, und es lohnte sich nicht, dass Matt sich deswegen Sorgen machte.

Er zog mich an sich und küsste mich leicht auf die Lippen. „Ich bin unfassbar stolz auf dich, India. Du erstaunst mich immer wieder."

„Danke dir. Jetzt erzähl mir von deinen Neuigkeiten. Ich sehe doch, dass du etwas Wichtiges zu sagen hast."

„Gleich nachdem du aufgebrochen bist, habe ich Nachricht von einem Beamten erhalten, der im Innenministerium arbeitet. Ich habe versucht, ihn zu bestechen, seit ich erfahren habe, dass er für das Ehrenkomitee arbeitet."

„Das Ehrenkomitee?"

„Sie nehmen Nominierungen an und entscheiden, wer für die Ritterwürde vorgeschlagen wird."

„Oh", sagte ich und versuchte zu klingen, als könne ich ihm folgen. „Fahr fort."

„Sir Charles Whittaker war nicht unter den Kandidaten in irgendwelchen Aufzeichnungen der letzten zehn Jahre."

Ich starrte ihn an. „Er wurde nicht wirklich zum Ritter geschlagen?"

„Er wurde zum Ritter geschlagen. Ich habe es überprüft."

Ich runzelte die Stirn. „Ich bin verwirrt."

Er deutete auf Handbuch auf dem Tisch. Es war eine Ausgabe von Debrett's Adelsverzeichnis, auf der Seite geöffnet, auf der Sir Charles aufgelistet war. „Wenn es in Debrett's steht, dann ist seine Ritterwürde auch echt. Er zieht nicht nur umher und nennt sich zum Spaß Sir. Ich wollte herausfinden, wofür er in den Ritterstand erhoben wurde, wenn man bedenkt, dass er behauptete, nichts weiter als ein Beamter zu sein."

„Er hat niemals ausgeführt, was genau er für die Regierung macht", erklärte ich.

„Ganz genau. Und ich habe gefragt, sowohl direkt als auch indirekt. Er will es nicht sagen, keiner scheint es zu wissen. Also beschloss ich, mich rückwärts von der Ritterwürde vorzuarbeiten, und fand dann heraus, durch die Hilfe meines neuen Freundes …"

„Den du bestochen hast."

„Den ich mit einer erheblichen Summe bestochen habe, dass Whittakers Nominierung nicht durch das Komitee lief, wie die von allen anderen."

„Sie lief am System vorbei?"

„Ganz genau. Und das kann nur eines bedeuten. Er wurde für Arbeit in den Ritterstand erhoben, die so geheim ist, dass niemand davon erfahren darf, nicht mal das Ehrenkomitee."

„Das wirkt nach einer klugen Entscheidung, wenn man bedenkt, dass zumindest ein Mitglied des Komitees bestochen werden kann."

Eine leichte Falte erschien zwischen seinen Augenbrauen. „Du nimmst das nicht ernst."

„Doch. Ich bin mir nur nicht sicher, was das damit zu tun hat, dass Sir Charles Lord Coyle erzählt, dass ich nach einem Wollmagier suche."

„Es hat vielleicht nichts damit zu tun, aber es verweist auf die Tatsache, dass er nicht ist, wer er zu sein behauptet. Zumindest ist er nicht derjenige, der er zu sein *vorgibt*."

„Er hat nicht gelogen. Er hat es einfach nicht ausgeführt."

„Er hat keine magischen Objekte in seinem Haus, obwohl er den anderen Clubmitgliedern genau das erzählt. Das ist eine Lüge."

„Er könnte sie zum Schutz irgendwo anders aufbewahren, wie er es behauptet."

„Die schlichte Tatsache, dass er auf irgendeiner Ebene mit Coyle zusammenarbeitet, ist schon verdächtig genug, ganz zu schweigen davon, dass sie Geheimnisse über dich und deine Magie austauschen."

Da hatte er recht. Das war schon besorgniserregend. Sir Charles musste man mit Argwohn begegnen, bis man mehr über ihn wusste. „Wie finden wir also heraus, was er für die Regierung tut? Stellen wir ihn zur Rede?"

„Noch nicht." Er schaute hinab auf seine Kopie von *Debrett's* und begann den Kopf zu schütteln, hielt aber inne. Sein Blick begegnete wieder meinem, und ein schiefes Lächeln spielte um seinen Mundwinkel. „Wir wissen, dass er Informationen von Mrs. Delancey erhält. Ich schlage vor, dass wir zu unserem ursprünglichen Plan zurückkehren und mit ihr reden."

„Du willst, dass ich ihr Falschinformationen gebe, um Sir Charles von unserer Spur abzubringen?" Ich wusste doch nicht einmal sicher, was diese Spur war. Vielleicht hatte ich in letzter Zeit zu viele Kriminalgeschichten gelesen.

„Ich will nur, dass du mit ihr redest. Herausfindest, was sie über Whittaker weiß, falls sie überhaupt etwas weiß. Erzähle ihr nichts von dem fliegenden Teppich."

„Natürlich nicht." Ich legte ihm die Arme um den Hals. „Kommst du nicht mit mir?"

„Ich überlasse Mrs. Delancey deinen fähigen Händen. Nimm Willie mit."

Ich zog mich mit einem Stirnrunzeln zurück. „Weshalb?"

„Sie treibt mich in den Wahnsinn, wenn sie den ganzen Tag hier ist. Sie muss irgendwohin, wo keine Spielhölle ist, und Leute treffen, die nicht Lord Farnsworth sind. Du weißt schon, dass er sie regelmäßig nach Tattersalls mitnimmt?"

„Ich dachte, ihm gefiel es nicht, dass Frauen in die traditionelle Männerspähre der Versteigerung von Rassepferden eindringen."

„Willie scheint die Ausnahme zu sein. Ich mache mir Sorgen, dass sie ein Pferd kauft, das sie sich nicht leisten kann, auf den Rat eines gelangweilten Aristokraten hin, der nichts Besseres zu tun hat, als Geld beim Kartenspielen und Pferdekauf zu verlieren."

„Du bist ein wenig hart mit ihm. Lord Farnsworth hat seine Geliebte mit sehr viel mehr Zuneigung und Respekt behandelt, als sie es verdient hat. Das sagt viel aus über einen Mann."

Er gestand mir das mit einem Nicken zu. „Ich verspreche, ich werde versuchen, über ihn in Zukunft gerechter zu denken, aber ich kann nicht versprechen, ihn zu mögen."

„Das erscheint mir vernünftig. Und ich werde Willie morgen mitnehmen, wenn ich Mrs. Delancey einen Besuch abstatte. Mir gefällt es ziemlich gut, zu beobachten, wie Mrs. Delancey versucht, Willie zu verstehen."

Ich küsste ihn noch einmal, und er reagierte darauf mit Wärme, aber irgendwie abwesend. Ich zog mich zurück, hob eine Augenbraue und sagte: „Was ist denn, Matt?"

„Es gibt noch etwas über Whittaker, das mir gekommen ist, während ich in der Droschke nach Hause fuhr. Ich habe Barratts Angreifer dem Kutscher sagen hören, er solle ihn nach Hammersmith bringen."

„Du hast das damals erwähnt, aber ich verstehe nicht – oh! Sir Charles wohnt in Hammersmith! Willst du nahelegen, dass er einen Grobian geschickt hat, um Oscar zu bedrohen?"

„Genau."

„Das ist aber etwas Schreckliches, wenn man es ohne Beweis nahelegt. Ich kann mir nicht vorstellen, dass er so etwas tun könnte. Er mag verdächtig sein, aber ich halte ihn nicht für gewalttätig."

„Jemanden anzuheuern, um Gewalt auszuüben, ist sehr viel leichter, als es selbst zu tun."

Ich schluckte schwer. Ich hatte mich immer für schrecklich im Einschätzen von Charakteren gehalten, bis Matt mich von Gegenteil überzeugt hatte. Aber diese Zweifel machten sich wieder breit. Ich hatte Sir Charles insgesamt gemocht. Wenn ich mich in ihm geirrt hätte, wen hatte ich sonst noch falsch eingesetzt?

KAPITEL 3

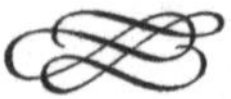

„Ich hörte, die Braut wirkte ziemlich kränklich", sagte Mrs. Delancey, die mir eine Teetasse reichte.

„Überhaupt nicht", erwiderte ich und nahm sie entgegen. „Sie wirkte so strahlend wie eh und je."

„Ich hörte auch, dass die Feier schrecklich öde war."

„Das stimmt." Ich hatte keine Schuldgefühle, die Feier öde zu nennen. Sie war langweilig gewesen, und ich hatte keinen Grund, Lord Coyle oder Hope vor Geschwätz zu schützen.

„Ebenfalls habe ich gehört, dass das Essen schrecklich war, und die Gäste konnten es gar nicht erwarten, zu gehen."

„Das Essen war ziemlich köstlich." Ich sagte nichts zu ihrer Anmerkung, gehen zu wollen. In unserem Fall hatte das durchaus gestimmt.

„Ich freue mich, dass wir nicht dort waren", sagte Mrs. Delancey, während sie eine weitere Teetasse Willie reichte, die neben mir saß wie eine ausgebleichte Version ihrer selbst. „Wir hatten eine andere Einladung für den gleichen Tag, und ich wäre traurig gewesen, hätte ich sie für eine Hochzeitsfeier verpasst, die ... wie soll ich es ausdrücken ... nicht ganz meinen äußerst anspruchsvollen Standards entsprach."

Ich biss mir auf die Wange, um zu verhindern, dass ich darlegte, dass sie überhaupt nicht zur Hochzeit eingeladen gewesen war. Zum Glück hatte Willie zu sehr an den üblen

Nachwirkungen von zu viel Alkohol am Vorabend zu leiden, als dass sie es kommentiert hätte. Ich bezweifelte, dass sie über das Hämmern in ihrem Kopf hinweg auch nur ein Wort verstanden hatte.

Sie nahm die angebotene Tasse nicht sofort an. „Haben Sie was Stärkeres, Mrs. D.?"

Mrs. Delanceys höfliches Lächeln erstarrte. „Kaffee?"

Willie rümpfte die Nase und nahm die Teetasse an.

„Sir Charles war auch nicht auf der Hochzeit", sagte ich dahin. „Ich frage mich, weshalb."

Mrs. Delancey nippte an ihrem Tee.

„Vielleicht war er nicht eingeladen", fuhr ich fort. „Oder vielleicht war er mit seiner Arbeit beschäftigt. Sagen Sie mir, Mrs. Delancey, Sie kennen Sir Charles ziemlich gut, wo arbeitet er denn?"

Mrs. Delancey wurde rot. Es schien, als wäre sie immer noch peinlich berührt, weil ich sie bei ihrem geheimen Treffen mit Sir Charles ertappt hatte. Wir hatten ursprünglich angenommen, sie hätten eine Affäre, aber es hatte sich erwiesen, dass sie ihm Informationen über mich hatte zukommen lassen, und über die Zauber, die ich mit Fabian erschuf. Ich war nicht geneigt, ihr Unbehagen zu mildern.

„So nahe stehen wir uns gar nicht", murmelte sie.

„Aber Sie wissen doch bestimmt, wo er arbeitet?", drängte ich.

„In einem Regierungsgebäude."

„In welchem? Welche Abteilung?"

„Weshalb wollen Sie das wissen?"

„Er hat mich gefragt, ob ein Artefakt, das er gekauft hat, magisch ist, und ich wollte mit ihm noch etwas mehr darüber sprechen." Ich hatte die Lüge auf dem Weg hierher geübt, sodass sie mir leicht über die Lippen kam.

Sie richtete sich auf, und ihre Augen wurden groß. „Oh? Was für einen Gegenstand?"

„Er bat mich, diskret zu sein. Es tut mir leid."

Ihr Gesicht fiel in sich zusammen. „Weshalb sprechen Sie nicht an seinem Wohnort mit ihm? Sie wissen doch, wo er wohnt."

„Er scheint nie zu Hause zu sein, wenn ich bei ihm vorbeikomme, also dachte ich, ich besuche ihn in seinem Bureau. Also, wo ist das?"

„Ich weiß es nicht."

„In welcher Abteilung arbeitet er denn?"

„Das weiß ich auch nicht." Sie senkte die Tasse auf die Untertasse. „India, weshalb das plötzliche Interesse an Sir Charles?"

„Ich wollte ihm nur das Artefakt zurückgeben", sagte ich rasch.

„Ist es ein Wichtiges?"

„Nein. Es ist nichts." Ich lachte dazu, um sie von der Spur abzubringen.

Das schien den gegenteiligen Effekt zu haben. Sie beugte sich vor und hielt meinen Blick fest. „Ist die Magie darin sehr stark? Oder enthält es eine seltene Magie? Gold vielleicht."

„Nichts dergleichen." Ich nippte an meinem Tee.

„Aber ..."

„Haben Sie Kuchen?", mischte Willie sich ein.

Mrs. Delancey blinzelte sie an, dann zog sie an der Glockenschnur. Ein Bediensteter trat ein, und sie bat ihn, Kuchen zu holen. Sobald er die Tür geschlossen hatte und weg war, nahm sie ihr Verhör wieder auf.

„Es ist Goldmagie, oder?" Sie ballte die Hand zur Faust und schlug sie aufs Knie. „Ich wusste es. Wie hat er ein magisches Goldobjekt in die Finger bekommen?"

Himmel, wie war das denn so schnell aus den Fugen geraten? Ich bemühte mich, einen Weg aus der Unterhaltung zu finden, der die Dinge nicht schlimmer machen würde, aber es war Willie, die mich rettete.

Plötzlich wurde sie ganz grün und schoss hoch. Sie kam bis zur geschlossenen Tür, als ihr wohl klar wurde, dass sie es nicht bis zur Toilette schaffen würde, und übergab sich in eine große blau-weiße Vase, die auf einem Podest stand.

„Das ist ein magisches Stück!", rief Mrs. Delancey. „Die hat ein Vermögen gekostet."

„War jeden Penny wert." Willie stellte die rosa Blumen zurück, die sie hastig aus der Vase genommen hatte. „Jetzt geht es mir besser, danke."

„Ich habe mich nicht nach Ihrer Gesundheit erkundigt", blaffte Mrs. Delancey. „Sie können eindeutig nicht mit Alkohol umgehen."

Willie stürmte zurück zum Sofa, setzte sich aber nicht hin. „Doch, kann ich. Gestern Abend war eine Ausnahme. Der Alkohol war schlecht, schätze ich."

„Ich habe genau das Richtige, damit Sie sich besser fühlen. Dauerhaft besser." Mrs. Delancey schob sich an Willie vorbei und öffnete eine Schublade an einem Seitentisch. „Ich habe mich der Mäßigungsbewegung angeschlossen."

Willie stöhnte.

„Wir treffen uns regelmäßig und schreiben Briefe an die Regierung, in denen wir Änderungen in den Gesetzen zur Alkohollizenzierung fordern. Unsere Mitglieder haben alle die Absicht unterschrieben, das Trinken aufzugeben."

„Wenn Sie mich über die Gefahren des Alkohols belehren wollen, gehe ich."

„Gewiss muss ich Sie nicht belehren. Die Beweise sind in meiner Vase." Sie wedelte mit dem Faltblatt unter Willies Nase. „Unterzeichnen Sie diese Absichtserklärung. Sie werden sich sehr viel besser fühlen, wenn Sie den Alkohol aus Ihrem Leben verbannen."

Willie ging so rasch rückwärts, dass sie beinahe über die eigenen Füße stolperte. „Das unterzeichne ich nicht", sagte sie entsetzt.

Mrs. Delancey schob Willie das Faltblatt an die Westenbrust. Willie nahm es entgegen und warf es weg, dann rieb sie sich über die Brust, als hätte man auf sie eingestochen.

Der Bedienstete kam mit einem Tablett mit Kuchenstücken auf Tellern wieder herein. Er reichte sie herum, und wir nahmen erneut Platz. Als Mrs. Delancey Willie einen Teller gab, wandte sie ihr Gesicht ab und schüttelte den Kopf. Sie schluckte schwer, aber zum Glück blieb ihre Gesichtsfarbe eher grau als grün.

„Wo wir gerade bei Magie sind", sagte Mrs. Delancey zu mir, während ich versuchte, mir einen Weg einfallen zu lassen, weitere Informationen über Sir Charles aus ihr hervorzulocken. „Wie schreitet denn Ihre Arbeit mit Mr. Charbonneau fort?"

„Langsam", sagte ich.

„Aber sie ist doch bestimmt fortgeschritten. Deshalb haben Sie mich doch nach der Familie meines Mannes gefragt, oder? Sie haben einen Wollmagier gebraucht. Haben Sie einen gefunden?"

„Äh …"

„Sie haben aufgegeben", sagte Willie. „Sie konnten keinen Wollmagier finden, aber sie haben einen Juwelier gefunden, der Magie wirken kann."

Mrs. Delancey keuchte leicht. „Juwelenmagie", gurrte sie. „Wie wunderbar."

Ich warf einen finsteren Blick in Willies Richtung, doch es fiel ihr nicht auf. Sie wirkte sehr selbstzufrieden. „Diamanten, um genau zu sein."

Mrs. Delancey fasste sich an die Kehle, als könne sie spüren, wie sich ein magisches Diamanthalsband dort anschmiegte. „Was für einen Zauber wollen Sie denn erschaffen?"

„Gold in Diamanten verwandeln."

Mrs. Delancey keuchte. „Weshalb Gold?"

Willie zuckte mit den Schultern, und Mrs. Delancey wandte sich in Erwartung einer Antwort an mich. Ich starrte sie wieder an, war völlig sprachlos.

„Nur etwas Wertvolles kann man in etwas noch Wertvolleres verwandeln", sagte Willie mit einer gewissen Autorität.

Mrs. Delancey nickte ernst. „Ja, natürlich. Das klingt sinnvoll."

„Sie haben aber ein Problem."

„Ach? Welches denn?"

„Willie", warnte ich.

„Ich weiß, dass du nicht willst, dass ich es sage, India", erwiderte Willie mit einem äußerst selbstgerechten Ausdruck in den Augen. „Ich glaube, Mrs. D. kann helfen."

„O ja, ich würde nur zu gerne helfen", sagte Mrs. Delancey. „Sagen Sie mir, was ich tun soll."

„Sie können etwas von Ihrem Goldschmuck an India spenden, damit sie das Experiment weiterführen kann. Man braucht ziemlich viel, um den Zauber zur Diamanterzeugung zu perfektionieren, und nun ja, India ist das Gold ausgegangen."

„Aber Mr. Glass ist reich, genauso Mr. Charbonneau. Können Sie nicht einfach mehr kaufen?"

Willie stutzte nur einen Augenblick, bevor sie sich erholt hatte. „Wollen Sie nicht beim unfassbarsten magischen Durchbruch aller Zeiten helfen?"

„Ja, natürlich will ich das. Lassen Sie mich etwas aus meinem Schmuckkästchen holen."

„Seien Sie nicht überrascht, wenn es bei dem Prozess ruiniert wird", sagte Willie, während Mrs. Delancey sich erhob.

„Willie", fuhr ich sie an. „Mrs. Delancey, wir haben genug Gold, vielen Dank." Ich verzog das Gesicht. Warum spielte ich dabei mit? Gab es überhaupt so etwas wie Diamantmagie? „Willie, wir müssen los."

Willie griff nach dem Kuchen. „Aber ich habe noch nichts gegessen." Sie nahm einen großen Bissen, nur um wieder schrecklich grün zu werden. Sie rannte zur Vase und er übergab sich ein weiteres Mal.

Als sie fertig war, stimmte sie ohne Widerspruch zu, dass wir gingen. Mrs. Delancey reichte ihr das Faltblatt. Willie nahm es an, sehr zu Mrs. Delanceys Zufriedenheit, dann wischte sie sich den Mund damit ab und warf es in die Vase, an der wir auf dem Weg nach draußen vorbeikamen.

Ich konnte gar nicht schnell genug gehen. „Ich war noch niemals in meinem ganzen Leben so peinlich berührt", fuhr ich sie an, während wir losfuhren. „Du hast dich vor unserer Gastgeberin in eine Vase übergeben!"

Willie sank in ihren Sitz und verschränkte die Arme. „Das ist Farnsworths Schuld. Mach es doch ihm zum Vorwurf. Er hat mich einen selbstgebrannten Whiskey in irgend so einer halbseidenen Schenke in Shoreditch trinken lassen. Er war so stark, dass es praktisch Gift war."

„Erst mal kann dich niemand zum Trinken zwingen, wenn du es nicht willst. Zum Zweiten, weshalb hast du nicht nach einem Schluck aufgehört, wenn er so schrecklich schmeckte?"

Ihre Antwort bestand in geschürzten Lippen, und sie wandte sich um, um aus dem Fenster zu schauen. Doch der Anblick der Umgebung, die vorbeiraste, zusammen mit der Bewegung der

Kutsche hatte ihr wohl erneut den Magen verdorben. Sie schlug sich eine Hand vor den Mund.

Ich klopfte ans Kutschendach, um Woodall wissen zu lassen, dass wir anhalten mussten. „Übergib dich nicht hier drinnen!"

* * *

„ICH STIMME DIR ZU", gestand ich Matt bei einem leichten Mittagessen, das im Speisezimmer aufgetragen wurde. Es waren nur wir beide. Cyclops war ausgegangen, Duke und Tante Letitia unternahmen zusammen einen Spaziergang, und Willie hatte sich ins Bett zurückgezogen, sobald wir zu Hause angekommen waren. „Willie verbringt zu viel Zeit mit Lord Farnsworth. Er hat einen schlechten Einfluss auf sie."

Matt lachte leise. „Normalerweise ist es andersherum."

„Das ist nicht witzig. Sie hat sich in Mrs. Delanceys Vase übergeben. Zweimal. Es war auch noch eine magische Vase. Sie war ziemlich verärgert deswegen."

„Wurde sie wütend?"

„Schlimmer noch. Sie hat versucht, Willie eine Abstinenzerklärung unterschreiben zu lassen."

Matt lachte noch heftiger.

Ich lächelte unwillkürlich auch. „Willie macht das Lord Farnsworth zum Vorwurf, da er sie ermutigt hat, einen ziemlich wässrigen, doch tödlichen Whiskey zu trinken."

„Es scheint naheliegender, dass sie einfach zu viel getrunken hat. Sie weiß, wenn sie aufhören muss", fügte er nüchtern hinzu.

Ich war eine schreckliche Ehefrau. Ich hatte vergessen, dass Matt früher durchaus über den Durst hinaus getrunken hatte. Das war einige Zeit gewesen, bevor er mich getroffen hatte, und er erwähnte es nie, darum hatte ich es aus meinen Gedanken verbannt. Bei einer der wenigen Gelegenheiten, als wir es besprochen hatten, hatte er behauptet, dass er nicht gewusst hatte, wann man aufhören musste. Er hätte die Anzeichen bei anderen erkannt, besonders jemandem, der ihm so nahe stand wie Willie. Ich griff über den Tisch und nahm ihn an der Hand.

Er drückte sie. „Also ist Farnsworth ein schlechter Einfluss", sagte er. „Was können wir deswegen tun?"

„Sie warnen, dass sie sich fernhält, wird nicht funktionieren."

Matt stimmte zu. „Sie braucht eine Ablenkung. Etwas Interessanteres, als es Farnsworth derzeit ist."

„Eine neue Liebelei?"

Er legte Messer und Gabel ab und schaute mir in die Augen. „Glaubst du, sie und Farnsworth sind … zusammen?"

Ich dachte darüber nach, dann schüttelte ich den Kopf. „Das hätte sie uns erzählt. Sie ist nicht gerade zurückhaltend, was ihre Geliebten angeht."

Matt nahm das Besteck wieder auf und stürzte sich auf die Scheibe Rindfleisch auf seinem Teller. „Das wird es leichter machen. Wir müssen ihr einfach einen neuen Geliebten suchen, jemanden, der ihre Aufmerksamkeit von Farnsworth abzieht."

„Oder wir könnten einen alten Geliebten einladen, mit uns zu speisen. Ich weiß, dass sie den Kriminalinspektor vermisst."

„Aber vermisst er sie?"

Die Tür öffnete sich, und Cyclops trat ein, gefolgt von Willie, die gähnte. Sie hob die Glocke über dem Teller und setzte sie dann sofort wieder ab.

„Ich esse später", sagte sie.

Cyclops nahm die Abdeckung herunter und zog das ganze Tablett zu sich. Er ließ sich Rindfleisch und Kartoffeln schmecken, als hätte er eine Woche lang nicht gegessen.

„Gibt Catherine dir nichts zu essen?", fragte Willie.

„Sie geht heim zu ihren Eltern. Außerdem ist es doch nicht ihre Aufgabe, mich zu füttern", fuhr er sie mehr oder weniger an. „Ich habe meine eigene Heimat, und die ist genau hier unter diesem Dach. Ich gehe nirgendwohin." Sein bitterer Tonfall ließ uns drei Blicke wechseln, während er nicht hinsah.

„Stimmt irgendwas nicht?", fragte ich.

„Catherines Eltern haben herausgefunden, dass sie und ich …" Er wedelte mit dem Messer, versuchte das richtige Wort zu finden. „Dass wir zusammen sind."

„Und sie haben ihr verboten, dich zu treffen?"

„Nicht verboten. Noch nicht. Sie haben ihr eine Predigt darüber gehalten, was es bedeuten würde, jemanden wie mich zu heiraten, jemand so anderen."

Willie warf die Hände hoch. „Als ob sie das nicht bereits wüsste!"

„Sie machen sich nur Sorgen um sie", sagte ich. „Es ist ein gutes Zeichen, dass sie ihr nicht verboten haben, dich zu treffen, Cyclops. Es bedeutet, dass sie nicht ganz dagegen sind, dass ihr beide heiratet."

Er wirkte nicht überzeugt, und in Wahrheit war ich das auch nicht. Ich vermutete, ihr zu befehlen, sich von Cyclops fernzuhalten, war der nächste Schritt, falls ihre Predigten nicht wirkten. Sie hatten ihr immerhin verboten, mich zu treffen, als sie herausgefunden hatten, dass ich eine Magierin war. Zum Glück hatte sich Catherine damals nicht an ihren Befehl gehalten, und ich bezweifle, dass sie das jetzt tun würde, und das sagte ich Cyclops auch.

„Ich weiß", sagte er mit einem Seufzen. „Aber ich will nicht, dass sie sich von ihrer Familie entfremdet. Das wird sie unglücklich machen."

Ich berührte ihn am Arm. „Willst du, dass ich mit ihnen rede?"

Er schüttelte den Kopf. „Noch nicht. Sehen wir, ob sie sie erst mal selbst überzeugen kann."

„Sie sollte nicht diejenige sein, die mit ihnen redet", sagte Matt. „Das solltest du machen, Cyclops."

Cyclops runzelte die Stirn. „Aber sie mögen mich nicht."

„Sie kennen dich nicht. Lass sie doch selbst herausfinden, was für ein guter Mann du bist, und sie werden einen anderen Ton anschlagen."

Ich stimmte zu. Willie allerdings blieb stumm.

„Was ist denn, Willie?", fragte Cyclops düster.

„Natürlich stimme ich Matt zu", sagte sie. „Ich mag dich, und ich bin echt wählerisch, wenn es darum geht, mich mit jemandem anzufreunden. Ich habe mich nur gefragt, wer Catherines Eltern von dir erzählt hat."

„Spielt das eine Rolle?", fragte er.

„Natürlich spielt es eine Rolle. Du musst herausfinden, wer es getan hat, und denjenigen aufknüpfen."

„Cowboy-Gerechtigkeit ist für den Wilden Westen. Mir ist gleich, wer es ihnen gesagt hat. Tatsache ist, dass sie es wissen."

Willie trommelte mit den Fingern auf dem Tisch und verzog den Mund, während sie nachdachte. „Vielleicht einer ihrer Brüder. Nicht Ronnie, er ist ein guter Mann, und das dient seinen Zwecken nicht. Aber der ältere? Er ist eifersüchtig, dass Ronnie einen eigenen Laden hat, und verärgert, dass seine Schwester ihm hilft."

„Er ist nicht eifersüchtig auf Catherine", stellte ich klar. „Ich glaube nicht, dass er es war."

„Wen sollte das sonst kümmern?" Willie setzte sich plötzlich gerade hin und schnippte mit den Fingern. „Charity Glass! Sie ist eifersüchtig auf ihre Beziehung und ist verrückt genug, zu glauben, Cyclops würde sie mögen, wenn Catherine nicht da wäre."

Matt deutete mit der Gabel auf sie. „Du wirst nicht mit ihr reden."

„Aber sie tut einem unserer Freunde weh!" Sie deutete mit der Hand auf Cyclops.

„Lass es, Willie", sagte Cyclops. „Mach keinen Ärger."

„Der Ärger ist bereits angezettelt." Sie stand auf und stürmte weg.

„Tu es nicht, Willie", rief Cyclops.

„Ich treffe mich nur mit Farnsworth", grollte sie über die Schulter. „Mit euch kann man keinen Spaß haben."

Matt seufzte. „Je eher du Brockwell zum Abendessen einlädst, India, umso besser."

* * *

DIE ANKUNFT von Mr. Bunn nach dem Mittagessen dämpfte unsere bereits gedrückte Laune noch weiter. Als der Ledermagier das letzte Mal vorbeigekommen war, hatten wir ihn hinausgeworfen. Er hatte mich hartnäckig gebeten, seine Magie mit meiner Verlängerungsmagie anzureichern, damit das Leder in den Schuhen und Stiefeln, die er herstellte, länger hielt. Wie Mr. Pyke sah er in dieser Vorstellung kein Problem.

Diesmal kam er allerdings nicht allein. Er brachte eine junge Frau mit. Ihre dunkelbraunen Haare waren hoch auf den Kopf gesteckt, mit etwas, das aussah wie zwei Bleistifte, die durch das

Arrangement herausragten. Sie war zierlich, mit einem nüchternen Mund und dunklen Augen, die sich auf mich richteten, sobald Bristow die Tür geöffnet hatte.

Bristow hatte versucht, die Tür sofort zu schließen, nachdem er Mr. Bunn gesehen hatte, aber Mr. Bunn hatte sich in die Lücke geschoben und sie aufgezwungen. Da Matt, Cyclops und ich gerade durch die Eingangshalle kamen, blieben wir stehen, um dem armen Butler zu helfen.

„Bevor ich die Tür vor Ihrer Nase schließe", sagte Matt zu Mr. Bunn, „sollte ich Sie warnen, dass meine Geduld am seidenen Faden hängt. Wir haben klargemacht, dass Sie hier nicht willkommen sind."

„Was möchten Sie denn tun?", fragte die Frau, eine Hand auf der Hüfte. „Es Scotland Yard sagen?"

„Nichts so Konventionelles", erwiderte Matt eisig. „Bedrängen Sie meine Frau weiter, und Sie werden ganz genau herausfinden, was ich mit Ihnen tue."

Mr. Bunn schluckte, aber die Frau plusterte sich nur noch mehr auf. Sie klang beeindruckt durch die Warnung, weniger besorgt.

„Ich bin nur gekommen, um Sie noch einmal zu bitten, Mrs. Glass", sagte Mr. Bunn. „Bitte nutzen Sie Ihren Zeitzauber für meine Magie."

„Es tut mir leid", erwiderte ich. „Aber das kann ich nicht. Sie wissen, weshalb. Meine Gründe haben sich nicht verändert, seit wir zum letzten Mal miteinander gesprochen haben."

Matt ging, um die Tür zu schließen, aber Mr. Bunn blockierte sie erneut. „Sie müssen das machen! Bitte! Meine Schulden türmen sich auf. Ich habe unter der Annahme etwas geliehen, dass Sie Ihren Verlängerungszauber nutzen würden, Mrs. Glass."

„Dann sind Sie ein Narr", sagte Matt. „Bitte gehen Sie, oder Sie werden hinausgeworfen."

Die Frau schnaubte und verschränkte die Arme. Sie erinnerte mich an Willie, eine kleine, mutige, streitsüchtige Frau mit einem großen Mund, der sie oft in Schwierigkeiten brachte. „Sie glauben, Sie können uns beide hier wegbringen?", spuckte sie aus.

Matt lächelte nur.

Cyclops öffnete die Tür, damit sie ihn besser sehen konnten. Mr. Bunn wich plötzlich von der Tür zurück, die Hände hoch erhoben. Die Frau beäugte Cyclops von oben bis unten und leckte sich die Oberlippe. Dann ging auch sie rückwärts, aber mit einem Mut, den ihr Begleiter nicht besaß.

„Sie sind selbstsüchtig, Mrs. Glass", sagte sie. „Sie sollten ihrer Art helfen." Sie schob sich an Mr. Bunn vorbei, versuchte aber nicht, über die Schwelle zu kommen. „Wir Magier sollten zusammenhalten. Sie gehören nicht zu diesen Talentfreien."

„Ich gehöre zu niemandem", sagte ich ruhig. „Ich gehöre nicht meinem Mann, nicht meinem Großvater und ganz besonders nicht Ihnen."

Die Frau deutete auf mich. „Sie werden es bedauern, uns nicht geholfen zu haben."

Matt schloss die Tür vor ihrer Nase.

„Soll ich sichergehen, dass sie die Gegend verlassen?", fragte Cyclops.

„Nein", sagte Matt, der mich in die Arme nahm. „Alles in Ordnung, India?"

„Mir geht es gut. Ich bin nur ein wenig erschüttert." Es war nicht der Vorfall, der mich erschüttert hatte. Zumindest nicht dieses einzelne Mal. Es waren all die Vorfälle zusammen, die mir Sorgen machten. Das war das dritte Mal, dass Mr. Bunn vorbeigekommen war, um zu fordern, dass ich seine Magie mit meiner verwendete, und dann hatte es noch Mr. Pyke kürzlich bei Fabian gegeben. Wann würde es ein Ende haben?

„Ich werde von jetzt an Fossett mit mir an die Tür gehen lassen, Sir", sagte Bristow.

„Vielen Dank", erwiderte Matt. „Lassen Sie Tee in das Wohnzimmer bringen, bitte."

Bristow verbeugte sich und ging zurück zur Rückseite des Hauses, während ich das Wohnzimmer vor Matt und Cyclops betrat.

„Ich glaube, wir sollten es der Polizei sagen", meinte Cyclops. „Vielleicht kann Brockwell jemanden zu Bunns Haus schicken und ihn wissen lassen, dass er beobachtet wird."

„Ich schaue später beim Inspektor vorbei", sagte Matt, der meine Hand nahm. „Das muss aufhören."

„Mr. Bunn ist nur ein Magier", sagte ich. „Was ist mit den anderen? Diese Frau weiß bereits jetzt, wo ich wohne. Wie vielen hat es Bunn noch erzählt?"

Matt fuhr sich mit der Hand übers Gesicht und ließ sich dann auf dem Sofa nieder. Zum ersten Mal seit einer Weile wirkte er besorgt.

Duke kam mit Tante Letitia heim, und sie schlossen sich uns im Wohnzimmer an. Wir erzählten ihnen nicht, was passiert war, und ihr schien unsere düstere Stimmung überhaupt nicht auszufallen, doch Duke beäugte uns argwöhnisch. Zum Glück drängte er nicht nach Antworten.

Willies Eintreten löste alle Gedanken an den Vorfall mit ihrem erstaunlichen Aufzug auf: Sie trug ein Kleid. Duke johlte vor Lachen, und Cyclops ließ sein tiefes, kehliges Lachen hören. Sogar Matt grinste.

„Keiner von euch sagt ein gottverdammtes Wort", fuhr Willie uns an und raffte ihre Röcke, um ihre robusten Cowboystiefel zu enthüllen. Sie stampfte mehr oder weniger zum Kamin, wo sie die Hände zur Wärme hinhielt.

„Das sieht sehr hübsch aus, Willemina", sagte Tante Letitia. „Trauerst du?"

Willie schaute auf ihr schwarzes Kleid hinab und zupfte an den Spitzenärmeln. „Es ist alles, was ich habe. Mein anderes Kleid hat einen Fleck."

„Wovon denn?", fragte Cyclops. „Du trägst es doch nie."

„Jasper hat etwas darauf verschüttet." Sie drehte sich ganz zu uns um und stemmte die Hände in die Hüften. „Wird das gehen?"

„Für was?", fragte ich.

„Ich will nicht auffallen. Ich will mit der Menge verschmelzen wie du, India."

„India verschmilzt mit gar nichts", sagte Matt. „Sie ist viel zu bemerkenswert."

Ich nahm an, dass er sich auf meine Größe bezog, die etwas hochgewachsener war als bei den meisten Frauen, aber es war süß, dass er das sagte, und ich lächelte. Ihm fiel es nicht auf. Er war zu sehr damit beschäftigt, nicht zu lachen, während Willie im Spiegel ihre Haare überprüfte.

„Du siehst gut aus", sagte ich zu ihr. „Du wirst wunderbar mit einer Menge verschmelzen."

„Einer Menge auf einer Beerdigung", murmelte Duke.

Cyclops kicherte, was Duke auch wieder anfangen ließ. Seine Augen füllten sich mit Tränen vom Lachen.

Willie wirbelte herum und funkelte Cyclops an. „Halt den Rand. Ich tue das für dich."

Cyclops' Lächeln verschwand. „Mich? Ich habe dich nie gebeten, ein Kleid zu tragen. Mir gefällst du in Männerkleidern besser. Du bist in Lederhosen sehr viel weniger gereizt."

„Ich tue das, damit ich Charity folgen kann, ohne dass ich bemerkt werde. Ich will sehen, wo sie hingeht, mit wem sie redet. Ich schätze, ich werde ihren Kutscher fragen, ob er sie kürzlich zu den Masons gebracht hat, und vielleicht die Bediensteten, ob sie jemanden gesehen haben, der sie begleitet hat."

Cyclops stöhnte. „Ich wünschte, das würdest du nicht tun."

„Ich halte das für keine gute Idee", sagte Matt. „Was, wenn es nicht Charity war?"

„Dann finde ich es sicher heraus. Wenn es nicht sie war, dann können wir woanders nach dem Schuldigen suchen." Sie raffte ihre Röcke und marschierte aus dem Raum.

„Hab eine wunderbare Zeit", rief Tante Letitia ihr nach. Sobald Willie weg war, nahm sie ihren Korb wieder auf. „Ist es nicht wunderbar, dass sie endlich weiblicher wird? Lasst euch von ihrer Ausrede nicht zum Narren halten. Ich glaube, sie zeigt das Kleid, weil sie das will, nicht wegen irgendeines Plans, zu dem Charity gehört."

Wir klärten Duke und Tante Letitia über Cyclops' Problem auf, und dann trennten wir uns für den restlichen Nachmittag. Matt hatte Geschäftliches in seinem Bureau zu erledigen, während Cyclops zu Catherines und Ronnies Laden zurückkehrte. Duke ging wieder aus, und ich verbrachte den Rest des Tages mit Tante Letitia.

In dieser Nacht kehrte Willie nicht nach Hause zurück. Das war nicht allzu besorgniserregend. Sie blieb oft die ganze Nacht weg, besonders in letzter Zeit. Selbst als Lord Farnsworth beim Frühstück auftauchte, machte ich mir noch immer keine Sorgen. Er hatte behauptet, sie nicht gesehen zu haben, und wir nahmen an, dass sie immer noch Charity folgte, oder vielleicht beschlossen hatte, sich mit einer ihrer alten Geliebten zu treffen.

Erst als am späten Morgen eine Nachricht mit der Post ankam, wussten wir, dass etwas äußerst schief gelaufen war. Matt las sie und fluchte, dann reichte er sie mir, und ich keuchte, als ich sie las.

Laut der Nachricht war Willie entführt worden, und man würde sie töten, außer ich stimmte zu, meine Verlängerungsmagie einzusetzen.

Ich deutete auf den Brief in Kriminalinspektor Brockwells Hand. „Da steht, dass Willie stirbt, wenn ich bis Mitternacht keine Nachricht an Mr. Bunns Werkstatt schicke, dass ich zustimme, seine Magie mit einem Verlängerungszauber anzureichern."

„Das sehe ich", sagte er in seinem üblichen präzisen, monotonen Tonfall, während er las.

„Ein einfaches Ja von mir ist alles, was nötig ist, um sie zu befreien."

„Das besagt dieser Brief."

Ich wartete, die Hände im Schoß verschränkt, und kaute auf meiner Unterlippe. Brockwell lehnte sich in seinem Sessel zurück und kratzte sich die Koteletten, während er die Nachricht noch einmal las.

Es war eine quälende Warterei. „Nun?", drängte ich. „Was tun Sie deswegen?"

Er legte den Brief ab und betrachtete mich von der anderen Seite seines Schreibtisches aus. „Zuerst einmal werde ich Sie dazu drängen, nichts zu tun. Lassen Sie das von der Polizei übernehmen."

„Ich habe versucht, Matt das zu sagen, aber Sie wissen ja, wie er ist. Er holt gerade Duke und Cyclops, hat aber zugestimmt, sich hier mit mir treffen, anstatt zu Mr. Bunns Werkstatt zu eilen und zu fordern, dass Willie freigelassen wird."

Es war nicht leicht gewesen, ihm diese Zustimmung zu entlocken, und ich war immer noch besorgt, dass er Cyclops und Duke nehmen würde, um Mr. Bunn zur Rede zu stellen.

Brockwell griff noch einmal nach dem Brief.

Ich ballte die Hände zu Fäusten und kämpfte um Geduld. „Sie wirken nicht besorgt", sagte ich.

„Ich kenne Willie gut; vielleicht besser als Sie. Sie wird kein Opfer sein."

„Sie hat vielleicht keine Wahl. Wenn Sie sie gut genug kennen, dann wissen Sie auch, dass sie genauso wahrscheinlich ein noch größeres Loch für sich schaufelt, weil sie so eine scharfe Zunge hat."

Er legte den Brief ab und verschränkte die Hände auf dem Schreibtisch. „Erzählen Sie mir von diesem Bunn und der Frau, die bei ihm ist."

Ich erzählte ihm alles, was ich wusste, was sehr wenig war. Ich wusste nicht mal, in welcher Beziehung die Frau zu Bunn stand, ganz zu schweigen von ihrem Namen. „Sie ist auf jeden Fall eine Magierin. Sie hat sich als solche bezeichnet. Ich nehme an, sie ist eine weitere Ledermagierin, vielleicht ein Familienmitglied von Bunn. Allerdings ähneln sie sich bei näherer Betrachtung überhaupt nicht. Er ist blond, während sie dunkel ist."

Endlich erhob er sich. „Ich suche Mr. Bunns Werkstatt mit ein paar Männern auf. Wir werden Willie im Nu sicher zurückhaben."

Ich stieß angehaltene Luft aus. „Vielen Dank, Inspektor. Es ist ein großer Trost zu wissen, dass jemand, dem sie wichtig ist, sich mit dem Fall befasst."

Er presste die Lippen aufeinander und öffnete die Bureautür für mich. Er kratzte sich an den Koteletten, dann öffnete er den Mund, nur um ihn wieder zu schließen, ohne etwas gesagt zu haben. Ich vermutete, dass er mich etwas fragen wollte, aber vielleicht war er zu verlegen. Ich beschloss, ihn von seinem Elend zu erlösen.

„Sie sind ihr immer noch wichtig", sagte ich leise. „Aber sie befürchtet, dass Sie sie jetzt für zu ... seltsam halten."

„Sie hat eine merkwürdige Art, mir zu zeigen, dass ich ihr wichtig bin. Letztes Mal, als ich sie getroffen habe, hat sie mir alle möglichen Beleidigungen an den Kopf geworfen. Bei einigen weiß ich nicht mal, was sie bedeuten."

„So ist sie eben. Tatsächlich zeigen Beleidigungen, dass es ihr wichtig ist. Würde sie Sie nicht mögen, würde sie Sie vermutlich einfach nur …" Ich wedelte mit der Hand, nicht ganz sicher, was Willie tun würde, wenn sie das Interesse an Brockwell verlor.

„Erschießen?", schlug er vor.

Ich lächelte. „Es freut mich, dass Sie sie verstehen."

Er folgte mir aus seinem Bureau und eskortierte mich dann zurück zum Empfangstresen des Yards. „Nur noch eine Frage", sagte er, bevor ich ging. „Was würde passieren, wenn Sie Ihren Verlängerungszauber mit Mr. Bunns Lederzauber benutzen?"

„Oberflächlich würde es einfach die Lebensdauer seiner Magie verlängern und die Qualität anhalten lassen. Es würde bedeuten, dass er sich einen Ruf aufbauen kann, mit dem er seine Preise erhöhen und mehr Kundschaft anziehen kann. Aber die Implikationen könnten weiterreichen, wenn sich die Nachricht verbreitet. Andere Magier würden wollen, dass ich die Übung für sie wiederhole, und die Talentfreien würden sich bedroht fühlen. Niemand weiß wirklich, was dann passieren würde. Ich schätze, die Anspannung zwischen Talentfreien und Magiern würde überkochen."

„Ich verstehe." Er hob den Brief. „Darf ich den behalten?"

„Natürlich. Bitte halten Sie uns auf dem Laufenden."

Brockwells Blick huschte von mir weg. Ich schaute hinter mich, um Matt, Cyclops und Duke herankommen zu sehen. Brockwell seufzte. „Ich vermute, ich werde Sie mit überhaupt nichts auf dem Laufenden halten müssen. Ich nehme an, Sie kommen mit zu Mr. Bunns Werkstatt, Glass?"

„Ich freue mich, zu sehen, dass Sie dem Gedanken an Gesellschaft nicht abgeneigt sind", sagte Matt. „Wenn wir zusammenarbeiten, können wir schneller Ergebnisse erzielen als getrennt."

Matt würde wohl eine solch wichtige Angelegenheit niemals der Polizei überlassen, und Brockwell schien es erwartet zu haben.

Wir fuhren mit guter Geschwindigkeit, aber der dichte

Verkehr in Soho verlangsamte uns. Mr. Bunns Werkstatt war nahe am Soho Square, ein ziemlich edles Umfeld, wo die Miete bestimmt hoch war. Kein Wunder, dass er hohe Schulden hatte machen müssen.

Dank Woodalls äußerst nervenaufreibender Fahrkünste kamen wir einige Augenblicke vor der Polizei an. Matt wollte nicht warten und stürmte in den Laden. Cyclops kam mit ihm, während Duke draußen auf Wache blieb.

Ein Junge, der auf einem Schemel hinter dem Tresen saß, begrüßte uns fröhlich, aber sein Lächeln verblasste rasch unter Matts wildem Blick.

„Wo ist Bunn?", knurrte Matt.

„Mr. Bunn ist derzeit nicht da", sagte der Junge in dem Versuch, einen Oberklasse-Akzent nachzuahmen. Er war wohl nicht älter als sechzehn.

Ich legte eine Hand auf Matts Arm und übernahm das Fragenstellen. „Weißt du, wo er ist?", wollte ich wissen, setzte einen weicheren Tonfall ein.

„Sind Sie Mrs. Glass?"

Ich war verblüfft und antwortete nicht sofort.

Matt schlug die Hände auf den Tresen, sodass der Junge zusammenfuhr. „Wo ist Bunn?"

„Treten Sie zur Seite, Glass", rief Brockwell vom Eingang her. „Das ist nur ein Junge."

„Alt genug, um die Frage zu beantworten", knurrte Matt.

Der Kriminalinspektor marschierte mit zwei Schutzmännern auf den Fersen herein. Ich holte zur Beruhigung Luft, sog den Geruch nach Leder in meine Lunge. Der kleine Laden war ordentlich, mit einigen schönen Stiefeln, die auf dem Tresen standen, neben einer Pyramide aus Schuhpolitur. Frauenstiefel in verschiedenfarbigem Leder wurden auf Podesten im Fenster zusammen mit einem kunstvoll platzierten Fächer hier und einem Paar Handschuhen dort zur Schau gestellt. Es war genau die Art Laden, die eine exklusive Kundschaft anziehen sollte.

Brockwell stellte sich vor, und die Augen des Jungen wurden noch größer.

„Ich hab nichts falsch gemacht, Sir!" Er ließ den affektierten Akzent ganz fallen und kehrte zu seinem Cockney zurück. „Mr.

Bunn hat mich gebeten, hier auf Mrs. Glass zu warten. Er hat mir nicht gesagt, wohin er geht. Ich schwöre, ich weiß nicht, wo er ist. Nehmen Sie mich nicht fest!"

„Ich werde dich nicht festnehmen, wenn du ehrlich bist. Sag mir, wie wolltest du Mr. Bunn die Nachricht überbringen, die Mrs. Glass dir mitgibt?"

Der Junge deutete auf den hohen gusseisernen Kerzenständer im Fenster. „Ich sollte nach Einbruch der Dunkelheit die Kerze anzünden. Wenn sie brennt, bedeutet das, dass sie Ja gesagt hat."

Cyclops spähte aus dem Fenster.

„Weißt du, wozu sie Ja sagen soll?", fragte Matt.

Der Junge schüttelte rasch den Kopf. „Ich schwöre, das weiß ich nicht. Mr. Bunn hat mir nichts erzählt. Ich arbeite manchmal im Laden, wenn Mr. Bunn ausgeht. Normalerweise erledige ich Botengänge. Er hat mir nichts über Mrs. Glass gesagt, nur dass sie hierher kommen würde, vermutlich mit ihrem Ehemann." Er schaute sich die Schutzmänner an, die an der Tür standen. „Von den Bobbys hat er nichts gesagt."

„Wo wohnt Mr. Bunn?", fragte Brockwell.

Der Junge zögerte, dann deutete er auf die Decke.

Brockwell wies seine Schutzmänner an, und sie gingen durch die Tür hinter dem Tresen, die sich zu einer Werkstatt öffnete. Cyclops folgte ihnen. Ich erhaschte einen Blick auf die Stufen, die hinauf in den Wohnbereich im ersten Stock führten, bevor sich die Tür wieder schloss.

„Wer lebt bei ihm?", fragte Brockwell.

„Niemand", sagte der Junge. „Er wohnt allein."

„Was ist mit seiner Familie?"

Der Junge zuckte mit den Schultern. „Ich weiß nicht, ob er eine Familie hat. Er hat keine Frau oder Eltern oder so was erwähnt."

„Hat Mr. Bunn eine weitere Werkstatt?", fragte Matt. „Vielleicht einen Lagerraum oder ein Warenhaus, das er nutzt?"

Der Junge schüttelte den Kopf.

„Bist du sicher?", fragte Brockwell.

Der Junge zuckte wieder mit den Schultern. „Er hat mich nie geschickt, um etwas aus einem Lager zu holen. Alles, was er braucht, ist da hinten." Er wies mit dem Daumen auf die Tür, die zur Werkstatt führte. „Alle Lieferungen kommen hierher."

„Hat er je Besucher, die keine Kunden sind?", fragte ich.

„Insbesondere Frauen", fügte Matt an.

„Ich stelle die Fragen", sagte Brockwell. Er wandte sich an den Jungen. „Hat eine junge Frau Mr. Bunn hier besucht, aber nicht wegen Schuhen?"

Der Junge hob eine Schulter. „Wie sieht sie denn aus?"

„Klein, dunkle Haare, und aus der Frisur ragen Bleistifte heraus", sagte ich.

Die Augen des Jungen leuchteten auf. „Das wird wohl Miss Amelia Moreton sein."

„Was weißt du über sie?", fragte Brockwell zum selben Zeitpunkt, als Matt sagte: „Werben sie umeinander?"

Der Junge deutete auf Matt. „Weiß ich nicht. Sie wirken nicht wie Verliebte, wenn Sie wissen, was ich meine." Er deutete auf Brockwell. „Ich weiß, dass sie in der Feuerwerksfabrik in Wandsworth arbeitet. Die gehört ihrer Familie."

„Wo genau?", drängte Matt.

Der Junge zuckte wieder mit den Schultern.

Cyclops kehrte zur Ladenfront zurück, die zwei Schutzmänner waren hinter ihm. Er schüttelte den Kopf.

Brockwell dankte dem Jungen und öffnete die Tür, damit ich zuerst hinausging.

„Was soll ich tun?", fragte der Junge. „Die Kerze anzünden oder nicht?"

„Meine Antwort lautet Nein", sagte ich. „Vorerst."

„Ich bin hier bis Mitternacht, Ma'am, falls Sie es sich anders überlegen."

Draußen deutete Cyclops auf die Läden gegenüber. Alle hatten zwei Stockwerke. „Um zu sehen, ob eine Kerze in dem Fenster des Schuhladens brennt, muss man in einem der Gebäude oder auf der Straße selbst positioniert sein."

„Vielleicht wartet er nicht persönlich auf das Signal", sagte Matt, der die oberen Fenster gegenüber musterte. „Er könnte jemanden bezahlen, um Ausschau zu halten und ihm eine Nachricht zu schicken."

Brockwell befahl seinen Männern, die Gebäude zu durchsuchen. „Wir können nicht viel tun, wenn er jemanden bezahlt."

Er hatte recht. Es waren Leute auf der ganzen Straße unterwegs, von denen viele genauso jung waren wie der im Laden, und wohl alles tun würden, um ein paar Münzen in der Tasche zu haben. Sie würden es uns nicht sagen, außer sie fühlten sich bedroht.

„Dann besuchen wir Miss Amelia Moretons Feuerwerksfabrik", sagte ich.

„Feuerwerk!", rief Duke. „Wollt ihr sagen, dass sie eine Sprengstoffmagierin ist?"

Brockwell kratzte sich die Koteletten. „Ich schätze, das ist sie wohl."

„Heiliger Bimbam. Was glaubst du, kann ein Feuerwerkszauber herbeiführen, India?"

„Das will ich mir gar nicht vorstellen", sagte ich ernst.

„Wollen wir hoffen, dass ihre Magie nicht aktiv ist", sagte Matt.

Aber wir wussten alle, dass dem nicht so war, ansonsten hätte Amelia Moreton sich nicht so ins Zeug gelegt, um mich zu zwingen, meine Magie einzusetzen.

* * *

DIE FAHRT von Soho nach Wandsworth war ziemlich lang, besonders mit dem spätnachmittäglichen Verkehr, der die Straßen verstopfte. Fußgänger schienen umtriebig wie Ameisen auf einem Picknick, eilten durch den Nieselregen, um ihren Zug oder Omnibus zu erwischen. Öffentliche und private Kutschen kämpften um einen Platz auf dem Zugang zur Westminster Bridge, aber sobald wir darüber waren, wurde Woodall wieder schneller.

„Was sollte eine Feuerwerksmagierin mit deiner Verlängerungsmagie wollen, India?", fragte Duke, während wir am Wandsworth Common vorbeikamen. „Ein Feuerwerk kann man nicht verlängern. Es geht los, wenn es losgeht."

„Es hängt davon ab, was ihre Magie macht, schätze ich", sagte ich. „Wir fragen sie, wenn wir an der Fabrik ankommen."

„Sie wird nicht da sein", prophezeite Cyclops.

Matt stimmte ihm zu. „Sie wird sich verstecken, vermutlich mit Bunn, an dem Ort, wo sie Willie festhalten."

„Zum Beispiel wieder in der Werkstatt, damit sie sehen können, wenn der Assistent die Flamme entzündet." Duke schnalzte mit der Zunge. „Wir hätten bleiben sollen, um rauszufinden, ob sie auftauchen."

Die Schutzmänner hatten berichtet, niemanden entdeckt zu haben, der den Laden des Stiefelmachers aus den Gebäuden gegenüber beobachtete, doch Brockwell hatte beiden befohlen, zurückzubleiben und die Augen offenzuhalten. Er war dann aufgebrochen und uns in einer eigenen Kutsche gefolgt.

Ein stetiger Strom aus Frauen drängte unter einem Ziegelbogen an der Feuerwerksfabrik *Moreton Explosives* an der Garratt Lane heraus. Sie wirkten müde und etwas schmutzig, aber guter Laune, während sie plauderten und nach einem zehnstündigen Arbeitstag nach Hause gingen. Ich hätte eine von ihnen sein können, in einer Fabrik wie dieser arbeiten, wäre ich nicht vor all den Monaten Matts Assistentin geworden. Es war ein ziemlich ernüchternder Gedanke. Wäre nicht unsere Zufallsbegegnung gewesen, wäre mein Leben völlig anders verlaufen.

Ich lächelte ihn an, aber er war zu sehr auf den Bureau-Eingang konzentriert, um es zu bemerken. Er marschierte los, als Brockwell aus seiner Kutsche stieg.

Ein Mann, der am Schreibtisch saß, schaute auf, als wir eintraten. Er musterte uns alle, seine Augen wurden hinter der Brille groß. Ich schätzte, Matts wütendes Gesicht machte ihm Sorgen. Er stand eilig auf, der Stuhl quietschte auf den Bodenbrettern. „Wer sind Sie? Was wollen Sie?"

„Ich bin Kriminalinspektor Brockwell von Scotland Yard."

„Scotland Yard! Guter Gott."

Brockwell hob die Hände. „Ich will nur ein paar einfache Nachforschungen anstellen. Ist Miss Amelia Moreton anwesend?"

„Miss Moreton? Ich, äh, nein. Ich habe sie den ganzen Tag nicht gesehen."

„Ist das ungewöhnlich?", drängte Brockwell.

„Sie kommt und geht, wie es ihr beliebt. Vielleicht ist sie zu Hause."

Die Tür hinten im Bureau öffnete sich, und ein kleiner Mann mit grauem Haar, das über seinen kahlen Oberkopf gekämmt war, füllte den Eingang. Eine dicke goldene Uhrenkette verschwand in der Tasche seiner Weste. „Teele? Was ist los? Was sind das für Leute?"

Brockwell wiederholte seine Vorstellung, und der aufgeplusterte Neuankömmling sank in sich zusammen, als er es hörte. Die Worte Scotland Yard hatten diese Wirkung auf Leute.

„Lieber Gott, was ist passiert?", fragte er.

„Wir wollen mit Miss Amelia Moreton sprechen, betreffend eine konkrete Sache, die sehr dringlich ist."

„Amelia?" Der Blick des Mannes huschte zu dem Angestellten. „Teele, Sie können gehen. Mr. Brockwell, kommen Sie mit mir."

„Kriminalinspektor Brockwell, bitteschön." Brockwell folgte dem klein gewachsenen Mann durch das Bureau, und der Rest blieb ihnen auf den Fersen.

Dieses Bureau war so groß wie das äußere, doch es hatte eine weniger zweckmäßige Einrichtung. Es gab keine Aktenschränke oder Schubladen, keine offenen Ordner auf dem Mahagonischreibtisch. Ein Getränkewagen war in Reichweite des Schreibtisches herangefahren worden, und ein Kristallglas, das halb mit einer bernsteinfarbenen Flüssigkeit gefüllt war, hatte den stolzen Platz mitten auf dem Schreibtisch inne.

An der Wand hing ein Familienporträt. Ich erkannte eine jüngere Version von Amelia mit einem Bruder und beiden Eltern. Mr. Moreton war dünner, sein Haar weniger grau, und Amelia lächelte süß. Beide hatten sich verändert, seit sie sich zu diesem Bild hingesetzt hatten.

„Sind Sie Mr. Moreton?", fragte Brockwell.

Der Mann hob das Kinn. „Orwell Moreton. Mir gehört diese Fabrik. Wer sind diese Leute?"

„Mein Name ist Matthew Glass", sagte Matt.

Mr. Moreton stand der Mund offen. „Glass?" Sein Blick huschte zu mir. „Mrs. Glass?"

„Ja." Ich hielt eine Hand vor. „Erfreut, Sie kennenzulernen."

Seine Wangen wurden rosa. Nach einem Augenblick schien er zu merken, dass meine Hand immer noch ausgestreckt war. Seine Wangen wurden noch rosiger, während er sie nahm. „Ich bin auch sehr erfreut, Sie kennenzulernen, Mrs. Glass. Wirklich sehr erfreut."

„Sie wissen, wer ich bin", sagte ich nüchtern.

Er warf einen Blick zu Brockwell.

„Sie können vor dem Kriminalinspektor frei sprechen. Er weiß Bescheid über Magie."

Mr. Moreton drehte einen übrigen Stuhl zu mir hin und lud mich ein, mich zu setzen. Die anderen lud er nicht ein, während er sich auf dem Stuhl hinter seinem Schreibtisch hinsetzte. „Vergeben Sie mir, dass ich starre, Mrs. Glass. Ich erwartete, dass Sie irgendwie mehr ..." Er wedelte mit der Hand vage in meine Richtung, dann hatte er wohl gemerkt, dass alles, was er sagen würde, nicht sonderlich schmeichelhaft klingen würde. Er senkte die Hand und räusperte sich. „Was für eine Überraschung, Sie in meinem Bureau zu haben. Würden Sie gern einen Rundgang durch die Fabrik unternehmen? Ich würde Ihnen nur zu gerne zeigen, wie man Feuerwerk herstellt. Wussten Sie, dass Moretons über den Sommer regelmäßig jeden Freitagabend eine pyrotechnische Vorstellung hier auf dem Wandsworth Common veranstaltet? Sie ist natürlich kostenlos. Die Leute genießen es sehr, besonders die Kinder."

„Ist Magie im Feuerwerk?", fragte ich.

Seine Begeisterung ließ nach. Er drückte sich unbehaglich in seinem Sessel herum. „Nur manchmal. Es wäre zu auffällig, wenn ich bei jeder Vorführung Magie einsetzen würde. Ich habe die Magie jetzt einige Monate lang nicht benutzt, seit die Gilden argwöhnisch wurden und anfingen, in meiner Fabrik herumzuschnüffeln."

„Was macht der Zauber denn mit dem Feuerwerk?"

„Er verdoppelt den Explosionseffekt jedes Feuerwerkskörpers. Er macht die Vorführung doppelt so spannend wie talentfreie Pyrotechnik. Deshalb sind wir die offiziellen Lieferanten von Feuerwerken in etlichen Städten hier und im Ausland." Er runzelte die Stirn. „Was hat das mit meiner Tochter zu tun?"

„Sie hat die Cousine meines Mannes entführt."

Mr. Moreton wurde blass.

„Sie kam gestern mit Mr. Bunn zu mir nach Hause und hat gefordert, dass ich meinen Verlängerungszauber einsetze, um seine Ledermagie zu verlängern. Ich habe mich geweigert."

Brockwell legte den Brief auf den Schreibtisch. „Ist das ihre Handschrift oder die von Bunn?"

Mr. Moreton warf einen Blick darauf. „Das ist nicht die von Amelia." Er strich sich mit einer Hand übers Gesicht.

„Wo kann Amelia sein?", wollte Matt wissen. „Wohin hat sie meine Cousine gebracht?"

Mr. Moreton umklammerte die Armlehnen seines Sessels. „Ich weiß nicht, Mr. Glass. Ich schwöre Ihnen, ich weiß es nicht. Ich habe sie heute noch nicht gesehen."

„Sie ist Ihre Tochter!"

„Meine *erwachsene* Tochter mit einem eigenen Kopf. Einem äußerst starken, trotzigen Kopf." Mr. Moreton stützte die Ellbogen auf den Schreibtisch und legte den Kopf in die Hände. Als er wieder aufschaute, schien er zehn Jahre gealtert zu sein. „Sie war ein süßes Mädchen, aber seit sie in ihren späten Jugendjahren von ihrer Magie erfahren hat, ist sie … schwieriger geworden. Ihr gefällt es nicht, ihre Magie verstecken zu müssen. Sie versteht das Bedürfnis nicht, diskret zu sein und Zauber in der Fabrik nur spärlich einzusetzen." Er griff nach dem Brief. „Ich war mir nicht bewusst, dass sie so eine Aktivistin geworden ist." Er legte ihn wieder ab und richtete den Blick auf Brockwell. „Ich mache es diesem Stiefelmacher zum Vorwurf. Ohne ihn hätte sie sich niemals für magische Freiheit eingesetzt. Sie hätte niemals von Ihnen erfahren, Mrs. Glass."

„Ihm ist auf jeden Fall vorzuwerfen, dass er sie zu mir nach Hause geführt hat", sagte ich.

„Das tut mir äußerst leid. Das alles." Er stieß mit dem Finger nach dem Brief. „Aber es ist Bunn anzulasten. Diese Handschrift beweist es. Er hat Amelia ausgenutzt. Sie sollten Nachforschungen über ihn anstellen."

„Haben wir", sagte der Inspektor. „Sie führen uns hierher."

„Sie haben ein erhebliches Gelände", sagte Matt, der aus dem Fenster schaute. „Wir müssen alle Gebäude durchsuchen."

Mr. Moreton wirkte, als würde er Einwände erheben, doch

ein düsterer Blick von Matt ließ ihn schnell nicken. „Natürlich, natürlich. Machen Sie. Die Angestellten sind für heute schon gegangen. Ich begleite Sie nur zu gerne."

Matt marschierte zur Tür. „Wir können das allein machen."

Mr. Moreton erhob sich und eilte ihm nach. „Ich führe Sie lieber persönlich herum. Die Fabrik ist voller explosiver Materialien, Mr. Glass. Es wäre nicht ethisch von mir, Unwissenden zu gestatten, ohne Aufsicht herumzumarschieren."

Matt hatte ihn vielleicht gehört oder auch nicht. Er war bereits durch die Bureautür hinausgegangen.

Ich ging neben Mr. Moreton, während er Matt folgte. „Glauben Sie, der Cousine meines Mannes droht Gefahr durch Amelia, wenn ich mich weigere, meine Magie einzusetzen?"

„Meine Tochter ist ein süßes Mädchen. Sie würde niemandem schaden. Bunn kenne ich allerdings nicht."

Vor ein paar Minuten hatte er uns noch gesagt, dass sie *früher* süß gewesen war, und nun behauptete er, sie wäre es noch. Vielleicht war es ein Vater, der sich begeistert an sein kleines Mädchen erinnerte, oder vielleicht hatte er recht. Leute verwandelten sich normalerweise nicht in ein paar Jahren von freundlichen Mitmenschen in einen Entführer.

Es war ziemlich dunkel geworden, und die beiden Lampen, die auf jeder Seite des Hofes brannten, erhellten den winterlichen Abend nur wenig. Mr. Moreton atmete schwer wegen des schnellen Tempos, während er uns zur Hauptfabrik führte. Er zündete Laternen an, die an der Tür hingen, und reichte den Männern je eine, schien aber nicht zu glauben, dass ich eine brauchte.

„Sie müssen mit offenem Feuer die ganze Zeit vorsichtig sein", sagte Mr. Moreton, während er seine Laterne hob. „Die Elemente, aus denen Schwarzpulver besteht, werden natürlich nicht hier drin aufbewahrt, aber es könnten Spuren davon auf den Arbeitsflächen sein. Die Mädchen machen am Ende des Tages nicht immer gründlich sauber. Sie sind nicht die schlauesten und verstehen nicht ganz, wie gefährlich es ist, nicht aufzuräumen."

„Wenn Sie sie vielleicht unterrichten, machen sie es", wandte Matt ein.

Mr. Moreton wirkte, als wolle er protestieren, aber Matt ging los, bevor er antworten konnte.

Die Werkbänke waren uninteressant für uns. Dort konnte man nichts verstecken. Ein großes dampfgetriebenes Mahlwerk ragte in der Mitte des Raumes still auf, und ein leicht säuerlicher Geruch hing in der Luft, aber sonst wirkte die Fabrik wie jede andere.

Matt deutete auf ein paar Fässer, die in einer Ecke aufgestapelt waren. „Was ist da drin?"

„Verschiedene Chemikalien, um den Feuerwerken unterschiedliche Farben zu verleihen." Mr. Moreton deutete auf die chemischen Symbole, die auf die Kisten gemalt waren. „Strontium für rot, Barium für grün, Kupfer für blau, Natrium für gelb und so weiter."

Matt öffnete eine, sehr zu Mr. Moretons Unbehagen.

In der Zwischenzeit musterten Cyclops und Duke den Boden. „Was macht ihr?", flüsterte ich.

„Wir suchen nach einer Falltür", flüsterte Duke zurück. „Wenn darunter ein Lagerraum ist, könnte Willie da unten sein."

„Wir können einfach Mr. Moreton fragen", sagte ich.

„Du vertraust ihm?"

Ich war mir nicht sicher. Er schien das Verhalten seiner Tochter nicht zu billigen, aber das könnte eine Fassade sein.

Wir untersuchten die Fabrik genau, drehten jedes Fass um, um sicherzustellen, dass es keine Falltüren gab. Gingen nach oben zu dem Zwischengeschoss, wo das Bureau des Vorarbeiters und ein Laufsteg über die Fabrikhalle hinwegschauten. Nirgends gab es eine Spur von Willie oder ihren Häschern.

„Bringen Sie mich zum Lagerhaus", befahl Matt.

„Natürlich, natürlich. Folgen Sie mir." Moreton drehte sich um, um zu gehen, blieb aber plötzlich stehen. „Wo ist der Kriminalinspektor?"

Brockwell war tatsächlich verschwunden. Mir war nicht aufgefallen, dass er uns entschlüpft war.

„Er hätte nicht allein losziehen sollen", murmelte Mr. Moreton, während er aus der Fabrik eilte. „Es kann gefährlich sein, mit offener Flamme in die Nähe von Schwarzpulver zu gehen."

„Er ist kein Narr", fuhr Cyclops ihn an.

„Aber was, wenn er stolpert? Wenn er einen Ohnmachtsanfall hat?"

Er blieb im Hof stehen und musterte die Gebäude darum herum. Als er ein Licht durch eines der Fenster flackern sah, marschierte er in diese Richtung los.

„Sie sollten nicht herumstreifen", tadelte er Brockwell, als er auf ihn aufholte.

Brockwell deutete auf eine Sammlung von ein Dutzend oder mehr gestapelten Kisten in der Ecke eines kleinen Lagerhauses. „Was ist da drin?"

„Feuerwerksraketen. Sie sind bereit, an einen Kunden in Southampton verschickt zu werden, zusammen mit diesen Werkstücken." Mr. Moreton deutete auf ein Richtrad und einige Holzgebilde, die wirkten, als würden sie äußerst große Schiffe ergeben, sobald man sie zusammensetzte. „Seeschlachten mit Goldregen als Kanonen darzustellen, ist sehr beliebt, besonders in Städten mit Hafen und Seefahrtsgeschichte."

Wir musterten das Lagerhaus, schoben jede Kiste zur Seite, und betasteten den Boden auf der Suche nach Hohlräumen. Abermals fanden wir nichts.

Wir kehrten nach draußen auf den Hof zurück, wo Matt bereits zum letzten Gebäude ging. „Nicht da rein!", sagte Moreton, der ihm nachjagte. „Das ist das Magazin, wo die Elemente aufbewahrt werden, die die Explosionen auslösen. Es ist viel zu gefährlich, dort drinnen herumzuwühlen."

„Wir müssen überall suchen", sagte Brockwell, der sich vorbeischob.

„Ich versichere Ihnen, dort gibt es keinen Ort, an dem Mr. Glass' Cousine sich verstecken könnte. Nicht da drin, nirgends!"

Wir ignorierten ihn und gingen weiter zum Magazin. Es war ein ziemlich großer Raum, abermals mit Kisten und Fässern vollgepackt. Es gab viel zu viele, um sie einzeln zu überprüfen. Es würde auch einige Zeit dauern, sie alle zur Seite zu schieben.

„Dieses Lagerhaus nutzen wir, um die Komponenten zu lagern, aus denen Schwarzpulver wird", sagte Mr. Moreton. „Einige enthalten Kaliumnitrat – das wir früher Salpeter genannt haben – und der Rest sind Kohle und Schwefel."

„Diese Menge würde sehr viel Schwarzpulver ergeben", sagte Cyclops.

„Wir stellen sehr viele Feuerwerke her."

„In welchen Kisten ist das Kaliumnitrat?"

„Allen im linken Drittel. Im mittleren Drittel ist Kohle, und im rechten Schwefel."

Cyclops schüttelte den Kopf. „Diese Mengenangaben sind ganz falsch. In Feuerwerken sind fünfundsiebzig Prozent Kaliumnitrat, fünfzehn Prozent Kohle und zehn Prozent Schwefel."

Mir wurde eiskalt. Falls Willie in einer dieser Kisten steckte, dann wäre sie doch … *O Gott.*

Mr. Moreton hob seine Lampe höher, um sich Cyclops genauer anzuschauen. Er schniefte. „Ich bezweifle, dass Sie ein Experte für Feuerwerke sind."

„In den Minen damals in der Heimat habe ich mit Sprengstoff gearbeitet. Manchmal haben wir Goldregen zum Spaß gemacht." Er nahm ein Stemmeisen und öffnete eine der Kisten links. „Salpeter", sagte er, als er am Inhalt roch.

„Natürlich ist es das. Ich habe Ihnen gesagt …"

„Duke, öffne eine der Kisten in der Mitte. Ich öffne eine rechts."

Mr. Moreton trat vor Cyclops. „Das ist wirklich unnötig. Sie können mich beim Wort nehmen, es ist nichts als Pulver in diesen Kisten."

Duke stemmte eine der Kisten mit einem Stemmeisen auf. Der Deckel fiel herunter und klapperte auf dem Boden. „Sieht für mich nach Pulver aus."

„Sehen Sie!", erklärte Mr. Moreton. „Für Sie gibt es hier nichts von Interesse. Ihre Cousine wird nirgendwo auf diesem Gelände festgehalten. Ich war sehr zuvorkommend, Inspektor, aber ich muss darauf bestehen, dass Sie jetzt gehen. Meine Frau erwartet mich. Tatsächlich bin ich sicher, meine Tochter ist zu Hause, noch während wir sprechen. Weshalb kommen Sie nicht mit mir heim, und wir beenden diesen Unfug."

Duke öffnete eine weitere Kiste.

Mr. Moreton zerrte an seinem Krawattenknoten. „Ich bin mir sicher, Amelia beantwortet gerne alle Ihre Fragen, Inspektor. Sobald sie begreift, wie schwerwiegend die Lage ist, wird sie Sie direkt zu Mr. Glass' Cousine führen, die Ihnen ohne Zweifel erzählen wird, dass das alles Mr. Bunns Idee war."

„Das ist ein richtig schwerer Feuerwerkskörper", sagte Duke, der in die Kiste schaute.

Matt hielt die Lampe über die Kiste. „Das ist kein Feuerwerkskörper. Das ist eine Bombe."

KAPITEL 5

r. Moreton warf einen Blick auf den Inspektor und rannte los.

Zum Glück war er nicht der Athletischste, und Cyclops holte ihn mühelos ein. Er eskortierte Mr. Moreton zurück zu den Kisten, um ihn vor Brockwell zu stellen.

„Sie produzieren Sprengsätze", sagte der Kriminalinspektor. „Illegal."

Klugerweise blieb Mr. Moreton still.

Matt öffnete noch eine Kiste. „Hier drin ist auch eine. Wo gehen die denn hin? Wer ist Ihr Kunde?"

Mr. Moreton presste die Lippen aufeinander.

„Cyclops, wenn Sie so freundlich wären, Mr. Moreton zu meiner Kutsche zu eskortieren und uns nach Scotland Yard zu begleiten", sagte Brockwell. „Mr. Moreton, Sie sind festgenommen."

Duke stellte sich so hin, dass er ihnen den Ausgang versperrte, sein Kinn war entschlossen vorgeschoben. „Wir werden darüber hinwegsehen, wenn Sie uns sagen, wo wir Willie finden."

„Ich kann darüber nicht hinwegsehen", sagte Brockwell durchaus traurig. „Nicht mal um Willies willen. Diese Bomben könnten in die Reiche unserer Feinde geliefert werden."

„Ich schicke sie nicht ins Ausland", schoss Mr. Moreton zurück.

„Feinde können auf englischem Boden leben. Duke, ich fühle mit Ihnen, aber treten Sie bitte zur Seite."

„Aber …"

Ich berührte Duke am Arm. „Der Inspektor hat recht. Darum muss man sich anständig kümmern. Diese Bomben könnten großen Schaden in einem unvorstellbaren Maßstab anrichten."

Duke schloss die Augen und seufzte. Er trat zur Seite.

Matt allerdings schnappte Mr. Moreton am Revers seines Jacketts und schüttelte ihn. „Wo ist sie?", fauchte er. „Wo ist meine Cousine?"

Mr. Moreton hob ergeben die Hände. „Ich weiß es nicht! Ich schwöre es Ihnen, ich weiß nicht, wo sie ist. Amelia erzählt mir gar nichts mehr. Es ist dieser Bunn. Er korrumpiert sie, pflanzt ihr irgendwelche Gedanken ein."

Matt ballte die Fäuste im Stoff des Jacketts, zog es an Mr. Moretons Kehle zusammen. Das Gesicht des Feuerwerksmagiers wurde sehr schnell dunkelrot. Matt ließ plötzlich los, gab Mr. Moreton obendrein noch einen Schubs.

„Wenn ich herausfinde, dass Sie mich angelogen haben und es die ganze Zeit wussten …"

Mr. Moreton glättete die Vorderseite seines Jacketts und reckte den Hals im Kragen. „Ich glaube, ich möchte jetzt nach Scotland Yard, vielen Dank, Inspektor."

Cyclops eskortierte Mr. Moreton hinaus. Brockwell ging ihm nach, blieb aber an der Tür stehen. „Ich kann mich auf Sie verlassen, dass Sie sie finden, Glass."

Matt nickte.

Brockwell zog seine Taschenuhr heraus, schaute darauf und steckte sie sich wieder in die Tasche. „Es ist halb sieben."

„Ich finde sie", erwiderte Matt sanft. „Sie haben mein Wort."

Das Problem war, wo sollte man als nächstes nachsehen? Wir hatten alle Gebäude der Fabrik durchsucht; Willie war nicht hier.

„Wir könnten es bei Amelia zu Hause probieren", sagte ich. „Obwohl ich bezweifle, dass sie Willie irgendwohin gebracht hat, wo ihre Mutter es sehen könnte."

„Vielleicht ein verlassenes Lagerhaus", schlug Duke mit

einem Schulterzucken vor, während wir über den Hof gingen. „Oder ein Mietshaus. Vielleicht gehören Moreton ein paar Häuser, und eines davon steht gerade leer."

Es war eine gute Idee. Zum Glück waren wir am richtigen Ort, um das zu überprüfen. Falls Moreton finanzielle Aufzeichnungen über weitere Immobilien besaß, waren sie sehr wahrscheinlich in seinem Bureau.

Wir trennten uns, und jeder sah in einem anderen Aktenschrank nach. Es dauerte nicht lang, bis Matt einen Erfolg zu verkünden hatte. Er knallte einen dicken Ordner auf den Schreibtisch und blätterte durch die Seiten.

„Moreton scheint etwas zu besitzen ..." Er strich mit den Fingern über die erste Seite. „Acht unterschiedliche Immobilien zusätzlich zu dieser Fabrik."

Duke kam zu ihm an den Tisch. „Das wird etwas dauern, bei allen nachzusehen." Er stemmte sich mit den Fingerknöcheln auf den Schreibtisch und senkte den Kopf. „Wir werden nicht alle vor Mitternacht schaffen."

Ich drückte ihm die Schulter. „Woodall ist ein hervorragender Kutscher, und der Verkehr hat bestimmt erheblich nachgelassen."

„Es regnet", sagte er ausdruckslos. „Die rutschigen Straßen werden die Pferde verlangsamen."

„Wir müssen es versuchen!"

Meine laute Stimme rüttelte ihn auf. „Du hast recht. Tut mir leid, India." Er wandte sich dem Ordner zu. „Wo ist die nächste Immobilie?"

Ich sah die Adressen durch und spürte, wie mich der Mut mit jeder neuen ein wenig verließ. Sie waren nicht nur alle auf der anderen Flussseite, sie waren ziemlich verteilt. Wir konnten sie nicht alle aufsuchen. Wir mussten hoffen, dass Willie in einer der ersten drei war, wenn wir sie vor Mitternacht befreien wollten.

„Wer sind Sie?", ertönte ein schriller Schrei aus dem Eingang.

Wir waren so mit der Liste der Immobilien beschäftigt gewesen, dass uns die Frau nicht aufgefallen war, die eingetroffen war. Sie erinnerte mich an einen verletzten Vogel, wie sie so ganz in schwarz gekleidet war, während ihr graues Haar in ungekämmten Strähnen unter einem hohen Hut hervorstand, der mit plissierter Seide gesäumt war. Obwohl sie das Kinn trotzig gehoben hatte, verriet ihr umherhuschender Blick ihre Nervosität.

„Raus aus dem Bureau meines Mannes", sagte sie mit bebender Stimme.

„Mrs. Moreton?", fragte Matt ganz geschmeidig. „Ich bin Matthew Glass, das sind meine Frau India und mein Partner Duke. Wir freuen uns sehr, Sie zu sehen."

„Ich freue mich *nicht*, Sie zu sehen." Sie deutete auf die Eingangstür. „Gehen Sie."

Hinter ihr stand Mr. Teele, Mr. Moretons Assistent. Er hatte sie wohl geholt. Er räusperte sich und trat dann vor. „Sie kamen mit dem Polizisten, Madam."

Mrs. Moretons Kinn senkte sich.

Matt trat ein paar Schritte auf sie zu. „Kriminalinspektor Brockwell von Scotland Yard hat mich autorisiert, die Ermittlungen wegen des Verschwindens meiner Cousine in seiner Abwesenheit fortzuführen."

„Wo ist er?"

Matt hielt inne, ehe er antwortete. „Er hat Ihren Mann nach Scotland Yard gebracht. Er hat einige Fragen wegen illegaler Geräte, die in einem der Lagerhäuser gefunden wurden."

Sie blinzelte rasch. „Was für Geräte denn?"

„Bomben."

Sie keuchte. „Mr. Teele? Wissen Sie irgendetwas darüber?"

„Nichts, das schwöre ich Ihnen!" Der Assistent ging rückwärts zur Tür. „Ich muss jetzt gehen. Meine Frau erwartet mich zum Abendessen zu Hause."

Mrs. Moreton sah ihm nach, und ein Teil ihres Schneids schien mit ihm zu gehen. Sie drückte sich eine Hand auf den Magen. „Was soll ich tun?"

„Ich schlage vor, dass Sie einen Anwalt für ihren Mann kontaktieren", sagte Matt. „Aber deswegen sind wir heute Abend nicht hergekommen. Wir suchen nach meiner Cousine. Sie wurde von Ihrer Tochter entführt und ..."

„Amelia!"

„Sie hat eine Nachricht geschickt, in der sie verlangt, dass meine Frau ihre Magie einsetzt, um die Lebensdauer von Mr. Bunns Magie zu verlängern. Sollte meine Frau sich weigern, wird sie meine Cousine töten."

Mrs. Moreton wurde ganz blass und sank an den Türrahmen. Matt nahm einen Ellbogen, und ich den anderen, während Duke einen Sessel näher rückte. Wir lotsten Mrs. Moreton dorthin.

„Duke, ein Drink für Mrs. Moreton, bitte", sagte Matt.

Duke verschwand in Mr. Moretons Bureau und kam mit einem Glas des Likörs heraus, den Mr. Moreton vorhin getrunken hatte. Er reichte ihn Mrs. Moreton, die daran schnüffelte, zurückzuckte und dann nippte.

Das schien sie auf die Beine zu bringen, ihre Laune aber nicht zu heben. Tränen standen ihr in den Augen. „Das ist schrecklich. Einfach schrecklich. Es tut mir so leid, Mr. Glass." Sie hob ihren verstörten Blick zu mir. „Mrs. Glass, Sie sind diese mächtige Magierin, oder nicht? Meine Tochter hat mir von Ihnen erzählt." Ihr Gesicht verzog sich. „Das tut mir so leid. Alles."

„Ist schon in Ordnung", sagte ich sanft, nicht sicher, was ich sagen sollte. Was sagte man denn zu einer Frau, deren Kind etwas so Schreckliches getan hatte, wie jemanden zu entführen, und drohte, noch Schlimmeres zu tun?

Matt schien es zu wissen. Er ging vor Mrs. Moreton in die Hocke und gab ihr sein Taschentuch. „Man kann das Schlimmste verhindern, wenn Sie uns helfen. Es ist immer noch Zeit, meine Cousine zu finden. Werden Sie uns helfen, Mrs. Moreton? Werden Sie das richtigstellen?"

Sie wischte sich die feuchten Wangen mit seinem Taschentuch ab. „Ich würde alles in meiner Macht Stehende tun, um zu helfen, aber ich bin nicht sicher, ob ich das kann."

Matt drehte sich zu Duke um und nickte zum Schreibtisch hin. Duke holte den Ordner mit den Papieren.

„Meine Tochter macht mir Angst", sagte Mrs. Moreton leise. „Ihre Magie ist stark. Nicht so stark wie Ihre, Mrs. Glass, aber sie fällt ihr leicht. Sie kann den gleichen Zauber wie mein Mann einsetzen, und doch sind ihre Feuerwerke sehr viel spektakulärer als seine, bunter und vielfältiger." Sie nahm den Ordner von Duke entgegen. „Aber ihre Macht ist nicht das Problem. Es ist ihre Rücksichtslosigkeit." Sie tippte mit dem zusammengerollten Taschentuch an ihre Brust über dem Herzen. „Man sagt, die Jungen seien die Rücksichtslosen, aber das ist nicht meine Erfahrung. Amelia kann manchmal wild sein."

„Mrs. Moreton, können Sie sich diese Liste mit den Immobilien Ihres Mannes ansehen?", sagte Matt. „Ich muss wissen, in welcher Amelia am wahrscheinlichsten meine Cousine versteckt."

Mrs. Moreton tupfte sich die Augen und öffnete den Ordner. Ihre Bewegungen waren quälend langsam, was meine Nerven strapazierte. Matt verlagerte sein Gewicht auf die Fersen, während Duke im Zimmer auf und ab ging. Das Warten frustrierte uns alle.

„Ich glaube, in dem hier sind keine Mieter", sagte Mrs. Moreton und deutete auf eine Adresse.

Matt nahm ihr den Ordner ab und ging ihn durch, bis er die Papiere fand, die er brauchte. „Da haben Sie recht. Dort ist niemand. Es ist laut diesem Bericht in einem schrecklichen Zustand und braucht dringend Reparaturen, bevor man es wieder verpachten kann."

„Und vermutlich dieses", sagte Mrs. Moreton, deutete auf ein weiteres auf der Liste. „Mein Mann hat sich erst letzte Woche wegen der Kosten von irgendwas dort beschwert."

Matt schaute sich die Papiere wieder an. „Es scheint vermietet zu sein."

„Dann muss sie wohl im anderen sein", sagte Duke. „Gehen wir, Matt."

Matt erhob sich und dankte Mrs. Moreton.

Ich schaute vom Eingang aus auf sie zurück, eine verlorene Kreatur, die in Matts Taschentuch weinte. Sie hatte mehr oder weniger ihren Mann und ihre Tochter an einem Abend verloren, und irgendwie fühlte ich mich verantwortlich. Wäre meine Magie nicht gewesen, wäre nichts davon passiert.

Matt hatte meine Melancholie wohl gespürt, denn er nahm meine Hand, sobald wir durch den Nieselregen zur Kutsche gingen. „Nur Amelia und Bunn sind für ihre Taten verantwortlich, keiner sonst. Und wenn du nicht gewesen wärst, hätte man Moretons geheimes Waffengeschäft niemals entdeckt." Er drückte mir die Hand. „Jetzt komm schon, und retten wir Willie."

Woodall übertraf sich selbst, als er die Pferde durch die rutschigen Straßen auf der Südseite der Themse lenkte. Selbst damit fühlte sich unser Fortschritt quälend langsam an, besonders durch die engen, düsteren Gassen des East End. Während auf den Straßen im West End an den meisten Winterabenden keine Fußgänger unterwegs waren, summten die Slums im Vergleich vor Aktivität. Leute sammelten sich um Feuerschalen, die sich in Gassen und Höfe schmiegten. Betrunkene schliefen in Eingängen, während ein paar robuste Prostituierte sich der Kälte stellten, um in der Nähe der Tavernen ihre Angebote anzupreisen.

Wir fanden Mr. Moretons Grundstück am Rand eines engen Hofes. Die Fenster waren zerbrochen, und die Eingangstür hing nur noch an einem Scharnier. Draußen saßen Männer um eine Feuerschale, Flaschen in der Hand. Sie schauten argwöhnisch auf, als wir näherkamen, und einer spuckte sogar vor Matts Füßen auf den Boden.

Matt reichte dem Mann einige Münzen. „Wir suchen nach den Mietern dieses Gebäudes."

„Gibt keine Mieter", sagte der Mann.

„Was ist mit Hausbesetzern?"

Er verschränkte die Arme.

„Wir sind nicht die Polizei", sagte Matt. „Wir suchen nach meiner Cousine. Sie wurde entführt, und wir haben Grund zur Annahme, dass Sie vom Besitzer des Gebäudes hergebracht wurde."

„Dem Besitzer?", wiederholte ein weiterer Mann. „Sagen Sie ihm, er soll ein anständiges Schloss an der Tür anbringen und die Fenster reparieren, oder verdammt noch mal das ganze Gebäude. Die Kinder gehen immer wieder rein, obwohl wir sie warnen, und sie verletzen sich an den Nägeln und den Glasscherben. Es ist nicht sicher."

„Ich sage es ihm", erwiderte Matt, „aber ich muss erst einmal meine Cousine finden. Sie wurde von einem Mann und einer Frau entführt. Haben Sie sie hier gesehen?"

„Nee. Sie sind der erste Fremde, der heute hier vorbeikommt."

„Können wir hineinschauen?"

Der Mann zuckte mit den Schultern.

Matt nahm eine der Laternen, die wir aus der Fabrik mitgebracht hatten, und betrat das Gebäude zusammen mit Duke. Der Geruch traf mich wie ein Schlag auf die Kehle. Ich bedeckte mir den Mund mit der Hand, aber das verhüllte den Geruch nach Urin und Erbrochenem nicht. Ich wollte meine Röcke heben, damit der Saum nicht den Dreck berührte, aber ich wollte meine Hand auch nicht vom Mund wegnehmen.

„Passt auf, wo ihr hintretet", warnte Matt, während er mit der Spitze seines Stiefels an etwas auf dem Boden stieß. Es war kein zusammengerollter Teppich, wie ich erst angenommen hatte, sondern die schlafende Gestalt eines Betrunkenen. Seinem leisen Schnarchen nach zu urteilen, lebte er noch.

Wir blieben zusammen und inspizierten jeden Raum, bis hinauf zum Speicher und wieder zurück. Unten tippten wir mit unseren Stiefeln auf die Bodendielen, suchten nach Hohlräumen. Wir fanden einen Keller, aber die Treppen waren verfault. Matt stieß die Lampe so weit hinein, wie er konnte.

„Leer", verkündete er.

„Dieser ganze verdammte Ort ist leer", murmelte Duke. „Sie ist nicht hier."

Wir gingen, dankten den Männern, die sich an der Feuerschale wärmten, und kehrten zur Kutsche zurück, wo Woodall wartete. Er wirkte überhaupt nicht aufgebracht, weil er in einem gefährlichen Viertel alleingelassen worden war.

„Hat Sie jemand belästigt?", fragte Matt ihn.

„Ja, aber die sind bald gegangen." Woodall stieß seinen langen Mantel zurück, um die Pistole auf seinem Schoß zu enthüllen. „Wohin jetzt, Sir?"

Matt gab ihm die Adresse des zweiten Grundstücks, desjenigen, das Mrs. Moreton für nicht vermietet gehalten hatte, aber die Papiere zeigten, dass es vermietet war. „Ist einen Versuch wert", sagte Matt, während er sich wieder in der Kutsche niederließ.

„Alles ist einen Versuch wert." Duke nahm seine Handschuhe ab und blies auf seine Hände. „Es wird spät."

„Es ist noch nicht mal neun", sagte ich. „Wir haben Zeit."

Ich war angenehm überrascht, dass ich zuversichtlich klang. Das musste ich, um ihretwegen. Sie machten sich beide schreckliche Sorgen. Genau solche Sorgen wie ich. Aber ich würde mich nicht von meiner Angst überwältigen lassen. Noch nicht, wenn noch ein paar Stunden übrig waren. Einer von uns musste ruhig bleiben.

Außerdem wurde vielleicht von mir verlangt, dass ich Woodall befahl, uns von einem Augenblick auf den anderen zu Bunns Werkstatt zurückzufahren. Es war meine Entscheidung, die nur ich allein treffen konnte, und ich würde bei Verstand bleiben müssen, um sie zur richtigen Zeit zu treffen. Zu früh, und wir mochten nicht alle unsere Optionen ausloten, um Willie zu finden. Zu spät, und … nun, es würde zu spät sein.

Wir fanden das zweite Haus in einem besseren Zustand vor als das erste. Es war zur Straße hin ausgerichtet, nicht zu einem Hof, und alle Fenster und die Eingangstür schienen intakt zu sein.

„Ich sehe kein Licht", sagte ich. „Aber die Vorhänge scheinen geschlossen. Vielleicht ist jemand zu Hause."

Duke marschierte zur Tür und versuchte es am Griff. „Abgeschlossen."

Matt spähte hinauf zu den Fenstern im ersten Stock. „Suchen wir einen anderen Weg hinein."

„Ihr könnt nicht einbrechen", zischte ich. „Hier wohnen Leute."

„Ich schätze, es ist verlassen." Duke schaute sich um. „Dort drüben ist jemand. Wir könnten ihn fragen."

„Bleibt hier", befahl Matt Duke und mir.

Er marschierte zu dem Mann, der im Eingang herumhing. Der Mann schob sich von der Tür weg, stieß einen schrillen Pfiff aus und lief los. Matt jagte ihm nach.

Duke fluchte und setzte sich ebenfalls in Bewegung. „India, bleib bei Woodall!"

Ich raffte meinen Mantel an der Kehle zusammen und schaute das Mietshaus an. Das musste es sein. Willie war bestimmt dort drinnen, und dieser Mann hatte gepfiffen, um diejenigen im Haus zu warnen, dass sie Gesellschaft bekamen. Es hätte vielleicht sogar Mr. Bunn selbst sein können.

Ich wandte mich zurück zur Kutsche. „Woodall, geben Sie mir Ihre Pistole."

Der Kutscher glotzte mich an. „Das halte ich für unklug, Ma'am."

„Sind Sie bereit, die Pferde und die Kutsche unbewacht zu lassen und mich mit der Waffe nach drinnen zu begleiten?"

Er biss sich auf die Lippen.

„Das habe ich auch nicht erwartet." Ich streckte die Hand aus. „Geben Sie mir die Waffe."

„Mr. Glass wird das nicht gefallen."

„Mr. Glass' Cousine ist da drin. Da bin ich mir sicher. Aber ihre Häscher wurden gewarnt und könnten das Haus auch gut und gerne durch einen Hintereingang verlassen, während wir reden." Ich deutete auf die Pistole. „Reichen Sie sie mir sofort. Das ist ein Befehl."

Das tat er. „Wissen Sie, wie man sie benutzt?"

„Ja", sagte ich und versuchte, mich zu erinnern, was Matt mir beigebracht hatte.

Das erste Hindernis war, in das Mietshaus zu kommen. Ich musste die Tür eintreten. Da es hoffentlich ein altes Haus war, das nicht genutzt wurde, würde das Schloss brechen. Ich raffte meine Röcke und trat dagegen.

Es ratterte, öffnete sich aber nicht.

Ich versuchte es erneut. Jeder Tritt schien den Schlossmechanismus zu lockern. Ich war bei meinem etwa vierten Versuch, als ein Schuss ertönte.

Glas zerbrach und klirrte neben mir auf dem Bürgersteig.

Hinter mir rief Woodall, ich solle zurückkommen.

Ich schützte meinen Kopf und lief von der Tür weg, als sie gerade aufsprang.

Eine Frau stolperte in einem Wirrwarr aus Röcken heraus und fiel mir vor die Füße.

Ich keuchte. „Willie!"

KAPITEL 6

illie fluchte aus voller Kehle. „Gottverdammtes Kleid!"

Ich war noch nie so froh gewesen, ihre unflätige Sprache zu hören. Ich half ihr auf und umarmte sie. Sie erwiderte es knapp, dann packte sie mich an der Hand und zog mich zur Kutsche.

„Sie könnten noch drin sein", sagte sie. „Bleib hier, India, und ich sehe nach."

„Nein!" Ich erwischte sie am Handgelenk. „Wenn sie noch da drin sind, gehst du nicht zurück."

Matt und Duke sprinteten zu uns, sie keuchten. „Willie!", rief Duke, der seine Arme um sie warf. „Gott sei es gedankt."

Sie zog sich zurück. „Es ist keine Zeit für ein schönes Wiedersehen. Wir müssen sie erwischen, bevor sie flüchten." Sie marschierte los zum Haus.

„Duke, bleib hier bei India", befahl Matt, der ihr folgte.

„Moment", rief ich. „Nimm das." Ich reichte ihm die Waffe und beobachtete, wie er Willie nachlief. Sie schob die Tür auf und verschwand dann in dem dunklen Haus.

Ich hörte, wie Matt ihr zu zischte, dass sie langsamer machen und aufpassen sollte.

Duke und ich beobachteten alles vom Bürgersteig aus. „Sie ist ziemlich wütend", sagte er.

„Das wäre ich auch, wenn man mich entführt hätte."

„Du wärst erleichtert gewesen, deinen Entführern zu entkommen. Willie will Rache. Sie muss aufpassen, dass ihr Hunger danach sie nicht zu irgendwas Törichtem verleitet."

Wir verfielen in Schweigen, während wir warteten, lauschten angestrengt jedem Geräusch. Aber alles, was ich hörte, war das Blut, das in meinen Ohren rauschte.

Ich fühlte mich, als wären sie eine Ewigkeit weg. Ich widerstand dem Drang, im Lampenlicht der Kutsche auf meine Taschenuhr zu schauen, aber das half mir nicht mit den Nerven, während Duke auf und ab ging. Er wollte auch hinein.

Ich wollte ihm gerade sagen, er solle sich ihnen anschließen, als Willie und Matt herauskamen. Ich umarmte Matt, während Duke Willie noch einmal in den Armen auffing. Diesmal erwiderte sie seine Umarmung mit einer genauso festen.

„Sie sind weg", verkündete Matt. „Sie sind durch einen Hintereingang entkommen."

Willie fluchte wieder. „Ich hätte sie verfolgen sollen, nachdem ich geschossen habe."

„*Du* hast diesen Schuss abgefeuert?", fragte ich.

„Ja, aber er ging vorbei. Gottverdammtes Kleid." Sie schlug auf den Rock ein, als wollte sie ihn hier und jetzt abreißen. „Ich bin durch den Flur gelaufen, als ich geschossen habe, aber diese Kleider sind mir in den Weg geraten, und ich bin gestolpert. Ich bin gegen die Eingangstür gefallen. Das Schloss war locker, und die Tür ging ganz leicht auf. So bin ich auf der Veranda gelandet."

„Das war ich", sagte ich. „Ich habe gegen die Tür getreten, bis das Schloss locker wurde. Noch ein Tritt, und ich glaube, sie hätte nachgegeben."

Willie schnaubte. „Sicher doch. Das Schloss war nicht schon von vornherein locker oder so was."

Ich fuhr zu ihr herum. „Ein bisschen Dankbarkeit wäre nicht unangebracht. Wir haben uns völlig verausgabt, um nach dir zu suchen. Es war kein Zufall, dass wir hergekommen sind. Es ist das Ergebnis einiger Stunden der Ermittlungen."

Sie stieß Luft aus und nickte. „Tut mir leid. Du hast recht." Sie legte mir einen Arm um die Taille. „Danke, dass ihr gekommen seid. Aber wollen wir gleich klarstellen, ich habe mich selbst gerettet. Ich habe keine Hilfe gebraucht."

„Stimmt das?", scherzte Duke. „Warum hast du dich dann nicht schon eher befreit?"

Sie zuckte mit den Schultern. „Ich habe auf den richtigen Zeitpunkt gewartet."

„Warum war der richtige Zeitpunkt jetzt?"

„Sie waren abgelenkt."

„Ja, von dem, der auf der Straße gepfiffen hat, da möchte ich wetten."

„Und?"

„Er hat gepfiffen, weil er uns gesehen hat. Wären also wir nicht gewesen, wären sie nicht so abgelenkt worden, dass du hättest fliehen können." Er legte ihr einen Arm um die Schultern. „Ein einfaches Dankeschön ist gut für mich. Du musst nicht schwärmen."

Sie schob seinen Arm weg und marschierte zur Kutsche. „Ich will nach Hause."

„Du wirst wohl ein Bad brauchen", sagte ich. „Dieses Haus sieht nicht unbedingt sauber aus."

„Ein bisschen Schmutz und Gestank stören mich nicht. Ich will raus aus diesem Kleid. Das trage ich niemals wieder. Es ist alles die Schuld von Charity Glass. Hätte sie nicht den Masons von Cyclops und Catherine erzählt, hätte ich mich nicht verkleidet, um den Beweis zu kriegen."

„Du hast herausgefunden, dass sie es war?", fragte ich und stieg in die Kutsche.

„Nee, aber wer könnte es denn sonst sein?" Sie sank in eine Ecke und verschränkte die Arme, ein angesäuerter Ausdruck auf dem Gesicht. „Ich werde sie konfrontieren, gleich nachdem ich Bunn und Miss Moreton den Kragen umgedreht habe."

„Überlasse die Strafe dem Richter", sagte ich.

„Und lass sie von der Polizei fangen", ergänzte Matt dann. „Wir fahren nach Scotland Yard, bevor wir nach Hause gehen. Die Polizei muss nach ihnen suchen, bevor die Spur kalt wird."

„Wir können auch dem äußerst besorgten Kriminalinspektor gute Nachrichten bringen", sagte ich. „Cyclops auch."

Willie knurrte und klang uninteressiert, setzte sich aber etwas gerader hin.

Als wir Cyclops bei Scotland Yard trafen, wollte er gerade gehen. Er schlug Willie auf die Schulter und sagte ihr, dass sie lächerlich aussah. Sie stieß ihm die Faust in den Arm, und er nahm sie in eine riesige Umarmung, die sie fast verschluckte.

Ein Schutzmann führte uns in Brockwells Bureau, wo der Inspektor gerade Formulare auf dem Schreibtisch ausfüllte. Er schaute auf und ließ den Stift fallen. Tinte kleckerte über seine ganzen Papiere.

Er schoss hoch. „Willie! Du bist in Sicherheit."

„Klar bin ich das. Ich weiß gar nicht, warum ihr alle dachtet, ich könne mich nicht um mich selbst kümmern."

„Ich habe versucht, ihnen zu sagen, mit dir wäre alles in Ordnung, aber sie dachten, sie müssten dich trotzdem retten."

Matt hob eine Augenbraue, doch der Inspektor war zu sehr damit beschäftigt, Willie anzugrinsen, als dass es ihm aufgefallen wäre.

Willie kämpfte gegen ein Lächeln an.

„Bunn und Amelia Moreton sind auf der Flucht", sagte Matt, der den fallengelassenen Stift aufhob. Er schrieb eine Adresse in Brockwells Notizbuch. „Dort haben sie Willie versteckt. Sie sind geflohen, als wir ankamen."

„Nachdem ich geflüchtet bin", erklärte Willie.

Brockwell befahl dem Schutzmann, eine Mannschaft zu versammeln und sich in ein paar Augenblicken mit ihm zu treffen. Der Schutzmann eilte weg, und Brockwell griff nach seinem Mantel, der an einem Ständer an der Tür hing.

„Wie hast du dich befreit?", fragte er.

Matt erklärte ihnen, wie er von den leer stehenden Immobilien erfahren hatte, und von dem Mann, der auf der Straße gepfiffen hatte, und Willie steuerte den Rest bei, obwohl ihre Flucht in dieser Nacherzählung sehr viel eleganter war. Sie fiel nicht durch die Tür und landete auf dem Hintern, außerdem ging ihr Schuss absichtlich daneben. Offensichtlich war es genauso geplant geschehen, denn ihr war nicht danach gewesen, einen von ihnen zu töten.

„Das ist echt großherzig von dir, ihr Leben zu verschonen", sagte Cyclops. „Denn sie hätten dich nicht verschont."

„Ist das so?" Sie stieß die Hand in die Hüfte. „Sie wollten mir nicht erzählen, warum sie mich entführt haben, aber ich schätze, es war, um India zu zwingen, ihre Magie anzuwenden. Ich habe ihnen gesagt, dass das nicht funktionieren würde, dass Matt sie dich nicht würde einsetzen lassen, selbst wenn du es wolltest."

Matt schaute zu mir, sagte aber nichts.

„Komm mit mir, Willie", sagte Brockwell, der ihr bedeutete, sie solle ihm voraus durch die Tür gehen. „Ich muss ein paar Männer zu dieser Adresse schicken, und außerdem weitere Orte, an denen die Flüchtigen bekanntermaßen auftauchen. Du kannst uns vielleicht etwas über deine Entführer erzählen, das helfen wird."

„Sie sollten Moreton fragen, ob seine Tochter Freunde hat, die sie verstecken würden", sagte Cyclops.

„Vielen Dank", erwiderte Brockwell trocken.

„Und Sie sollten die Beschreibungen an weitere Polizeiwachen telegrafieren", fügte Duke an. „Sie können versuchen, London zu verlassen."

„Ich weiß, was zu tun ist", sagte Brockwell über die Schulter. Seine Schritte waren so eilig, wie ich sie noch nie beim Inspektor gesehen hatte. Ich fragte mich, ob er auch so entschlossen war, wenn das Opfer jemand anderes war als Willie.

Willie schien die Veränderung bei Brockwell auch aufzufallen. Ihrem Lächeln nach zu urteilen gefiel ihr, dass er sich ins Zeug legte.

Brockwell ließ nur Willie in den Raum, wo er sich mit seinen Männern traf. Wir übrigen blieben draußen. Zum Glück war das Treffen kurz. Die Schutzmänner und Sergeanten kamen heraus und verteilten sich in alle Richtungen. Wir warteten, aber Brockwell und Willie zeigten sich nicht.

Duke wollte schon hineinschauen, doch Cyclops erwischte ihn am Arm.

„Lass sie doch allein ein paar Minuten lang reden", sagte Cyclops. „Ich denke, er will ihr erzählen, was für Sorgen er sich gemacht hat."

„Das wird bei Willie nicht fruchten", sagte Duke mit völliger

Sicherheit. „Ihr habt doch gesehen, wie sie war, als wir sie gerettet haben. Ihr gefällt es nicht, ein Opfer zu sein, oder dass andere von ihr als solches denken. Wenn er sagt, dass er sich Sorgen gemacht hat, wird sie es ganz falsch aufnehmen."

Da mochte er Recht haben. Ich hoffte, Brockwell wäre vernünftig genug, zu wissen, wann er den Mund halten sollte. Wenn man sich mit Willie befasste, gab es eine Menge Risiken, die gleich unter der Oberfläche lauerten.

Ich begann, an Brockwell zu zweifeln, und zog in Betracht, selbst das Zimmer zu betreten, als sich die Tür öffnete. Willie kam heraus, dieses Lächeln war immer noch da, aber diesmal lag ein Glitzern in ihren Augen. Brockwell wirkte so nüchtern wie eh und je.

Wir ließen Brockwell zurück, um die Suche nach Mr. Bunn und Amelia Moreton zu leiten, und kehrten nach Hause zurück.

„Willst du was zu trinken, Willie?", fragte Duke, während wir durch die Tür in den Salon kamen.

„Erst, wenn ich dieses verdammte Kleid los bin."

„Oh, Willie", sagte Tante Letitia vom Treppenhaus aus. Ich hatte nicht gesehen, dass sie dort stand, eine Hand auf der Balustrade, die andere auf den Bauch gepresst. „Man sehe sich deine Haare an. Die sind ganz wild. Ehrlich, wenn du schon ein Kleid trägst, solltest du ihm auch gerecht werden und dich sauber halten."

„Darum werde ich nie wieder ein Kleid tragen. Es macht zu viele Schwierigkeiten. Man gebe mir jederzeit eine Lederhose und eine Weste, statt Unterröcke und ein Korsett."

Ich war mir ziemlich sicher, dass Willie kein Korsett trug, hielt mich aber davon ab, das in Tante Letitias Anwesenheit auszusprechen.

Wir aßen ohne Willie zu Abend, doch sie schloss sich uns später im Wohnzimmer mit einem vollen Teller an. Tante Letitia war so entsetzt, dass sie irgendwo anders außer im Speisezimmer aß, dass sie sich zurückzog, damit sie es nicht sehen musste. Wir warteten, bis sie weg war, bevor wir die Ereignisse des Abends besprachen, damit wir sie nicht aufregten.

Willie konnte uns nicht viel mehr Informationen geben, als sie es bereits getan hatte. Sie wusste nicht, wo Bunn und Amelia wohl hingegangen sein könnten, doch sie gab uns ein wenig Einblick in ihren Charakter.

„Sie werben nicht umeinander", sagte sie. „Oder falls sie das tun, ist ihre Beziehung noch seltsamer als die von mir und Jasper."

„Warum hat Amelia dann bei seinem Plan mitgespielt?", fragte Cyclops.

„Ich glaube nicht, dass das sein Plan war. Er wollte mich gehen lassen, aber Amelia hat sich geweigert. Sie schätzte, der Plan würde funktionieren, wenn sie bis Mitternacht aushielten."

„Also weshalb hat er dann mitgespielt?", fragte ich.

Willie zuckte mit den Schultern. „Ich glaube, er hat Ehrfurcht vor ihr. Sie ist klug und furchtlos."

Duke grinste. „Klingt ganz nach deinem Typ. Du hättest versuchen sollen, sie zu umgarnen, nicht, sie zu erschießen."

„Echt komisch, Duke. Sie ist überhaupt nicht mein Typ. Sie ist viel zu verbittert. Sie konnte einzig und allein über Magie reden, und dass man sie teilen muss, und dass Magier frei sein sollten, alle Zauber zu wirken, die sie wollen. Sie klang wütend. Mr. Bunn war das auch, aber erst, nachdem sie ihn ein wenig angestachelt hat."

„Glaubst du, sie werden jetzt aufgeben?", fragte Matt.

Willie schüttelte den Kopf. „Sie bestimmt nicht." Sie richtete den Blick auf mich. „Du musst aufpassen, India. Ich schätze, als nächstes versuchen sie vielleicht, dich zu entführen."

Da war ich mir nicht so sicher. Am besten konnten sie mich dazu bekommen, etwas zu tun, was ich nicht tun wollte, indem sie meine Freunde oder Familie bedrohten. Ich hätte ihnen heute um Mitternacht gegeben, was sie wollten, hätten wir Willie nicht gefunden. Ich musste hoffen, dass sie das nicht wussten. Ich schaute zu Matt und schluckte den Kloß in meiner Kehle hinunter.

Später, als ich die Stufen mit Willie hinaufging, fragte ich sie wegen ihrer Unterhaltung unter vier Augen mit Brockwell. „Was hat er in diesem Besprechungsraum zu dir gesagt? Hat er dir erzählt, was für Sorgen er sich gemacht hat?"

„Überhaupt nichts dergleichen", sagte sie, wirkte entsetzt wegen der Andeutung. „Er hat mir gesagt, dass es ihm nichts ausmacht, wenn ich mich mit anderen Leuten treffen will, solange ich mich hin und wieder mit ihm treffe."

„Das wusstest du bereits."

„Anderen *Leuten*, India, nicht nur anderen Männern. Er sagt, er war geschockt, als er herausfand, dass ich auch Frauen mag, aber nur, weil er so jemandem noch nie begegnet ist." Sie stieß sich mit den Daumen vor die Brust. „Ich bin einzigartig." Ihrem Lächeln nach zu urteilen war das wohl eine Beschreibung, die sie bereitwillig in die Arme schloss.

„Er kennt dich gut", sagte ich sanft. An der Tür umarmte ich sie kurz. „Ich bin sehr froh, dich wieder zu haben, Willie. Hier ist es ohne dich einfach nicht, wie es sein sollte."

„Ich freue mich auch, wieder da zu sein. Und wenn ich jemals wieder vorschlage, dass ich ein Kleid tragen könnte, erschießt mich."

* * *

KRIMINALINSPEKTOR BROCKWELL TRAF EIN, während wir im Speisezimmer frühstückten. Er hatte die unheimliche Angewohnheit, bei einer Ermittlung zu den Essenszeiten aufzutauchen, wobei er behauptete, seine Berichte müssten persönlich überbracht werden, und zwar genau zu der Tageszeit, die mit einer Einladung einherging, zum Essen zu bleiben. Manchmal fragte ich mich, ob er Mrs. Potter, unsere Köchin, nach einem Terminplan gefragt hatte.

Er stapelte seinen Teller mit Würstchen, gekochten Eiern, Speck und Toast vom Buffet voll und schenkte sich eine Tasse Kaffee ein. Als er sich hinsetzte, schmatzte er mit den Lippen. „Köstlich."

Er schien es nicht eilig damit zu haben, uns seinen Bericht zu geben. Seinem müden Erscheinungsbild nach zu urteilen, war es eine lange Nacht gewesen.

Willie allerdings war nicht in der Stimmung, abzuwarten, bis er fertig gegessen hatte. Man musste ihr zugutehalten, dass sie aushielt, bis er ein Würstchen gegessen hatte, bevor sie fragte, ob man Bunn und Amelia aufgegriffen hatte.

Er leckte sich das Fett vom Würstchen von den Lippen und

tupfte dann seine Mundwinkel mit übertriebener Sorgfalt ab. Als nächstes kamen ein Schluck Kaffee, ein Räuspern und noch ein Schluck.

Wir hielten die Luft an, warteten darauf, dass er etwas sagte, aber Willie brach ein, bevor er es tat.

„Jasper! Wurden sie geschnappt?"

„Noch nicht", sagte er, ganz ohne den Frust zu bemerken, den er ausgelöst hatte. „Aber ich bin sicher, sie haben die Stadt nicht verlassen. Meine Männer haben Mitarbeiter an den Hauptbahnhöfen und den Hafenanlagen befragt, und niemand, der zu ihren Beschreibungen passt, wurde gesehen. Wir ergreifen sie bald, Willie. Es ist nur eine Frage der Zeit."

Brockwell ging nach dem Frühstück. Willie brachte ihn zur Tür, wo er ihr einen Kuss auf die Wange gab und zum Abschied winkte, ganz wie ein Mann, der zu seinem Arbeitstag aufbrach. Es war alles ziemlich häuslich, doch Willie hatte keine Ahnung. Ich würde nicht diejenige sein, die es ihr sagte.

Ich machte nach dem Frühstück mit Tante Letitia Weihnachtsdekorationen. Ich mied ein Gespräch über die Entführung, um sie nicht aufzuregen, und ich war dankbar, dass sie deswegen keine Fragen stellte. Ich war mir nicht einmal ganz sicher, ob sie wusste, dass Willie entführt worden war.

„Ich muss diese Woche einige Weihnachtskarten schreiben", sagte sie, während sie Filzengel ausschnitt. „Erinnere mich daran, die an Richard und Beatrice nach Rycroft Hall zu schicken."

„Sie verlassen London?", fragte ich.

„In drei Tagen, so steht es in ihrem Brief. Sie haben mich eingeladen, mit ihnen zu kommen, aber ich würde lieber mit dir und Matthew hierbleiben."

„Das ist sehr freundlich, dass du das sagst, vielen Dank. Wir haben dich gerne hier. Es wird unser erstes Weihnachtsfest zusammen."

Sie hielt ihre Engelgirlande hoch. „Und was für eine wunderbare Zeit werden wir in der Stadt haben. Ich werde das Land aber vermissen. Zu dieser Jahreszeit ist es ganz herrlich mit dem ersten Frost auf dem Rasen. Nicht, dass ich im Winter ausgehe, also schätze ich, spielt es keine große Rolle, wo ich bin, solange die Gesellschaft gut ist." Sie verzog das Gesicht. „Den ganzen Tag mit Beatrice, Richard und Charity zu verbringen, einen Tag nach dem anderen, ist eine ziemliche Herausforderung für meine Nerven. Das Haus ist groß, aber nicht groß genug."

Ich konnte nicht verhindern, dass ich leise lachte.

„India, glaubst du wirklich, dass Charity den Masons von Catherine und Cyclops erzählt hat?"

„Wer kann es sonst sein?", fragte ich.

„Tatsächlich, wer." Sie schnalzte mit der Zunge. „Schreckliches Mädchen. Es ist kein Wunder, dass sie keinen Mann gefunden hat."

Bristow trat ein und kündigte an, dass Lord Farnsworth da war. „Ich habe gefragt, ob er in Mr. Glass' Bureau gebracht werden will, aber er sagte, er wünscht, die Damen des Hauses zu sehen."

„Bringen Sie ihn herein und holen dann Willie." Ich war mir nicht sicher, ob ich eine Dosis von Lord Farnsworth aushielt, wenn nur Tante Letitia da war, auf die ich mich stützen konnte. Ihm schien Willies Gesellschaft sowieso lieber zu sein.

Lord Farnsworth trat ein und verbeugte sich. „Guten Morgen, die Damen. Was für ein herrlicher Tag es doch ist."

Tante Letitia warf einen Blick auf das Fenster. „Es regnet."

„Eisregen tatsächlich, doch trotzdem wunderbar. Ich stelle fest, dass jeder Tag, an dem ich einen Atemzug tue, herrlich ist."

„Das sehe ich ganz genauso, mein Lord."

Ich war mir nicht sicher, ob Tante Letitia sich über ihn lustig machte oder ganz aufrichtig war. Sie schien immun gegenüber seiner Albernheit zu sein, aber das hätte auch daran liegen können, dass er ein Lord war, und sie glaubte, Höflichkeit gegenüber Mitgliedern der oberen Klassen wäre geboten, damit die Welt nicht im Chaos versank.

Andererseits könnte sie auch höflich zu ihm sein, um sicherzustellen, dass er sich so willkommen fühlte, dass er häufig vorbeikam. Es hätte mich nicht überrascht, wenn sie ihn ins Visier genommen hätte, damit er Charity heiratete, und diese kleinen Besuche waren ihre Art, die Saat zu sähen.

Willie trat ein, und Tante Letitia legte ihren Weihnachtsschmuck ab und lächelte sie an. „Sieh an, wer da ist, Willemina.

Haben wir nicht Glück, dass Lord Farnsworth heute Vormittag hier ist? Sag ihm, wie sehr wir seine Gesellschaft genießen."

„Wir genießen deine Gesellschaft", sagte Willie, die Platz nahm.

Ich schaute Tante Letitia aus zusammengekniffenen Augen an, während sie Willie anlächelte und sich dann an Lord Farnsworth wandte. Keinem von ihnen fiel es auf, aber mir nahm es so ziemlich den Wind aus den Segeln. Falls Tante Letitia *Willie* als potenzielle Frau für Lord Farnsworth betrachtete, würde sie enttäuscht werden. Es war offensichtlich, dass sie nur Freunde waren. Ich würde Tante Letitia warnen müssen, nicht zu versuchen, sie zu verkuppeln. Willies Liebesleben war schon kompliziert genug.

„Erzähl Seiner Lordschaft, was du angestellt hast, Willemina", sagte sie.

Willie erstarrte. Sie schaute zu mir, und ich erstarrte ebenfalls. Es schien, als hätte Tante Letitia tatsächlich von der Entführung gewusst.

„Willemina", sagte sie angespannt. „Sag ihm, dass du Charity hinterherspioniert hast."

Willie und ich entspannten uns beide.

„Spioniert?", rief Lord Farnsworth. „Aus einem besonderen Grund, oder einfach, weil ich nicht als Gesellschaft da war, um dir die Zeit zu vertreiben?"

Willie grinste, bekam dafür ein zustimmendes Nicken von Tante Letitia. Guter Gott, sie dachte wirklich, sie könne sie verkuppeln.

Willie erzählte ihm von Cyclops und Catherine und Charitys Interesse an Cyclops und den Schwierigkeiten, die sie ihnen in der Vergangenheit beschert hatte. „Ich versuche herauszufinden, ob es stimmt, dass sie Catherines Familie in Kenntnis gesetzt hat", schloss sie.

„Und, Glück gehabt?", fragte er.

„Noch nicht."

„Sie brechen bald aufs Land auf", erklärte ich ihr.

Willie dachte über diese Nachricht nach, als Tante Letitia sich bemerkbar machte. „Willemina hat ein Kleid getragen."

Lord Farnsworth legte den Kopf in den Nacken und lachte.

Willie funkelte Tante Letitia an, doch Tante Letitia pflügte einfach weiter, war sich nicht bewusst, was für ein Feuer sie gerade entzündet hatte. „Sie sah darin sehr einnehmend aus. Wirklich sehr elegant. Eine wahrhaft hochrangige Lady."

Lord Farnsworth drückte die Lippen aufeinander und nickte dazu, versuchte, kein weiteres Lachen hervorbrechen zu lassen. Von der Anstrengung tränten ihm die Augen.

„Glaubt irgendjemand, es würde besser werden mit Charity, wenn sie ein Hobby hätte?", sagte ich rasch, um alle von dem Thema abzulenken, dass Willie ein Kleid getragen hatte. „Ich glaube, der Grund, dass sie so für Cyclops schwärmt, liegt daran, dass sie ihn gefährlich findet, auch wenn er eigentlich ganz sanft ist."

„Sie meinen, er ist langweilig", sagte Lord Farnsworth, der sich von seinem Lachanfall erholt hatte. „Das könnte das Problem sein. Ich weiß, dass ich gefährliche Freundschaften herbeisehne, wenn mir langweilig ist. Deshalb genieße ich Willies Gesellschaft."

Willie wirkte erfreut. „Ich bin gefährlich?"

„Du hast eine Waffe bei dir. Und deine eiskalten Anmerkungen am Kartentisch laden von Zeit zu Zeit das Risiko ein, wenn du sie vor einem Gegner aussprichst, der keinen Sinn für Humor hat."

Willie sonnte sich mehr oder weniger in den Komplimenten.

„Ich habe einen Vorschlag", fuhr Lord Farnsworth fort.

Tante Letitia rückte vor. „Wirklich?"

„Weshalb sehe ich mir dieses Charity-Problem nicht einmal an?"

Tante Letitia lehnte sich mit dem Seufzen zurück.

„Was meinen Sie denn mit ansehen?", fragte ich vorsichtig.

„Ich werde die Angestellten befragen, natürlich diskret. Mein Rang öffnet Türen, also wird es nicht schwer."

Willie rümpfte die Nase. „Bei den Bediensteten wird das nicht funktionieren. Es ist wahrscheinlicher, dass sie dir *nichts* sagen, weil du ein hohes Tier bist, und dazu noch ein Dandy."

„Ein Dandy?" Er schnaubte. „Das bin ich gewiss nicht. Ich möchte dich wissen lassen, dass ich ziemlich gut boxen kann. Nur weil ich gerne elegante Kleidung trage und mir die Haare frisiere, wie es die neueste Mode gebietet, heißt das doch nicht, dass ich ein Dandy bin."

Willie entschuldigte sich halbherzig, zog ihre Behauptung aber nicht zurück.

„Wie wäre es mit einer Wette?", fragte Lord Farnsworth. „Wenn ich herausfinde, dass Charity diejenige war, die die Masons über die Turteltäubchen aufgeklärt hat, musst du mich an einem Abend zum Kartenspielen begleiten."

„Ich stimme zu."

„In einem Kleid."

„Und wenn du es nicht schaffst?"

„Dann muss ich ein Kleid tragen."

Tante Letitia keuchte, dann versuchte sie, es zu verbergen, indem sie so tat, als müsse sie husten.

Willie lächelte und streckte eine Hand aus. „Du hast eine Wette, Farnsworth."

Sie schüttelten sich die Hände.

Lord Farnsworth entschuldigte sich, in seinen Augen glitzerte das aufregende Abenteuer, das ihn auf der Jagd nach der Wahrheit erwartete.

Nachdem er weg war, verstellte Tante Letitia Willie den Ausgang aus dem Salon, die Stirn heftig gerunzelt.

„Es ist doch nur eine Wette unter Freunden, Letty", sagte Willie. „Ich konnte das nicht ablehnen."

„Das ist es nicht, was mich verärgert." Tante Letitia stach einen Finger in Willies Schulter. „Ich versuche, eine gute Partie für dich zu finden, und du schaffst es nur, ihn auf eine Art lachen zu lassen, die einem Gentleman einfach nicht gebührt."

Willie schaute sie ausdruckslos an.

„Du kannst es nicht besser erwischen als Lord Farnsworth. Ehrlich, Willemina. In deinem Alter und mit deinem … interessanten Charakter, sei froh, dass jemand von seinem Kaliber überhaupt Interesse an dir hat."

„Er ist an mir nicht mehr interessiert, als ich an ihm interessiert bin! Nicht zum Heiraten auf jeden Fall."

Tante Letitia wirkte verärgert.

Willie legte Tante Letitia die Hände auf die Schultern und neigte den Kopf, um ihr in die Augen zu schauen. Sie hatte einen mitfühlenden Ausdruck auf dem Gesicht, was mich überraschte. Ich dachte, sie wäre wütend.

„Farnsworth und ich sind nur Freunde, Letty. Wie ich und Duke."

„Oh. Nicht wie du und der Kriminalinspektor?"

„Nein, so nicht."

Tante Letitia seufzte und tätschelte Willie die Hand. „Wie schade auch."

Willie küsste sie auf die Wange. „Ich weiß, aber es gibt nichts, was du, ich oder er deswegen unternehmen können. Ich bin, was ich bin, und mir gefällt, was mir gefällt. Das lässt sich nicht erklären."

Tante Letitia trat zur Seite, und Willie ging vorbei, um das Zimmer zu verlassen.

„Bist du sicher, dass er an dir als Freund interessiert ist, und nicht als Frau?", rief Tante Letitia ihr nach.

„Ich schätze, er mag beides. Diese beiden Dinge kann es zusammen geben. Männer und Frauen können einfach nur Freunde sein, ohne dass eine der beiden Parteien mehr will."

Tante Letitia sah Willie nach, dann kehrte sie zum Sofa zurück und setzte sich neben mich. Sie nahm ihre Girlande mit Engeln wieder auf und breitete die Hände weit aus, um ihre Arbeit zu begutachten. „Da irrt sie sich sehr, India. Sie weiß es nur noch nicht."

* * *

Es gab immer noch keine Nachricht von Brockwell, was den Aufenthaltsort der Flüchtigen anbetraf, als der Nachmittag zuneigeging. Ich wurde ziemlich rastlos. Da ich nur soundso viele Weihnachtsdekorationen herstellen konnte, ohne verrückt zu werden, machte ich mich auf die Suche nach Matt. Ich fand ihn in seinem Bureau, die Beine unter dem Schreibtisch ausgestreckt, während er den Ausblick aus dem Fenster betrachtete. Ich nahm mir einen Augenblick, um sein attraktives Profil zu bewundern, bevor ich eintrat.

„Du wirkst nachdenklich", sagte ich.

Er nahm mich an der Hand und lotste mich, bis ich mich auf

seinen Schoß setzte. Sein warmer Arm legte sich um meine Taille, und er lehnte sich mit einem Seufzen an meine Schulter. „Ich wünschte, man hätte sie aufgegriffen."

„Die Polizei tut alles, was sie kann."

„Das macht das Warten auch nicht einfacher."

Ich zog mich zurück, um ihn richtig zu betrachten. „Du denkst doch nicht darüber nach, Brockwell zu helfen, hoffe ich."

„Ich bezweifle, dass er meinen Beistand als sonderlich hilfreich empfinden würde. Außerdem ist das eine Aufgabe, für die man viele Mitstreiter und Leute vor Ort braucht. Das ist nichts, was ich erledigen kann."

Cyclops und Duke hatten sich der Polizei auf der Suche angeschlossen, mit Brockwells Zustimmung, aber Matt hatte nicht darum gebeten. Ich nahm an, dass er zu Hause blieb, um die verletzlicheren Mitglieder der Familie zu beschützen, nämlich Tante Letitia und mich.

„Wenn wir uns nicht auf die Suche nach den Flüchtigen machen können, könnten wir uns um die Angelegenheit kümmern, die wir beiseiteschieben mussten, als Willie entführt worden ist", sagte Matt. „Was wir wegen Whittaker unternehmen. Sagen wir Barratt, dass es sehr wahrscheinlich Whittaker war, der jemanden geschickt hat, um ihn verprügeln zu lassen?"

„Ich denke, er sollte es erfahren", sagte ich.

Matt wirkte nicht so sicher. „Barratt wird ihn vermutlich deswegen zur Rede stellen, und das könnte unsere Ermittlungen in Whittakers Angelegenheiten in Gefahr bringen. Ich will nicht, dass er erfährt, dass wir ihm misstrauen, oder er wird vorsichtiger werden."

„Also gut. Ich stimme zu."

„Andererseits hat Barratt die Ressourcen seiner Zeitung zur Verfügung. Er könnte auf Informationen zugreifen, an die wir nicht gelangen."

„Dann sagen wir ihm, was wir über Sir Charles wissen, bitten ihn aber, ihn wegen des Angriffs nicht zur Rede zu stellen. Bis wir mehr wissen, darf er es niemandem sagen."

„Darunter Louisa", fügte er an.

„Er hat uns bereits gebeten, ihr nichts von dem Überfall zu

erzählen, also bin ich sicher, er wird auch seine Ermittlung in Sachen Sir Charles vor ihr geheim halten."

„Da bin ich nicht so sicher. Ich würde dir so etwas Wichtiges nicht vorenthalten."

Ich legte die Hände an sein Gesicht. „Aber unsere Beziehung unterscheidet sich erheblich von der von Oscar und Louisa." Ich küsste ihn leicht auf die Lippen. „Jetzt, wenn du nichts Besseres zu tun hast, könnten wir Fabian aufsuchen. Ich würde gern mit unserem Experiment mit dem fliegenden Teppich weitermachen. Deine Gesellschaft wäre mir sehr willkommen."

„Ich wäre dort doch nur im Weg. Weshalb schickst du nicht nach ihm? So kann ich weiterarbeiten, während ihr beiden Zauber in der Bibliothek wirkt."

Es war ein guter Kompromiss, und ich stand auf, um Bristow zu holen. Der Butler näherte sich allerdings bereits dem Bureau, als ich den Gang betrat.

„Sie haben ein exzellentes Gefühl dafür, wenn Sie gebraucht werden", sagte ich mit einem Lächeln.

Er verbeugte sich. „Vielen Dank, Madam. Ich bin gerne eine Hilfe. In diesem Fall wusste ich allerdings nicht, dass nach mir verlangt wurde." Er hielt eine Nachricht vor. „Das kam für Sie und Mr. Glass. Ich dachte, es könnte vielleicht dringend sein."

Ich dankte ihm und öffnete den Brief. Mein Keuchen sorgte dafür, dass Matt aus dem Bureau gelaufen kam.

„Was ist das denn?", fragte er und spähte mir über die Schulter.

„Die Nachricht ist von Mr. Bunn und Miss Moreton", sagte ich. „Sie verlangen, dass ich meine Magie auf Mr. Bunns Leder einsetze, oder sie werden um vier Uhr den Musikpavillon im Hyde Park sprengen." Ich schaute auf die Uhr auf dem Kaminsims. „Das ist in weniger als einer Stunde."

KAPITEL 7

„Ich muss ihnen geben, was sie wollen", sagte ich zu Matt. „Ich muss den Verlängerungszauber auf Mr. Bunns Lederzauber sprechen."

„Nein. Wir müssen sie aufhalten." Er marschierte zu den Treppen.

Ich lief, um mit ihm mitzuhalten. „Wohin gehst du?"

„Zu Willie. Ich sage ihr, dass sie Brockwell holen soll."

„Und wo wirst du danach hingehen?"

Er antwortete nicht.

„Matt!"

Er drehte sich nicht um.

„Wage es bloß nicht, zum Musikpavillon zu gehen und zu versuchen, sie aufzuhalten! Das ist viel zu gefährlich."

„Wir sind näher am Hyde Park als Brockwell." Er rannte die Stufen hinab, rief nach Willie.

Sie kam aus dem Salon, eine Schere in einer Hand und Papier in der anderen. „Hör auf zu brüllen. Ich versuche mich auf das Schneiden so konzentrieren." Sie hielt ein ziemlich kompliziert wirkendes Muster für einen Stern hoch.

„Bunn und Amelia werden den Musikpavillon im Hyde Park sprengen, außer wir halten sie auf", erklärte ihr Matt.

„Außer ich gebe ihnen, was sie wollen", entgegnete ich.

„Himmel", murmelte Willie. „Wir müssen es Jasper sagen."
Sie reichte mir die Schere und das Muster. „Ich gehe jetzt."

„Geh nicht ganz bis zum Yard", sagte Matt, der ihr die Stufen hinab folgte. „Gehe zu unserer nächsten Wache und lass sie ein Telegramm schicken. Das geht schneller. Die Zeit läuft um vier Uhr ab."

„Bristow!", rief Willie. „Bristow, wir brauchen Sie!"

„Matt", sagte ich, als Bristow aus dem Personalbereich kam. „Halt an und hör mir einen Augenblick zu. In dem Brief steht, dass ich an die Kreuzung Oxford und Regent Street gehen soll. Meine Anwesenheit dort wird die Bestätigung sein, dass ich zugestimmt habe, meine Magie einzusetzen."

„Ich werde nicht zulassen, dass du manipuliert wirst."

„Wir haben keine Wahl!"

Er nahm seinen Mantel von Bristow entgegen. „Ich glaube, die Bombe ist ein Jux. Ich denke nicht, dass sie vorhaben, sie hochgehen zu lassen."

„Wie kannst du da sicher sein?"

„Sie haben uns den Standort der Bombe verraten, und der ist nicht mal in der Nähe der Kreuzung Oxford und Regent Street."

„Und?"

„Amelia muss am Musikpavillon stehen, bereit, die Bombe hochgehen zu lassen oder sie zu entschärfen, je nachdem, wie deine Antwort ausfällt. Selbst wenn der Zünder durch ein Zeitschaltgerät gesteuert wird, wird sie in der Nähe sein müssen, um sie zu entschärfen, falls du ihrer Forderung nachgibst. So oder so müsste Bunn deine Antwort sofort um vier Uhr an sie weiterleiten. Das ist nicht möglich."

„Ich schätze, du hast recht."

„Sie haben uns auch eine ganze Stunde gelassen, um uns im Umfeld umzuschauen und es abzuriegeln, damit niemand in die Nähe des Pavillons gehen kann, darunter Amelia. Wenn sie versucht, nahe genug zu kommen, um die Bombe zu zünden, wird sie festgenommen werden. Das werden sie nicht riskieren."

„Wenn es also ein Jux ist, weshalb eilst du dann jetzt zum Pavillon?"

Er wollte mir nicht in die Augen schauen, was hieß, dass er nicht ganz von seinem eigenen Argument überzeugt war. „Es wird zu lange dauern, auf Brockwell zu warten", sagte er. „Wenn ich jetzt gehe, kann ich die Polizei alarmieren, die im Hyde Park patrouilliert, und wir können den Bereich räumen."

Willie eilte nach draußen, ließ einen Windstoß aus kalter Luft herein. Ich erbebte und rieb mir über die Arme.

Matt nahm mich sanft an den Schultern und küsste mich auf die Stirn. „Das kommt schon in Ordnung."

Er nahm seine Handschuhe und seinen Hut von Bristow entgegen und gab mir dann noch einen Kuss.

„Pass auf", sagte ich lahm, während er nach draußen trat.

Ich versuchte, mein hämmerndes Herz zu ignorieren, während ich die Straße vom Fenster der Bibliothek aus beobachtete, aber es half nichts. Tatsächlich wurde es schlimmer, als die Gefahr, in die Matt womöglich hineinlief, ganz bei mir ankam. Das könnte eine Möglichkeit sein, ihn hinauszulocken und zu entführen, um mich zu zwingen, zu tun, was sie wünschten, um ihn zu befreien. Es mochte vielleicht gar keine Bombe geben. Matt würde sich gegen einen Entführungsversuch zur Wehr setzen, und das könnte zu schweren Verletzungen führen. Wenn er seine magische Uhr brauchte, um zu überleben, würde niemand wissen, wie es ging. Ich hatte ihm einmal die Uhr in die eigene Handfläche legen müssen, als er nicht bei Bewusstsein gewesen war. Wenn ich nicht da gewesen wäre …

Ich sprang von dem Fenstersitz auf und rief nach Bristow. Er hielt mir keinen Vortrag, während ich meinen Mantel und meine Handschuhe anzog, aber ich konnte das Urteil in seinen Augen sehen. Er argwöhnte, wohin ich unterwegs war, und er wollte nicht, dass ich aufbrach. Ich hatte nicht die Willenskraft, ihn zu beruhigen, wenn mir selbst so elend vor Angst war.

„Lassen Sie keine Menschenseele herein, außer es ist einer von uns", sagte ich. „Und lassen Sie Tante Letitia nicht raus."

Draußen hatte der Regen aufgehört, aber der bleierne Himmel drohte, jeden Augenblick mehr über der Stadt abzuladen. Ich eilte zum Hyde Park. Matt hatte schon recht, wenn er sagte, dass Mr. Bunn vor vier Uhr keine Nachricht an Amelia übermitteln konnte, wenn ich an der Ecke Oxford und Regent Street auftauchte. Die Bombe musste ein Jux sein, der dazu ausersehen war, Matt in den Hyde Park zu locken.

Kalter Wind peitschte über den offenen Platz. Ich raffte meinen Mantel an der Kehle um mich und duckte den Kopf vor dem Wind. Das Wetter hielt die großen Menschenmengen ab, aber es gab trotzdem noch Leute, die überall verstreut waren, spazierten oder ausritten. Von Amelia Moreton gab es allerdings keine Spur, und ich pflügte weiter zum Pavillon.

Das achteckige Gebäude war im Winter leicht zu sehen, wenn die Bäume darum herum ihr Laub abgeworfen hatten. Es ragte weiter vorne auf, schien aber verlassen zu sein. Erst als ich näherkam, sah ich Matt und drei Schutzmänner in der Nähe, die die Leute drängten, den Bereich zu verlassen.

Er schaute auf, als ich mich näherte. „Was machst du denn hier? Geh nach Hause. Das ist nicht sicher."

„Ich dachte, es wäre vielleicht eine Falle, um dich zu schnappen, und ich bin gekommen, um dich zu warnen." Nun, da ich da war, schien die Theorie weit hergeholt. Bis auf ein paar dicke Baumstämme gab es nichts, wo sich Bunn oder Amelia hätten verstecken können.

„Ich glaube, die Idee mit der Entführung haben sie aufgegeben", sagte Matt. „Wir haben den unmittelbaren Bereich durchsucht, und es ist niemand da. Allerdings gibt es eine selbst gebaute Bombe auf der Bühne, und daran ist kein Zeitschaltgerät angebracht. Jemand muss die Zündschnur anzünden und weglaufen, bevor sie explodiert."

Mein Herz schlug mir bis zum Hals. „Also ist es kein Jux. Aber wie soll Amelia nahe genug kommen, um sie zu sprengen?" Ich beäugte den Pavillon, Dutzende Meter weg. „Könnte sie versehentlich losgehen? Sollten wir weiter weg rücken? Wenn sie ihren Zauber auf dem Schwarzpulver eingesetzt hat, könnte die Explosion größer sein als bei einer talentfreien Bombe derselben Größe."

„Das habe ich bereits in Betracht gezogen, und wir sind weit genug vom Pavillon entfernt, um in Sicherheit zu sein, aber wir könnten noch ein paar Schutzmänner brauchen, um alle zu warnen. Sie sind sehr dünn gesät."

„Ich bin sicher, weitere Verstärkung trifft bald ein, und bis dahin kann ich helfen."

„Du kannst helfen, indem du in meiner Nähe bleibst. Ich

würde dich ja nach Hause schicken, aber das ist vielleicht zu gefährlich, wenn sie in der Nähe sind."

Wir lotsten einige Fußgänger von dem Bereich weg, indem wir ihnen sagten, dass eine polizeiliche Angelegenheit vorging. Sie waren neugierig, fügten sich aber ohne Beschwerden. Matt musterte das Umfeld und erblickte ein paar neue Schutzmänner, die auf uns zu liefen.

„Du bist wütend, dass ich hergekommen bin", sagte ich.

„Das besprechen wir später", sagte Matt.

„Du kannst wütend sein, so viel du willst, aber wenn dein Leben in Gefahr ist, und du nicht mit einem Freund zusammen bist, der etwas über deine Uhr weiß, dann werde ich immer dein Missfallen riskieren, um mit dir zu kommen."

„Habe ich zur Kenntnis genommen", war alles, was er sagte. Zumindest war es kein Anschweigen.

Er klärte die neuen Schutzmänner über die Situation auf und bat sie, zu helfen, die Leute vom Pavillon fernzuhalten.

Nur zehn Minuten später kam Willie an, doch es dauerte weitere fünfzehn, bis Brockwell auftauchte. Er inspizierte die Bombe allein, schloss sich uns dann in sicherem Abstand an.

„Es ist kein Zeitschaltgerät angebracht", sagte er und bestätigte damit, was Matt bereits wusste. „Das ist nicht überraschend, denn die sind berüchtigt für ihre Unzuverlässigkeit."

Willie musterte die Bäume in der Nähe. „Also hat sie vorgehabt, hier zu sein, um die Zündschnur selbst anzuzünden."

Es gab keine Spur von Amelia Moreton. Sie war wohl gegangen, als sie Matt und die Schutzmänner gesehen hatte.

„Ich habe nach dem Bombenexperten geschickt, bevor ich den Yard verlassen habe", sagte Brockwell. „Er wird sie entschärfen und sicher entfernen."

Ich schaute auf meine Taschenuhr. „Es sind nur noch acht Minuten bis um vier. Wann wird er herkommen?"

„Nicht vor vier Uhr. Er kommt aus Greenwich."

„Ist schon gut, India", sagte Willie. „Die Polizei hat den Bereich geräumt. Falls sie versehentlich losgeht, wird niemand verletzt werden."

„Ja, aber ... ich verstehe nicht. Weshalb hier eine Bombe platzieren, wenn man sie nicht zünden kann? Sie haben doch bestimmt erraten, dass wir herkommen und die Polizei schicken würden, weshalb haben sie uns also überhaupt den Standort verraten? Unsere Anwesenheit durchkreuzt ihren Plan."

Keiner hatte Antworten, und das hatte ich auch nicht von ihnen erwartet. Hier ging mehr vor, als wir wussten, aber bis Bunn oder Amelia sich entschieden, uns das zu enthüllen, würden wir im Dunkeln bleiben.

Brockwell befahl einigen seiner Männer, so viel vom Park wie möglich auf weitere Bomben zu durchsuchen, oder nach einer Frau, die zu Amelias Beschreibung passte. Es wäre unmöglich, vor vier Uhr mehr als nur die unmittelbare Umgebung zu durchkämmen.

Ich wog meine Uhr in der Hand und beobachtete, wie die Minuten und Sekunden langsam vorbeitickten. Jede einzelne Sekunde schien Stunden zu dauern. Brockwell schätzte, dass der Bombenexperte immer noch zwanzig Minuten brauchen würde, oder mehr.

Als es auf vier Uhr zuging, kam immerhin die Nachricht, dass die Polizei keine weiteren Bomben gefunden hatte. Hoffentlich war das die einzige. Brockwell versicherte uns, dass auch Polizei zur Oxford und Regent Street geschickt worden war. Auf der für gewöhnlich trubeligen Einkaufsmeile wäre wegen der Weihnachtsgeschenkkäufe noch mehr los, und es würde extrem schwierig werden, unsere Schurken zu sehen, insbesondere, wenn eine Verkleidung im Spiel war.

Je mehr ich darüber nachdachte, desto sicherer vermutete ich, dass das Ganze nur eine Finte war, um Matt herzulocken. Sie hatten wohl den Gedanken aufgegeben, ihn zu entführen, als er mit der Polizei im Schlepptau angekommen war. Falls seine Entführung nicht der Plan war …

Mein Mund wurde trocken. Tante Letitia war allein zu Hause. Ich war sehr froh, dass ich Bristow den Befehl gegeben hatte, niemanden sonst ins Haus zu lassen. Sie und die Bediensteten sollten ganz sicher sein, solange sie die Türen und Fenster geschlossen hielten. Ich stieß verhalten einen Atemzug aus.

Ein die Knochen erschütterndes Dröhnen hallte durch die Luft.

Matt stieß mich zu Boden, schirmte mich mit seinem Körper

ab. Etwas schlug dumpf auf der feuchten Erde in der Nähe auf, dann wurde alles still, bis auf das Klingeln in meinen Ohren.

Ich spähte unter meinen Armen hervor, die ich über den Kopf gelegt hatte, um keinen Meter entfernt ein gezacktes Stück Holz aus dem Boden ragen zu sehen. Jenseits davon, dort, wo der Musikpavillon hätte sein sollen, stand ein brennender Haufen Kleinholz.

Matt erhob sich und half mir auf die Beine. Er nahm mein Gesicht in beide Hände und musterte mich. „Alles in Ordnung?", fragte er. Über das Klingeln hinweg war seine Stimme nur schwer zu verstehen.

Ich nickte und suchte nach Willie. Brockwell hatte sie beschützt, wie Matt mich beschützt hatte. Sie standen beide auf, staubten sich ab und schauten sich um. Das Entsetzen auf ihren Gesichtern passte vermutlich zu meinem.

Die Bombe war losgegangen, und doch hatte niemand die Zündschnur entzündet. Ohne ein Zeitschaltgerät daran, wie war das möglich?

Magie.

„Ist jemand verletzt?", rief Brockwell.

Einige seiner Männer antworteten. Aber jene, die weiter weg waren, hörten ihn nicht.

Wir suchten uns einen Weg an weiteren zersplitterten, rauchenden Holzstücken vorbei, doch das Feuer verhinderte, dass wir dichter herankamen.

Brockwell nahm seinen Hut ab und fuhr sich mit den Händen durch die Haare. „Wie wurde sie gezündet?"

„Amelia", sagte ich düster. „Mit einem Zauber."

„Aber ihr Vater hat uns nicht erzählt, dass sie das tun kann."

„Sie vertrauen ihm, nachdem Sie entdeckt haben, dass er illegal Bomben verkauft?", schnaubte Matt mehr oder weniger.

Brockwell holte tief Luft und stieß sie langsam wieder aus. „Wir haben ein Problem. Ein sehr großes, unvorhersehbares Problem." Er schaute mich an. „India, Sie müssen tun, worum sie bitten."

Ich nickte, doch Matt schüttelte den Kopf. „Das war eine Warnung", sagte er. „Sie wollten, dass wir erfahren, wozu Amelia fähig ist. Sie wussten, dass wir herkommen würden, eine

Bombe ohne Zeitschaltuhr sehen, aber niemanden, der sie zündete, und dass wir denken, sie hätten einen Fehler gemacht. Sie wussten, dass wir den Bereich räumen würden, damit niemand verletzt wird."

„Das ist doch immerhin was", sagte ich. „Es zeigt, dass sie nicht bereit waren, jemanden zu töten."

„Außer, sie müssen es", fügte Brockwell an.

„Sehr wahrscheinlich haben Bunn und Amelia an der Kreuzung von Oxford und Regent Street nach India Ausschau gehalten", fuhr Matt fort. „Als sie nicht aufgetaucht ist, hat Amelia die Bombe von dort aus mit ihrem Zauber hochgehen lassen. Ich schätze, sie werden bald eine weitere Nachricht schicken, in der sie dasselbe von India erbitten und drohen, eine weitere Bombe zu zünden. Aber diesmal werden sie uns den Standort der Bombe nicht verraten, nur, wohin India gehen soll."

„Aber wenn sie niemanden töten oder verletzten wollen, dann sagen sie es uns doch sicher", meinte ich ausdruckslos. Doch tief im Inneren wusste ich, dass Matt recht hatte. Diese Bombe war eine Warnung. Die nächste würde die echte Gefahr sein.

Matt nahm meine Hände in seine. Seine Augen waren so umwölkt wie der Himmel. „Bis ihr Brief eintrifft, haben wir einige Ermittlungen anzustellen. Es gibt immer noch eine Chance, dass wir verhindern können, dass sie eine weitere Bombe platzieren."

„Wir?", wiederholte Brockwell.

„Sie brauchen unsere Hilfe, Brockwell."

Der Kriminalinspektor gestand diesen Punkt ein, indem er nichts mehr sagte.

Der Regen setzte wieder ein, und Matt zog meine Kapuze für mich hoch. Wir gingen mit Willie durch den Hyde Park zurück, kamen an einem Feuerwehrwagen vorbei, der von zwei mächtigen Pferden gezogen wurde und das Feuer im Musikpavillon löschen sollte.

Bristow öffnete die Tür erst, nachdem wir uns identifiziert hatten. Er berichtete, dass Tante Letitia darauf wartete, mit uns einen leichten Nachmittagstee im Salon einzunehmen. Sie war verärgert, dass wir alle ausgegangen waren und es ihr nicht gesagt hatten.

„Wir sind mitten in einer Ermittlung", erklärte Matt, als sie ihn tadelte, weil er nicht da gewesen war, wo sie sich doch Gesellschaft gewünscht hätte. „India und ich müssen jetzt wieder ausgehen. Willie wird bei dir bleiben."

„Tatsächlich gehe auch ich aus", sagte Willie. „Ich will sehen, wie es Farnsworth ergeht."

„Du solltest hierbleiben", warnte Matt sie. „Oder nicht allein ausgehen."

„Ich lasse mich doch hier nicht gefangen nehmen."

„Weshalb solltest du gefangen genommen werden?", fragte Tante Letitia.

„Aus gar keinem Grund." Willie seufzte und setzte sich auf einen Sessel. „Ich schätze, ich muss diese ganzen Windbeutel allein essen."

Matt hielt inne, nahm einen Windbeutel und bedeutete mir, ihm zu folgen, während er abbiss.

Seine Tante schnalzte mit der Zunge. „Ehrlich, Matthew. Deine Manieren sind manchmal so amerikanisch. India, du bist ein gutes englisches Mädchen. Erziehe ihn, damit er weiß, wie man Windbeutel anständig genießt – im Sitzen."

Ich beäugte die Windbeutel, dann die Tür, durch die Matt verschwand, und schaute noch einmal auf das Tablett mit Windbeuteln. Ich schnappte mir einen und eilte hinaus. Das Geräusch, wie Tante Letitia mit der Zunge schnalzte, folgt mir die Stufen hinab.

* * *

DIE KLEINE GESTALT von Mrs. Moreton wirkte noch verlorener als beim letzten Mal, als wir sie gesehen hatten. Das Lampenlicht warf Schatten über ihr ausgezehrtes Gesicht, und ihre tief liegenden Augen waren mit Tränen gefüllt. Sie weinte, als wir ihr erzählten, was Amelia im Hyde Park getan hatte.

„Ich habe diesen Musikpavillon geliebt", sagte sie. „Ich habe die Kinder auf Konzerte dorthin mitgenommen, als sie klein waren. Amelia hat gern zur Musik getanzt."

„Ich weiß, dass es schwer für Sie ist", sagte ich. „Aber was können Sie uns über Amelias Magie erzählen?"

„Nicht viel. Mein Mann ist der Magier. Ich bin talentfrei, genauso unser Sohn. Er ist jetzt in der Fabrik, versucht das Geschäft am Laufen zu halten, während sein Vater ..." Sie schluckte. „Indisponiert ist."

„Was für Zauber beherrscht sie?", drängte Matt.

„Nur die zwei. Einen, um das Feuerwerk spektakulärer zu gestalten, und der andere, der es aus der Ferne zündet."

„Sie wussten von dem Zauber zum Zünden?"

Sie biss sich auf die Unterlippe. „Ich wusste, dass ich Ihnen davon hätte erzählen sollen, aber ich wollte nicht, dass sie noch mehr Schwierigkeiten bekommt, als sie bereits hat. Ich dachte, Sie sperren sie vielleicht weg, wenn Sie sie erwischen, und lassen sie nie wieder frei. Einige Talentfreie wollen Magier einsperren, damit sie keine Zauber mehr wirken."

„Ich bin nicht talentfrei", erklärte ich.

„Die Polizei schon, und die Richter und die Gesetzesschreiber. Sie sind diejenigen mit der echten Macht, nicht die Magier. Wenn sie dächten, Amelia wäre eine Gefahr für die Gesellschaft, würden sie sie wegsperren. Oder schlimmeres."

„Sie hat bewiesen, dass sie eine Gefahr *ist*, indem sie den Pavillon in die Luft gesprengt hat", sagte Matt, nicht unbedingt freundlich. „Es ist nicht nur ihre Freiheit, die sie durch ihre Taten in Gefahr gebracht hat, sondern die aller Magier. Sie hätten es uns sagen sollen."

Mrs. Moreton ließ den Kopf unter seinem düsteren Blick hängen. „Ich weiß", flüsterte sie. „Es tut mir leid. Ich hatte das mit dem Zauber zum Zünden fast vergessen. Sie wendet ihn nur selten an. Den braucht man nur, wenn die Feuerwerke im Himmel nicht explodieren. Sie spricht den Zauber vom Boden aus. Deshalb versagen unsere Feuerwerke hier in London nicht, weil sie da ist."

„Nicht Ihr Ehemann?", fragte ich.

Sie schüttelte den Kopf. „Bei ihm funktioniert der Zauber nicht. Sein Vater hat ihm die Worte beigebracht, allerdings hat er sie dann an Amelia weitergegeben, als ihm klar wurde, dass sie ziemlich mächtig ist." Sie stieß ein dünnes Wimmern aus. „Ich wünschte, das hätte er nie getan! Ich wünschte, sie hätte ihre Magie niemals entdeckt. Das ist ein Fluch!"

„Es ist kein Fluch", sagte Matt sanft. „Nicht, wenn sie sie mit guten Absichten einsetzt."

Mrs. Moreton schien es nicht zu hören. Sie schniefte und tupfte sich dann mit ihrem Taschentuch die Augen.

Matt reichte ihr den Brief, den wir vorhin erhalten hatten. „Erkennen Sie diese Handschrift?"

Sie überflog die Nachricht und nickte schwach. „Das ist ihre."

Er faltete die Nachricht zusammen und ließ sie in seine Jacketttasche gleiten. „Die Polizei sucht in der ganzen Stadt nach Amelia. Haben Sie eine Ahnung, wohin sie gegangen sein könnte?"

Sie schüttelte den Kopf.

„Könnte sie jemand aufgenommen haben? Ein Verwandter oder Freund? Vielleicht ein Geliebter?"

Sie fuhr zusammen.

„Bitte, Mrs. Moreton", sagte ich. „Wenn Ihnen irgendjemand einfällt, wäre das äußerst hilfreich."

„Ich kenne ihre neuen Freunde nicht, diese Magier, die sich für die Freiheit einsetzen. Sie hat aufgehört, sich mir anzuvertrauen, ungefähr zu dem Zeitpunkt, als sie sich mit ihnen gemeingemacht hat." Ihre Worte verklangen am Schluss, als wäre ihr die Kraft ausgegangen. Sie starrte auf den Boden hinab. „Wie konnte sie mir das antun?"

Matt fing meinen Blick auf und bedeutete mir, dass wir gehen sollten.

Ich berührte Mrs. Moretons Hand, überraschte sie. „Wenn Ihnen irgendetwas einfällt, lassen Sie es uns oder die Polizei wissen." Ich gab ihr eine Visitenkarte und lächelte mitfühlend.

Draußen erspähte Matt die Polizisten, die sich in ihre Mäntel kauerten und mit den Füßen stapften, um es wärmer zu haben, bevor ich es tat. Ziemlich töricht standen sie im Lichtkreis, den der Laternenpfahl warf.

„Was für eine schreckliche Nacht, um eine Wachschicht zu schieben", sagte ich.

Matt lief zu einem der Schutzmänner hinüber, dann kehrte er

zurück, nachdem sie ein paar Worte gewechselt hatten. Die Schutzmänner begaben sich aus dem Licht in einen dunkleren Abschnitt der Straße. In ihren Uniformen waren sie fast unsichtbar, und hätte ich nicht gewusst, dass sie da waren, hätte ich sie nicht schon vorher gesehen.

„Offensichtlich hat Brockwell auch Männer zu dem nicht vermieteten Haus geschickt, in dem wir Willie gefunden haben. Ich werde ihn die Adresse des anderen wissen lassen. Weitere Schutzmänner beobachten die Feuerwerksfabrik, falls Bunn und Amelia dorthin zurückkehren, entweder, um sich zu verstecken, oder um Schwarzpulver zu stehlen. Amelia mag ja Bomben zünden können, aber sie kann sie nicht aus nichts machen. Sie braucht Schwarzpulver, und in der Fabrik gibt es ein ganzes Lager davon."

Die Ressourcen der Metropolitan Police waren ausgereizt. Selbst mit so vielen Männern auf der Straße würde es fast unmöglich sein, Bunn und Amelia zu finden, wenn ihnen jemand Schutz bot. Wir kannten die Namen ihrer Mitstreiter nicht und wussten auch nicht, wo wir anfangen sollten, zu suchen.

„Wir können es noch einmal in Bunns Werkstatt probieren", sagte ich, während Matt mir in die Kutsche half. „Der Junge könnte hilfreicher sein, wenn wir ihm klarmachen, wie gefährlich es ist, weiter zu schweigen."

„Ich bin mir nicht sicher, ob er noch etwas weiß. Was, wenn wir Moreton noch einmal befragen?"

„Ihren Vater? Glaubst du, er kennt ihre Mitstreiter, wenn ihre Mutter das nicht tut?"

„Falls sie mit jemandem in ihrer Familie über Magie redet, wäre er der einzige andere Magier."

„Ja, du hast recht. Gehen wir jetzt. Hoffentlich lässt Brockwell ihn von uns befragen, wenn man die außerordentlichen Umstände betrachtet."

Matt gab Woodall Anweisung, dann stieg er ein und setzte sich neben mich. Wir fuhren rasch durch den Abendverkehr zum Scotland Yard und fanden Brockwell in seinem Bureau, wohin er gerade aus dem Hyde Park zurückgekehrt war. Er wirkte zerraufter, als ich ihn je gesehen hatte, und wenn man bedachte, dass er häufig durch den Wind war, war das eine ziemliche Leistung.

„Sie wirken, als würden Sie Kaffee brauchen", sagte ich.

Er schaute von seinen Papieren auf. „Oder etwas Stärkeres. Haben Sie irgendwelche Spuren für mich?"

„Noch nicht", sagte Matt. „Wir glauben, dass wir wissen, wie wir eine bekommen."

Er erklärte seine Theorie, und zu meiner Überraschung stimmte Brockwell schnell zu, uns Mr. Moreton befragen zu lassen. „Aber ich werde dabei sein", fügte er an.

Er ging voraus durch das Gebäude zu den Zellen im Keller, wo Mr. Moreton inhaftiert war. „Er wird morgen verlegt, um auf die Gerichtshandlung zu warten", sagte er.

„Wird er gehängt, wenn man ihn für schuldig befindet?", fragte ich.

„Unwahrscheinlich, außer wir können beweisen, dass er seine Bomben an unsere Feinde liefert, ob nun hier oder im Ausland. Er wird allerdings lange ins Gefängnis gehen."

Der Wärter sperrte die Zellentür auf, dann schloss er uns drinnen ein. Mr. Moreton sah schrecklich aus. Auf seinem Kinn war der Schatten eines Bartes, und seine Haare mussten unbedingt mit dem Kamm bearbeitet werden. Der Geruch, der von ihm ausging, war auch ziemlich stechend, aber ich versuchte, meinen Ekel nicht zu zeigen.

Die Zelle war klein, mit nur einem winzigen vergitterten Fenster hoch oben in der Wand. Ein Bett war darunter aufgestellt, und eine Bibel und ein Blechbecher waren auf einem Regal, ein leerer Teller auf dem Bett.

Mr. Moreton begrüßte uns höflich, aber zurückhaltend. „Ich würde einen Sitzplatz anbieten, Mrs. Glass, aber die gibt es hier nicht", sagte er mit einigem Sarkasmus und einem funkelnden Blick für Brockwell.

Der Kriminalinspektor ignorierte die Sticheleien. „Es gab heute eine Entwicklung in der Situation, die Ihre Tochter betrifft."

„Haben Sie Ihre Cousine gefunden?", fragte er Matt.

„Sie wurde gestern in einer Ihrer Immobilien gefunden",

sagte Matt. „Amelia ist zusammen mit Bunn allerdings geflüchtet."

„Sie steht unter seinem Einfluss. Er ist ein widerlicher Charakter, nicht zufrieden mit den Talenten, die Gott ihm gab. Er will immer mehr."

„Sie haben uns gesagt, Sie kennen ihn kaum", stellte Matt fest. „Nach allem, was wir uns zusammenreimen können, steht er sehr wahrscheinlich unter ihrem Bann. Amelia ist die treibende Kraft hinter der Bewegung. Diese beiden Briefe wurden in ihrer Handschrift verfasst." Seine hochgezogene Augenbraue sollte wohl Mr. Moreton wissen lassen, dass ihm klar war, dass er gelogen hatte, als er Amelias Handschrift auf der ersten Nachricht nicht erkannt hatte.

Mr. Moreton setzte sich schwer auf das Bett. „Was wollen Sie von mir?"

„Wir wollen wissen, wer ihr Schutz bieten könnte", sagte Matt. „Wer sind ihre Mitstreiter?"

„Ich weiß es nicht."

„Sie müssen es wissen. Sie haben sie doch bestimmt anderen Magiern vorgestellt."

„Habe ich nicht."

„Wer sind ihre Freunde, Mr. Moreton?"

„Ich habe Ihnen gesagt, ich weiß es nicht. Gehen Sie. Ich habe nichts mehr zu sagen."

„Das ist ein Unglück", sagte Matt in einem düsteren Tonfall. „Denn wir gehen erst, wenn Sie uns sagen, wo wir nach ihr suchen sollen. Wir wissen, dass Sie etwas wissen. Sie hat sich Ihnen bestimmt anvertraut, ihrem Vater, Mentor und Mitmagier."

Mr. Moreton hob das Kinn und wandte sich ab, zeigte uns ein kompromissloses Profil.

Matt stieß die Hände in Mr. Moretons Schultern, schubste ihn zurück aufs Bett und in die Ziegelwand.

Der Ausbruch zeigte keine Wirkung auf Mr. Moreton. Er glättete sich die Haare und räusperte sich. „Ich habe nichts mehr zu sagen. Gehen Sie, oder ich rufe den Wärter."

Matt knurrte frustriert.

„Treten Sie zurück, Glass", befahl Brockwell. „Lassen Sie

mich das machen." Er räusperte sich. „Mr. Moreton, wenn Sie uns sagen, wer die Mitstreiter ihrer Tochter sind, werde ich mich darum kümmern, dass ihr Urteil milde wird."

„Ich kenne ihre Mitstreiter nicht", knurrte er.

„Aber sie wissen etwas. Das erkenne ich in Ihren Augen."

Mr. Moreton senkte den Blick.

Nun war es an Brockwell, frustriert zu knurren. Wenn wir die Information nicht aus Mr. Moreton herausprügelten, würden wir nicht weiterkommen, und weder Matt noch Brockwell waren zu einer solchen Gewalt fähig. Außerdem versuchten wir, einem Mann Informationen zu entlocken, die seine Tochter ins Gefängnis bringen würden. Er würde nicht leicht nachgeben.

Ich hatte allerdings eine Idee, die ihn überzeugen könnte.

Ich setzte mich neben ihn auf das Bett. „Mr. Moreton, Amelia ist eine mächtige Magierin. Wir wissen, dass sie einen Zauber einsetzen kann, um Bomben und Feuerwerke aus der Ferne zu zünden, doch für Sie hat das nicht funktioniert. Ich weiß etwas über mächtige Magie, sowohl ihren Segen als auch ihre Gefahren. Ich weiß auch, was es bedeutet, wegen dieser Magie gefürchtet und ausgeschlossen zu werden."

„Ihr Punkt, Mrs. Glass?"

„Mein Punkt ist, Ihre Tochter wird nicht nur sich in den Ruin treiben, sondern den Rest Ihrer Familie und auch das Geschäft. Sobald Ihr eigenes Verbrechen publik wird, hängt der Ruf der Moretons am seidenen Faden. Ihr Sohn könnte ihn retten und zu seinem alten Ruhm zurückführen, wenn wir die Tatsache unterdrücken, dass Sie ein Magier sind. Aber Ihrer Tochter mangelt es an Diskretion, und das könnte alles ruinieren, wenn sie auf dem Pfad bleibt, den sie gewählt hat. Wir werden nicht verbergen, dass sie Bomben aus der Ferne mit einem Zauber zünden kann. Tatsächlich, wenn Sie uns nicht helfen, werden wir sicherstellen, dass diese Information an die Presse weitergeleitet wird. Stellen Sie sich vor, wie die Öffentlichkeit reagiert. Sie werden Ihre Familie sowohl fürchten als auch verabscheuen, und kein Talent-freier wird mehr Geschäfte mit *Moretons* machen. Die Firma wird bankrottgehen, und Ihre Frau und Ihr Sohn werden auf der Straße landen."

Er schluckte schwer. „Mein Sohn ist kein Magier."

„Das wird keine Rolle spielen, nicht für die Öffentlichkeit oder Ihre Kunden."

Er starrte auf seine verschränkten Hände im Schoß hinab.

„Amelia können Sie nicht retten", fuhr ich fort. „Aber Sie können die Zukunft Ihrer Frau und Ihres Sohnes sichern, indem Sie uns verraten, wie wir sie aufhalten."

Er stützte die Ellbogen auf die Knie und senkte den Kopf in die Hände. Ich schaute zu Matt auf, und er lächelte mich düster an und nickte.

Mit einem tiefen Seufzen richtete sich Mr. Moreton auf. Seine wässrigen Augen richteten sich auf Brockwell. „Wenn eine ihrer Bomben jemanden umbringt, wird sie gehängt, oder nicht?"

Der Inspektor nickte. „Wenn wir sie erwischen, bevor sie die nächste baut, wird sie nur im Gefängnis Zeit absitzen." Er sagte nicht, wie lange. Ich nahm an, dass ihre Inhaftierung nicht kurz sein würde.

„Also gut", sagte Mr. Moreton. „Ich kann Ihnen die Namen ihrer anderen Mitstreiter nicht sagen. Ich kenne nur Bunn. Aber ich kann Ihnen sagen, dass sie Schwarzpulver brauchen wird, um eine weitere Bombe zu bauen. Beobachten Sie mein Lagerhaus?"

Brockwell nickte.

„Sie müssen auch die anderen Schwarzpulverlager der Stadt beobachten. Wenn Sie nicht in mein Lagerhaus einbrechen kann, wird sie es woanders versuchen."

„Wo sind diese Lager?", fragte Matt.

„Ich weiß es nicht. Ich kenne nur mein eigenes."

„Es könnte hunderte Orte geben, an denen Schwarzpulver gebraucht wird!"

„In kleinen Mengen, ja, aber nicht in der Menge, die sie benötigt, besonders wenn sie mehr als eine Bombe baut. Sicherlich kann es davon nicht viele in London geben. Die meisten Munitionsfabriken und Bergwerke sind in anderen Bezirken, und es gibt nur sehr wenige Feuerwerkfabriken hier."

Wir ließen die verlorene Gestalt von Mr. Moreton auf seinem Gefängnisbett sitzen und begaben uns wieder nach oben.

„Das wird unmöglich", knurrte Brockwell. „Wo sollen wir nur anfangen?"

KAPITEL 8

Wir trafen Cyclops und Duke am Empfangsbereich von Scotland Yard, wo sie einen Sergeanten vor einer Karte an der Wand aufklärten. „Diese Straßen hier", sagte Duke, als wir uns ihnen anschlossen. Er deutete auf einen erheblichen Bereich im East End. „Dort behaupten die Einwohner, keine Leute gesehen zu haben, auf die Bunns oder Amelias Beschreibung passt."

„Sie könnten lügen", sagte Cyclops. „Sie sind nicht gerade erpicht darauf, Informationen weiterzugeben. East Ender passen aufeinander auf."

Wir erzählten ihnen von den Entwicklungen des Tages und unserem Grund, an diesem kalten Abend bei Scotland Yard aufzutauchen. Beide boten an, Brockwell zu helfen, weitere Fabriken und Lagerhäuser nach Schwarzpulvervorräten zu durchsuchen.

„Ja, aber welche?", sagte Brockwell mit einem Seufzen. „Abgesehen von den Munitions- und Feuerwerksfabriken, von denen es in London nur sehr wenige gibt, wo noch?"

„Lagerhäuser unten an den Hafenanlagen", sagte Matt. „Das Schwarzpulver würde man doch ausladen und lagern, bis es im ganzen Land verteilt werden kann. Wir müssen nur herausfinden, wer es importiert."

„Der Großteil der englischen Bevorratung an Salpeter kommt

aus Indien", sagte Cyclops. Er zuckte mit den Schultern, als wir ihn alle überrascht ansahen. „Ich weiß das noch aus der Zeit, als ich zu Hause in den Minen gearbeitet habe. Wir hatten mal einen Engländer, der vorbeikam und von uns eine neue Sprengtechnik lernte."

Duke ließ die Finger knacken. „Bergbaugesellschaften wollen auch Schwarzpulver. Wir müssen nur herausfinden, wer es importiert und unten an den Hafenanlagen lagert. Wenn man es importieren muss, dann kommt es bestimmt nach London, bevor es mit dem Zug an seinen letztlichen Verwendungsort transportiert wird."

Brockwell wandte sich an seinen Sergeanten. „Finden Sie heraus, wer die Elemente importiert, aus denen Schwarzpulver hergestellt wird, und dann versammeln Sie so viele Männer wie möglich für Überwachungseinsätze. Cyclops und Duke, darf ich Ihre Hilfe in Anspruch nehmen?"

Brockwell marschierte mit Duke und Cyclops im Schlepptau inmitten von lauten Befehlen des Sergeanten an die Konstabler los. Matt und ich ließen sie arbeiten und kehrten nach Hause zurück.

Willie war wach geblieben, um auf uns zu warten. Sobald wir sie über die Ereignisse des Abends in Kenntnis gesetzt hatten, beharrte sie darauf, zu Scotland Yard zu gehen und bei der Suche zu helfen. Nichts, was wir sagten, konnte sie überzeugen, zu Hause zu bleiben.

Matt und ich zogen uns zurück ins Bett, aber ich konnte nicht schlafen. Dass ich mich hin und her warf, hatte ihn wohl auch wachgehalten, denn er rollte sich herum und schmiegte sich an mich.

„Sie werden sie finden", versicherte er mir mit schläfriger Stimme. „Das wird am Morgen alles vorbei sein."

„Und wenn nicht?" Ich drehte mich zu ihm um. „Matt, ich glaube, ich sollte tun, worum sie bitten. Ich sollte Mr. Bunns Magie mit meiner anreichern."

Er stützte sich auf den Ellbogen. Sein Stirnrunzeln konnte ich in der Dunkelheit gerade noch erkennen. „Das wird diese Belästigungen nicht beenden. Es wird nur der Anfang. Noch ein

Magier wird zu dir kommen, und dann noch einer und noch einer."

„Ich könnte um Geheimhaltung bitten."

„Du könntest bitten, aber würden sie zustimmen? Wenn sie dich einmal manipulieren, werden sie wissen, dass sie dich wieder manipulieren können. Selbst wenn sie es anderen Magier nicht sagen, was, wenn Bunn dich bittet, es ein zweites Mal zu tun, und ein drittes Mal? Ich bezweifle, dass er sich mit einem Paar Stiefel zufriedengibt. Und wer weiß, wozu Amelia fähig ist. Sie könnte verlangen, dass du ihre Explosionen länger anhalten lässt."

Ich rollte mich auf den Rücken, starrte hinauf an die Decke. „Ich muss doch etwas tun. Wenn es meine Magie nicht gäbe, wäre das nicht passiert."

Er berührte mein Kinn und drehte mich, damit ich vor ihm war. Ich konnte seine Ernsthaftigkeit eher spüren als sehen. Sie ging in Wogen von ihm aus. „Das ist nicht deine Schuld, India. Denk doch nicht so." Er strich mit dem Daumen über mein Kinn und in die Haare neben meinem Ohr. Er beugte sich vor und gab mir einen Kuss, der seinen ganzen Frust und seine Ernsthaftigkeit ausdrückte.

Ich griff um seinen Hals, doch er zog sich zurück.

„Also hörst du auf, dir Vorwürfe zu machen?", fragte er.

Ich nickte. „Küss mich einfach wieder."

Er lächelte und tat dann, wie geheißen.

Trotz seiner meisterhaften Küsse konnte ich mich nicht ganz darauf einlassen. Meine Gedanken spielten weiterhin die Szenarien immer wieder durch. Matt mochte recht haben, das alles könnte morgen Vormittag beendet sein, aber es gab nun so viele Orte, die man überwachen musste, so viele weitere zu durchsuchen, dass es wahrscheinlich Tage dauern würde. Tage hatten wir nicht. Amelia konnte morgen eine weitere Bombe bauen, wenn sie Schwarzpulver fand.

Ihr Vater hatte bewiesen, dass illegale Waffen direkt hier in London hergestellt wurden. Was, wenn er nicht der Einzige war? Was, wenn es illegale Lager mit Schwarzpulver und illegale Importeure gab – welche, die wir nicht kannten, aber Amelia schon?

Matt zog sich mit einem Seufzen zurück. „Habe ich mich von einem guten Küsser zu einem mittelprächtigen entwickelt?"

„Da legst du ja nahe, dass du vorher gut geküsst hast."

Spielerisch knabberte er an meiner Oberlippe, dann zog er sich wieder zurück. Er wirkte im düsteren Licht ernst. „Dann sag mir doch, was dich daran hindert, meine Gesellschaft zu genießen?"

„Wir brauchen mehr Ressourcen."

„Scotland Yard hat viele Männer. Brockwell wird zurechtkommen."

„Seine Männer sind sehr auffällig, und einige sind nicht sonderlich klug. Amelia ist aufgeweckt. Wir müssen ihr gedanklich voraus sein, das bedeutet, dass wir verstohlen und unsichtbarer als sie sein müssen."

„Unsichtbar?"

„Wir brauchen Spione, Matt, Leute, die gut darin sind, mit dem Hintergrund zu verschmelzen und nicht gesehen zu werden. Und wir brauchen eine ganze Menge davon."

„Brockwell könnte sich ans Innenministerium wenden", sagte er nachdenklich. „Aber dann müssten wir ihnen von Amelia erzählen, und dass sie die Bomben aus der Ferne explodieren lässt, und das wird den Beamten auf dieser Ebene die Existenz der Magie enthüllen."

Er hatte recht. Obwohl einige Handwerker und Gilden schon lange argwöhnten, dass Magie bis heute existierte, war es den Behörden nicht bewusst, soweit wir wussten. Der höchste Beamte, der von der Magie wusste, war Commissioner Munro von der Metropolitan Police, Brockwells Vorgesetzter. Davon zu wissen und es zu glauben waren allerdings unterschiedliche Dinge. Obwohl sein eigener Sohn ein Magier gewesen war, hatte der Commissioner niemals wirklich an ihre Existenz geglaubt. Oder vielleicht wollte er es nicht glauben. Er ließ Brockwell bei magischen Verbrechen ermitteln und mischte sich niemals ein. Laut Brockwell musste dieser seine Berichte überarbeiten und das magische Element herabspielen, oder es manchmal ganz weglassen. Wenn Munro nicht bereit war, an Magie zu glauben, dann hatte er vermutlich anderen noch nichts von ihrer Existenz erzählt. Das hoffte ich zumindest.

„Ich dachte aus diesem Grund an jemand weniger Offiziellen", sagte ich. „Jemanden mit einem Netzwerk aus Spionen, oder das nehmen wir zumindest an."

Er schoss hoch. „Coyle? India, wenn wir ihn um einen Gefallen bitten, werden wir ihm etwas schulden."

Ich setzte mich auch hin. „Tatsächlich wird ihm Scotland Yard etwas schulden."

„Diese Unterscheidung wird er nicht treffen."

„Könnte er schon. Denk darüber nach, Matt. Wir brauchen ihn."

Er dachte etwa drei Sekunden darüber nach, dann schüttelte er den Kopf. „Es spielt keine Rolle. Er ist in den Flitterwochen. Wir wissen nicht mal, wohin sie gefahren sind."

„Wir könnten es von seinen Angestellten erfahren. Der Butler wird es wissen. Dann können wir ihm ein Telegramm schicken, und er könnte die Räder von seinem Hotel aus in Bewegung setzen." Ich kniete mich hin und nahm Matts Gesicht in die Hände. „Schlaf darüber, aber wir können nicht zu lange warten. Nicht länger als bis morgen Vormittag."

„Aber …"

„Kein Aber mehr. Küss mich einfach noch mal und erinnere mich daran, wie gut du küsst."

Ich spürte, wie seine Lippen zuckten. „Gut?"

„Also gut, du küsst ganz wunderbar, Matt. Hervorragend tatsächlich. Jetzt beweise es."

„Nur zu gern."

* * *

Wir wollten gerade nach dem Frühstück aufbrechen, als Lady Rycroft und Charity eintrafen. Wir versuchten, uns zu entschuldigen, doch Tante Letitia bestand darauf, dass wir uns ihnen im Salon anschlossen.

„Ein paar Augenblicke", flehte sie mehr oder weniger. „Ich bin sicher, meine Schwägerin kann gar nicht länger bleiben."

Matt stimmte zu, aber ich war mir nicht so sicher. Wir mussten sofort Nachricht an Lord Coyle schicken. Ich glaubte allmählich, dass Matt sich ihm gar nicht annähern wollte, obwohl er vorhin zugestimmt hatte, als wir zum Frühstücken nach unten gekommen waren.

„Das ist ein früher Besuch", sagte Tante Letitia, während wir uns im Salon niederließen.

„Wir sind gekommen, um euch zu sagen, dass wir unseren Aufbruch vorverlegt haben", erwiderte Lady Rycroft steif. „Wir fahren heute nach Rycroft Hall."

„Ein Brief hätte euch die Mühe gespart, persönlich an einem so kalten Vormittag den ganzen Weg zu kommen."

Lady Rycrofts Nasenflügel blähten sich. „Meine Tochter hat angedeutet, es wäre persönlicher, selbst zu kommen, aber wenn unsere Gesellschaft hier nicht erwünscht ist, gehen wir." Sie erhob sich.

„Setz dich, Beatrice", sagte Tante Letitia angespannt. „Du und Charity sind immer mit offenen Armen willkommen. Wir freuen uns, euch hier zu haben, ganz gleich zu welcher Uhrzeit, oder nicht, India?"

„Natürlich", sagte ich mit etwas weniger Sarkasmus, als sie ihn an den Tag gelegt hatte.

Lady Rycroft setzte sich wieder, ihre Lippen waren fest zusammengepresst. Ihre Tochter schien nichts von unserer Unterhaltung zu hören. Sie war zu sehr darauf versessen, die Tür zu beobachten, zweifellos, um darauf zu warten, dass Cyclops durch den Eingang kam. Nach der Nacht, in der er mit den Überwachungen geholfen hatte, war er noch nicht zurückgekommen. Wenn er das tat, hatte Bristow hoffentlich die Voraussicht, ihn vor dem zu warnen, was im Salon wartete, sodass er Charity völlig aus dem Weg gehen konnte.

„Und werden sich alle deine Mädchen euch über Weihnachten anschließen in Rycroft Hall?", fragte Tante Letitia mit übertriebener Höflichkeit.

„Charity wird natürlich dort sein."

„Was für ein Glück du hast, dass du ein liebes Kind immer bei dir hast, Beatrice. Es muss ja so ein Trost sein, sie als deine ständige Begleiterin zu haben."

Herr im Himmel, sie trug so dick auf, dass man eine Säge gebraucht hätte, um sich durchzuschneiden.

Lady Rycroft spürte es auch, doch ihre Höflichkeit gab ihr

vor, es nicht anders zur Kenntnis zu nehmen als mit einer weiteren Runde geblähter Nasenflügel und versteiftem Rückgrat. „Charity ist ein Trost", sagte sie ohne auch nur ein Quäntchen Aufrichtigkeit.

Als ihr Name erklang, schien Charity aufzuwachen. „Sind deine Freunde hier, Matt?", fragte sie.

„Derzeit nicht", erwiderte er.

Sie verschränkte die Arme und schürzte die Lippen.

„Hope kann über Weihnachten nicht nach Hause kommen", fuhr Lady Rycroft fort. „Sie ist viel zu beschäftigt, jetzt, da sie Lady Coyle ist."

„Ach?", fragte Tante Letitia. „Haben sie vor, viele Gesellschaften zu veranstalten? Ich erinnere mich nicht, dass er jemals für so etwas zu haben war. Er wirkte ziemlich zurückgezogen."

„Ich bin sicher, Hope wird sich darum kümmern, dass sich das ändert." Lady Rycrofts Augen leuchteten, als sie über ihre jüngste Tochter sprach, und in ihrer Stimme lag keine Bitterkeit mehr. „Sie hat einen der erstklassigsten Männer des Landes geheiratet, darum müssen wir damit rechnen, dass sie sehr viel beschäftigter ist als wir übrigen. Sie wird nicht nur Gesellschaften veranstalten, sondern auch eine Menge Ereignisse haben, an denen sie teilnehmen muss. Die Einladungen werden hereinströmen, insbesondere nach dem Saisonauftakt in London. In der Stadt sind die Dinge im Winter immer etwas still, aber sie haben beide darauf bestanden, hierzubleiben. Keinem von ihnen gefällt das Land. Sie passen so gut zueinander, darin und in allen anderen Dingen."

Neben ihr schnaubte Charity leise.

Ihre Mutter kniff die Lippen zusammen. „Hope hat eine wunderbare Partie gemacht. Die beste, die sie vermutlich machen konnte." Sie tätschelte Charity die Hand. „Es wird nicht lange dauern, bis sie dir einen Mann sucht, meine Liebe. Einen von Lord Coyles Freunden vielleicht."

„Ich würde mich lieber mit der Gabel ins Auge stechen, als ein fettes altes Monster wie ihn zu heiraten."

Lady Rycrofts Gesicht wurde rot. „Charity!"

Charity zuckte nur die Schulter.

Ich biss mir auf die Lippe, um mein Lächeln zu unterdrücken.

„Ach je", sagte Tante Letitia und ließ die Zunge schnalzen. „Mit so einer Haltung wirst du niemals heiraten."

„Du meinst, ich werde unverheiratet bleiben wie du, Tante", erwiderte Charity.

Tante Letitia blinzelte fest, als hätte man sie geschlagen.

„Sei nicht unfreundlich", rügte Lady Rycroft milde.

„War ich doch nicht. Ich beneide sie. Sie hatte Glück, dass ihre Eltern sie nie gezwungen haben, jemanden wie Coyle zu heiraten."

„Wir haben Hope nicht gezwungen. Sie hat sich für Lord Coyle entschieden. Er mag ja kein Märchenprinz sein, aber man muss ihr hoch anrechnen, dass sie über seine äußerlichen Fehler hinweggesehen und den wahren Wert in einem Mann seines Standes erkannt hat."

Charity verzog das Gesicht, blieb klugerweise aber still. Es war kein Streit, den sie gegen ihre Mutter gewinnen konnte.

„Und Patience?", fragte ich. „Werden sie und Byron Weihnachten in Rycroft Hall verbringen?"

„Sie sind nicht eingeladen", sagte Lady Rycroft. „Wir wussten, dass sie mit seinen Kindern viel zu beschäftigt sein würden, also haben wir uns nicht die Mühe gemacht, ihnen eine Einladung zu schicken."

Es schien, als wäre noch nicht alles vergeben, was Patience und Byron betraf. Es war ungerecht, wenn man bedachte, dass es nicht ihre Schuld war, den Titel verloren zu haben. Der arme Mann hatte schon genug gelitten, und nun brachte es seine eigene Schwiegermutter kaum über sich, über ihn zu reden.

Andererseits hatten sie vielleicht Glück, von den Weihnachtsfeierlichkeiten in Rycroft Hall ausgeschlossen zu sein. So würden sie nicht mit Lord und Lady Rycroft und ihrer mittleren Tochter dort festsitzen.

Lady Rycroft erhob sich. „Komm, Charity. Wir müssen gehen. Wir müssen noch deine Schwester besuchen."

„Hope?", fragte ich. „Aber die sind doch weg."

„Sie sind gestern Abend zurückgekehrt."

„Das waren kurze Flitterwochen", bemerkte Tante Letitia.

Charity grinste. „So wollte es Hope."

Ihre Mutter funkelte sie scharf an. „Lord Coyle ist ein viel beschäftigter Mann. Er hat hier Geschäfte, die er nicht längerfristig ignorieren konnte."

Charity verdrehte die Augen.

Ich hob die Augenbrauen in Matts Richtung, und er nickte schwach, obwohl er nicht besonders glücklich über das wirkte, was wir zu tun hatten.

Ich flüsterte verstohlen Tante Letitia ins Ohr, um sie zu bitten, dass sie Lady Rycroft und Charity noch weitere zehn Minuten beschäftigt halten sollte, dann entschuldigten sich Matt und ich. Da unsere Kutsche bereits wartete, brachen wir sofort auf. Lord und Lady Coyle wohnten nicht weit weg, darum hatte ich nicht lange, um Matt zu überzeugen, dass es eine gute Idee war.

„Mir gefällt es nicht, Coyle einen Gefallen zu schulden", erwiderte er. „Und ich glaube auch nicht, dass er zustimmen wird, dass wir das Ganze einfach an die Polizei weiterreichen. Er weiß, dass der Commissioner ihm im Gegenzug nichts geben wird. Er wird sicherstellen, dass er seinen Lohn von dir bekommt, India. Du bist die Einzige, die das hat, was er will."

Er hatte recht, aber ich würde das nicht zu geben. Wir waren fast da, daher sah ich einfach still aus dem Fenster, bis wir am Stadthaus am Belgrave Square ankamen.

Wir begrüßten die frisch Verheirateten so höflich wie möglich, wenn man unsere strapazierte Beziehung in der Vergangenheit betrachtete. Ich versuchte, Hopes Haltung einzuschätzen, doch ihre lockere Art war charmant wie eh und je.

„Was für eine wunderbare Überraschung", sagte sie, als wir uns im Salon setzten. „Woher wusstet ihr, dass wir wieder da sind?"

„Deine Mutter hat uns einen Besuch abgestattet", erklärte ich. „Sie wird sicher bald hier sein, also würden wir gerne gleich zum Punkt kommen."

„Oh? Ist das kein Freundschaftsbesuch?" In ihren großen blauen Augen stand kindliche Unschuld. Damit sah sie genauso jugendlich aus, wie sie es mit einundzwanzig Jahren auch war.

Lord Coyle, der hinter seiner Frau stand, tätschelte ihr die Schulter. „Bei den beiden ist es niemals ein Freundschaftsbesuch.

Sie kommen nur zu mir, wenn sie etwas wollen. Nicht wahr, Glass?"

Hope tadelte ihren Ehemann sanft und lächelte ihn dann an. Er strich mit den Handknöcheln über ihre Wange, dann nahm er ihr gegenüber in einem der tiefen Ohrensessel am Kamin Platz. Es war alles ganz süß und liebevoll. Oder das wäre es gewesen, wäre Hope nicht erstarrt, als er ihr Gesicht berührt hatte, als würde sie sich festkrallen, um nicht zurückzuweichen.

„Also, was wollen Sie, Glass?", fragte Coyle. „Informationen? Ich muss zugeben, dass es mich überrascht, dass Sie nach dem letzten Mal noch einmal zu mir kommen. Es schien Ihnen äußerst zu widerstreben, dass Mrs. Glass mir in dieser Angelegenheit einen Gefallen schuldete. Sie sind wohl verzweifelt."

Aus dem Augenwinkel sah ich Hopes gerissenes Lächeln.

Matt ging zum Glück nicht auf Lord Coyles provozierenden Tonfall ein. Ich hatte damit gerechnet, dass er etwas Schneidendes sagte oder ihn zumindest heftig anfunkelte. Doch er machte auf Lord Coyles Aussage hin nur eine träge Handbewegung, als würde er sie abtun.

„Bevor wir es Ihnen sagen", begann er, „brauche ich Ihre Zustimmung, dass Sie sich nicht mehr von uns erbitten werden."

Lord Coyles kehliges Lachen endete in einem rauen Hustanfall. Hope erhob sich und beugte sich über ihn, tätschelte ihm ziemlich wirkungslos die Hand, bis der Anfall vorüber war. An dieser Stelle fiel mir auf, dass etwas fehlte. Eine Zigarre. Lord Coyle hatte immer entweder eine zwischen seinen Bulldoggenlippen hervorragen lassen oder zwischen seine Finger geklemmt wie eine zusätzliche Gliedmaße.

„Weshalb sollte ich das tun?", fragte Lord Coyle, als er sich erholt hatte und Hope wieder auf ihrem Platz saß. „Ich handle mit Information. Sagen Sie, weshalb sollte ich Ihnen etwas geben und nichts im Gegenzug verlangen?"

„Weil wir, indem wir um einen Gefallen bitten, Ihnen den Grund dafür nennen werden, und das wird Ihnen Informationen liefern, von denen wir denken, Sie wüssten sie gern. Das wird unsere Bezahlung sein."

Was tat Matt da? Lord Coyle würde nicht damit zufrieden sein, zu erfahren, dass eine Feuerwerksmagierin drohte, in der

Stadt Explosionen herbeizuführen. Sehr wahrscheinlich wusste er bereits von der Familie Moreton. Vielleicht war ihm ja nicht gewusst, dass Amelia Schwarzpulver ohne ein Zeitschaltgerät oder jemanden vor Ort hochgehen lassen konnte, der sie zündete, aber würde diese Erkenntnis etwas sein, das er als würdig im Austausch für seine Hilfe erachtete? Ich bezweifelte, dass er das so sah.

Ich warf einen Blick auf Hope. Sie beobachtete Matt genau, hing an jedem seiner Worte. Bewunderung stand in ihren Augen.

Ihrem Mann war das wohl nicht aufgefallen. Er beobachtete Matt ebenfalls genau. „Sie wollen, dass wir quitt sind", sagte er.

„Das tue ich. Sie werden sich im Gegenzug nichts mehr von uns oder der Polizei erbitten."

„Der Polizei? Jetzt bin ich interessiert." Er ging, um sich etwas vom Tisch neben ihm zu nehmen, und als er entdeckte, dass er leer war, warf er seiner Frau einen grimmigen Blick zu, bevor er Matt einmal mehr betrachtete. Es schien, als würde er es vermissen, eine Zigarre zur Hand zu haben.

„Du kannst nicht zustimmen, Coyle", sagte Hope entgeistert. „Was, wenn die Information für uns nutzlos ist?"

„Das ist sie nicht." Matt hob die Hände. „Ich sage nicht, dass es etwas gibt, was Sie mit der Information anfangen können, aber sie durch uns zu gewinnen, wird den Vorteil haben, den Zwischenhändler herauszunehmen, wenn schon sonst nichts."

„Welchen Zwischenhändler?", fragte Hope.

Lord Coyle suchte wieder den Tisch ab. Als er abermals feststellte, dass er leer war, trommelte er mit den Fingern auf der Tischfläche und stieß angehaltene Luft aus.

„Sir Charles Whittaker", sagte Matt zu Hope. „Dein Mann nutzt ihn, um Informationen über uns zu sammeln. Vielleicht auch über andere." Matt hatte auf jeden Fall etwas vor, aber ich hatte keine Ahnung, was.

Ich war allerdings genauso neugierig darauf, es herauszufinden, wie Hope.

„Mrs. Delancey hat Whittaker Informationen über einen Zauber zukommen lassen, den India mit Fabian Charbonneau erschafft", fuhr Matt fort. „India hat sie um etwas gebeten, und sie sagte es Whittaker, der eins und eins zusammensetzte. Er hat dann Coyle darüber in Kenntnis gesetzt."

Hopes Lippen öffneten sich, aber es kam kein Wort heraus. Ihr Blick aus zusammengekniffenen Augen verlegte sich auf ihren Ehemann.

Lord Coyle funkelte Matt an. „Also haben Sie Informationen über die Zauberwirkversuche Ihrer Frau mit Charbonneau?"

„Habe ich. Sie arbeiten an einem neuen Zauber, und dabei brauchen sie eine besondere Art Magier. Diese Magierin hat seither etwas Gefährliches angestellt, und wir müssen Ihr Spionagenetzwerk nutzen, um sie zu suchen, bevor sie etwas noch Gefährlicheres macht."

Schließlich hörte Lord Coyle auf, mit den Fingern zu trommeln. „Ah, mein Spionagenetzwerk. Das ist eine große Bitte. Sind Sie sicher, dass Ihre Informationen sich im Austausch dafür lohnen?"

„Natürlich." Matt gab die mühelose Antwort eines Überzeugten, oder zumindest eines Mannes, der gut log. Ich jedoch konnte es nicht riskieren. Wir brauchten einen weiteren Ansporn.

Ich beugte mich ein wenig vor. „Indem Sie uns helfen, werden Sie nicht nur herausfinden, woran ich und Fabian arbeiten, Sie werden auch Leben retten können. Bitte, mein Lord. Die Stadt braucht Sie. Sicher sind Sie nicht so verhärtet, dass sie Menschen leiden lassen, wenn Sie wissen, Sie hätten etwas tun können, um es zu verhindern."

„Das ist doch keine Frage der Härte, India", sagte Hope in einem Tonfall, der sowohl süß als auch säuerlich war. „Es ist eine Angelegenheit der Gerechtigkeit. Du kannst nicht erwarten, dass mein Ehemann etwas für nichts tut. Sein Netzwerk kann man nicht billig kaufen, das musst du verstehen. Etwas Vergleichbares gibt es im ganzen Land nicht."

„Ich weiß, dass seine Dienste teuer zu stehen kommen", keifte ich zurück.

„Es freut mich, dass du das verstehst."

Lord Coyle lachte leise, sodass seine fetten Backen wackelten. „Kommt, kommt, die Damen. Streitet doch nicht deswegen. Das war eine sehr schöne Rede, Mrs. Glass. Sehr hübsch, wirklich. Natürlich helfe ich."

Hope blähte die Nasenflügel, genau wie ihre Mutter es vorhin schon mehrfach getan hatte.

„Also dann?", drängte Lord Coyle. „Wozu brauchen Sie denn meine Spione?"

„India und Fabian haben mit Schwarzpulvermagie gearbeitet", sagte Matt.

Mir stockte der Atem. Jetzt verstand ich, was Matt tat. Auf diese Art lenkten wir Coyle von der Spur des echten Zaubers ab, den Fabian und ich schufen.

„Sie wollten einen Zauber schaffen, der Feuerwerk weiter nach oben in den Himmel schießen und spektakulärer gestalten könnte", fuhr Matt fort.

„Feuerwerk oder Bomben?", fragte Lord Coyle.

„Feuerwerk."

Lord Coyle strich sich über den langen weißen Schnurrbart. „Sie haben sich wohl die Hilfe von Moreton beschafft. Er ist der einzige Feuerwerksmagier im Land."

„Seiner Tochter", fuhr Matt fort. „Sie ist eine mächtige Magierin, aber sie ist eine Aktivistin für die Freiheit der Magier. Diese Leidenschaft hat sie dazu gebracht, einige der Methoden anzuwenden, die die irischen Fenier einsetzen – Erpressung und Bomben. Aber ihre Magie macht sie gefährlicher als die Fenier." Er erzählte ihnen von dem Zauber, der Bomben aus der Ferne zünden konnte, und ihre Drohung, die Musikkapelle im Hyde Park zu sprengen, wenn ich meine Magie nicht mit der von Mr. Bunn vermischte. „Sie hat den Pavillon in die Luft gesprengt, um zu zeigen, wozu sie fähig ist", schloss er.

„Gute Güte", sagte Hope gehaucht.

Lord Coyle ballte die Hand auf der Armlehne des Sessels zu einer Faust. „Man muss sie aufhalten."

„Darum kommen wir zu Ihnen", sagte ich. „Die Polizei sucht alle bekannten Lager von Importeuren von Schwarzpulver, genauso wie Fabriken rund um London ab, die es einsetzen. Aber es gibt vermutlich illegale Lager, von denen sie nicht einmal etwas wissen. Wir dachten, Sie würden oder könnten es herausfinden, und von ihren Männern diese Lager bewachen lassen."

„Ich werde alles Nötige veranlassen."

Hope wandte sich plötzlich ganz an ihren Mann. „Dass du so rasch zustimmst, mein Liebling? Das sieht dir gar nicht ähnlich."

„Wenn Miss Moreton Erfolg hat, wird es schwierig sein, ihren Einsatz der Magie zu leugnen, um die Bomben hochgehen zu lassen. Wir können die Öffentlichkeit davon keinen Wind bekommen lassen. Das würde überall in den Zeitungen stehen und zu einem Ende der Geheimhaltung der Magie führen. Das, meine Liebe, wäre eine Katastrophe."

Hope schien das Motiv hinter Lord Coyles rascher Zustimmung zur gleichen Zeit klar zu werden wie mir. Er wollte genau das Gegenteil von dem, was Amelia Moreton forderte. Sie wollte, dass die Magier frei waren, ihre Magie auszuüben, wie sie es wünschten, und die besten Waren herstellten, die sie herstellen konnten, um Geld mit ihrer überlegenen Handwerkskunst zu machen. Aber Coyle wollte, dass die Magie verborgen blieb, einzigartig, etwas, das nur ein paar Sammler wie er sich leisten konnten.

In diesem Fall deckten sich seine Interessen mit unseren. Ich konnte nicht erkennen, ob sie sich auch mit denen von Hope deckten, oder ob ihre Interessen sich tatsächlich von denen ihres Mannes unterschieden. Ihre glatten Züge verrieten nichts.

Lord Coyle ratterte die Namen von Geschäften herunter, von denen er annahm, dass sie illegal Schwarzpulver lagerten, und wies einigen Männern Überwachungspflichten zu. Brockwell sollte allerdings unmittelbar mit Coyle arbeiten, der dann seinen Spionen persönlich die Befehle geben würde. Er wollte ihre Identität nicht herausrücken.

Wir waren gerade zum Abschluss gekommen, als der Butler eintrat und die Ankunft von Lady Rycroft und Charity verkündete. Hope seufzte, und Lord Coyle entschuldigte sich.

Lady Rycroft und Charity starrten uns an, als wir aufbrachen, und fragten sich ohne Zweifel, was wir hier taten. Wir stiegen in die Kutsche, und Matt wies Woodall an, zum Scotland Yard zu fahren.

„Zum Glück hat er zugestimmt", sagte ich. „Gut gemacht, ihn abzulenken, sodass niemand ihm etwas schuldet."

„Du meinst, ihn anzulügen." Er lächelte. „Ich kann zugeben, was ich getan habe."

„Also gut, ich gratuliere, dass du ihn erfolgreich angelogen hast. Ich frage mich, was er mit der Information über unseren erfundenen Schwarzpulverzauber anfangen wird."

Er tippte sich an die Stirn. „Sie hier oben mit den anderen Informationsfetzen aufheben, die er aufbewahrt. Manchmal frage ich mich, wie viel er tatsächlich benutzt und wie viel einfach in seinem Verstand Staub sammelt."

Ich bedeckte meine Knie mit einer Decke und schmiegte mich wegen der Wärme dichter an Matt. „Wo wir gerade von Vorspielen reden, hattest du das Gefühl, dass Hope schauspielert? Das einzige aufrichtige Lächeln schien sie zu erübrigen, als Coyle den Gefallen erwähnte, den ich ihm einst schuldete."

Er rückte zurück, um mich richtig anzusehen. „Du wirkst überrascht. Du hast erwartet, dass sie glücklich damit ist, ihn zu heiraten?"

„Natürlich nicht so glücklich, wie ich es bin, dich geheiratet zu haben."

Er grinste mich an.

„Auf ihrer Hochzeit schien sie ganz zufrieden", sagte ich. „Ich nehme an, ich hätte nicht erwartet, dass ihre Ehe so schnell abbaut."

„Ach, junge Liebe", scherzte er. „Sie brennt hell wie die Sonne, nur um rasch zu verblassen und bis zum Sonnenuntergang völlig zu verschwinden."

„Sie sind ein seltsames Paar. Beide innerlich schreckliche Leute, also haben sie das gemein."

„Eine solide Ehe fußt auf Gemeinsamkeiten, also gibt es Hoffnung für sie."

Ich lachte leise und stieß ihn mit dem Ellbogen in die Rippen. „Hast du auch ihre Überraschung bemerkt, als wir erwähnt haben, dass er Whittaker als Informationsquelle über uns nutzt? Sie war verärgert, dass er ihr das vorenthalten hat. Ich frage mich, ob sie verlangen wird, dass er ihr all seine Geheimnisse mitteilt, sowie sie von ihm verlangt hat, dass er seine Zigarren aufgibt."

Matt lachte leise. „Ich stelle mir vor, dass Coyle in Zukunft viele Abende in seinem Club verbringt. Er wirkte verloren ohne eine Zigarre, die dieses Maul stopft."

Ich schmiegte mich mit einem Seufzen an Matts Seite. Es war selten, dass ich mich so erleichtert fühlte, nachdem ich mit Lord Coyle gesprochen hatte. Sonst war mir meist ganz schlecht vor Sorge. Doch als wir zu Scotland Yard eilten, hatte ich endlich das Gefühl, als wäre etwas zu unseren Gunsten gelaufen. Diese Ermittlung würde bald einen Durchbruch erleben. Auf gar keinen Fall konnte Amelia weiteres Schwarzpulver in die Finger bekommen, sobald Brockwell Coyles Männer anwies, die übrigen Einrichtungen zu bewachen. Das milderte die anstehende Drohung mit Bombenattentaten, und es würde nicht lange dauern, bis Bunn und Amelia erwischt wurden. Sie konnten sich nicht ewig versteckten.

Ja, ich fühlte mich mit der ganzen Lage jetzt sehr viel positiver.

KAPITEL 9

Der Rest des Tages und der Abend waren gesegnet ruhig. Nicht einmal Lord Farnsworth besuchte uns. Willie sagte, er wäre damit beschäftigt, herauszufinden, ob Charity diejenige gewesen war, die die Masons über Cyclops' und Catherines Beziehung in Kenntnis gesetzt hatte. Obwohl die Familie aus London in ihren Landsitz aufgebrochen war, gingen Lord Farnsworths Ermittlungen weiter.

„Flirtet er mit den weiblichen Bediensteten?", fragte ich, während wir uns im Wohnzimmer nach dem Abendessen gegenüber saßen.

„Nein", sagte Willie hinter der Zeitung hervor, die sie las.

„Also bezahlt er sie? Oder heuert er jemanden an oder nutzt irgendeine List oder einen Trick, um es aus ihnen herauszubekommen?"

„Es ist kein Trick, und nein, er bezahlt niemanden."

Ich senkte das Taschentuch, das ich bestickte. „Wie kriegt er sie dann zum Reden?"

„Ich kann es dir nicht sagen. Du bist zu empfindlich, India."

„Ich! Empfindlich!" Ich schnaubte. „Meine Güte, Willie, ich habe doch noch nie mit der Wimper gezuckt, wenn du mir gesagt hast, dass du Frauen genauso wie Männer magst. Nicht einmal hatte ich einen Ohnmachtsanfall, als du auf jemanden geschossen hast, und niemals habe ich wegen deiner unzüchtigen Sprache auch nur leise gekeucht."

Sie faltete die Zeitung zusammen und warf sie auf den Tisch neben sich. „All das hast du getan. Deswegen erzähle ich es dir nicht. Du wärst schockiert. Dann würde Matt mich tadeln, weil ich etwas gesagt habe, dass dich blasser als einen Eisberg werden lässt."

„Tatsächlich bin ich jetzt neugierig", sagte Matt, der seine Zeitung senkte. „Was macht Farnsworth, was so schockierend ist?"

Sie stieß schnaubend Luft aus. „In Ordnung, ich sage es dir. India, du hast mich gefragt, ob er mit den weiblichen Bediensteten flirtet, und ich habe gesagt, das tut er nicht. Da habe ich nicht gelogen."

„Das habe ich auch niemals angenommen."

„Er flirtet mit dem Kutscher."

Ich schluckte mein Keuchen, bevor es mir entwischte, und winkte ihre Aussage mit, wie ich hoffte, nebensächlicher Gelassenheit ab. „Ist das alles? Guter Gott, Willie, wenn du glaubst, dass mir so etwas Sorgen macht, nachdem ich ähnliches von dir erfahren habe, kennst du mich überhaupt nicht."

Sie knurrte nur. Sie glaubte mir nicht.

„Was hat Farnsworth vom Kutscher erfahren?", fragte Matt.

„Nichts, aber ich habe seit heute Vormittag noch nicht mit ihm geredet. Vielleicht findet er heute Nacht mehr heraus. Der Kutscher ist entlassen worden, bis die Familie nach London zurückkehrt, also hat er nichts zu tun. Farnsworth wird seinen Charme einsetzen, um Antworten zu erhalten."

„Charme?", murmelte Matt, der seine Zeitung hochnahm.

„Er kann charmant sein, oder nicht, India?"

Ich runzelte die Stirn. „Ich finde ihn nicht charmant, aber ich sehe schon, dass es dir vielleicht anders geht. An ihm ist ein gewisser jugendlicher Überschwang. Es ist, als wäre er niemals erwachsen geworden."

„Ich schätze schon", sagte Willie. „Aber er musste nie einen Finger krümmen, um zu bekommen, was er will, also ist es verständlich, dass er sich manchmal wie ein Narr aufführt. Es ist ein echtes Glück, dass er nur ein Schlingel ist, und nicht auch noch ein Esel. So feine Pinkel wie er sorgen sonst dafür, dass ich mir die Haare raufen will, anstatt auch nur eine Minute in ihrer Gesellschaft zu verbringen."

„Es ist wahr, dass er niemals arbeiten musste", sagte Matt hinter seiner Zeitung hervor. „Aber er hat keinen einzigen Penny von seinem Erbe verloren, nach allem, was man hört. Augenscheinlich ist sein Reichtum nur gewachsen." Er spähte über den Rand seiner Zeitung zu uns. „Ich möchte wetten, er ist nicht so töricht, wie er wirkt."

Willie dachte darüber ein wenig länger nach und brummte dann ein Lachen. „Vorher mochte ich ihn. Jetzt respektiere ich ihn auch."

Matt hob die Zeitung, um sein Gesicht zu verbergen. Ich hörte ihn seufzen. Er wünschte sich vermutlich, er hätte den Mund gehalten.

* * *

DUKE UND CYCLOPS kehrten nach Hause zurück, kurz bevor Willie, Matt und ich uns für den Abend zurückzogen. Sie setzten uns bei einem Abendessen aus Suppe und Brot in Kenntnis, dass Coyles Männer sie für die Nacht von ihren Pflichten abgelöst hatten, und Brockwell hatte ihnen befohlen, sich etwas auszuruhen.

„Am Vormittag kehren wir zurück", sagte Duke.

„Und die illegalen Schwarzpulverlager?", fragte Matt von dort, wo er auf der Tischkante saß. Würde Tante Letitia hereinkommen und ihn so sehen, würde sie einen Anfall bekommen.

„Brockwell schätzt, er hat sie alle ausgenommen und die Vorräte eingezogen."

„Er befragt gerade die illegalen Importeure", fügte Cyclops an. „Es ist zu früh, um zu sagen, ob irgendeiner davon Schwarzpulver an das Moreton-Mädchen verkauft hat."

„Jasper ist bestimmt echt müde", murmelte Willie mit einem Kopfschütteln.

„Er hat hin und wieder ein Nickerchen in einer der leeren Zellen gemacht", versicherte Cyclops ihr.

„Weshalb bringst du ihm morgen nicht was zu essen", schlug

ich vor. „Bitte Mrs. Potter am Vormittag, etwas vorzubereiten. Ich bin sicher, er würde sich freuen."

Willie verzog das Gesicht. „Wir umwerben einander doch nicht, India. Er ist nicht mein Verehrer."

„Ihm Essen zu bringen, heißt doch nicht, dass du ihn umwirbst. Es bedeutet, dass ihr Freunde seid. Ich würde es tun, aber ich bin morgen Vormittag beschäftigt."

Sie dachte darüber nach und zuckte mit den Schultern. Ich nahm an, das bedeutete, dass sie nicht auf meine Lüge hereingefallen war, dass ich beschäftigt war, aber dass sie auch zustimmte, dass Brockwell diese Geste nicht auf eine Art interpretieren konnte, die sie nicht beabsichtigt hatte. Ich war ziemlich zufrieden mit meiner Bemühung und ging mit einem wohligen Gefühl ins Bett.

* * *

DIE ANKUNFT von Mrs. Delancey vor dem Mittagessen war keine unwillkommene Überraschung. Ich brauchte eine Ablenkung davon, mir Sorgen wegen der Fortschritte der Ermittlungen zu machen, und sie war als Ablenkung so gut wie alles andere. Tatsächlich hob sie meine Laune erheblich, und das nur dank Willie. Ich wünschte mir nur, sie wäre zu Hause gewesen, um Mrs. Delancey zu sehen, die den Inhalt ihres Pompadours auf einen der Beistelltische im Salon auskippte.

Ich war so überrascht, ihre Juwelen in all ihrem herrlichen Glanz zu sehen, dass es ganze dreißig Sekunden dauerte, bevor ich sprechen konnte. „Mrs. Delancey", sagte ich schließlich. „Sind das *all* ihre Wertgegenstände?"

„Gütiger Gott, nein." Sie breitete die Stücke aus, sodass nichts übereinander lag. Es gab Smaragd- und Diamanthalsbänder, Perlen-Ohrhänger, Ringe mit bunten Edelsteinen und Manschettenknöpfe. Sie hatten alle eines gemeinsam. Alle enthielten sie Gold.

Ich wusste nicht, was ich sagen sollte. Die Wahrheit sagen, oder mit der Geschichte weitermachen, die Willie über meinen vorgespielten Zauberspruch erfunden hatte?

Ich verschob meine Entscheidung um ein paar Minuten,

indem ich nach Tee rief. Mrs. Delancey schob ihre Juwelen rasch zurück in ihren Pompadour, bevor die Bediensteten zurückkehrten.

„Müssen Sie die Juwelen erst aus den Goldeinfassungen nehmen?", fragte sie mich.

„Wie bitte?"

„Sollte ich einen Juwelier die Diamanten und anderen Edelsteine aus ihren goldenen Fassungen nehmen lassen, bevor ich sie Ihnen gebe?"

„Mrs. Delancey", setzte ich an. „Es ist sehr nett von Ihnen, Ihr Gold für meine Experimente mit Fabian anzubieten, aber wir haben genug. Sie müssen keine der Juwelen herausnehmen. Nehmen Sie sie mit zurück nach Hause und genießen Sie es, sie zu tragen, wie Sie es immer getan haben."

Sie plusterte sich auf. „Aber ich bestehe darauf!"

„Ich kann das nicht annehmen."

Sie schaute hinab auf den ausgebeulten Pompadour in ihrem Schoß. „Aber ... ich will mehr Diamanten."

„Wie bitte?"

„Ich will mehr Diamanten. Gold ist wunderbar, aber nicht annähernd so schön wie Diamanten. Ich bewundere, wie sie im Licht glitzern, Sie nicht?" Sie klatschte leicht in die Hände. „Wie aufregend, dass Sie einen Zauber geschaffen haben, der Gold in die Form von Diamanten verwandelt. Denken Sie nur an die Möglichkeiten, India! Denken Sie an das Vermögen, dass Sie machen könnten."

„Ahhh ..."

„Sagen Sie mir, kann man die Farbe des neuen Diamanten wählen? Ich habe keine gelben, sehen Sie. Die Frau eines Bankiersfreundes meines Mannes hat eine Brosche, die wie eine Biene geformt ist, in die gelbe Diamanten und Gagat eingelassen sind. Sie ist sehr hübsch, aber nun plaudert sie die ganze Zeit von dieser Rarität. Wenn ich einen magischen gelben Diamanten hätte, würde sie das auf ihren Platz verweisen. Sie sagt, sie glaubt nicht an Magie, aber ich denke, insgeheim tut sie es schon. Na, India? Kann man sich die Farbe des neuen Diamanten aussuchen?"

Bristow hatte wohl auf der anderen Seite der Tür zugehört,

und ihm war klar geworden, dass ich gerettet werden musste, denn er trat in diesem Augenblick ein und bat darum, eine Privatunterhaltung über eine Angelegenheit führen zu können, die sofort meiner Aufmerksamkeit bedurfte. Ich ging mit ihm hinaus, und er fuhr fort, eine Liste von Dingen herunterzurattern, die *seiner* Auftragsumkehr bedurften. Er wurde gerade fertig, als der Bedienstete Peter mit den Teeutensilien ankam.

Ich dankte Bristow und sagte Peter, dass ich den Tee einschenken würde, dann wartete ich, dass sie gingen. Diese paar Augenblicke mit dem Butler hatten mir Zeit verschafft, mir zu überlegen, wie ich Mrs. Delancey am besten weiterschickte und dabei am wenigsten Schaden verursachte. „Wo wir gerade bei dem Zauber sind", setzte ich an. „Sie haben Sir Charles nicht davon in Kenntnis gesetzt, oder?"

Sie drückte sich die Hände auf die Brust, war völlig entsetzt. „Oh, nein, India. Ich habe meine Lektion gelernt. Das mache ich nicht mehr. Ich würde Ihr Vertrauen niemals mehr als einmal verraten."

„Das freut mich, zu hören, dass es da eine Grenze gibt. Aber ich muss darauf beharren, dass Sie es nicht nur niemandem sagen, sondern dass Sie diesen Zauber auch vergessen. Er funktioniert nicht."

„Aber Miss Johnson sagte, das täte er."

Das war eine weitere Erinnerung daran, weshalb ich Willie erwürgen sollte, wenn ich sie wiedersah. „Wir dachten, er hätte funktioniert, doch ein Juwelier hat die Diamanten getestet und sie als falsch deklariert."

Sie nahm die Teetasse und Untertasse mit schiefgelegtem Kopf an. „Wie falsch?"

„Ziemlich, ziemlich falsch. Er sagte, für einen Experten wäre es leicht zu erkennen. Also haben Fabian und ich das Experiment ganz aufgegeben, bevor wir noch weiteres Gold sinnlos ruinieren."

Sie packte ihren Pompadour fester, ein enttäuschter Ausdruck auf dem Gesicht. „Vielleicht ist das am besten. Es wäre ein Unglück, das Gold zu verlieren und nichts zurückzuerhalten. Mein Mann redet immer davon, dass man seine Investitionen auch zurückerhalten muss. So viel, dass es scheint, als wäre das schließlich auch in meinen Verstand eingesickert." Sie lachte, während sie ihre Teetasse nahm. „Also gut. Das wird also nur ein schöner Besuch bei meiner Lieblingsmagierin sein müssen." Sie nippte, dann stellte sie ihre Teetasse ab. „Wussten Sie, wir hatten ein Treffen des magischen Sammlerclubs, während Lord Coyle in seinen Flitterwochen war."

„Ach?"

Ein gerissenes Lächeln trat auf ihre Lippen. „Er ist nicht der Anführer, wissen Sie. Wir können uns treffen, wann immer wir wollen, mit oder ohne ihn."

„Wer hat es organisiert?"

„Sir Charles." Sie beugte sich vor und senkte die Stimme. „Nur zwischen uns beiden, ich glaube, er war ziemlich verärgert, dass Coyle ihn nicht zu seiner Hochzeit eingeladen hat. Mr. Delancey und ich hatten eine andere Einladung, oder wir wären dort gewesen, aber die meisten Mitglieder des Sammlerclubs waren nicht eingeladen. Ich glaube, Sir Charles hat diesen Fauxpas deutlicher gespürt als die anderen."

„War Louisa bei dem Treffen?", fragte ich.

„Ja."

„Worüber haben Sie gesprochen?"

„Nicht sonderlich viel, wie es der Zufall so will. Louisa hat über die Magie ihres Verlobten geredet. Es war ziemlich interessant, aber nicht spektakulär. Er war allerdings nicht da. Eine Schande, sonst hätte er uns eine Demonstration seiner schwebenden Tinte geben können. Ich habe anschließend nahegelegt, dass er vielleicht ein Bonus für ihren Vortrag gewesen wäre. Professor Nash war auch da, doch er hat nicht viel gesagt." Sie starrte in ihre Teetasse, die auf ihrem Schoß ruhte. „Eigentlich war es ein ziemlich seltsamer Abend."

„Weil Lord Coyle nicht da war, um die Unterhaltung anzuregen?", fragte ich.

„Ach, nein. Es war ganz angenehm, dass er nicht die ganze Zeit allen das Wort abgeschnitten hat. Nein, wenn Sie andere fragen, schätze ich, für sie war der Abend nicht seltsam. Er war es nur für mich, Mr. Delancey und Sir Charles natürlich." Sie mochte ja meinem Blick ausweichen, ich konnte trotzdem noch sehen, dass ihre Wangen sich röteten.

„Meinen Sie damit, dass es alles ziemlich unbehaglich zwischen ihnen dreien war, wegen Ihrer Liaison mit Sir Charles?"

Sie nickte.

„Mir war nicht klar, dass Sie Mr. Delancey erzählt haben, dass wir Sie dabei erwischt haben, dass Sie ihm Geheimnisse über uns mitteilen."

Sie wackelte mit dem Finger vor mir. „*Ein* Geheimnis, India. Am Ende von Geheimnis sollte kein e mehr stehen. Nein, ich habe es Mr. Delancey nicht gesagt. Er hat es irgendwie herausgefunden. Ich weiß nicht, wer ihn in Kenntnis gesetzt hat." Sie schaute mir in die Augen. „Waren Sie es?"

„Nein!"

„Mr. Glass?"

„Matt war es nicht."

„Sind Sie sicher? Ehemänner und Frauen erzählen einander nicht alles."

„Wir schon."

Sie seufzte. „Wer dann?"

Das war eine gute Frage. Sir Charles selbst konnte es getan haben, aber mir wollte kein Grund einfallen, weshalb er das erzählen sollte. Ich hätte es Lord Coyle ebenfalls durchaus zugetraut, Ärger anzustacheln.

„Es war äußerst enervierend, als Mr. Delancey mich deswegen zur Rede gestellt hat", sagte sie leise. „Er dachte, Sir Charles und ich hätten eine Liaison intimer Natur, verstehen Sie. Es dauerte einige Zeit, ihn zu überzeugen, dass wir nur Freunde im Club sind. Ich musste ihm alles über unsere Treffen erzählen, und wozu sie dienen, so etwas eben. Er hat mir verboten, Sir Charles weiterhin privat zu treffen, was mir ganz recht ist. Ich hatte nicht die Absicht, ihn außerhalb der Clubtreffen noch zu sehen. Weshalb sollte ich? Wir sind immerhin nur Freunde. Nicht mal Freunde. Nur Bekanntschaften."

„Ehemänner können auf andere Männer eifersüchtig sein", sagte ich.

„Sehr wahr, India, sehr wahr." Sie nippte am Tee. „Es hilft auch nicht, dass Sir Charles die Ritterwürde hat. Ich dachte, das würde Mr. Delancey auch nicht zu sehr stören, da Sir

Charles ja trotzdem arm ist, aber er ist dieser Tage äußerst flüssig."

„Ist er das?" Wir wussten, dass Sir Charles sich kürzlich eine Kutsche gekauft hatte, aber er lebte in einem kleinen Haus und wirkte nicht sonderlich reich.

„Kein Reichtum in unserem Maßstab natürlich, aber er ist auf jeden Fall in letzter Zeit an Geld gekommen."

„Woher wissen Sie das?"

„Durch Mr. Delanceys Bankiersfreunde natürlich. Er hat einen von ihnen nach Sir Charles gefragt, nachdem er von unserer, äh, Verbindung erfahren hat. Ach, sehen Sie mich doch nicht so an, India. Sie wissen, dass Bankiers Informationen untereinander austauschen. Das ist nun mal guter Geschäftssinn."

„Das hat nichts mit Geschäften zu tun."

Sie winkte meine Sorge ab. „Mr. Delancey behält so empfindliche Informationen normalerweise für sich, aber es kam einfach heraus, als er mich wegen meiner Liaison mit Sir Charles zur Rede gestellt hat."

„Wann ist Sir Charles an sein Geld gekommen?", fragte ich.

„Er zahlt es in unregelmäßigen Abständen ein. Manchmal wöchentlich, dann gibt es ein paar Wochen eine Pause, bevor er wieder mit einer weiteren Einzahlung ankommt. Es ist alles ziemlich faszinierend, oder? Ich liebe ein gutes Rätsel, aber leider lässt sich dieses hier nicht lösen, das sagt mein Mann. Außer natürlich, wir fragen Sir Charles direkt, aber nicht einmal Mr. Delancey würde etwas so Unpassendes tun."

Sie wechselte das Thema, und ich versuchte, ihr zu folgen, doch meine Gedanken kehrten immer wieder zu Sir Charles Whittaker und seinen Geheimnissen zurück. Seine Geheimtreffen mit Lord Coyle, seine geheime Ritterwürde, sein geheimer Beruf und sein geheimes Geld. Die Arbeit für die Regierung würde seine Ritterwürde erklären, aber vielleicht war es Lord Coyle, der ihn bezahlte. Hieß das, dass Lord Coyle auch für die Regierung arbeitete?

„India, hören Sie zu?", fragte sie.

„Ja, natürlich."

„Na, ist sie es?"

„Tut mir leid, ist wer was?"

„Ist Mr. Glass' seltsame kleine Cousine hier?"

„Da müssen Sie sich schon genauer ausdrücken", sagte ich.

„Miss Johnson."

„Nein, ich fürchte, sie ist nicht da. Wollten Sie sie treffen?"

Sie erbebte leicht. „Ich wollte wissen, ob sie schon den Schwur der Mäßigung unterschrieben hat."

„Oh! Noch nicht, ich glaube kaum. Sie war sehr beschäftigt."

„Mit Trinken?"

„Zum Großteil mit Spielen." Ich genoss es ziemlich, zu sehen, wie ihre Lippen sich so sehr wölbten, dass sie fast verschwanden. Fast erzählte ich ihr, dass Willie sich auch herumtrieb, aber überlegte es mir dann eines Besseren. Mrs. Delancey mochte umkippen, und ich wollte sie nicht länger als nötig hier haben.

* * *

ICH BEGRÜßE MATT, sobald er vom Scotland Yard heimkam. Er war bei Brockwell gewesen, doch ich war zu sehr darauf versessen, ihm zu erzählen, was Mrs. Delancey mir über Sir Charles' Geld erzählt hatte, um auf seinen Bericht zu warten.

„Nun?", schloss ich. „Glaubst du, Sir Charles und Lord Coyle arbeiten beide für die Regierung? Und falls ja, weshalb spioniert die Regierung Fabian und mir nach?"

Ich wusste, dass Matt über die Frage nachgedacht hatte, seit wir von Sir Charles' geheimer Ritterwürde erfahren hatten. Das war allerdings das erste Mal, dass ich sie aufgebracht hatte.

„Wegen eurer Magie." Sein Kinn spannte sich an. „Sie wollen euch beide im Auge behalten."

„Falls wir einen gefährlichen Zauber erschaffen?"

Er zuckte nur mit den Schultern.

„Lächerlich", murmelte ich. „Sir Charles und Lord Coyle wissen beide, dass ich meinen Zauber niemals weggeben würde, genauso wenig würde ich etwas tun, das Leben aufs Spiel setzt, wie Amelia Moreton es macht. Es ist ziemlich beleidigend, dass sie das annehmen."

„Es gibt andere Gründe, weshalb sie euch im Auge behalten wollen könnten." Er setzte sich neben mir aufs Sofa und nahm meine Hand zwischen seine beiden. Sie waren köstlich warm.

„Es scheint, als wäre sich die Regierung der Magie bewusst gewesen, noch bevor Fabian nach England kam. Sie wussten vermutlich davon, bevor du es tatest. Vielleicht waren sie sich dessen immer bewusst, haben das Wissen aber geheim gehalten, es nur einigen wenigen anvertraut."

„Aber Commissioner Munro wusste es nicht. Er ist sehr widerstrebend, was den Gedanken an ihre Existenz angeht. Immer noch."

„Wenn ich einige wenige sage, schließt das Munro nicht ein."

Das wäre in der Tat eine sehr exklusive Gruppe. „Ich werde mit Lord Coyle und Sir Charles reden", sagte ich. „Es ist Zeit, ihnen zu sagen, dass wir wissen, dass sie mich für die Regierung ausspionieren – und dass sie aufhören sollen. Oder uns zumindest sagen, weshalb. Es macht mir nichts, ihnen zu erzählen, was für Zauber wir erschaffen, ich werde diese Zauber nur nicht mit ihnen teilen. Wenn ich das klarmache, dann kann es kein Missverständnis geben, und wir können all die Lügen und die Verstohlenheit aufgeben."

Er legte den Arm um mich und zog meinen Kopf auf seine Schulter, wo er weiterhin sanft meinen Nacken massierte. „Du bist zu vertrauensselig, India." Seine Stimme grollte durch mich hindurch, so seidig und üppig wie Schokolade. Ich seufzte und schmiegte mich an ihn. „Die Regierung glaubt vielleicht nicht, dass du fähig bist, deine Zauber zu schützen, und verlangt, dass du sie ihnen zur sicheren Verwahrung übergibst", sagte er. „Oder vielleicht wollen sie, dass du einen Zauber schaffst, den sie gegen ihre Feinde einsetzen können."

Jetzt fühlte ich mich wirklich naiv. „Ich würde mich weigern", sagte ich verhalten.

„Es gibt noch eine Möglichkeit." Seine dunklen Augen verdüsterten sich, während sein Blick sich in meinen bohrte. „Sie wollen vielleicht die Magie völlig unterdrücken, so wie sie seit hunderten Jahren unterdrückt wurde. Vergiss nicht, dass Whittaker zur Gewalt gegriffen hat, um Barratt zu ermutigen, mit dem Schreiben seines Buches aufzuhören."

Ich nickte schwach. „Ja, das stimmt."

„Falls das der Fall ist, ist die Frage, was würden sie tun, wenn sie glauben, dass die Magie droht, Allgemeinwissen zu werden? Wie weit würden sie gehen, um Magier zu unterdrücken, die es publik machen wollen?"

Ich schnappte zwischen zusammengebissenen Zähnen nach Luft. „Du schließt dich Mrs. Moretons Theorie an, dass die talentfreien Beamten die Magier inhaftieren möchten?"

„Ich weiß es nicht. Darum bin ich vorerst vorsichtig. Wir haben einfach nicht genug Informationen. Zum einen wissen wir noch nicht, ob Coyle und Whittaker zum selben Spionagekreis gehören oder nicht."

Ich zog mich von ihm zurück, um ihn besser sehen zu können. „Du glaubst, Whittaker versorgt die Regierung und Coyle getrennt mit Informationen?"

„Es ist möglich, dass er auf zwei Hochzeiten tanzt, ja. Es gibt an diesem Punkt zu viele Unbekannte, um einen von ihnen zur Rede zu stellen. Wir brauchen mehr Zeit zum Ermitteln."

Die brauchten wir auf jeden Fall, aber was sollten wir tun? Wie würden wir Antworten erhalten?

„Wir müssen herausbringen, weshalb Whittaker in den Ritterstand erhoben wurde", sagte Matt. „Ich will hundertprozentig sicher sein, dass wir uns nicht etwas einbilden, das es gar nicht gibt. Er arbeitet vielleicht gar nicht für die Regierung, sondern für jemand ganz anderen, oder nur für Coyle. Falls es sich erweist, dass sein Ritterschlag aus unschuldigen Gründen erfolgte, wird uns das eine Antwort liefern. Ich muss mit jemandem reden, der bis ganz nach oben kommt. Im Club meines Onkels gibt es einen Adligen, der eng mit dem Innenministerium verbunden ist. Er kann vielleicht helfen, doch ich muss ihm vorgestellt werden, und man muss die Befragung subtil gestalten. Ich will meinen Onkel nicht darum bitten, selbst wenn er noch hier in London wäre. Aber außer ihm und Coyle kenne ich niemanden, und Coyle kann ich auf gar keinen Fall fragen."

„Was ist mit Lord Farnsworth?"

Seine Augenbrauen zogen sich zusammen. „Du hast schon gehört, dass ich subtil gesagt habe, oder?"

„Ich weiß, dass er eine seltsame Gestalt ist, aber er wäre perfekt, vielleicht gerade weil er so seltsam ist. Niemand würde annehmen, dass er versucht, jemandem Antworten zu entlocken. Und du sagtest selbst, er ist klüger, als er aussieht."

„Ich sagte, das könnte er sein. Sicher bin ich mir nicht."

„Er weiß auch von Magie und hat ein Interesse daran, Magie und Magier zu schützen."

Matt fuhr sich mit der Hand durch die Haare und übers Gesicht. „Also gut. Ich werde ihn bitten, mich dem Freund des Innenministers vorzustellen. Dann klopfe ich auf Holz und hoffe, dass ich das nicht bedauern werde."

KAPITEL 10

$\mathcal{M}$att und ich besuchten Oscar Barratt an diesem Nachmittag im Bureau der *Weekly Gazette*, wo er arbeitete. Wir hatten vorgehabt, mit ihm zu reden, nachdem wir erfahren hatten, dass Sir Charles Whittaker derjenige gewesen war, der ihm den Grobian am Tag von Lord Coyles Hochzeit auf den Hals gehetzt hatte, aber die Sache mit Mr. Bunn und Amelia hatte uns seither aufgehalten.

Bevor wir Oscar sagten, wer der Schuldige war, begann Matt mit einer Warnung. „Sie müssen uns versichern, dass Sie ihn noch nicht zur Rede stellen."

„Es war Coyle, oder nicht?", fragte Oscar.

„Ihre Zusicherung, Barratt."

Oscar kniff sich in den Nasenrücken, vergaß aber sein angeschwollenes Auge und fuhr vor Schmerz zusammen. „Also gut, aber ich verstehe nicht, weshalb ich ihn nicht zur Rede stellen kann. Wenn ich das nicht mache, wird er es einfach ein verdammtes weiteres Mal versuchen."

„Wortwahl", knurrte Matt.

Oscar schaute mich betreten an. „Tut mir leid, India, aber meine Nerven sind etwas strapaziert."

„Ist schon gut", sagte ich. „Wir verstehen das. Du willst Rache."

„Ich will sicherstellen, dass es nicht wieder passiert, und ich kann keine Möglichkeit sehen, das zu tun, ohne ihn zur Rede zu stellen." Er deutete auf die geschlossene Tür seines Bureaus. Draußen brüteten Reporter, Illustratoren, Herausgeber und Botenjungen über den langen Schreibtischen, auf denen die Seiten zukünftiger Ausgaben ausgebreitet lagen. „Ich sollte da draußen sein, aber ich mache mir jedes Mal Sorgen, wenn ich einen Fremden sehe, also verstecke ich mich hier drin. Ich fühle mich wie ein Feigling, aber was sonst kann ich tun?"

Armer Oscar. Er wirkte tatsächlich ziemlich verängstigt unter den blauen Flecken und den Schwellungen. Ich beugte mich vor und tätschelte ihm die Hand, aber ich konnte keine tröstenden Worte spenden. Er hatte ja recht. Wenn niemand Sir Charles zur Rede stellte, würde die Gefahr weiter bestehen.

Andererseits …

„Ich habe eine Idee", sagte ich. „Du lässt in bestimmten Kreisen bekannt werden, dass du den Gedanken aufgibst, das Buch zu schreiben, aber insgeheim führst du die Arbeit fort."

„Oder Sie könnten es tatsächlich aufgeben", sagte Matt düster.

Oscar ignorierte ihn. „Das ist eine gute Idee, India."

„Wenn die Leute fragen, weshalb, sagst du ihnen die Wahrheit", fuhr ich fort. „Dass du von einem anonymen Grobian eingeschüchtert wurdest."

Er nickte. „Ich werde Louisa wohl doch von dem Vorfall erzählen müssen, damit sie mir helfen kann. Sie könnte es den Mitgliedern des Clubs sagen. So wird es Coyle hören."

„Es war nicht Coyle", sagte Matt.

Oscar lehnte sich vor und runzelte die Stirn. „Wer war es dann?"

„Whittaker."

„Whittaker!" Oscar lehnte sich schwer zurück. „Weshalb?"

„Ich ermittle in einer Theorie", sagte Matt.

„Welcher Theorie?"

„Das kann ich Ihnen nicht sagen."

Oscar schaute mich an, doch ich schüttelte den Kopf. Unsere Spekulationen, dass Sir Charles ein Spion für die Regierung war, mussten vorerst innerhalb eines kleinen Kreises Vertrauter bleiben. Oscar war zu unberechenbar, und er war mit Louisa verlobt, jemandem, dem ich genauso so weit vertraute, wie ich Lord Coyle und Sir Charles Whittaker vertraute.

„Ich bin auf Ihrer Seite, Glass", sagte Oscar. „Auf Ihrer und Indias."

„Nein, Sie sind auf Ihrer Seite", sagte Matt. „Sind Sie sind zu arrogant, um die Gefahr zu sehen, die Ihr Buch auf jeden Magier loslassen wird."

„Oder es könnte ihnen die Freiheit bringen."

Matt schnaubte. „Sie sind naiv."

„Und Sie haben kein Vertrauen in das menschliche Wesen. Die Öffentlichkeit wird Magier nicht für ihre Magie verfolgen. Sie werden sie nicht zurückweisen. Sie werden sie feiern, indem sie nach ihren Waren verlangen. Die Einzigen, die davon einen Nachteil hätten, wären die talentfreien Handwerker. Aber es gibt keinen Grund, warum sie nicht Angestellte der neuen Fabriken werden können, die Magier aufbauen, die sich der zunehmenden Nachfrage werden stellen müssen."

Matts Züge spannten sich an. „Sie sind ein Narr, wenn Sie glauben, dass alle talentfreien Handwerker sich damit zufriedengeben werden, sich von anderen anstellen zu lassen."

Oscar schüttelte den Kopf.

„Matt hat recht", sagte ich.

Oscar zog die Augenbrauen hoch. „Du willst weiterhin im Geheimen leben, India?"

„Ich führe mein Leben nicht im Geheimen. Ich lebe mein Leben ganz perfekt, vielen Dank. Ich erzähle Leuten nur einfach nicht von meiner Magie."

„Ich bin enttäuscht von dir. Bevor du geheiratet hast, hattest das du eigene Meinungen und hast nicht unbedingt mit seinen übereingestimmt. Aber nun, da du verheiratet bist, bist du wie jede andere Ehefrau geworden und hast die Ideen deines Mannes übernommen, obwohl sie nicht die deinen sind."

Bei jedem Wort gingen meine Augen etwas weiter auf, mein Temperament brodelte etwas weiter hoch, bis es schließlich überschwappte. „Das ist nicht wahr, und wie kannst du nur annehmen, dass du weißt, was ich denke!"

Er hob entschuldigend die Hände, doch ich würde ihn nicht vom Haken lassen, indem ich ihm verzieh.

„Ich bin vor ein paar Tagen auf eigene Faust zu dem Schluss gekommen, als eine Feuerwerksmagierin eine Bombe hochgehen hat lassen, ohne in der Nähe zu sein, um sie zu zünden."

Er runzelte die Stirn. „Eine Feuerwerksmagierin? Wer denn?"

„Moretons Feuerwerke. Sowohl der Vater als auch die Tochter sind Magier, aber Amelia ist diejenige, die die Bombe gezündet hat, als ich mich geweigert habe, meinen Verlängerungszauber auf die Magie ihres Freundes anzuwenden."

„Was meinst du damit, dass sie die Bombe gezündet hat, ohne dass sie dort war? Hat sie kein Zeitschaltgerät verwendet?"

„Nein."

Er rieb sich mit der Hand übers Kinn und warf einen Blick auf Matt.

Matt schaute immer noch finster in Oscars Richtung. „Man hat sie noch nicht erwischt", sagte er. „Scotland Yard kennt die Fakten und sucht gerade nach ihr. Sie muss aufgegriffen werden, bevor sie eine weitere Bombe baut. Die erste war eine Warnung, um zu zeigen, wozu sie fähig ist. Die nächste könnte tödlich werden."

„Außer ich tue, worum sie bittet", sagte ich, genauso zu Matt wie zu Oscar. „Siehst du, was ich damit sagen will? Wenn die Öffentlichkeit von Amelia und ihrer Magie erfährt, hätten alle Angst. Man wird sich fragen, wozu wir übrigen fähig sind. Sie werden glauben, dass Magie in den falschen Händen gefährlich ist. Und sie hätten recht, wenn sie das glauben."

„Die Moretons sind eine Ausnahme", sagte Oscar. „Die Übrigen haben gutartige Magie, die nicht viel ausrichtet, außer hervorragende Stiefel oder Tinte oder Uhren herzustellen."

„Versuchen Sie das doch einer Öffentlichkeit in Furcht und Angst zu sagen", forderte Matt.

„Ich werde es in meinem Buch ansprechen", schoss Oscar zurück.

Ich seufzte. „Bitte denk darüber nach. Denk darüber nach, dein Buch ganz aufzugeben, nicht nur so zu tun. Seine Veröffentlichung könnte den gegenteiligen Effekt dessen haben, was du beabsichtigst, und dafür sorgen, dass Magier noch weiter verfolgt und ausgegrenzt werden."

Oscar hatte keine Antwort darauf, was nicht überraschend

war, sondern eine Erleichterung. Ich hoffte, das bedeutete, er würde etwas mehr über die Folgen nachdenken. Er musste einen Schritt von dem Projekt zurücktreten und es von mehr Seiten als nur seiner betrachten.

„Sie können nichts von dem, was wir Ihnen gerade erzählt haben, in Ihrer Zeitung drucken lassen", warnte ihn Matt. „Die Magie der Familie Moreton muss ein Geheimnis bleiben, selbst nachdem sie erwischt wurde. Es ist nicht nur die Öffentlichkeit, die segensreich unwissend darüber bleiben muss, wozu Amelia fähig ist, sondern auch Menschen, die ihre Macht vielleicht zu eigenen niederträchtigen Zwecken einsetzen möchten. Gruppen wie die Fenier würden nur zu gern Bomben ohne ein Zeitschaltgerät hochgehen lassen. Verstehen Sie das, Barratt?"

Oscar seufzte. „Meine Empfindsamkeiten werden gestört, wenn ich die Wahrheit verstecken muss, aber ich verstehe es. Mein Herausgeber will mich dieser Tage sowieso nichts drucken lassen, was mit Magie zusammenhängt. Ich werde es niemandem erzählen, nicht mal Louisa." Er seufzte wieder. „Ich werde ihr aber sagen müssen, dass Whittaker einen Grobian auf mich gehetzt hat."

„Uns wäre es lieber, Sie würden das nicht tun", sagte Matt.

„Wissen Sie, wie schwierig es ist, ihr die Wahrheit vorzuenthalten? Sie glaubt immer noch, es wäre ein zufälliger Angriff gewesen, und beharrt darauf, dass ich zur Polizei gehe. Sie kann nicht verstehen, weshalb ich es nicht anzeigen möchte."

Matt erhob sich und hielt mir eine Hand hin. „Ich mache es Ihnen zum Vorwurf, wenn sie Whittaker zur Rede stellt", sagte er zu Oscar.

„Ha! Das ist dreist, gerade von Ihnen. India hat mich gerade gerügt, weil ich gesagt habe, sie kann keine eigene Ideen entwickeln, und doch glauben Sie, ich bin für alles verantwortlich, was Louisa macht."

Matt funkelte ihn an. „Erzählen Sie ihr, was Sie mögen, aber bitten Sie sie, die Clubmitglieder darüber in Kenntnis zu setzen, dass Sie die Idee mit dem Buch aufgegeben haben. Stellen Sie sicher, dass Whittaker es hört, aber ihm nicht bewusst wird, dass wir ihm auf der Spur sind. Ich will herausfinden, was er vorhat, und weshalb."

„Es ist offensichtlich, weshalb er will, dass das Buch nicht erscheint. Er und Coyle wollen beide, dass die Magie geheim bleibt, um den Wert ihrer Sammlungen zu schützen."

Weder Matt noch ich brachten ihn von diesem Gedanken ab. Wir verabschiedeten uns einfach und gingen.

„Das lief gut", sagte ich, während wir zu unserer Kutsche gingen, die um die Ecke in der Fleet Street stand.

Matt schaute mich von der Seite an. „Waren wir auf demselben Treffen?"

„Ich meine es ernst. Ich glaube, Oscar gewöhnt sich allmählich an den Gedanken, dass das Buch vielleicht nicht weiter fortschreiten sollte."

„Wir werden sehen."

* * *

WIR HIELTEN BEI SCOTLAND YARD AN, um von Brockwell auf den neuesten Stand gebracht zu werden, doch er konnte uns nur wenig mehr sagen, als wir bereits wussten. Alle bekannten Lager mit Schwarzpulver wurden von seinen Männern beobachtet, und alle illegalen Importeure, die Coyles Spione gemeldet hatten, wurden befragt.

„Die vorläufigen Fragen habe ich selbst gestellt", sagte er von seinem Platz hinter seinem Schreibtisch aus.

Ich freute mich, einen unserer Teller vor ihm zu sehen. Ein paar Krümel waren alles, was von seiner Mahlzeit noch übrig war. Willie hatte ihm doch etwas aus unserer Küche vorbeigebracht.

„Das Problem ist, sie sind alle äußerst verschlossen", fuhr er fort. „Ich kann mir nicht sicher sein, ob ihre Vorräte noch komplett sind oder ob sie Salpeter an Amelia oder Bunn verkauft haben. Sie weigern sich, es zu sagen."

„Haben Sie ihnen angeboten, ihr Urteil zu mildern, wenn sie Ihnen Informationen geben, die zu einer Festnahme führen?", fragte Matt.

„Es steht nicht in meiner Macht, ein solches Versprechen zu geben. Anders als Moreton wissen das einige von ihnen." Brockwell legte die Hände über dem Bauch aneinander. „Es ist äußerst frustrierend. Ich habe sogar in Betracht gezogen, traditionellere Methoden einzusetzen, um sie zum Reden zu kriegen."

„Traditionellere Methoden?", fragte ich.

Brockwell strich sich über die Krawatte und wich meinem Blick aus. „Ach, es ist gleich." Er reichte mir den Teller. „Willie hat mir einige der Kuchen und Brötchen Ihrer Köchin gebracht. Wären Sie so freundlich, diesen Teller Mrs. Potter zurückzubringen und ihr von mir zu danken?"

„Natürlich", sagte ich und nahm ihn an. „Kommt Willie denn nicht vorbei, um ihn abzuholen?"

„Sie hat sich den anderen bei der Überwachung angeschlossen."

„Ist das klug, wenn man an bedenkt, dass sie eine Entführung miterleben musste?"

„Sie hat mich ganz klar in Kenntnis gesetzt, dass sie sich erholt hat. Ihrem Tonfall habe ich entnommen, dass sie keine Gegenargumente zulassen würde. Ich habe natürlich zugestimmt, denn ich bin ja kein Narr, der sein Leben riskieren will."

Er lachte leise.

„Sie war sehr aufmerksam, als Sie Ihnen Essen vorbei gebracht hat", sagte ich. „Sie macht sich Sorgen um Ihr Wohlbefinden bei einem schwierigen Fall wie diesem."

Er kratzte sich über die Koteletten und kämpfte gegen ein Lächeln an, aber es kam doch hervor. „Ach, gut, das ist sehr nett von ihr. Sie hat ein gutes Herz, obwohl sie nicht will, dass die Leute das wissen."

„Nur gewisse Leute", sagte ich. „Von denen Sie einer sind."

Er wurde rot.

Matt räusperte sich. „Lassen Sie mich wissen, wenn Sie meine Hilfe brauchen. Ganz gleich, welche Aufgabe es ist, ich mache es gerne."

„In diesem Fall wäre etwas mehr Kuchen nett."

Matt lächelte ihn schwach an. Ich versuchte, nicht zu lachen, während wir zusammen hinausgingen.

„Nicht die Art Hilfe, die du im Sinn hattest?", fragte ich, während wir zurück zum Empfangsbereich gingen.

„Keine Aufgabe ist mir zu niedrig, nicht einmal Essenslieferungen", sagte Matt.

Ich schob meinen Arm durch seinen. „Was sind die traditionellen polizeilichen Methoden, bei denen er so zögerlich ist, sie bei illegalen Importeuren von Schwarzpulver einzusetzen?"

„Gewalt."

Ich packte seinen Arm fester. „Na, ich bin froh, dass er das nicht macht."

* * *

Weitere Neuigkeiten trafen am folgenden Vormittag ein, als Willie, Duke und Cyclops zum Frühstück und zum Ausruhen zurückkehrten. Offensichtlich hatte ein Polizist eine Sichtung von Mr. Bunn im Bereich von Bloomsbury berichtet, aber die darauffolgende Suche war nicht ergiebig gewesen.

„Jemand gewährt ihnen wohl Zuflucht", sagte Matt.

„Ein weiterer Magier", fügte ich an.

Er und ich schauten einander an. Wir wussten von keinem, doch wir konnten Namen von Lord Coyle oder Oscar bekommen. Zusammen mochten sie vielleicht einen Magier im Bereich Bloomsbury kennen.

Wir machten uns zum Aufbruch zur *Weekly Gazette* bereit, sobald das Frühstück beendet war, da wir beide der Meinung waren, Oscar wäre das geringere der beiden Übel. Es war Samstag, und hoffentlich war er im Bureau und nicht zu Hause.

Tante Letitia erwischte mich allerdings, bevor ich flüchten konnte. „Du hast versprochen, mich zum Einkaufen mitzunehmen, India", sagte sie, ihre Stimme klang trotzig.

„Ich nehme dich mit, wenn ich zurückkomme", versicherte ich ihr.

„Wann wird das sein?"

„Hoffentlich heute Nachmittag."

Sie warf mir einen Blick mit hochgezogenen Augenbrauen zu. „Hoffentlich?"

Ich gab ihr einen Kuss auf die Wange. „Dann werden wir einen schönen Nachmittagstee trinken, wenn wir nach Hause kommen."

Matt gab ihr einen Kuss auf die andere Wange. „India und

ich haben eine wichtige Ermittlung, die unserer Aufmerksamkeit bedarf."

„Kannst du nicht einen von ihnen mitnehmen?" Sie schaute zurück in das Esszimmer, wo Cyclops noch aß, aber Duke und Willie leise über ihren Kaffeetassen redeten.

„Sie sind erschöpft", sagte ich. „Sie waren die ganze Nacht wach und haben der Polizei geholfen."

Ihre Lippen bildeten ein angespanntes O. „Ich dachte, sie wären in einer Spielhölle gewesen. Ich schätze, dann sollte ich nett zu ihnen sein."

Matt und ich wollten gerade gehen, als eine Kutsche vorfuhr und Fabian auf den Bürgersteig entließ. Er strahlte, als er mich sah, aber es verblasste rasch, als ihm klar wurde, dass ich in unserer wartenden Kutsche aufbrechen würde.

„Ich hatte gehofft, wir können heute arbeiten, India", sagte er. Das Schmollen in seiner Stimme passte zu dem von Tante Letitia. „Es ist einige Zeit her, seit wir unseren Teppich fliegen ließen, und ich bin begierig, fortzufahren."

„Ja", sagte ich ausdruckslos.

Er runzelte die Stirn und beäugte Matt, der sich unserer Kutsche näherte, um mit Woodall zu reden. „India, gehst du unserer Arbeit aus dem Weg?"

„Überhaupt nicht", sagte ich, versuchte, meinen Tonfall gleichmäßig zu halten. „Wir haben eine wichtige Ermittlung, für die wir beide erforderlich sind." Mein Herz zog sich zusammen, und ich fuhr leicht zusammen. Es war Zeit, dass ich mit ihm über unser Zauberwirken sprach. Aber nicht hier und jetzt.

Matt winkte mir aus der Kutsche. „Ich muss gehen", sagte ich zu Fabian.

„Warte." Er nahm mich an der Hand. „Ich habe über den fliegenden Teppich nachgedacht. Ich glaube, ich weiß, wie man dafür sorgt, dass er im Flug einen Menschen hält."

„Wunderbar", sagte ich, dann riss ich mich zusammen. Wenn ich ihm sagen musste, dass wir unser Zauberwirken einstellen mussten, dann wäre es unpassend, dass ich zu viel Aufregung wegen eines Zaubers an den Tag legte, den wir niemals zusammen erschaffen würden.

„Ich werde ihn mit meinem Eisen verstärken", sagte er. „Ich

werde meinen Flugzauber natürlich auch in die Eisenstützen hineinsprechen müssen, oder er wird sich niemals vom Boden erheben." Er schenkte mir einen zögerlichen, hoffnungsfrohen Blick. „Nun?"

„Wunderbar", sagte ich wieder. „Aber ich muss nun wirklich gehen. Wir werden darüber reden, wenn das alles vorbei ist."

Er hielt inne, dann beugte er sich tief über meine Hand. „Wie gewünscht, *ma femme incroyable*."

Er winkte uns vom Bürgersteig aus zu, aber in seinem Gesicht stand kein Lächeln mehr, nur ein besorgtes Stirnrunzeln.

„Er fühlt sich wohl vernachlässigt", sagte Matt, nachdem ich es ihm erklärt hatte.

„Ich werde etwas Zeit mit ihm zu verbringen, nachdem Amelia gefunden wurde, aber ich glaube nicht, dass ihm gefallen wird, was ich zu sagen habe."

„Weshalb?"

„Ich werde ihm sagen, dass ich keine neuen Zauber mehr mit ihm erschaffen möchte. Diese Erfahrung mit Mr. Bunn und Amelia hat mir die Extreme gezeigt, die einige Magier einzugehen bereit sind, und es gefällt mir nicht. Es gefällt mir überhaupt nicht. Und dann gibt es da noch die Regierung, und was sie mit Whittaker vorhaben, und natürlich lauert Coyle im Hintergrund." Ich drückte mir eine Hand an die Stirn. „Fabian und ich haben uns das nicht wirklich überlegt, als wir angefangen haben. Wir sind einfach selbstsüchtig vorangeprescht, ohne daran zu denken, wer diese Zauber haben wollen könnte, und wozu sie eingesetzt werden würden. Ich habe mir ganz naiv gedacht, das wäre eine unschuldige Unternehmung."

Matt legte einen Arm um mich und küsste mich auf die Stirn. „Fabian wird enttäuscht sein."

„Ich weiß."

„Aber er wird sich erholen."

„Das weiß ich auch." Ich neigte das Gesicht nach oben, und er küsste mich leicht auf die Lippen. „Kommst du mit mir, wenn ich es ihm sage? Er wird mich sehr weniger wahrscheinlich anflehen, es mir noch einmal zu überlegen, wenn deine brütende Anwesenheit im Hintergrund lauert."

„Brütend? Hättest du nicht stattdessen hochaufragend sagen

können? Wie du nur mein Selbstwertgefühl in sich zusammenfallen lässt, India."

Ich tätschelte ihm die Brust. „Ich berichtige es nur. Es kann manchmal ziemlich aufgeblasen sein, so, wie die ganzen Frauen auf der Straße dich ansehen."

Er runzelte die Stirn. „Tun sie das?"

Ich stieß ihn leicht an und schmiegte mich dann den Rest unserer Fahrt zum Bureau der *Weekly Gazette* an ihn.

Oscar war leider nicht da. Wir setzten uns in sein Bureau und warteten, und nach achtzehn Minuten dachten wir uns, wir müssten den Gedanken aufgeben und stattdessen Lord Coyle aufsuchen. Es ging gegen jede Faser meines Wesens, Seine Lordschaft um noch einen Gefallen zu bitten, und ganz gewiss wollte ich ihn oder seine Frau nicht wiedersehen, außer es war absolut notwendig. Matt stimmte zu, und wir warteten weiter. Fünf Minuten später öffnete sich die Tür zum Bureau.

„Es sind nur Sie beide", sagte Oscar atemlos. Er öffnete die Tür und trat ein, aber nicht, bevor er nachgesehen hatte, ob ihm jemand gefolgt war.

„Alles in Ordnung?", fragte ich. „Du wirkst heute sehr nervös."

„Ich habe das hier erhalten." Er öffnete die oberste Schublade des Schreibtisches und zog ein Blatt heraus. In Schreibmaschinenschrift stand da:

Hören Sie auf, Ihr Buch zu schreiben, oder Sie werden dazu gezwungen.

Ich verdeckte mein Keuchen mit einer Hand.

„Ist das der erste Brief dieser Art, den Sie erhalten haben?", fragte Matt, der das Blatt umdrehte und die Rückseite betrachtete.

Oscar nickte. „Seit dieser Prügelei habe ich erwartet, auf jemanden zu treffen, jedes Mal, wenn ich ausgehe, oder jedes Mal, wenn ich zu Hause ankomme. Ich habe gestern sogar einen Kollegen gebeten, mit mir zu spazieren, nur um Gesellschaft zu haben. Am Tag davor habe ich eine Droschke nach Hause genommen. Aber das ist der erste Brief."

„Kein Wunder, dass du nervös bist", sagte ich. „Wann kam er an?"

„Gestern Abend." Er nahm seinen Hut ab und fuhr sich mit der Hand durch die Haare. „Ich muss Whittaker zur Rede stellen. Ich kann nicht mehr schlafen, während diese Drohungen über meinem Kopf hängen."

„Noch nicht", sagte Matt. „Fahren Sie mit dem ursprünglichen Plan fort und lassen Sie Louisa dem Sammlerclub sagen, dass Sie die Idee mit dem Buch aufgegeben haben. Das wird Whittaker aufhalten, und Sie werden sich keine Sorgen mehr machen müssen."

Oscar fuhr sich wieder mit der Hand durch die Haare.

„Bitten Sie sie darum, sobald wie möglich ein Treffen abzuhalten", sagte Matt.

Oscar sank mit einem Stöhnen in den Stuhl. „Ich hasse das."

„Dann gehen Sie einen Schritt weiter und hören Sie auf, das verdammte Buch zu schreiben!"

Oscar seufzte.

„Matt hat schon recht", sagte ich sanft. „Du solltest es dir überlegen. In der Zwischenzeit haben wir eine Aufgabe für dich. Kennst du irgendwelche Magier im Bereich Bloomsbury? Wir vermuten, dass Amelia Moreton von einem Magier Zuflucht gewährt wird, und man hat ihren Komplizen dort gesehen."

Matt nahm eine Feder vom Tintenständer und reichte sie Oscar, dann schob er das Tintenfass auch näher hin. „Eine Liste wird reichen."

„Ich muss sie nicht aufschreiben. Ich kenne nur zwei, ich werde mit Ihnen kommen, um sie zu befragen." Er stand auf und nahm seinen Hut wieder, nur um stehenzubleiben, als er sah, wie wir ihn beide anstarrten. „Ich bleibe nicht den ganzen Tag hier und warte darauf, dass Whittakers Mann mein Gesicht wieder als Boxsack nutzt. Außerdem möchte ich Ihnen helfen, Miss Moreton zu fangen. Sie ruiniert den beispielhaften Ruf aller Magier."

„Beispielhaft?", murmelte Matt. „Haben Sie Pitt vergessen, Hendry …"

„Nein. Aber die Talentfreien wissen nicht, dass sie Magier sind."

Matt murmelte wieder etwas, aber es war zu leise, als dass ich es verstanden hätte. Oscar ignorierte ihn ganz, während er hinaus zur Eingangstür ging, nur um stehenzubleiben, bevor er sie öffnete.

„Nach ihnen, Glass."

„Niemand wird sich auf Sie stürzen", sagte Matt, der die Tür aufschob.

„Nicht, wenn Sie da sind, nein."

„Ich bin nicht Ihr Leibwächter."

Ein eisiger Windstoß stach in meine Wangen und wehte mir fast den Hut vom Kopf. Mit einer Hand, die den Hut festhielt, der anderen fest um den geschlossenen Regenschirm, eilte ich zu unserer Kutsche, die um die Ecke wartete. Matt kam neben mich, und Oscar hielt links von mir Schritt.

Wir waren fast an der Ecke, als ein Schuss ertönte.

KAPITEL 11

Matt schubste mich an die Wand und schirmte mich mit seinem Körper ab. Sein Herz donnerte in meinem Ohr. Mein eigenes Herz schlug in einem wilden Rhythmus gegen meine Rippen. Nichts davon blendete ganz den gebrüllten Fluch von Oscar aus, und auch nicht die Rufe, die aus der Richtung der Fleet Street kamen. Ich erkannte Woodalls Stimme.

„Sir! Sir, alles in Ordnung?"

Matt zog sich zurück und nahm meine Wangen. Er musterte mein Gesicht, während ich seines musterte. Wir waren zum Glück beide nicht verletzt. Erschüttert, aber nicht verletzt. Ich stieß bebend angehaltene Luft aus.

„Uns geht es gut", rief Matt, der aus meinem Sichtfeld trat und damit Oscar enthüllte, der auf dem Boden saß.

„Oscar!" Ich ging an seine Seite, doch er wirkte unverletzt. „Hat man dich angeschossen?"

„Ich glaube nicht." Er nahm Matts angebotene Hand und hob seinen Hut vom Boden auf. „Wurde der Schütze erwischt?"

„Er ist entlang der Fleet Street weggelaufen", sagte Woodall, der nach Osten wies. „Er ist inzwischen lange weg."

„Haben Sie einen Blick auf das Gesicht erhascht?", fragte Matt, während er sich auf den Weg Richtung Fleet Street machte.

Woodall eilte ihm nach. „Tut mir leid, Sir, das habe ich nicht.

Er trug einen Umhang, und sein Hut war tief herabgezogen. Jemand anders hat vielleicht einen besseren Blick auf ihn erhalten."

Es gab eine ganze Anzahl Männer, die sich hier herumtrieben, um das bedrohliche Ereignis zu besprechen. Hoffentlich hatte Woodall recht, und jemand konnte den Schützen identifizieren.

Das Geräusch des Schusses hatte einige von Oscars Kollegen aus dem Bureau der *Gazette* getrieben. Sie umringten Oscar und deckten ihn mit Fragen ein. Einer hielt sogar seinen Block und Bleistift bereit. Oscar schob sich an ihnen vorbei, als etwas auf der Ziegelwand des Nachbargebäudes seine Aufmerksamkeit auf sich zog.

„Ist das das Einschussloch der Kugel?", fragte ich.

Er stieß mit dem Finger in die Kuhle. „Ich glaube schon."

Ich schaute dorthin zurück, wo wir zum Zeitpunkt des Schusses gestanden hatten. „Das war nicht sonderlich gut gezielt. Du bist rechts von mir gegangen. Matt war auf dieser Seite." Das ganze Blut rauschte plötzlich von meinem Kopf in meinen Bauch, sodass mir schlecht wurde und gleichzeitig schwindlig.

Oscar nahm mich am Ellbogen und lotste mich zurück, sodass mein Rücken an der Wand war. „Hol mal ein wenig Luft." Er atmete auch ein und aus, als müssten auch seine Nerven beruhigt werden. „Gut. Du hast allmählich wieder eine normale Gesichtsfarbe."

„Müssen Sie sich hinsetzen, Madam?", fragte mich einer der Zeitungsschreiber.

Ich lächelte sie alle schwach an. „Es geht mir gut, vielen Dank. Mir ist nur plötzlich gekommen, wie nahe wir dran waren …" Ich schluckte.

Oscar musterte das Einschussloch noch einmal, dann schaute er zur Fleet Street. „Der Schütze hatte es wohl eilig. Er hat vermutlich geschossen, ohne richtig zu zielen. Die Fleet Street ist sehr geschäftig, und Passanten hätten sicher eine Warnung gerufen, bevor er geschossen hat, wenn er sich Zeit gelassen hätte."

„Warum schießt jemand auf dich?", fragte ihn einer der Reporter.

„Die echte Frage ist, warum schießt nur einer auf mich? Ich bin sicher, meine Artikel haben mehr als nur einen Menschen genervt." Oscar lächelte.

Sein Kollege lachte nervös und warf einen Blick zur Fleet Street, wo Matt mit den Zeugen sprach. Ein Konstabler hatte sich ihm angeschlossenen und machte sich Notizen.

Es dauerte einige Zeit, bevor alle Zeugenaussagen zusammengetragen waren. Oscar verbrachte den Großteil dieser Zeit damit, zu vermeiden, seinen neugierigen Kollegen anständige Antworten zu geben. Er tat es lachend ab und behauptete, dass es ein ganz zufälliger Angriff gewesen wäre. Sie hätten ihm vielleicht geglaubt, wären nicht noch die alten blauen Flecken auf seinem Gesicht gewesen. Eindeutig wollte jemand Oscar Schaden zufügen.

Matt stellte diese Tatsache heraus, sobald die Menge sich zerstreute und der Konstabler aufgebrochen war. „Wir müssen uns trennen, Barratt. Sie können nicht mit uns kommen, um die Magier in Bloomsbury zu befragen. Ich will Sie nicht in der Nähe von India. Es ist nichts Persönliches, aber Sie sind im Moment ein Risiko."

„Kann ich zumindest eine Fahrt nach Hause bekommen?"

„Nein", sagte Matt zur gleichen Zeit, als ich sagte: „Natürlich."

„Nehmen Sie eine Droschke", sagte Matt zu ihm. „Oder noch besser, bleiben Sie in der *Gazette* und fahren Sie mit Kollegen. Allein zu Hause zu sein, ist vermutlich gerade nicht klug."

Oscar seufzte schwer, während er auf das Bureau der *Gazette* schaute. „Ich will gerade auch nicht unbedingt da drin sein. Die Journalisten stellen zu viele Fragen."

„Ich kann nicht glauben, dass Sir Charles jemanden geschickt hat, um auf dich zu schießen!", rief ich.

„Genauso wenig ich", sagte Matt ernst.

Oscar seufzte wieder. „Er wird wohl verzweifelter. Da es nichts brachte, mich zu verprügeln, musste er zu drastischeren Methoden greifen." Er rieb sich den Nacken über dem Kragen. „Wenn ich jetzt genau darüber nachdenke, ist es unwahrscheinlich, dass er mich gerade jetzt umbringen wollte. Deshalb ging der Schuss vorbei. Whittaker hat dem Schützen gesagt, er solle mich warnen, nicht umbringen. Nun, ich betrachte mich als gewarnt."

„Du gibst das Buch auf?", fragte ich.

„Ich werde ernsthaft darüber nachdenken."

„Sie riskieren Ihr Leben, wenn Sie das nicht tun", sagte Matt.

Einmal mehr seufzte Oscar.

Matt schnippte mit den Fingern vor ihm. „Die Namen und Adressen der beiden Magier in Bloomsbury, wenn Sie so freundlich wären. India und ich werden sie jetzt aufsuchen."

Oscar hatte die genauen Adressen nicht, aber er gab uns die Straßennamen, wo die beiden lebten. „Die Sache ist die, keiner von ihnen ist offen Magier, und sie sind auch keine Aktivisten für die Sache", sagte er.

„Das heißt nicht, dass sie nicht wollen, dass andere Magier für die Sache kämpfen", sagte ich. „Sie könnten nur zu gerne Bunn und Amelia Zuflucht bieten, ohne selbst Schwierigkeiten aufrühren zu wollen."

„Vermutlich hast du recht, wie üblich." Oscar lächelte mich an. „Es tut mir leid, dass ich dich in meine Probleme hineingezogen habe, India. Sie auch, Glass."

„Wie freundlich, dass Sie sich Sorgen um mich machen", sagte Matt, während jede Silbe vor Sarkasmus triefte. „Wenn Sie sich Sorgen um India machen, hören Sie auf, dass verdammte Buch schreiben zu wollen. Sie wird davon geschädigt werden. Das werden alle Magier." Er nahm meine Hand und führte mich zur Kutsche, ohne auf eine Antwort von Oscar zu warten.

Ich musste rasche Schritte machen, um mit seiner Geschwindigkeit mitzuhalten. Während ich die Kutsche betrat, warf ich einen Blick zurück auf Oscar. Er eilte zurück zum Bureau der *Gazette*, warf ständig Blicke über die Schulter.

„Armer Oscar", sagte ich, als Matt sich neben mich setzte. „Er ist sehr nervös."

Er antwortete nicht.

„Ich kann nicht glauben, dass Sir Charles jemanden geschickt hat, um auf ihn zu schießen." Es war schwer genug gewesen, den eleganten Gentleman als einen Kerl zu sehen, der Grobiane bezahlte, um jemanden zu verprügeln, aber es war fast unmög-

lich, sich vorzustellen, dass er jemand war, der Schützen anheu-
erte, um auf Leute zu schießen.

„Es ergibt keinen Sinn", sagte Matt leise.

„Ich stimme zu. Sir Charles ist ein Lügner und vermutlich ein
Spion, aber ein Mörder? Das glaube ich nicht."

Er schüttelte rasch den Kopf, als würde er seine Gedanken
aufschütteln. „Es ist leicht, jemanden zu töten, wenn man die Tat
nicht selbst begeht. Aber das ist nicht das, was ich gemeint habe,
als ich sagte, dass es keinen Sinn ergibt."

„Ach?"

Er drehte sich zu mir um. Ein Funkeln stand in deinen
Augen, sein Gesicht hellte sich auf. Dieses Rätsel faszinierte ihn.
„Barratt hat erst gestern eine Warnung per Post erhalten. Heute
wurde auf ihn geschossen. Weshalb sollte man ihm nicht etwas
Zeit geben, es zu überdenken, und ihm dann gestatten, die
Nachricht zu verbreiten, dass er aufgegeben hat?"

„Vielleicht war es nur ein Warnschuss, wie Oscar dachte."

„Weshalb dann sowohl die Nachricht als *auch* der Schuss?"

Ich runzelte die Stirn, als sich versuchte, dorthin zu folgen,
wo Matt hin wollte. Dann runzelte ich die Stirn noch fester. Er
hatte recht, es ergab keinen Sinn. Wenn die Nachricht die
Warnung war, weshalb auch noch auf ihn schießen? „Sagst du,
dass Whittaker den Schützen nicht angeheuert hat?"

Er nickte.

„Wenn das der Fall ist, wer hat es dann getan? Und
weshalb?"

Matt presste die Lippen fest aufeinander, und der Glanz in
seinen Augen schwand. Sein Blick glitt zur Seite.

„Matt?"

Er hob eine Schulter zu einem halbherzigen Zucken.

Ich keuchte, als mir endlich klar wurde, was er dachte. Er
wollte es mir nicht sagen, weil er nicht wollte, dass ich mir
Sorgen machte. „Oscar war gar nicht das beabsichtigte Ziel,
oder? Das waren wir. Entweder hat Mr. Bunn oder Amelia einen
Schuss auf uns abgefeuert."

Sein Daumen strich durch unsere Handschuhe über meinen.
„Nicht auf dich, India. Du bist für sie zu wertvoll."

Ich keuchte wieder und packte seine Hand. „Auf dich. Du warst das beabsichtigte Ziel. O Gott, Matt."

„Sehr wahrscheinlich war es nur ein Warnschuss. Er ist an uns allen vorbeigegangen."

„Der Schütze hatte es eilig! Er oder sie hatte keine Zeit, richtig zu zielen! Hätten sie das getan, wäre es eine ganz andere Geschichte. Guter Gott, Matt, wir müssen nach Hause. Du kannst doch jetzt nicht in ihre Zuflucht spazieren. Du bist ein leichtes Ziel."

„Sie wissen nicht, dass wir nach Bloomsbury unterwegs sind, also werden sie nicht vorbereitet sein."

Ich zog meine Hände zurück und verschränkte die Arme. „Nein."

„Ich werde vorbereitet sein." Er griff unter den Sitz und zog den Pistolenkoffer unter dem Frachtabteil heraus.

„Du glaubst, du kannst sie aufhalten, wenn sie von ihrem Versteck aus unsere Ankunft beobachten können? Matt, sei vernünftig. Das ist viel zu gefährlich. Lass Brockwell das übernehmen."

Er öffnete den Koffer und inspizierte die Pistole. „Wirst du dich besser fühlen, wenn wir Brockwell und ein paar Konstabler holen?"

„Gehst du dann nach Hause?"

„Nein." Er öffnete das Fenster und rief einen Befehl an Woodall, um zum Scotland Yard abzubiegen.

Wir fuhren still dorthin, bis Matt das Schweigen endlich brach, als Woodall an den Bürgersteig fuhr. „Dieses Anschweigen wirkt bei mir nicht", sagte er. „Ich überlege es mir nicht anders. Ich habe nicht genug getan, um Brockwell zu helfen, und ich kann nicht untätig da sitzen und darauf warten, dass sie etwas tun. Außerdem bin ich zu Hause verletzlicher als hier. Sie werden uns nicht erwarten."

„Das sehe ich anders", sagte ich streitlustig. „Du bist nicht untätig herum gesessen; du bist in den Hyde Park gegangen und hast der Polizei geholfen, die Öffentlichkeit wegzubringen."

„Das war nichts. Ich kann mehr tun. Wie das hier."

„Überhaupt habe ich dich nicht angeschwiegen. Ich habe über etwas nachgedacht, was du vorhin gesagt hast. Wenn du nie daran geglaubt hast, dass es Whittaker war, der auf Oscar geschossen hat, weshalb hast du ihn dann nicht von dem Gedanken abgebracht? Du hast ihn in dem Glauben gelassen."

Seine Mundwinkel hoben sich. „Weil er nun ernsthaft darüber nachdenken wird, es aufzugeben, dieses Buch zu schreiben."

Ich schnalzte mit der Zunge. „Das ist irreführend, Matt."

„Tatsächlich halte ich es für klug."

Wir fanden Brockwell in einem der Besprechungsräume, wo er sich die Berichte durchlas, die seine Männer nach ihren Schichten abgaben. Er schaute auf, als wir eintraten, nur um sofort weiterzulesen.

„Es gibt keine Neuigkeiten", sagte er und blätterte eine Seite um. „Ich wünschte, ich könnte Ihnen mehr sagen, aber leider stellte sich heraus, dass Bunn und Miss Moreton schwer aufzuspüren sind. Ich habe Männer, die durch ganz Bloomsbury schwärmen, also bin ich sicher, man wird sie finden, früher oder später."

„Wir können helfen, sie früher zu finden." Matt nahm einen Bleistift und schrieb die Straßennamen auf, die Oscar uns gegeben hatte. „Es gibt zwei Magier in Bloomsbury, die ihnen vielleicht Unterschlupf gewähren."

Brockwell hatte erbost ausgesehen, als Matt seinen Bleistift und sein Papier an sich genommen hatte, aber nun wirkte er erfreut. „Exzellente Arbeit. Woher haben Sie ihre Namen?"

„Oscar Barratt bei der *Weekly Gazette*", sagte ich. „Wir waren gerade an seinen Arbeitsplatz zu Besuch, als man auf uns geschossen hat."

„Geschossen!" Brockwell erhob sich. „Haben Sie den Schützen erwischt?"

„Leider nicht", sagte Matt. „Er ist weggelaufen."

„Wer, glauben Sie dann, war es?"

„Mr. Bunn oder Amelia natürlich", sagte ich.

Brockwell runzelte die Stirn. „Weshalb sollten sie auf Sie schießen?"

„Um Matt zu schaden und mich zu bekommen, genauso wie sie Willie entführt haben. Wenn Matt erschossen wird, werden sie drohen, es wieder zu tun, mit einer weiteren mir nahestehenden Person, um mich zu zwingen, meine Magie einzusetzen."

Brockwell ging im Raum auf und ab, die Hände auf dem Rücken, das Gesicht auf den Boden gerichtet. Er blieb plötzlich vor mir stehen und schüttelte den Kopf. „Ich glaube nicht, dass sie es waren."

„Weshalb nicht?", fragte Matt.

„Warum nicht einfach eine weitere Bombe bauen, wie wir annehmen, dass sie es tun werden? Weshalb sollten sie auch noch auf Sie schießen? Es scheint unnötig, wohingegen eine Bombendrohung unglaublich wirksam sein könnte."

Ein Schuss könnte sich auch als sehr wirksam erweisen. Ich dachte bereits darüber nach, wie ich eine Nachricht an Amelia und Mr. Bunn übermitteln konnte, dass ich bereit war, zu tun, was sie wollten, solange sie meine Familie in Ruhe ließen.

„Sie könnten Recht haben, Inspektor", sagte ich. „Sie haben mir keine Anweisungen gegeben. Als Willie entführt wurde, wurde mir der Auftrag erteilt, zu Bunns Werkstatt zu gehen. Als die Bombe im Hyde Park losgehen sollte, sollte ich an der Oxford Street auftauchen. Aber diesmal hat es keine Nachricht gegeben, keine Forderung, nichts."

„Die Nachricht könnte unterwegs sein", sagte Matt.

Brockwell schaute ihn aus zusammengekniffenen Augen an. „Glauben Sie das, Glass?"

Matt fuhr sich mit der Hand durch die Haare. „Ich weiß es nicht, aber jemand hat auf uns geschossen. Wenn nicht Bunn oder Amelia, wer dann? Und weshalb?"

„Vielleicht war Oscar doch das beabsichtigte Ziel", sagte ich.

„Oscar Barratt?" Brockwell schnaubte. „Ich stelle mir vor, er ist ein paar Leuten auf den Schlips getreten, die vielleicht auf ihn schießen möchten."

„Mehr als nur ein paar", sagte Matt.

Beide knurrten zustimmend, vertrugen sich bestens in ihrem geteilten Missfallen über Oscar.

„Wollen wir gehen und diese Magier befragen?", fragte ich.

„Kommen Sie mit, Mrs. Glass?", erwiderte Brockwell, während er seinen Mantel und seinen Hut nahm. Er hatte die Frage vielleicht an mich gestellt, aber Matt schaute er an.

„Ja", fuhr ich ihn an. „Tue ich."

Matt und Brockwell wechselten einen weiteren wissenden Blick, der mich nur noch mehr ärgerte.

„Matt ist mein Ehemann, nicht mein Wärter, Inspektor."

„Und als dein Ehemann mache ich mir Sorgen, dass du in eine gefährliche Situation läufst", schoss Matt zurück.

„Du läufst in die gleiche gefährliche Situation. Ich mache mir Sorgen um dich, aber ich sage dir nicht, dass du das der Polizei überlassen sollst."

Er grinste. „Tatsächlich hast du das getan."

Ich marschierte los und schloss mich Brockwell im Gang an. „Fahren Sie mit uns, Inspektor?"

„Wenn das für Sie in Ordnung ist, ja. Scotland Yard hat ein enges Budget, in dem nur wenig für den Transport übrig bleibt." Er bedeutete zwei Konstablern, sie sollten sich uns anschließen, und weihte sie ein, während wir nach draußen gingen.

Die Konstabler setzten sich zu Woodall auf den Kutschsitz, während Brockwell mit uns in der Kutsche fuhr. Er beäugte meine Schoßdecke neidisch, lehnte aber höflich ab, als ich anbot, sie mit ihm zu teilen.

Unser erster Halt war nicht die Adresse der beiden Magier, sondern die Polizeiwache Bloomsbury. Die ganze Wache war unterwegs, um nach Bunn und Amelia zu suchen, und der Sergeant im Dienst war nur eine geringe Hilfe. Er kannte keinen der beiden Männer auf Oscars Liste. Zumindest sagte uns das, dass die Männer zuvor niemals Ärger mit der Polizei gehabt hatten.

„Seien Sie respektvoll", sagte Brockwell, während wir zur ersten Adresse fuhren. „Wenn die Polizeiwache vor Ort sie nicht kennt, müssen sie wohl gute Männer sein."

„Gute Männer, die gefährlichen Verbrechern Unterschlupf gewähren könnten", entgegnete Matt.

Der erste Name auf der Liste wohnte in einem respektabel wirkenden Reihenhaus. Mr. Carpenter war mittleren Alters und ein wenig untersetzt mit dickem grauem Haar und einem passenden Bart. Er verdrehte die Augen, als Brockwell sich vorstellte.

„Ihresgleichen war bereits hier und hat Fragen gestellt", sagte er. „Ich habe die Leute nicht gesehen, die Sie beschreiben. Ich werde zur Wache kommen, falls ich das tue."

„Wir haben Grund zur Annahme, dass Sie den Flüchtigen vielleicht Zuflucht gewähren."

Er stemmte die Hände in die Hüften. „Das tue ich verdammt noch mal nicht! Ich habe sie nicht gesehen. Guten Tag."

Er wollte die Tür schließen, aber sowohl Matt als auch Brockwell hielten ihn auf.

Brockwell nickte Matt zustimmend zu, doch Matt fiel es nicht auf. Er funkelte Mr. Carpenter an.

„Die beiden Leute, nach denen wir suchen, sind Magier", sagte Matt.

Mr. Carpenter wurde reglos.

„Wir wissen, dass Sie auch Magier sind", fuhr Matt fort.

Mr. Carpenter senkte die Hände an den Seiten. „Das heißt nicht, dass ich ihnen helfe. Das würde ich niemals tun."

„Wir müssen Ihre Bleibe durchsuchen."

„Meiner Frau wird das nicht gefallen." Mr. Carpenter trat zur Seite. „Aber machen Sie."

Seine Begehrlichkeit, sich zu fügen, reichte mir als Antwort, aber nicht Brockwell oder Matt. Ich durchsuchte das Haus nicht mit ihnen, sondern blieb in der Küche, wo Mrs. Carpenter einen Eintopf zum Abendessen vorbereitete.

„Empörend", sagte sie, hackte Kartoffeln mit heftigen Messerschnitten. „Wir haben nichts falsch gemacht. Man dringt hier in unser Heim ein. Sie haben kein Recht, hier hereinzukommen und sich unsere persönlichen Sachen anzusehen. Das ist erniedrigend."

„Sie müssen nachsehen, oder wir werden verdächtigt", erklärte ihr Mr. Carpenter.

„Warum?"

„Magie", sagte er einfach.

Mrs. Carpenter beäugte mich, und mir wurde klar, dass ich mich nicht vorgestellt hatte. Vielleicht fühlten sie sich ein bisschen weniger verfolgt, wenn sie wussten, dass ich auch Magierin war. „Mein Name ist India Glass", sagte ich. „Ich bin auch Magierin."

„Uhrenmagie, ich weiß", sagte Mr. Carpenter.

„Uhrenmagie?", wiederholte Mrs. Carpenter. Ein Teil ihrer Wut hatte zum Glück nachgelassen, wurde durch Neugier ersetzt. „Was kann Uhrenmagie denn tun?"

„Dafür sorgen, dass Uhren perfekt genau gehen", sagte ich.

„Ich höre, Sie können weit mehr als das", sagte Mr. Carpenter. „Ich höre, dass Sie die Lebensdauer der Magie verlängern, die von anderen Magiern gewirkt wird."

Mrs. Carpenter senkte das Messer auf den Tisch, ihre Augen waren groß. „Oh. Das ist wunderbar. Werden Sie die Magie meines Mannes verlängern?"

„Nein."

„Aber Sie wissen ja noch nicht einmal, was er macht."

Vielleicht war es ein Fehler gewesen, mich vorzustellen.

Mrs. Carpenter nahm die Kartoffelstücke und warf sie in den Topf über dem Herd. „Es ist das Mindeste, was sie tun kann, wenn man bedenkt, dass sie einfach bei uns eindringen und uns vorwerfen, wir würden Verbrecher verstecken."

Ich seufzte. „Was für Magie wirken Sie denn, Mr. Carpenter?"

„Holz. Daher der Name, Carpenter." Er lächelte mich verlegen an. „Ich bin ein Möbelschreiner. Ich habe eine Werkstatt in der Nähe. Heute Vormittag war ich da, aber ich schließe an Samstagen mittags. Sie ist nicht groß, und ich nutze meine Magie dabei gar nicht." Er beäugte seine Frau, während er das sagte.

Sie nahm wieder ihr Messer und schnitt so brutal durch eine Kartoffel, dass die Hälften vom Tisch rollten.

Mr. Carpenter hob sie auf und funkelte sie dann an, während er sie zurück auf das Schneidebrett legte. „Es hat keinen Sinn, meine Magie in der Werkstatt einzusetzen", fuhr er fort. „Sie hält nicht lange. Kaum eine Woche. Müsste ich mich darauf verlassen, um meine Stücke zusammenhalten, wäre mein Geschäft schon vor Jahren gescheitert. Ich nutze sie nur manchmal für mich selbst. Ich habe Spielzeuge und Puppenhausminiaturen für meine Kinder gemacht, als sie klein waren, und nun für meine Enkelkinder. Ich mache auch Obstschalen, Stuhlbeine, Statuen, so etwas eben." Er deutete auf ein paar Stücke in der Küche. Sie waren alle schön und schienen sehr fein geschnitzt. „Ich mache gern schöne Dinge wie diese. Verstehen Sie das, Mrs. Glass?"

„Das tue ich", sagte ich. „Ein Magier muss sein magisches Handwerk benutzen, oder man wird ruhelos."

„So ist es."

„Mein Mann arbeitet hart, Mrs. Glass", sagte Mrs. Carpenter. „Er ist ein guter Vater und Ehemann. Es ist nicht gerecht, dass er so verfolgt wird. Überhaupt nicht gerecht."

Sie betonte ihr Argument, indem sie das Messer in meine Richtung wandte.

„Er wird nicht verfolgt", sagte ich.

Sie deutete mit dem Messer zur Decke, während die Bodenbretter über uns quietschten. „Wird er das nicht?"

„Sie haben Kinder erwähnt", sagte ich. „Sind die inzwischen alle erwachsen?"

„Einen Sohn und eine Tochter", sagte Mr. Carpenter.

„Arbeiten sie für Sie? Sind sie Magier?"

„Mein Sohn arbeitet für mich, aber er ist talentfrei. Das sind sie beide." Er verschränkte die Arme vor der Brust. „Werfen Sie mir vor, dass ich diesen Magiern Zuflucht gewähre?"

„Natürlich nicht." Allmählich hatte ich ihre Verteidigungshaltung ein wenig satt, obwohl das vielleicht ungerecht war. Ich hätte genauso reagiert. „Und es sind Flüchtige, Mr. Carpenter. Nennen wir sie das, was sie sind. Erpresser und Bombenleger."

„Bombenleger?" Mrs. Carpenters Augen wurden groß. „Gute Güte."

„Eine von ihnen ist es", sagte ich. „Wussten Sie das nicht?"

„Wir wurden noch nicht darüber in Kenntnis gesetzt." Sie drückte sich eine Hand auf den Bauch. „Haben sie jemandem geschadet?"

„Noch nicht, aber wir fürchten, nächstes Mal tun sie das."

„Du liebe Zeit."

„Hat die Polizei Ihnen nicht gesagt, nach wem sie suchen, als sie Sie zum ersten Mal befragt haben?", fragte ich.

„Sie haben sich geweigert", erwiderte Mr. Carpenter. „Sie nahmen an, dass wir das nicht wissen müssen."

„Das ist schrecklich", murmelte Mrs. Carpenter. „Was für furchtbare Leute."

„Jetzt wissen Sie, weshalb wir uns so verzweifelt bemühen,

sie zu finden, bevor sie eine weitere Bombe legen können", sagte ich.

Mrs. Carpenters Blick verlegte sich auf Matt und Brockwell, die die Küche betraten.

„Vielen Dank für Ihre Mitarbeit", sagte der Inspektor. „Wir lassen Sie nun in Frieden."

Mr. Carpenter brachte uns hinaus. „Viel Glück. Wir hoffen, dass Sie sie finden. Das tun wir wirklich."

„Nun?", sagte ich, während wir durch den Nieselregen davon trotteten, die Konstabler folgten uns ein wenig zurück außer Hörweite.

„Nichts", sagte Brockwell. „Keine Anzeichen, dass jemand oder mehrere Personen dort leben, außer diese beiden."

Wir gingen zum Haus des nächsten Magiers, eines jungen Mannes mit hoher Stirn und leicht hervorragenden Schneidezähnen, der Mr. Carroll genannt wurde. Seine Reaktion entsprach der von Mr. Carpenter, als Brockwell sich vorstellte.

„Ihre Männer waren bereits hier und haben nach den Flüchtigen gefragt", sagte er mit einem leicht nördlichen Akzent. „Ich habe sie damals nicht gesehen, und seither auch nicht."

„Wir haben Grund zu glauben, dass Sie ihnen Zuflucht bieten", sagte Brockwell.

„Ich? Weshalb?"

„Sie sind Magier, und Sie sind ebenfalls ein Magier."

Mr. Carroll schluckte schwer. „Ich … ich …"

„Es ist schon in Ordnung", sagte ich sanft. „Ich bin auch Magierin." Ich streckte eine Hand aus und stellte mich vor. Anders als bei Mr. Carpenter gab es kein Erkennen, als mein Name erwähnt wurde. „Was ist Ihr magisches Handwerk, Mr. Carroll?"

Er wischte sich die Hand am Hosenbein ab, dann schüttelte er meine. „Baumwolle. Aber ich nutze meine Magie nicht. Ich bin Angestellter bei einer Bank in der Stadt."

„Leben Sie allein?", fragte Matt.

„Ich habe eine Frau und zwei Kinder." Während er es sagte, erschien ein kleines Kind neben ihm. Die Kleine reichte ihm bis zur Hüfte und blieb halb hinter seinen Beinen versteckt.

Ich ging in die Hocke auf ihre Höhe. „Guten Morgen", sagte ich. „Ich bin India. Wie heißt du?"

„Betty", flüsterte sie.

„Dürfen wir uns im Haus umschauen?", fragte Brockwell Mr. Carroll.

„Nein!" Mr. Carroll sträubte sich. „Das können Sie nicht. Meine Frau macht oben sauber. Das wäre äußerst störend, ganz zu schweigen von unnötig. Wir gewähren hier niemandem Unterschlupf."

„Wir müssen selbst nachsehen", sagte Brockwell.

„Nun, das können Sie nicht." Mr. Carroll verschränkte die Arme und stellte die Füße breit auf. Für einen schmalen Mann, der gegen vier Männer und eine Frau stand, fehlte es ihm nicht an Mut.

„Bitte bringen Sie mich nicht dazu, dass meine Männer Sie zwingen müssen, zur Seite zu treten."

Mr. Carroll schluckte, wich aber nicht zurück. „Betty, hol bitte deine Mutter."

Das kleine Mädchen lief weg. Mir gefiel der verängstigte Ausdruck in seinen Augen nicht.

„Treten Sie zur Seite", verlangte Brockwell.

„Nur einen Augenblick lang", sagte ich, so fröhlich wie möglich. „Reden wir darüber, oder? Ich glaube nicht, dass Ihnen ganz bewusst ist, welche Gefahren von den beiden flüchtigen Magiern ausgehen, Mr. Carroll. Sehen Sie, eine von ihnen kann Bomben aus der Ferne zünden."

Er blinzelte heftig.

„Sie hat bereits eine Bombe gezündet. Haben Sie von der Zerstörung des Pavillons im Hyde Park gehört?"

Er wurde blass. „Ich habe davon gelesen. Gute Güte, das sind die Leute, nach denen Sie suchen?"

„Sie können sehen, weshalb wir sie so dringend finden müssen. Man kann nicht gestatten, dass sie eine weitere Bombe losgehen lassen. Niemand wurde bei dem Ereignis am Pavillon verletzt, aber nächstes Mal könnte es anders sein."

„Ja, ja, natürlich." Er trat zur Seite und beobachtete, wie die beiden Konstabler an ihm vorbeigingen. „Hätten Sie mir das früher gesagt, Inspektor, hätte ich mich eher gefügt."

Brockwell lächelte ihn angespannt an und richtete es dann auf mich. Wenn er verärgert war, dass ich zu viele Informationen preisgegeben hatte, war es aber auch zu schade. Wenn wir Hilfe wollten, mussten wir auch etwas im Gegenzug liefern.

„Sie setzen Ihre Magie nicht ein, Mr. Carroll?", fragte ich, während die Männer sich auf die Suche durch das Haus machten. Wir blieben in der Nähe der Türen und warteten. Ich konnte eine Frauenstimme mit den Suchenden oben reden hören. Sie klang genervt, weniger verängstigt.

„Ich bin ein Angestellter, Mrs. Glass."

„Ich meinte, in Ihrer Freizeit. Machen Sie irgendwas mit Baumwolle? Arbeiten Sie damit, sticken Sie …"

„Ich sticke nicht." Er klang angeekelt. „Ich bin ein Angestellter bei der Bank. Ich habe meine Magie jahrelang nicht genutzt, seit ich mich mit meinem Vater zerstritten habe. Ihm gehört eine Baumwollspinnerei, und er hatte keine Bedenken, seine Magie bei jeder Gelegenheit einzusetzen. Das hat ihm die eingehende Aufmerksamkeit einiger anderer Spinnereibesitzer eingebracht, die annahmen, dass es noch Magie gab. Ich habe ihm gesagt, er solle aufhören, seine Zauber zu wirken. Er hat sich geweigert, und der Argwohn wuchs. Alle seine Freunde haben ihm den Rücken gekehrt, die anderen Spinnereibesitzer haben sich geweigert, ihn in ihre Clubs zu lassen, niemand wollte noch Zeit mit ihm verbringen. Ganz gleich, wie viel ich mit ihm geredet habe, es hat nicht gewirkt. Er ist ein aufgeblasener alter Narr, der die Wirkung seiner Taten auf meine Mutter – und mich – nicht sehen konnte. Als sie starb, bin ich gegangen und nach London gekommen. Ich habe mir Arbeit gesucht, eine Frau, und habe mich niedergelassen. Ich habe meinen Vater seither nicht gesehen."

Plötzlich hörte er auf zu reden und presste die Lippen aufeinander, als würde er fürchten, er hätte zu viel gesagt. Ganz gleich, wie ich ihn lockte, er wollte nicht noch einmal über seine Magie reden.

Die Männer kehrten zurück, und wir gingen, nachdem wir Mr. Carroll gedankt hatten.

„Er ist es", sagte Brockwell, während wir zurück zur Kutsche gingen.

„Woher wissen Sie das?", fragte ich. „Was haben Sie gefunden?"

„Nichts. Es ist nur so ein Gefühl."

„Sie sind ein Polizist, Inspektor. Ausgerechnet Sie sollten doch wissen, dass Gefühle trügerisch sein können."

„Ganz im Gegenteil, Mrs. Glass. Obwohl ich mich lieber mit Fakten befasse, habe ich ein sehr starkes Empfinden entwickelt, wenn jemand lügt oder Informationen vorenthält. Und mein Bauchgefühl sagt mir, dass er beides tut."

Ich schüttelte den Kopf. „Er setzt seine Magie nicht ein, und er ist ganz gewiss kein Befürworter von Magiern. Er hat versucht, seinen Vater zu ermutigen, sie nicht mehr einzusetzen, doch der hat sich geweigert. Sie haben sich darüber zerstritten. Das klingt für mich nicht nach jemandem, der auf der Seite von Amelia und Mr. Bunn stehen würde und will, dass die Magie ins öffentliche Wissen übergeht."

„Bei allem Respekt, Mrs. Glass, Sie haben sich nicht so lange mit Zeugen und Verdächtigen herumgeschlagen wie ich. Sie können nicht erkennen, wenn jemand lügt."

Da war schon etwas dran, so sehr ich es auch verabscheute, es zuzugeben. Meine Instinkte irrten sich oft. „Was hat Ihnen den Eindruck ermittelt, dass er lügt?"

„Er ist jung. Männer in seinem Alter sind normalerweise der Typ, der für eine Sache kämpft."

„Amelia ist kein Mann", erklärte ich.

„Seine beiden Töchter zeigen bereits Anzeichen starker Magie", fuhr er fort. „Wir haben ihre Stickarbeiten in ihrem Zimmer gesehen. Sie sind sehr gut."

„Viel zu gut für Kinder in ihrem Alter", fügte Matt an.

„Wie alle Väter wird Mr. Carroll wollen, dass seine Magiertöchter in einer Welt aufwachsen, in der sie glücklich sein können, frei", fuhr Brockwell fort.

„Oder er will vielleicht, dass sie ihre Magie verstecken, damit sie in Sicherheit bleiben", entgegnete ich. „Genauso wie er wollte, dass sein Vater seine Magie versteckt. Ich gebe zu, ich habe keine Intuition für Lügner, Inspektor, aber ich habe mit Mr. Carroll ein paar Minuten lang geredet, und ich glaube, er sagt die Wahrheit. Ich bezweifle, dass er jemandem Schutz bietet."

Brockwell stieg nach mir in die Kutsche, aber Matt blieb mit einem Fuß auf der Stufe stehen. „Wohin jetzt?", fragte er den Inspektor.

„Zurück nach Scotland Yard", sagte Brockwell. „Ich will herausfinden, ob Carroll mit einem anderen Grundstück in der Stadt in Verbindung steht. Einer Werkstatt, einem Lagerhaus, irgendwas, wo er zwei Leute weit weg vom Heim seiner Familie verstecken könnte. Ich kann vom Telegrafenamt am Yard Telegramme durch die Stadt schicken."

Es schien, als würde meine Meinung zu Mr. Carroll keine Rolle spielen. Vielleicht hätte ich es, wenn ich an Brockwells Stelle gewesen wäre, auch sicherstellen wollen. „Wenn Sie das bei Mr. Carroll machen, sollten Sie es auch bei Mr. Carpenter tun", sagte ich. „Er hat eine Werkstatt."

Er nickte mir zustimmend zu. „Ich werde zu beiden Ermittlungen anstellen."

„Gut. Ich denke, wir finden Mr. Bunn und Amelia sehr bald, wenn wir gründlich sind."

„Das nur, wenn Carpenter oder Carroll sie überhaupt verstecken", murmelte Matt.

KAPITEL 12

Es war früher Nachmittag, als wir zu Hause ankamen. Tante Letitias erste Worte an mich, als ich ins Wohnzimmer trat, waren die Frage, wann ich sie zum Einkaufen mitnehmen würde.

„Ich bin viel zu müde", sagte ich und nahm eine Tasse Tee entgegen, die sie mir einschenkte. „Es ist auch ein elendes Wetter da draußen." Ich wollte sie nicht in Aufregung versetzen und ihr von den Gefahren berichten, die das Ausgehen mit sich brachte, während Bunn und Amelia frei herumliefen. Es könnte eine ihrer Gedächtnisverlust-Episoden auslösen. „Kannst du noch ein bisschen länger warten?"

„Aber es ist bald Weihnachten."

„Wir haben Zeit." Sie schenkte weiteren Tee in ihre Tasse und stellte die Teekanne mit einem dumpfen Geräusch auf dem Tisch ab. Sie führte die Tasse an die Lippen, nippte aber kaum, bevor sie sie mit einem lauten Klirren auf die Untertasse absetzte. Dann fuhr sie fort, indem sie mehrfach seufzte.

„Sollen wir weitere Verzierungen basteln oder zusammen Karten schreiben?", fragte ich.

„Ich habe alle meine Karten geschrieben und genug Verzierungen gebastelt, um alle Weihnachtsbäume von hier bis Greenwich zu schmücken. Wann bekommen wir einen?"

„Wir haben den Baumkauf ein wenig vernachlässigt. Ich bitte Bristow, es zu arrangieren."

Das Schmücken würde sie beschäftigt halten, obwohl ich hoffte, dass ich zu Hause sein würde, um zu helfen. Matt auch. Es war immerhin unser erstes gemeinsames Weihnachten. Es wäre nicht dasselbe, wenn wir die Erfahrung nicht teilen konnten.

Duke traf rechtzeitig zum Abendessen ein, und Willie, als wir halb fertig waren. Cyclops verpasste das Abendessen ganz, aber Mrs. Potter sorgte dafür, dass er etwas zu essen bekam, während wir uns in der Bibliothek versammelten, um die Ereignisse des Tages zu besprechen. Tante Letitia hatte sich bereits in ihr Zimmer zurückgezogen, aber wir mochten die Gemütlichkeit der Bibliothek mit ihren Wänden aus Büchern und dem großen Kamin. In einer Winternacht hatte das etwas Tröstliches.

„Wer immer sie versteckt, macht es ziemlich gut", sagte Duke.

„Bis auf das eine Mal, als man Bunn in Bloomsbury gesehen hat", erklärte Willie.

„Nur weil er in Bloomsbury gesehen wurde, heißt das nicht, dass er noch da ist", sagte Cyclops, während er eine Scheibe Rindfleisch schnitt. Sie war so dick, dass es eher schon ein Quader als eine Scheibe war. „Wenn sie klug sind, sind sie inzwischen nicht mehr dort."

Die Ausmaße des Problems senkten unsere Laune. Die Flüchtigen konnten überall sein, entweder in oder außerhalb Londons. Wenn sie ihr Aussehen veränderten, fanden wir sie vielleicht nie.

„Zumindest sind die Schwarzpulverlager gesichert", sagte Duke.

Willie deutete auf den Eingang, sodass wir uns alle dorthin umdrehten. Niemand war dort. Als wir uns zurückwandten, kaute sie mit vollem Mund, und es lag eine Scheibe Rindfleisch weniger auf Cyclops' Teller.

Er schüttelte den Kopf. „Ich habe es verdient, mir mein Essen stehlen zu lassen, weil ich darauf hereingefallen bin."

Willie lächelte und kaute.

„Wie lange wird das Schwarzpulver sicher sein?", fragte ich.

„Die Polizei kann die Lager nicht ewig beobachten. Früher oder später werden die Konstabler zu anderen Pflichten zurückkehren müssen."

„Eher früher als später", sagte Duke. „Es heißt, die Einbrecher, Taschendiebe und Kleinkriminellen wissen, dass die polizeilichen Ressourcen im Moment begrenzt sind, und sie holen das meiste aus ihrer Freiheit heraus. Das Verbrechen tobt sich in der Stadt aus."

Willie schaute an uns vorbei und lächelte. „Na sieh mal, wer da ist."

Diesmal fiel ich nicht darauf herein, genauso wenig Matt oder Cyclops, die auch mit dem Rücken zur Tür saßen. Nur Willie und Duke schauten in diese Richtung.

Duke nickte grüßend. „Haben Sie Mrs. Potters Küche vom Yard aus gerochen, Inspektor?"

Cyclops legte schützend einen Arm um seinen Teller. „Ihr haltet mich doch zum Narren."

„Kriminalinspektor Brockwell", verkündete Bristow.

Ich schaute mich um, um den Inspektor eintreten zu sehen. Er erwiderte Willies Lächeln und schlurfte in die Bibliothek.

„Bristow, sehen Sie nach, ob etwas vom Abendessen für den Inspektor übrig ist", sagte ich.

Brockwell hob die Hände. „Ich würde nicht im Traum daran denken, Ihre Köchin um diese Uhrzeit zu stören. Ihr Abendessen ist doch schon längst beendet."

„Cyclops isst noch."

„Aber er gehört zur Familie."

„Genau wie Sie." Ich nahm ihn am Ellbogen und lotste ihn zu einem Sessel. Bristow nickte ich zu, und er verschwand und schloss die Tür hinter sich.

Brockwell setzte sich mit einem lauten Stöhnen hin und streckte die Beine aus.

„Sie sehen erschöpft aus", sagte ich. „Es war ein langer Tag."

„Einige lange Tage. Aber es ist schön, in Ihrer Bibliothek zu sitzen, Mrs. Glass. Bücher sind ein Trost."

„Das sind sie tatsächlich."

Willie schenkte dem Inspektor ein Glas Whiskey vom Getränkewagen ein. Ich wollte ihr gerade sagen, dass das nicht zum Abendessen passte und sie Bristow um Wein bitten sollte, doch

Brockwell nahm es dankbar entgegen. Willie drückte ihm die Schulter und setzte sich wieder. Sie hob ihr eigenes Getränk, und er salutierte mit seinem Glas in ihre Richtung.

Also gut. Das war ein vielversprechendes Zeichen.

„Was haben Sie über unsere beiden Magier in Bloomsbury herausgefunden?", fragte Matt. Falls ihm der kokette Austausch zwischen Willie und Brockwell auffiel, störte es ihn nicht. Ich nahm an, die Ermittlungen waren wichtiger, aber mir gab es ein warmes Gefühl im Inneren.

„Bis auf Mr. Carpenters Werkstatt hat keiner der beiden gepachtete oder gekaufte Grundstücke", sagte Brockwell, während sich die Tür öffnete und Bristow ein Tablett mit einem Glas Wein und einem bedeckten Teller hereinbrachte. Der Butler stellte es ab und nahm den Deckel ab. Brockwells Augen leuchteten, als er die große Portion Rindfleisch und Kartoffeln sah.

Es dauerte einige Zeit, bis wir ihm weitere Informationen entlocken konnten. Nach ein paar Minuten tupfte er sich die Mundwinkel mit der Serviette ab, nippte am Wein und nahm Messer und Gabel wieder auf.

„Wir suchen noch nach Orten, mit denen sie in Verbindung stehen", sagte er, bevor er sich erneut bediente. „Ich bin mir ziemlich sicher, dass Carroll unser Mann ist. Irgendwas an ihm war verdächtig."

Matt stimmte zu, doch ich war nicht so sicher. Ich konnte den Grund allerdings nicht ganz greifen.

Cyclops schloss sein Abendessen ab, und wir sahen dem Inspektor beim Essen zu, jeder in seinen eigenen Gedanken verloren. Das dachte ich zumindest.

„Gibt es sonst noch was?", drängte Duke den Inspektor mit einer großen Dosis Ungeduld im Tonfall.

Brockwell schüttelte den Kopf.

„Sie hätten einen Brief schicken können", fuhr Duke fort. „Sie hätten nicht den ganzen Weg nach Mayfair kommen müssen."

„Ich wollte Mr. und Mrs. Glass meinen Bericht persönlich überbringen, weil Sie mir vorhin geholfen haben."

Duke verschränkte die Arme. „Aber Sie hatten doch nichts zu berichten."

„Das ist an sich schon etwas."

Duke wollte noch mehr dazu sagen, als Willie ihm auf den Arm schlug. „Lass den Mann doch in Frieden essen. Er ist müde und hungrig, und du hast India gehört; er gehört zur Familie."

Duke zuckte mit den Schultern. „Ich mache doch gar kein Problem daraus, Willie."

Aber sie hörte ihm nicht mehr zu. Sie beobachtete, wie Brockwell die Mahlzeit genoss. „Wieso bleibst du über Nacht nicht hier, Jasper?"

„Nein!", sagten sowohl Matt als auch ich, bevor Brockwell antworten konnte.

„Willst du, dass meine Tante umkippt, wenn sie ihn am Vormittag die Stufen herabkommen sieht?", fragte Matt.

„Letty hat ihn schon mal beim Frühstück gesehen."

„Die Antwort lautet trotzdem Nein."

Willie machte ein unwilliges Geräusch und sank im Sessel zusammen.

„Ihr könntet immer noch die Nacht bei ihm zu Hause zusammen verbringen", sagte ich. „Tante Letitia ist daran gewöhnt, dass sie dich beim Frühstück nicht sieht, Willie. Sie wird sich nach deiner Abwesenheit nicht einmal erkundigen."

Der Inspektor schüttelte den Kopf, während er seine Kartoffeln schluckte. „Vielen Dank für den Vorschlag, ich muss allerdings ablehnen. Der Fall hält mich sehr beschäftigt, und ich bin zu müde, um, äh, einen Gast zu unterhalten." Er räusperte sich und warf einen Blick auf Willie, bevor er rasch wegschaute.

Sie machte nur wieder dieses unwillige Geräusch.

Bristow öffnete die Tür. „Es tut mir leid, dass ich störe, aber hier ist ein Konstabler, der mit dem Kriminalinspektor sprechen will. Er ist in einem ziemlich aufgewühlten Zustand. Soll ich ..."

Einer der Konstabler, die uns an diesem Vormittag in Bloomsbury begleitet hatten, pflügte an Bristow vorbei. „Entschuldigung", sagte er tonlos zum Butler. „Aber das ist wichtig. Sir, es gab eine Entwicklung in einem der Schwarzpulverlager."

Brockwell legte Messer und Gabel ab und tupfte sich dann den Mundwinkel mit der Serviette. Jede Bewegung war so betont und langsam, dass es mich verrückt machte. Der Konstabler schob das Gewicht von einem Fuß auf den anderen, während er wartete, und wandte sich schließlich an Matt, als Brockwell das Weinglas nahm und einen Schluck trank.

„Es wurde etwas vom Schwarzpulver gestohlen", sagte der Konstabler. „Nicht viel, soweit man mir gesagt hat, aber genug, um drei Bomben herzustellen."

Brockwell erhob sich und knöpfte seine Jacke zu. „Erzählen Sie mir unterwegs, wie es möglich war, dass unter der Nase der Besten von Scotland Yard in eine Lagereinheit eingebrochen wurde."

„Das können Sie mir auch erzählen", sagte Matt, der sich erhob.

Cyclops, Duke und Willie standen ebenfalls auf, also tat ich das auch.

Brockwell verstellte uns den Ausgang, betrachtete uns alle nacheinander. „Es gibt keinen Platz für uns alle in der Kutsche. Mrs. Glass, darf ich respektvoll vorschlagen, dass Sie hierbleiben. Mr. Glass und Mr. Cyclops können mich begleiten."

„Warum sie?", fuhr ihn Duke an.

„Ist mir recht", sagte Willie. „Ich schätze, ich gehe mal aus und suche mir ein Pokerspiel. Komm schon, Duke. Das wird mehr Spaß machen als Ermittlungen."

Matt gab mir einen Kuss auf die Stirn und marschierte Brockwell und Cyclops nach. Willie und Duke gingen auch. Ich folgte ihnen in die Eingangshalle und beobachtete, wie sie Mäntel, Handschuhe und Hüte anzogen, fragte mich, ob ich Einwände erheben sollte oder nicht. Als Bristow die Eingangstür öffnete und ein Schwall eisigen Windes hereinkam, beschloss ich, dass es mir ganz recht war, zu Hause zu bleiben.

Ich wollte warten, bis Matt und Cyclops zurückkehrten, schlief aber vor dem Feuer im Wohnzimmer ein, ein Buch auf dem Schoß. Ich wachte auf, als Matt mich in seinen Armen aufhob.

„Wohin bringst du mich?", murmelte ich halb im Schlaf.

„Ins Bett." Er drehte mich zur Seite, damit wir durch die Tür passten, und ging die Stufen hinauf.

Ich legte den Kopf an seine Schulter. „Verreiß dir nicht den Rücken."

Er lachte leise. „Ich habe schon öfter Willie betrunken aus

Saloons geschleppt. Du bist im Vergleich leicht."

Ich lächelte. Es war nicht ganz das, was ich meinte, aber ich wusste seinen Versuch zu schätzen, mir das Gefühl zu geben, so klein wie Willie zu sein.

Bis er mich aufs Bett legte, war ich wach genug, um mich unterhalten zu wollen. „Wie spät ist es?"

„Fast zwei."

„Was ist passiert? Wie haben Amelia und Bunn das Schwarzpulver gestohlen, wo es doch von der Polizei beobachtet wurde?"

Er setzte sich mit einem Seufzen aufs Bett und löste seine Krawatte. „Es gab eine Ablenkung in der Form eines kleinen, blutenden Jungen, der um Hilfe bat, um seine Eltern zu finden."

„Sie haben ein Kind verletzt!"

„Das Kind war ein Lockvogel. Er hat geschrien und ist weggelaufen, sodass der Konstabler im Dienst ihm nach ist."

„War es auf jeden Fall ein Junge?"

„Wie bitte?"

„Sind die Konstabler sicher, dass das Kind ein Junge war?"

„Ich habe nicht gefragt. Weshalb?"

„Mr. Carroll hat zwei Mädchen, keine Jungen." Ich half ihm, seinen Kragen abzunehmen, und legte ihn aufs Bett.

„Du glaubst, sie haben die Mädchen von Carroll genutzt, um für sie als Lockvogel zu dienen?"

„Vielleicht. Nur dass das Kind kein Mädchen war", sagte ich und löste seine Manschetten.

„Und Mr. Carpenters Kinder sind erwachsen", sagte Matt. „Verdammt. Jemand anders als Carpenter oder und Carroll helfen ihnen." Sein verhüllter Blick beobachtete, wie meine Finger meine Ärmel lösten, und folgte ihnen dann zum obersten Knopf meines Kleides. „Es könnte jeder sein."

Ich hielt inne. „Mr. Carpenter hat Enkel. Er stellt Spielzeuge und kleine Puppenhäuser für sie her."

Er hob seinen Blick zu meinem. „Könnten seine erwachsenen Kinder Amelia und Bunn unterstützen, ohne dass es Carpenter Senior weiß?"

„Ich bin mir nicht ganz sicher. Er behauptete, sein Sohn wäre talentfrei, also ist es sehr wahrscheinlich, dass das auch auf seine

Enkelkinder zutrifft. Weshalb sollte sein talentfreier Sohn bei einer Sache helfen, die ihm nicht dienlich ist?"

„Außer, seine Enkelkinder *sind* Magier", sagte Matt. „Es kann eine Generation überspringen."

„Wir sollten Brockwell in Kenntnis setzen."

Matt seufzte und warf einen sehnsüchtigen Blick auf meine Kehle gleich über dem Knopf, den ich öffnete. „Ich sage es ihm besser jetzt. Das kann nicht bis zum Vormittag warten." Er seufzte erneut und nahm seinen Kragen und seine Krawatte. „Ich versuche dich nicht aufzuwecken, wenn ich zurückkehre." Er küsste mich leicht auf die Lippen und warf dann noch einen Blick auf meine Kehle. „Verdammt sei diese Ermittlung."

„Matt", sagte ich, während er die Tür öffnete. „Sei bitte vorsichtig. Es bleibt die Tatsache, dass jemand auf uns geschossen hat. Du magst das Ziel gewesen sein oder auch nicht, aber bis wir das sicher herausfinden ..."

Er drückte die Fäuste zu meinen Seiten auf das Bett und beugte sich vor. „Ich trage einen Mantel mit Kapuze." Er küsste mich auf die Lippen, dann ging er.

Ich brauchte ewig, um einzuschlafen, aber schließlich schaffte ich es, nur um von Matts Rückkehr erneut geweckt zu werden. „Nun?", fragte ich verschlafen.

„Ich habe Brockwell zu Hause gefunden", sagte er und stieg neben mir ins Bett. „Er hat mir für die Information gedankt."

„Und?"

„Und Willie war nicht erfreut über die Unterbrechung."

Ich richtete mich auf. „Willie war dort? Ich dachte, sie wäre mit Duke ausgegangen, und der Inspektor wäre zu müde."

„Es scheint, Duke hätte beschlossen, nach dem Kartenspiel seine fröhliche Witwe zu besuchen, und Brockwell war doch nicht so müde." Er legte mir den Arm um die Taille und drehte sich auf den Rücken, richtete mich so auf, dass wir Brust an Brust waren. Er strich mit den Händen unter meinem Nachtgewand über meinen Körper. „Vorhin wurden wir wegen deiner umfassenden Klugheit unterbrochen", sagte er mit rauchiger Stimme.

„Was macht Brockwell denn wegen Mr. Carpenter dem Jüngeren?", fragte ich.

Seine Finger strichen leicht über meinen Rücken. „Willst du darüber jetzt reden, oder ...?"

„Ich würde gern jetzt darüber reden."

„Spielverderberin. Also gut. Brockwell sagte, er würde Carpenter gleich am Vormittag besuchen."

„Weshalb nicht heute Nacht?"

Er zuckte mit den Schultern. „Willie war da?"

„Guter Gott, das ist eine wichtige Ermittlung. Ich erwarte, dass Brockwell seine männlichen Bedürfnisse zur Seite schiebt und die Polizeiarbeit an erste Stelle setzt."

Er dachte einen Augenblick darüber nach, dann zuckte er wieder die Schulter. „Ich habe darauf nur eine Antwort, die weder Brockwell noch mich in ein gutes Licht rückt, also verweigere ich die Aussage."

„Männer", murmelte ich.

Er grinste. „Ich weiß. Wir sind unverbesserlich. Und du bist unter diesem Nachtgewand nackt, also küss mich."

Er wartete nicht, sondern hob den Kopf vom Kissen und begegnete meinem Mund auf halbem Weg.

* * *

Ich spähte unter den Decken hervor auf den nackten, schlafenden Matt, dann ging ich auf Zehenspitzen ins Ankleidezimmer. Ich zog ein einfaches Tageskleid an und schlich aus dem Schlafzimmer, als die Uhren des Haushalts gerade neun schlugen. Ich war unterwegs zum Speisezimmer fürs Frühstück, als Willie nach Hause zurückkehrte.

„Ich hatte gehofft, du würdest Nachricht bringen", sagte ich, während sie ihren Hut in Bristows wartende Hände drückte. „Hast du mit dem Inspektor gesprochen, seit er ging, um mit Carpenter zu reden?"

Sie reichte Bristow ihre Handschuhe und warf ihm dann ihren Mantel über den Arm. „Es ist erst neun, India. Er ist gerade erst von zu Hause aufgebrochen."

„Gerade aufgebrochen! Guter Gott, wir sind mitten in einer wichtigen Ermittlung. Du solltest ihn nicht ablenken."

„Du schienst gestern Abend doch gewollt zu haben, dass ich

ihn ablenke", sagte sie mit einem Zwinkern und einem selbstgefälligen Grinsen.

„Ja, aber nur kurz."

Sie schob sich die Daumen unter die Gürtelschlaufe und wippte auf den Fersen zurück. „Nur kurz gibt es bei Jasper nicht."

Ich stöhnte und folgte ihr ins Speisezimmer, wo Tante Letitia saß und eine Ausgabe des *Ladies Journal* las. „Was gibt nicht für Kurze?", fragte sie Willie, ohne aufzuschauen. „Du bist doch nicht hochgewachsen, Willie."

Willie lachte leise. „Da hast du recht, Letty." Sie genehmigte sich ein Frühstück am Buffet und setzte sich mit ihrem Teller und einer Kaffeetasse neben Tante Letitia. Sie spähte ihr über die Schulter, während sie von ihrem Toast abbiss.

Tante Letitia verzog das Gesicht. „Musst du das hier machen?"

„Was? Essen? Ja, muss ich. Es ist das Speisezimmer. Willst du, dass ich im Bett esse?"

Tante Letitia rümpfte die Nase noch mehr. „Sei doch nicht vulgär."

Willie schnaubte. „Das ist das am wenigsten vulgäre, was ich den ganzen Vormittag gesagt habe." Sie bohrte den Finger in die offene Seite. „Das ist vulgär! Zeig India das Bild. Es ist das ekelhafteste, was ich die ganze Woche gesehen habe."

Ich spähte Tante Letitia über die Schulter auf eine farbige Skizze mit einem Kleid, das in Fuchsia und Limettengrün gestreift war, mit Schleifen in einer Reihe auf der Vorderseite und den Ärmeln hinab, und aufgebauschtem Stoff, der mit Schleifen entlang des Saums gehalten wurde. „Es hat zu viele Schleifen", stimmte ich zu.

„Hope würde es stehen", sagte Tante Letitia.

„Das ist wahr", erwiderte Willie, die die Nase rümpfte, genau wie Tante Letitia es getan hatte.

„Sie weiß nicht, wann sie aufhören sollte, wenn es um Schleifen geht."

„Oder um alte, reiche Männer."

Sie kicherten beide, und wir machten immer noch weiter, als Matt eintrat und gähnte. Er ging direkt zum Buffet und schenkte sich Kaffee in eine Tasse, und Tee in eine weitere. „Was ist so witzig?"

„Hope", sagte ich.

„Das war nicht die Antwort, die ich erwartet habe." Er stellte seine zwei Tassen auf den Tisch und kehrte zum Buffet zurück, um sich einen Teller vollzuladen. „Sind Cyclops und Duke hier oder mit der Polizei unterwegs?"

„Laut Bristow zu Hause", sagte ich. „Und anscheinend ist Brockwell gerade erst zu Scotland Yard aufgebrochen. Es scheint, er hätte lange geschlafen." Ich funkelte Willie betont an.

Sie schüttelte rasch den Kopf und wies dann auf Tante Letitia.

Tante Letitia blätterte in ihrer Zeitschrift um und murmelte: „Oje." Ich war mir nicht ganz sicher, ob diese Aussage sich auf Willies nächtliche Aktivitäten bezog, oder auf das ziemlich hässliche Kleid auf der Seite. Es war mit riesigen Quasten bedeckt und hatte einen unglücklichen braunen Farbton.

Cyclops und Duke schlossen sich uns zum Frühstück an, und wir sprachen leise über die Ermittlung, passten aber auf, dass wir nichts erwähnen, was Tante Letitias zarte Empfindsamkeiten stören könnte. Wir konnten jedoch nicht ganz vermeiden, Schwarzpulver, Bomben oder Magier zur erwähnen, doch sie blieb während der Unterhaltung still und las in ihrer Zeitschrift.

Bristow trat ein und hatte die Post auf einem Tablett dabei. „Das kam gerade an, Madam", sagte er zu mir.

Alle wurden ganz reglos und starrten auf den einzelnen Brief.

„Öffne ihn, India", sagte Willie.

Ich holte tief Luft und öffnete den Brief. Mir schlug das Herz bis zum Hals. „Es kommt von ihnen", sagte ich schwach. „Es ist eine weitere Drohung."

„Lies vor", sagte Matt.

Ich warf einen Blick auf Tante Letitia.

Sie schloss ihre Zeitschrift und erhob sich. „Ich muss mich für die Kirche anziehen. Heute Vormittag kann Polly mich begleiten."

Ich wartete, bis sie weg war, bevor ich tief Luft holte. „Dort heißt es: ‚Seien Sie heute um zwei Uhr nachmittags auf Bahnsteig vier der Brighton Railway Station, oder eine Bombe wird aus der Ferne gezündet. Ihr Erscheinen ist die Bestätigung, dass Sie unseren Bedingungen zustimmen, nämlich dass Sie Ihren Verlängerungszauber auf Bunns Ledermagie anwenden. Kommen Sie allein."

Matt schloss sich mir an, während ich den Brief vorlas, und spähte mir über die Schulter. „Brighton", wiederholte er. „Wenn sie wollen, dass du in Brighton auftauchst, dann sind sie vermutlich auch dort, bereit, die Bombe hochgehen zu lassen, wenn du nicht kommst. Wie sind sie aus London entwischt?"

„Inkompetente Polizeiarbeit", murmelte Duke.

„Wenn Bunn und Amelia Moreton sich verkleidet haben, wären sie in einer Menge unmöglich zu sehen gewesen", entgegnete Cyclops.

„Steht da sonst noch was?", fragte Willie. „Etwa, wo die Bombe hochgehen wird?"

Ich schüttelte den Kopf. „Ich muss tun, was sie sagen, und nach Brighton fahren."

Matt marschierte zur Tür. „Brockwell kann ein Telegramm an die örtliche Wache schicken und sie den Bahnhof durchsuchen lassen."

Ich stand auf und rannte ihm nach, hielt den Brief fest. „Bunn und Amelia werden das erwarten und richtig gut versteckt sein. Sie wollen mich dort um zwei Uhr nachmittags *heute* treffen. Wir haben keine Zeit, um zu Scotland Yard zu gehen und darauf zu warten, dass die Polizei in Brighton ihre Streitkräfte versammelt. Falls sie Bunn und Amelia nicht finden können ..." Ich drückte mir die Hand auf den Magen. Mir war schlecht. „Matt, ich *muss* nach Brighton, und ich muss bald aufbrechen, oder ich schaffe es nicht rechtzeitig."

Brighton war eine eineinhalbstündige Bahnfahrt entfernt. Wenn man die Zeit mit einrechnete, die es dauerte, hier in London zur Victoria Station zu kommen, dazu noch eine Fahrkarte zu kaufen und auf den nächsten geplanten Zug zu warten, blieb nicht viel Zeit zu vertrödeln.

„Bristow!", rief ich. Der Butler eilte aus den Schatten. „Bristow, haben Sie einen Eisenbahnfahrplan zur Hand? Ich muss eilig nach Brighton."

Er verbeugte sich und eilte weg zu den Personalräumen hinten im Haus.

Matt schnappte sich seinen Mantel vom Haken und nahm seinen Hut. Er öffnete die Eingangstür.

„Wohin gehst du?", fragte ich.

„Scotland Yard. Es bleibt keine Zeit, dass Woodall die Kutsche vorbereitet. Ich nehme mir eine Droschke."

„Es wird nicht funktionieren, Matt. Du wirst rechtzeitig bei Scotland Yard ankommen, und sie werden sofort ein Telegramm nach Brighton schicken, aber was, wenn die Polizei Amelia und Bunn vor zwei Uhr nicht findet? Bis dahin wird es zu spät sein, dass ich nach Brighton fahre. Ich muss sofort aufbrechen."

Matt fluchte tonlos und kniff sich in den Nasenrücken.

„Macht beides", sagte Willie. „Du gehst nach Scotland Yard, Matt, und ich, Duke und Cyclops gehen mit India nach Brighton. Bei uns wird sie sicher sein. Ich nehme meinen Colt mit, und Cyclops hat große Muskeln und harte Fäuste."

„Und ich habe das Köpfchen", sagte Duke, der sich an die Stirn tippte.

Cyclops und Willie schauten ihn von der Seite an.

„Das halte ich für eine gute Idee", sagte ich zu Matt. Ich drückte ihm den Brief an die Brust und beugte mich zu ihm. „Nimm den mit."

Er küsste mich rasch und nahm dann den Brief entgegen. Er wollte gerade aufbrechen, als Bristow zu uns eilte. „Halt!", brüllte er, schwenkte dabei eine Zeitung über dem Kopf. „Warten Sie, Sir. Das müssen Sie lesen."

Er reichte mir die Zeitung, und ich las die Schlagzeile, die in Großbuchstaben auf der Vorderseite prangte. Mir rutschte das Herz in den Magen. „O Gott", flüsterte ich.

Matt nahm die Zeitung an. „Zugunglück auf dem Gleis nach Brighton fordert zwei Menschenleben." Er überflog den Artikel. „Das Gleis wird in beiden Richtungen tagelang gesperrt bleiben, während sie das Wrack entfernen."

Willie fluchte laut, und ich hatte auch das Gefühl, fluchen zu müssen. Wir konnten Brighton auf gar keinen Fall vor Ablauf der Zeit erreichen.

„Eine Kutsche ist zu langsam", sagte Duke bedrückt. „Selbst wenn wir so schnell reisen, wie die Pferde es schaffen, würden wir Brighton nicht vor Einbruch der Nacht erreichen, und ganz gewiss nicht vor zwei Uhr."

Ich schaute in Matts besorgte Augen und spürte, wie Tränen in meinen Augen brannten. Ein tiefes Gefühl der Hoffnungslosigkeit strömte über mich hinweg.

Er nahm meine Wangen mit den Händen und neigte den Kopf, um mir in die Augen zu schauen. „Du wirst nicht nach Brighton fahren, aber du kannst mit mir nach Scotland Yard. Es ist noch nicht alles verloren. In Ordnung?"

Ich nickte. Zumindest bat er mich nicht, zu Hause zu bleiben, während er wegfuhr. In diesem Augenblick nichts zu tun, würde meinen strapazierten Nerven nicht helfen.

Er drückte mir einen Kuss auf die Stirn. „Bristow, helfen Sie Mrs. Glass in ihren Mantel, dann sagen Sie Woodall, er soll sich bei Scotland Yard mit uns treffen. Wir haben jetzt keine Zeit, auf ihn zu warten."

Cyclops, Duke und Willie begleiteten uns zum Yard, wo wir Brockwell den Brief zeigten. Der wusste bereits von dem entgleisten Zug.

„Ich telegrafiere sofort nach Brighton", sagte er und marschierte einen Gang entlang.

„Und danach gehen wir nach Bloomsbury", sagte Matt, der ihm folgte. „Wir müssen noch einmal mit Carpenter reden. Seine Kinder könnten die Verbindung zu Bunn und Miss Moreton sein. Haben Sie irgendwas über sie herausgefunden?"

„Seine Tochter hat geheiratet und ist nach Bristol gezogen", sagte Brockwell. „Sein Sohn lebt in Clerkenwell und arbeitet bei seinem Vater in der Werkstatt. Er hat keinen eigenen bekannten Besitz und mietet Räumlichkeiten in einem alten Gebäude."

„Haben Sie bei ihm vorbeigeschaut?"

„Gleich heute Vormittag. Meine Männer haben das Grundstück durchsucht und keine Spur von Mr. Bunn oder Miss Moreton gefunden. Mr. Carpenter war über unser Eindringen schockiert und genauso darüber, dass wir ihn für fähig hielten, solchen Personen Zuflucht zu gewähren."

„Und Sie haben ihm geglaubt?" Matt schnaubte.

Brockwell schien ihn nicht zu hören. Er ging weiter, seine Schritte lang und bestimmt. So schnell hatte ich noch nie gesehen, dass er sich bewegte.

* * *

Wir fanden den jüngeren Mr. Carpenter zu Hause in Clerkenwell in Gehweite vom Haus seiner Eltern. Das Mietshaus war verglichen mit einigen anderen in gutem Zustand, und obwohl die Gegend ziemlich ärmlich war, war es kein Slum, nicht einmal annähernd. Die umliegenden Straßen waren ziemlich ruhig, die meisten Leute waren nämlich in der Kirche oder wegen des schlechten Wetters zu Hause geblieben.

Mr. Carpenter öffnete die Tür und schien in sich zusammenzusinken, als er uns sah. „Ich habe Ihre Fragen heute Vormittag beantwortet", erklärte er Brockwell. „Was wollen Sie nun?"

Er war ein ziemlich unauffälliger Mann mittlerer Größe und Statur. Sein ordentlich gekämmtes braunes Haar war in der Mitte zu einem Scheitel geteilt, und er schien zu versuchen, sich einen Bart wachsen zu lassen, doch war er ein wenig ungleichmäßig. Er war bestimmt nicht älter als Matt.

„Wir müssen sofort Mr. Bunn und Miss Moreton eine Nachricht zukommen lassen", sagte Brockwell. „Es gab ein Zugunglück, und Mrs. Glass kann den geforderten Zielbahnhof in Brighton nicht rechtzeitig erreichen." Er deutete auf mich.

Mr. Carpenter kniff die Augen zusammen. „Wovon reden Sie da? Ich habe Ihnen bereits gesagt, ich habe mit diesen Leuten nichts zu tun. Jetzt gehen Sie bitte."

Matt trat vor, und Mr. Carpenter drückte sich an die Wand. Er schaute zu Matt auf, ohne zu blinzeln, einer aufragenden Gestalt voller Wut. „Wir wissen, dass Sie ihnen hier Zuflucht gewährt und ihnen dann geholfen haben, aus der Stadt zu entkommen. Deshalb wurde heute Vormittag keine Spur von ihnen gefunden, als die Polizei dieses Grundstück durchsucht hat. Nachdem wir gestern bei Ihrem Vater vorbeigeschaut haben, haben Sie sie weggeschickt."

„Nach Brighton", fügte ich verärgert hinzu. „Wo sie jetzt verlangen, dass ich hingehe und ihren Bedingungen zustimme, oder sie werden etwas in die Luft sprengen. Mr. Carpenter, Sie müssen uns helfen. Ich kann wegen des entgleisten Zuges nicht nach Brighton gelangen!"

„Welcher entgleiste Zug?"

Willie schob sich durch und knallte Mr. Carpenter die Zeitung an die Brust. „Dieser Zug."

Mr. Carpenter rieb sich mit der Hand übers Kinn, während er las, dann reichte er die Zeitung Willie zurück. „Ich habe es Ihnen schon gesagt, Inspektor. Mit mir hat das nichts zu tun." Seine dünne Stimme legte etwas anderes nahe.

„Mr. Carpenter!", fuhr ich ihn an. „Eine Bombe wird hochgehen, wenn ich bis zwei Uhr nicht nach Brighton komme. Verstehen Sie das? Ohne dass ein Zug fährt, kann ich nicht rechtzeitig hingelangen. Wir müssen Nachricht an sie schicken und sie bitten, das Treffen zu verschieben."

„Oder sich auszuliefern", fauchte Matt. „Sie werden sowieso erwischt, aber ein Richter könnte nachgiebig sein, wenn sie sich ausliefern."

Mr. Carpenter schluckte schwer.

„Sohn?", kam eine Stimme aus dem Gang hinter Mr. Carpenter. „Sohn, wer ist das?" Mr. Carpenter Senior erschien, nur um abrupt stehen zu bleiben, als er sah, wie wir uns im Eingang drängten. „Mein Sohn hat mit diesen Leuten nichts zu tun", fuhr er Brockwell an. „Das hat er Ihnen heute Vormittag bereits gesagt, Inspektor. Er ist unschuldig. Er würde niemals ...“

„Es reicht!“ Matt deutete mit dem Finger auf Carpenter Junior. „Sie sind talentfrei, aber Ihre Kinder nicht. Wir wissen, dass Sie Bunn und Amelia Moreton geholfen haben, als sie sich versteckt haben, und ihnen gestern geholfen haben, aus London zu flüchten.“

„Hat er nicht!“, entgegnete Carpenter Senior. „Sag es Ihnen, Sohn.“

Carpenter Junior verschränkte die Arme vor der Brust. „Ich habe die Fragen des Inspektors beantwortet, jetzt bitte ich Sie, zu gehen. Meine Frau und die Kinder werden bald aus der Kirche zurückkehren.“

„Dann haben Sie nicht lange, um mir zu antworten“, knurrte Matt. „Außer Sie wollen, dass sie erfahren, was Sie getan haben.“

Mr. Carpenter reckte das Kinn vor. „Das ist Belästigung.“

„Was wollen Sie denn tun?“, fragte Willie, die sich in die Brust warf. „Es der Polizei sagen?“

Ich kaute innen auf meiner Lippe und warf einen Blick am jüngeren Carpenter vorbei auf seinen Vater. Er wirkte beunruhigt durch unsere Anwesenheit, aber trotzig. Sein Sohn allerdings schien unter all seinem Mut besorgt. Besorgter, als ein unschuldiger Mann hätte aussehen sollen, soweit ich das beurteilen konnte. Ich nehme an, dass Matt und Brockwell das auch wussten, da sie doch sehr viel mehr Erfahrung mit Schuldigen hatten als ich. Keiner von ihnen wirkte, als würde er zurückweichen, ohne die Antworten zu bekommen, die wir brauchten.

Mr. Carpenter Senior legte seinem Sohn eine Hand auf die Schulter. „Du musst nicht mit ihnen reden. Du hast nichts falsch gemacht.“ An Brockwell gerichtet sagte er: „Auf gar keinen Fall würde mein Sohn solch gefährlichen Leuten Unterschlupf gewähren. Er ist ein ehrbarer Familienvater und arbeitet hart. Er ist außerdem talentfrei. Weshalb sollte er ihnen helfen?“

„Er ist talentfrei, aber seine Kinder sind es nicht“, sagte ich. „Stimmt das nicht?“

Der ältere Mr. Carpenter zuckte mit den Schultern. „Und?“

„Also glaubt er, Magier sollten frei leben können, genauso wie Mr. Bunn und Miss Moreton. Er will, dass Magier ihre

Magie ausüben, damit Ihr Geschäft noch stärker floriert. Mit der Zeit wird es zu einem großartigen Geschäft werden, das er seinen Kindern vererben kann, Kinder, von denen er hofft, dass sie sich nicht sorgen müssen, wegen ihrer Magie verfolgt zu werden."

Mr. Carpenter Senior warf einen Blick auf seinen Sohn. Als der Sohn das Bild, das ich von ihm malte, nicht leugnete, sah er ihn mit gerunzelter Stirn an.

„Es ist ein hübsches Bild", fuhr ich fort. „Aber ein falsches. Die Welt ist noch nicht bereit für Magier. Nicht, wenn sie Methoden wie diese einsetzen, um zu bekommen, was sie wollen. Mr. Bunn und Amelia befreien die Magie nicht mit ihren Taten, sie gestalten das Leben für uns schwieriger. Sie geben den Talentfreien weitere Gründe, uns zu fürchten, und wenn die Welt Menschen fürchtet, hat das Folgen, manchmal gefährliche. Ist das die Zukunft, die Sie für Ihre Kinder wollen? Ich bin mir sicher, dass wollen Sie nicht."

Dieses sture Kinn senkte sich ganz leicht, doch nicht komplett. „Sie reagieren über, Mrs. Glass. Diese Bombendrohung ist nichts weiter als eine Drohung. Ich bin sicher, da wird nichts herauskommen."

„Sie haben den Musikpavillon im Hyde Park gesprengt!"

„Wie ich mich erinnere, war niemand dort. Die Polizei hat das Gebiet geräumt."

„Weil wir schon vorab wussten, wo die Bombe sich befand", stieß Brockwell durch zusammengebissene Zähne hervor. „Dieses Mal tun wir das nicht. Wenn Miss Moreton sie aus der Ferne zündet, ohne selbst dort zu sein, wie erfährt sie dann überhaupt, ob unschuldige Passanten in der Nähe sind?"

Mr. Carpenter stand der Mund offen.

„Sohn?", murmelte sein Vater. „Sohn, du hast diesen Leute nicht bei dir Unterschlupf gewährt. Sag ihnen, dass du mit dieser ganzen Sache nichts zu tun hast."

Der jüngere Mr. Carpenter senkte den Kopf. „Es tut mir leid, dass ich es dir nicht gesagt habe."

Sein Vater stolperte zurück. „Was hast du getan?"

„Ich habe es für meine Kinder getan! Sie sollten ein gutes Leben führen können – ein *freies* Leben. Glaubst du, ich will, dass sie wie du leben, der du dich in deiner armseligen kleinen Werkstatt versteckst und einfache Möbel für einfache Leute machst?"

Mr. Carpenter Senior starrte seinen Sohn an, als wäre er ein Fremder. „Mir gefällt meine Werkstatt. Ich nutze meine Magie nicht in den Stücken, die ich dort herstelle, nur in jenen, die ich für den Privatgebrauch mache, die nicht verkauft werden. Ich kann nicht riskieren, dass weitere Möbelhersteller in der Gilde Verdacht schöpfen."

„Ganz genau! Du kannst nicht riskieren, dass sie dich hinauswerfen."

„Davon sind einige meine Freunde. Ich will nicht, dass sie mich anders betrachten. Ich will nicht, dass sie mich dafür verabscheuen, ihr Geschäft zerstört zu haben. Das würde passieren, wenn ich meine Magie bei der Arbeit einsetze. Das weißt du." Er legte seinem Sohn die Hände auf die Schulter. „Das weißt du doch", wiederholte er weicher.

Mr. Carpenter Junior schüttelte traurig den Kopf. „Du solltest Kunstwerke erschaffen, Vater. Deine Arbeit sollte Salons von Palästen zieren. Aber stattdessen bist du nur zur Hälfte der Mann, der du sein solltest, weil du deine beste Arbeit für Kinder aufhebst. Du verschenkst Sie einfach!"

Mr. Carpenter Senior seufzte. „Darum geht es doch hier wirklich, oder nicht? Das Geld, dass ich verdienen könnte, wenn ich die Magie in der Werkstatt einsetzen würde."

Carpenter Junior schob die Hände seines Vaters von seinen Schultern. „Dieses Leben will ich nicht für meine Kinder."

„Nein, Sohn. Das Leben, das du für deine Kinder willst, ist ein Leben, in dem sie aufwachsen und ihre Magie nirgends einsetzen können werden. Das wird passieren, wenn man diese Bombenleger nicht rechtzeitig erwischt. Ihre Taten werden uns bloßstellen und die kleine Freiheit zerstören, die wir derzeit genießen. Mrs. Glass hat recht wegen der Angst, die daraus entstehen würde." Er nickte Brockwell zu. „Sag dem Inspektor, wie er die Flüchtigen kontaktieren kann, damit er sie rechtzeitig aufhalten kann."

Mr. Carpenter Junior hob den Blick zu Brockwell, schaute ihm aber nicht ganz in die Augen. „Ich fürchte, ich kann Ihnen nicht helfen. Ich gebe zu, dass ich ihnen hier Unterschlupf gewährt habe, und ich habe ihnen mit Verkleidungen geholfen, damit sie aus der Stadt flüchten können, aber ich weiß nicht, wie man sich jetzt mit ihnen in Verbindung setzen könnte. Ich wusste nicht mal, dass sie in Brighton sind, bis Sie es erwähnt haben."

Willie fluchte. „Gottverdammt seist du, du Huren…"

„Willie!" Ich packte sie am Arm, der sich senkte, um ihren Mantel wegzuschieben. Entweder wollte sie ihre Hand in die Hüfte stemmen oder nach ihrer Waffe greifen. Ich war nicht bereit, mich auf Ersteres zu verlassen.

Matt marschierte zurück zur Kutsche. Cyclops und Duke folgten ihm, aber Willie blieb bei Brockwell, während er Mr. Carpenter in Kenntnis setzte, dass seine Taten Folgen haben würden. Als der Inspektor ebenfalls zur Kutsche zurückkehrte, musste ich Willie von der Tür wegzwingen. Sie funkelte die beiden Carpenters mit so viel Heftigkeit an, wie sie aufbringen konnte, bevor sie wegstürmte. Ich rannte hinterher.

„Was jetzt?", fragte sie, während sie in die Kutsche stieg und sich neben mich setzte.

„Wir brechen in diesem Gefährt nach Brighton auf", sagte Brockwell, der die Pferde zweifelnd beäugte. „Halten sie über diese Entfernung hinweg durch?"

Matt, der immer noch auf dem Bürgersteig stand, stützte den Unterarm auf den Türrahmen. „Wir schaffen es nicht rechtzeitig. Wir würden nicht mal mehr heute ankommen."

„Wir sollten zu Scotland Yard zurückkehren", sagte ich. „Vielleicht gibt es eine Antwort von der Polizei in Brighton. Hoffentlich haben sie sie inzwischen gefunden, und wir müssen uns keine Sorgen mehr machen." Ich nahm an, mein Tonfall verriet die hoffnungslose Richtung, die meine Gedanken eingeschlagen hatten. Bunn und Amelia waren der Polizei bisher entwischt, jetzt würde man sie auch nicht finden.

„Matt", rief Cyclops vom Kutschsitz herab. „Woodall denkt, es gibt womöglich eine andere Art, wie man Brighton rechtzeitig erreichen könnte."

„Sie könnten den Zug nach Hastings nehmen", hörte ich den Kutscher sagen. „In Hastings umsteigen und entlang der Südküste nach Brighton fahren. Auf der ganzen Reise sind es andere Gleise wegen des Unfalls."

„Wie lange würde das dauern?", fragte Matt.

„Drei Stunden, schätze ich."

Ich schaute auf meine Uhr. „Wir haben dreieinhalb." Ich klappte den Uhrendeckel zu. „Steig ein, Matt! Brockwell, fahren Sie selbst zurück zu Scotland Yard. Falls die Konstabler in Brighton sie erwischt haben, schicken Sie ein Telegramm an das Fahrkarten-Bureau der Victoria Station, um uns in Kenntnis zu setzen. Woodall, beeilen Sie sich!"

Ich klopfte an die Decke der Kutsche, bevor Matt auch nur die Tür geschlossen hatte. Brockwell sprang aus dem Weg der Räder und landete allerdings in einer schlammigen Pfütze. Ihm war es egal, und er lief los, um sich eine Droschke zurück zu Scotland Yard zu suchen.

„Dieser niederträchtige Schurke", keifte Willie, während wir durch die Straßen sausten. „Wäre er gestern damit herausgerückt, hätte man sie davon abhalten können, die Stadt zu verlassen."

„Was getan ist, ist getan", sagte ich und spähte aus dem Fenster. „Ich bin sicher, er bedauert seine Taten inzwischen, da er weiß, wie gefährlich die Lage ist."

„Ich weiß nicht. Er wirkte nicht, als würde er etwas bedauern. Das ist das Problem, wenn man Kinder hat, India. Die Eltern tun dumme Dinge für sie. Bekommt bloß keine. Sie sorgen nur dafür, dass da oben ein paar Schrauben locker werden." Sie tippte sich auf die Stirn.

„Danke für deine Predigt", knurrte Matt. „Aber bitte verzeih uns, wenn wir von dir keine Ratschläge in Sachen Elternschaft annehmen."

Willie schniefte. „Ich versuche nur, zu helfen."

„Na, dann lass es."

Ich schaute Matt mit gerunzelter Stirn an und legte ihm eine Hand aufs Knie. Anspannung vibrierte durch ihn hindurch. Ich lächelte ihn schwach an, und er versuchte, es zu erwidern, schaffte es aber nicht. Er legte seine Hand auf meine und drückte sie. Es war nur ein kleiner Trost.

Es schien ewig zu dauern, zur Victoria Station zu gelangen, doch meine Uhr sagte mir, dass wir immer noch Zeit hatten, es nach Hastings zu schaffen, aber nur, wenn in den nächsten zehn Minuten ein Zug ging.

Leider war für weitere vierzig Minuten keiner geplant, wenn man nach dem Angestellten beim Fahrkartenverkauf ging. „Weshalb so spät?", fuhr Matt den älteren Mann an, der die Uniform der London, Brighton und South Coast Eisenbahngesellschaft trug.

„Es ist Sonntag, Sir", sagte der Mann mit angespannter Freundlichkeit. Es war sicher schwierig, nett zu bleiben, wenn man vor dem brütenden Matt stand. „Da gehen die Züge nicht so häufig."

„Wollen die Leute nicht den Strand besuchen?", fragte Willie.

„Nicht im Winter, Sir, und auch noch so kurz vor Weihnachten."

„Narren", murmelte sie. „Und ich bin kein Sir, ich bin eine Miss. Sie brauchen eine neue Brille."

Der Angestellte berührte den Rahmen seiner Brille. „Diese hier funktioniert ganz hervorragend. Es tut mir leid, dass ich das verwechselt habe, aber Sie tragen ja auch ein kurioses Beinkleid."

Willie zupfte am Stoff an ihren Oberschenkeln. „Das sind Lederhosen."

Ich stieß sie zur Seite und spähte durch das Fenster des Fahrkartenverkaufs. „Haben Sie in den letzten paar Minuten irgendwelche Telegramme für Mr. oder Mrs. Glass erhalten?"

„Nein, Madam. Den ganzen Vormittag sind keine Telegramme eingetroffen."

„Würde es Ihnen etwas ausmachen, nachzusehen, bitte?"

Er drehte sich um und sah zu der Maschine hinter sich. Sie blieb reglos. „Keine Telegramme, Ma'am."

Ich seufzte. „Was nun?", fragte ich Matt.

Er tippte mit dem Finger auf den Tresen des Fahrkartenverkaufs und musterte den Fahrplan. „Wir müssen um zwei Uhr in Brighton sein."

„Unmöglich", sagte der Angestellte. „Auf diesem Gleis gab es einen Unfall."

„Wissen wir", sagte Matt durch zusammengebissene Zähne.

„Deshalb versuchen wir ja, Fahrkarten nach Hastings zu kaufen, wo wir umsteigen und weiter nach Brighton fahren werden."

„Sir, es ist eine fast eineinhalbstündige Fahrt von Hastings nach Brighton. Bis zwei Uhr schaffen sie das nicht. Nicht, wenn der Zug nach Hastings erst in …" Er schaute auf die große Uhr, die an zwei Eisenzapfen von der Decke hing. „Siebenunddreißig Minuten geht."

Matts Fingerklopfen wurde schneller. „Und es gibt keine andere Möglichkeit, Brighton um zwei Uhr zu erreichen?"

Der Angestellte legte die Hände auf dem Tresen aneinander und lächelte angespannt. „Nein."

„Was ist mit dem Kanal oder Fluss?"

„Nein."

Matt schüttelte den Kopf und ging weg, um Duke und Cyclops zu erreichen. Ich sah ihnen mit einem unerträglichen, mutlosen Gefühl nach. Das war wirklich hoffnungslos.

Willie legte die Handflächen auf den Tresen des Fahrkartenverkaufs. „Können Sie sich irgendeine Möglichkeit vorstellen, um zwei Uhr nach Brighton zu kommen?", fragte sie den Angestellten. „Wir sind verzweifelt. Wir werden für die schnellsten Pferde bezahlen, den besten Kutscher."

Das Lächeln des Angestellten erschien wieder, angespannter denn je. „Wenn Sie keinen sehr großen Vogel satteln können, gibt es keine Möglichkeit, dass Sie es bis zwei Uhr nach Brighton schaffen. Jetzt, wenn es Ihnen nichts ausmacht, *Madam*, stehen da drüben Leute, die aussehen, als würden sie gern eine Fahrkarte kaufen wollen, die sich aber fürchten, sich diesem Stand zu nähern."

Willie fuhr herum. „Warum haben sie Angst? Ich bin noch nicht furchterregend. Komm schon, India, wir gehen lieber. India? Alles in Ordnung? Du wirkst merkwürdig."

Ich schüttelte den Kopf, konnte keine Worte bilden. Nur eines nahm meine Gedanken für sich ein, und es war Wahnsinn. Völliger Wahnsinn.

„Du hast gerade eine Idee, oder nicht?" Willie schnappte mich an der Hand und zog mich zu Matt, der unter der Uhr auf und ab ging.

Sie winkte Cyclops und Duke, damit sie sich uns anschlossen. „Matt, rede du mit India", sagte sie. „Finde raus, was für einen Plan sie hat. Mir sagt sie es nicht."

Ich schüttelte immer wieder den Kopf, sagte aber immer noch nichts.

Matt berührte mein Kinn, und sein Stirnrunzeln wurde deutlich. „India? Was ist los? Was denkst du denn?"

„Nein", sagte ich. „Nein, es ist nicht möglich. Es wird wahrscheinlich nicht gelingen. Es ist viel zu gefährlich."

„Was denn?", fragte Willie mit den Händen auf den Hüften. „Unmöglich, unwahrscheinlich oder gefährlich?"

„Es ist eine alberne Idee. Vergesst sie."

„Sag mir deine Idee", bat Matt in einer Stimme, die er nutzte, um ängstlichen oder schwierigen Frauen Informationen zu entlocken. Das gelang fast immer. „Wir haben keine andere Wahl. Wie es aktuell aussieht, kannst du Brighton bis zwei Uhr nicht erreichen. Also ist jede Möglichkeit besser als keine, selbst wenn sie lächerlich ist. Und magisch."

Ich konnte nicht glauben, dass ich es vorschlug, aber sie starrten mich alle ganz ernst an. Ich war ziemlich sicher, dass sie alle zustimmten, dass das keine machbare Möglichkeit war, sobald sie es hörten.

„Ihr wisst doch, dass Fabian und ich einen Zauber geschaffen haben, mit dem ein Teppich sich vom Boden erhebt und sich bewegt", sagte ich.

„Du meinst, er fliegt", sagte Duke.

„Ich schätze, das meine ich."

„Aber Charbonneaus Gewicht hat er doch nicht gehalten", sagte Matt.

„India könnte ihn nach Brighton schicken und einen Brief daran befestigen", schlug Cyclops vor.

„Kannst du seinen Flug von hier aus lenken?"

„Das glaube ich nicht", sagte ich. „Ich muss ihn sehen, um seine Flugbahn zu lenken. Nein, was ich vorschlage, ist sogar noch lächerlicher. Fabian ist kürzlich mit einer Idee zu mir gekommen, um den Teppich mit Eisen als Stützen zu verstärken. Wenn er seinen Zauber auf sie spricht, und ich meinen neuen auf den Teppich, wird er doppelt so viel Kontrolle und Stütze haben, und niemand wird versehentlich herunterfallen."

Matts Lippen teilten sich in einem leisen Keuchen.

Willie stieß einen Jubelruf aus und schlug sich auf den Oberschenkel. „Du willst, dass wir darauf fliegen!"

„Ich habe dir doch gesagt, dass das lächerlich ist", erwiderte ich.

„Für mich klingt es nach Spaß."

„Das liegt daran, dass du verrückt bist", erklärte ihr Duke. „Auf gar keinen Fall steige ich auf dieses Ding."

„Gut. Du bleibst hier und machst Weihnachtsschmuck mit Letty. Ich und India werden einen Flug auf dem fliegenden Teppich unternehmen." Sie marschierte weg, nur um über die Schulter zu schauen und uns zu winken, als ihr auffiel, dass wir zurückblieben. „Na, kommt schon! Es ist keine Zeit zum Trödeln."

Matt nahm meine Hand und drängte mich den Bahnsteig entlang. „Wie zuversichtlich bist du denn, dass das gelingt?"

Ich dachte daran, zu lügen, aber Matt würde mich sofort durchschauen. „Nicht sonderlich. Aber du hast recht. Wir haben keine andere Wahl."

KAPITEL 14

Fabian war begeisterter von meiner Idee als ein kleiner Junge, der an Weihnachten Geschenke öffnete. Er sprach auf Englisch, das von französischen Wörtern durchwirkt war, während er uns in seinen Salon drängte.

„*Aidez moi*", sagte er, nahm ein Ende seines Sofas.

Duke nahm das andere, während Matt und Cyclops die Tische vom Teppich schoben. Es war ein riesiger Orientteppich, der fast die ganze Bodenfläche einnahm. Darauf würden wir alle passen.

Ein Kloß war in meiner Kehle. Wenn das nicht gelang …

Sobald die Möbel weg waren, wies Fabian uns an, den Teppich aufzurollen. „Ich hole meine Stäbe."

„Du hast Eisenstäbe in deinem Haus herumliegen?", fragte Willie.

„*Bien sûr*", erwiderte er und marschierte weg. „Ich weiß ja nicht, ob sich ein Augenblick wie dieser auftut, also habe ich immer welche auf Vorrat."

Als er weg war, beäugte Matt den zusammengerollten Teppich. Er schüttelte den Kopf. „Es wird nicht gelingen."

„Es könnte gelingen", sagte ich. „Aber ich stimme zu, wir sollten es nicht riskieren. Es ist viel zu gefährlich. Wir müssen erst unter kontrollierten Bedingungen experimentieren, und die

Höhe und Entfernung jedes Fluges erweitern, bevor wir eine so riesige Aufgabe übernehmen."

„Nein, ich meine, wir müssen die Eisenstäbe irgendwie am Teppich anbringen. Einfach nur den Teppich oben auf die Stäbe auf dem Boden zu legen, könnte für alle möglichen Probleme sorgen. Was, wenn Charbonneau die Stäbe in eine Richtung fliegen lässt, aber du den Teppich in eine andere weist? Der Teppich wird herabgleiten."

Die Männer standen rund um den aufgerollten Teppich und kratzten sich am Kinn, während Willie nach dem Butler rief.

„Holen Sie Seil", sagte sie ihm. „Jede Menge Seil."

„Du willst den Teppich an die Stäbe binden?", fragte Duke.

„Wie einen Sattel an ein Pferd."

Fabian kehrte zurück, mit einem Eisenstab in jeder Hand. Ein Diener folgte ihm, der sich mit einer ganzen Armladung voll abmühen musste. Der Butler traf ein, Seile in der Hand, dann gingen die Bediensteten, ohne auch nur mit der Wimper zu zucken. Sie hielten uns bestimmt für verrückt.

Wir *waren* verrückt, wenn wir etwas versuchten, das wir nicht geübt hatten.

„Wir können das nicht hier machen", sagte Matt, während Willie die Seilrolle nahm. „Sobald der Teppich auf den Stäben ist, können wir nicht mehr durch das Fenster oder die Tür."

„Dann bringen wir ihn nach draußen auf die Straße", sagte sie.

„Zu sichtbar."

„Wohin sollen wir?", fragte Fabian.

„Wir brauchen irgendeinen versteckten, diskreten Ort", sagte ich.

Wertvolle Minuten vergingen, während wir über die Schwierigkeit nachsannen, draußen eine Fläche zu finden, die groß genug war, um den Teppich auszubreiten, und wo wir nicht im Blick der Öffentlichkeit waren. Ein flaches Dach wäre perfekt, aber ein flaches Dach in London zu finden, war so gut wie unmöglich, ganz zu schweigen von einem, auf das wir am Sonntag zugreifen konnten.

„Es ist Sonntag!", rief ich. „Die Läden sind geschlossen."

„Es wird trotzdem noch eine Menge Verkehr auf den Haupteinkaufsstraßen sein", sagte Matt.

„Aber nicht in den Gassen. Ich kenne eine breite Gasse ab von der Regent Street. Sie bietet Zugang für die Lieferanten zu den Läden entlang der Regent Street, also geht die Öffentlichkeit dort sowieso nicht hinein, und heute wird es auch keine Lieferungen geben."

„Es werden keine Angestellten herumlaufen", sagte Cyclops. Er nahm ein Ende des aufgerollten Teppichs hoch und wies Duke an, das andere zu nehmen. „Den legen wir auf das Dach der Kutsche."

„Das ist bestimmt diskret", sagte Willie mit einem Augenrollen.

„Hast du eine bessere Idee?", schoss Cyclops zurück.

Gemeinsam schafften wir es, den Teppich und die Eisenstäbe zur Kutsche zu bringen. Zum Glück waren wir in der großen Landauer unterwegs. Während Duke sich neben Woodall setzte und Cyclops auf dem Tritt hinten stand, hielten sie den Teppich zwischen sich fest. Er ragte an beiden Enden über das Dach heraus, und der vordere Teil schlingerte gegen die Hinterbeine eines der Pferde, sodass es scheute und die ganze Kutsche erbebte. Woodall beruhigte es und befahl Duke, den Teppich höher zu halten.

Matt, Fabian, Willie und ich setzten uns in die Kabine, mit Eisenstäben auf dem Schoß. Die Kutsche bewegte sich, und es war, als wäre es ein Signal für Willie und Fabian. Sie konnten nicht aufhören, über die „spannende" Aussicht zu plaudern, über die Stadt und weiter nach Brighton zu fliegen. Ich konnte nur daran denken, dass ich in meinen Tod stürzen würde.

Matt starrte einfach aus dem Fenster. Wir fuhren an einer Kirche vorbei, als er sich plötzlich im Sitz drehte, um aus dem hinteren Fenster zu starren. „Verdammt", murmelte er.

„Was ist denn?", fragte ich.

„Coyle und Hope wollten gerade in ihre Kutsche steigen und haben uns gesehen."

„Sie werden einfach glauben, dass wir einen neuen Teppich gekauft haben und ihn nach Hause fahren."

„An einem Sonntag? Wo sie doch wissen, dass du an einem neuen Zauber mit einem Wollmagier gearbeitet hast?"

„Ihr sagt ihnen, dass wir diesen Teppich Fabian abgekauft haben und ihn mit nach Hause nehmen", schlug Willie vor.

„Wir fahren in die entgegengesetzte Richtung", erklärte Matt.

„Dann bringen wir ihn einer wohltätigen Gesellschaft, weil er schon ganz abgelaufen ist." Sie klatschte die Hände aneinander und rieb sie, um sich zu wärmen. „Seid nicht so negativ, ihr beiden."

„Ich bin nicht negativ", sagte Matt.

„Doch. Und du hast schlechte Laune."

„Wir werden auf einem Teppich durch die Luft fliegen, Willie. Das wurde noch nie gemacht, und eine falsche Bewegung könnte uns in den Tod schicken."

Mir war schlecht.

„Es wurde in der Vergangenheit schon einmal gemacht", sagte Fabian. „Es gibt schriftliche Berichte von Flügen auf einem Teppich vor vielen Jahrhunderten."

Matt spannte das Kinn an. „Damit fühle ich mich ja so viel besser."

„Das ist es doch nicht", sagte Willie. „Du hattest schon schlechte Laune, bevor India den fliegenden Teppich vorgeschlagen hat."

„Es steht eine Menge auf dem Spiel", sagte ich zu ihr. „Matt spürt einfach den Druck und die Dringlichkeit und den großen Maßstab dieser ganzen Sache."

Wir bogen zu schnell um eine Ecke und mussten alle die Eisenstäbe festhalten, bevor sie von unserem Schoß rollten. Matt öffnete ein Fenster und sagte Woodall, er solle aufpassen.

Woodall rief etwas zurück, das ich nicht hören konnte, und Matt schloss das Fenster. Er drehte sich um, um wieder durch das Rückfenster zu schauen.

„Coyle folgt uns", sagte er. „Woodall versucht, ihn abzuschütteln."

Als er das gerade sagte, machte die Kutsche eine weitere scharfe Abbiegung, sodass wir alle nach rechts rutschen. Duke und Cyclops hatten bestimmt ein höllisches Vergnügen dabei, den Teppich auf dem Dach festzuhalten.

Nach einigen weiteren gefährlichen Fahrmanövern erklärte Matt, dass wir Coyle abgehängt hatten. „Er weiß, dass wir etwas Magisches vorhaben", sagte er und richtete sich wieder nach vorne aus.

„Es wird keine Rolle spielen, weil wir es ihm nicht sagen", erklärte ich.

Fabian nickte. „Er wird mich fragen, da bin ich mir sicher, aber ich werde diesem Schwein nichts enthüllen. Er kann mich nicht kaufen."

„Hat er das versucht?", fragte ich.

„Natürlich. Aber man kann mich nicht kaufen."

„Was ist mit etwas anderem als Geld?", fragte Willie.

Fabian lächelte. „Er kann mir nicht geben, was ich möchte, und selbst dann würde ich ihm den Zauber nicht überlassen. Indias Zauber kann sie verkaufen, nicht ich."

„Und ich werde sie nicht verkaufen", schloss ich.

Matt schenkte mir ein festes Nicken und ein halbherziges Lächeln.

„Also, Fabian", setzte Willie an, „was willst du?"

„Ach, das kann ich dir nicht sagen. Es ist mein Geheimnis." Er zwinkerte ihr zu, und sie wurde rot, was ihn zum Lachen brachte.

Als wir endlich in der Gasse anhielten, waren meine Finger ganz gefroren, weil ich die kalten Eisenstäbe festgehalten hatte, trotz meiner Lederhandschuhe. Als ich die Eisenstäbe auf dem Pflaster neben dem aufgerollten Teppich ablegte, nahm ich meine Handschuhe ab und blies mir auf die Hände.

Matt nahm sie in seine und rieb sie. Hinter ihm machten sich die anderen an die Arbeit, um die Eisenstäbe unten an den Teppich zu binden. Die Gasse war gerade breit genug, dass wir ihn flach auslegen konnten. Hinter mir saß Woodall auf dem Kutschsitz und wartete auf Anweisung. Da die Kutsche den einzigen Eingang der Gasse blockierte, konnte von der Regent Street aus niemand sehen, was wir taten, wenn man einfach nur vorbeiging.

Nach einem Augenblick ließ Matt meine Hände los. „Besser?"

Ich nickte.

„Du bist nervös", sagte er.

„Du nicht?"

Er entschied sich, nicht zu antworten, was, wie ich annahm, seine männliche Art war, um zuzugeben, dass er verängstigt war.

Ich zog meine Handschuhe an, während die anderen vom Teppich zurücktraten. „Er ist fertig", erklärte Fabian.

„Noch nicht ganz." Ich ging in die Hocke und sprach den Verlängerungszauber in jeden der Eisenstäbe, um Fabians Magie zu erweitern. Er war ein mächtiger Eisenmagier, und seine Magie hielt lange an, aber danach fühlte ich mich etwas besser.

Fabian hielt mir eine Hand hin. „Ihr fliegender Teppich wartet, *Madame*."

Er versuchte sich an einem englischen Oberklasseakzent, was mir ein Lächeln entlockte, trotz meiner Angst. Ich nahm seine Hand, trat auf den Teppich und setzte mich hin. „Es ist, als würde man ein Picknick machen, aber ohne das Essen."

„Und kälter", fügte Fabian an.

„Die Decke", sagte Matt und lief zur Kutsche.

Ich holte tief Luft und schaute auf in den bedeckten grauen Himmel. Wir würden die Wolken in nur ein paar wenigen Augenblicken berühren.

Oder in unseren Tod stürzen.

„Fabian, sag es mir ehrlich", verlangte ich. „Meinst du, das wird gelingen?"

„Ich schon, aber du fürchtest dich, *ma femme incroyable*. Ich verstehe das. Es ist etwas Angsteinflößendes, zu fliegen, wo wir doch keine Flügel haben." Er nahm meine Hände in seine. „Aber es wird gelingen. Ich habe den Flug von Eisenstäben schon sehr oft gesteuert, und deine Magie ist stark."

„Aber Wolle ist nicht meine Expertise." Ich zog meine Hände aus seinen zurück und erhob mich. „Das ist Wahnsinn. Wir können es nicht tun."

„India, fürchte dich nicht. Vertraue deiner Magie. Vertraue auf dich. Du bist erstaunlich, unglaublich!" Er nahm erneut meine Hände und schenkte mir ein warmes Lächeln. „Ich habe noch nie jemanden mit einer Magie getroffen, die so stark ist wie deine. Das *wird* gelingen."

„India?", sagte Matt. „Hast du es dir anders überlegt?"

Ich nahm die Decke an, die er mir anbot, und hielt sie mir an die Brust. „Ich werde es versuchen, trotz meiner Zweifel. Aber du kannst nicht mit."

Er sträubte sich. „Ich komme sehr wohl mit."

Er wollte auf den Teppich treten, aber ich legte ihm eine Hand auf die Brust. „Nein, Matt. Ich muss gehen, und Fabian muss auch, aber du nicht."

„Du bist meine Frau. Wo du hingehst, gehe ich hin." Er trat auf die Mitte des Teppichs und setzte sich im Schneidersitz hin. Er hielt mir eine Hand hin. „Geh vom Rand weg."

„Matt, hör mir zu! Ich will nicht, dass du das machst! Bitte, geh runter."

„Nein."

„Matt! Wir haben das noch nie gemacht! Es könnte eine völlige Katastrophe werden. Ich will nicht für deinen Tod verantwortlich sein."

„Falls das Experiment scheitert und ich sterbe, dann tust du das auch, und du wirst keine Schuld mehr verspüren."

Ich stieß einen verärgerten Atemzug aus. „Du bist ein Narr. Ein verrückter, närrischer Idiot, der kein Quäntchen Vernunft besitzt. Falls wir lebend aus alldem herauskommen, werde ich dich in eine Irrenanstalt einweisen lassen."

„Das ist ein Risiko, das ich einzugehen bereit bin." Er streckte seine Hand weiter vor. „Setz dich zu mir, India. Ich halte dich warm."

Da gab mir Willie einen leichten Schubs in den Rücken, dann setzte sie sich neben Matt auf den Teppich. „Setz dich, India. Wir haben keine Zeit für Ehestreitereien."

„Nicht auch noch du!", rief ich.

Sie grinste. „Ich verpasse das garantiert nicht. Was ist mit dir, Cyclops? Kommst du?"

„Mich trägt er nicht auch noch", sagte er. „Ich bin zu schwer."

„Er wird so viele tragen, wie darauf passen", erklärte ihm Fabian. „In den Eisenstäben ist bereits mein Zauber. Sie sind stark und erfordern jetzt nur noch den Flugzauber."

Cyclops ging rückwärts zur Kutsche. „Ich habe Catherine

versprochen, dass ich sie nach der Kirche heute besuchen würde."

Willie knurrte lachend. „Was ist mit dir, Duke?"

Duke ging ebenfalls rückwärts. „Ich weiß mein Leben und meine Gliedmaßen zu schätzen."

„Feigling."

„Sprichst du so mit dem Mann, der deine Beerdigung durchführen wird?"

Willie lachte und stieß dann ein Johlen aus. „Kommt schon, India, Fabian. Wirkt eure Magie, und heben wir dieses Ding in die Luft."

Ich schaute auf meine Uhr. Sie hatte recht. Uns lief die Zeit davon. Aber wir konnten doch nicht einfach abheben, ohne es erst zu testen.

„Sprechen wir unsere Zauber gleichzeitig", sagte Fabian. „Bereit?"

„Fast. Ich muss mich konzentrieren, oder wir fliegen ohne Kontrolle los."

„Ich kontrolliere das Eisen. Es liegt nicht nur in deinen Händen."

Ich war mir nicht sicher, ob ich mich damit besser oder schlechter fühlte. Ich legte die Hand über die Wölbung im Teppich, wo einer der Eisenstäbe unten angebracht worden war. Der Teppich war so dick, dass ich die Wärme von Fabians Magie nicht hindurch spüren konnte.

Ich holte tief Luft und konzentrierte meine Aufmerksamkeit auf den Teppich unter mir. Ich strich mit den Händen durch das flauschige Garn und stellte mir vor, wie er sanft vom Boden abhob und in die Luft schwebte. Ich ging den Zauber im Kopf noch einmal durch, ließ im Stillen jede Silbe erklingen. Das Ganze beruhigte mein schnell schlagendes Herz ein wenig.

„Bereit", sagte ich.

Matt rückte näher und legte mir einen Arm um die Taille und die Decke über den Schoß. Dann nahm er das nächstbeste Seil, das unser Teppichfloß zusammenhielt, und nickte Fabian zu.

Fabian zählte von drei herab, dann sprachen wir beide unsere jeweiligen Zauber.

Der Teppich hob vom Boden ab. Die Eisenstäbe schwebten

gemeinsam, sodass der Teppich eben blieb. Er hielt unser Gewicht mühelos.

Entweder Duke oder Cyclops keuchte laut, und ich verlor die Konzentration. Der Teppich hing zwischen den Eisenstäben durch, und das ganze Arrangement stürzte plötzlich.

„India!", rief Fabian.

Ich konzentrierte mich wieder auf die Worte im Zauber und schaffte es, die Konzentration weit genug zurückzuerlangen, um den Teppich sanft auf dem Boden aufzusetzen, ohne dass es zu einem Fall kam. „Ich kann das nicht", sagte ich. „Ich kann ihn nicht einmal über diese Gebäude hinauf heben, ganz zu schweigen von einem Flug den ganzen Weg nach Brighton."

„Du kannst das, India", drängte Willie. „Oder Amelia wird eine Bombe explodieren lassen."

„Fabian wird das allein machen müssen."

Fabian blinzelte mich mit großen Augen an. „Ich kann das nicht, India. Du weißt, dass ich das nicht kann. Das hat es bewiesen. Ich brauche dich. Du bist stärker als ich. Deine Magie könnte es allein schaffen, wenn man den Teppich nicht flach halten müsste. Meine kann das nicht."

Ich kniff die Augen zusammen.

Matts Arm spannte sich um meine Taille an, und er zog mich zurück an seinen Körper. „Wenn du es nicht noch einmal versuchst, wirst du dich immer fragen, ob du es hättest tun können", flüsterte er mir ins Ohr.

„Aber ..."

„Kein Aber." Er legte mir das Kinn auf die Schulter und nahm meine Wange mit einer Hand. „Wir alle wissen, dass du das kannst. Beweis es dir selbst."

Ich holte tief Luft und stieß sie dann langsam aus. „In Ordnung."

Fabian lächelte mich ausdruckslos an und zählte wieder herunter. Wir sprachen unsere Zauber gleichzeitig, und einmal mehr erhob sich der Teppich. Und erhob sich, und erhob sich.

Ich schaute nicht nach unten. Ich konzentrierte mich auf den Teppich und die Wände auf beiden Seiten der Gasse. Ich lauschte meinen Worten und konzentrierte mich darauf, einen Rhythmus zu finden. Bis wir im dritten Stock angekommen waren, hatte ich ihn. Der Zauber wurde ein Gesang, so rhythmisch wie der Trommelschlag einer Marschkapelle. Er floss durch mich hindurch, aus meinem Mund und wieder hinein durch meine Ohren, bevor ich ihn pausenlos wiederholte.

„Die Dachtraufen", kam Matts Stimme hinter mir, weder zu laut noch zu leise.

Ein rascher Blick zeigte mir, was er meinte. Die vorspringenden Dachtraufen ragten über die Mauern der Gasse hinaus, sodass sie enger wurde. Der Teppich würde nicht durchpassen.

Fabians Flüstern hielt inne, doch der Teppich fiel nicht. Wir schwebten perfekt mitten in der Luft, gleich unterhalb der Dachkante, und alles nur, weil ich es kontrollierte.

Ich hörte auch mit dem Gesang auf, konzentrierte mich aber weiter, stellte mir vor, wie der Teppich sich an den Traufen vorbei und höher bewegte. Der Teppich bewegte sich ein paar Meter weiter nach vorne, dann erhob er sich, wo der Spalt größer wurde. Er hatte sich einen eigenen Weg nach oben gesucht.

„Verflixt", murmelte Willie. „Sie sehen so klein aus. Sogar Cyclops."

Ich schaute nicht nach, konnte aber spüren, wie Matt sich auf eine Seite lehnte. Dann spürte ich, wie er sich anspannte.

„Ist alles in Ordnung?", fragte ich.

„Ssssch ...", flüsterte er. „Konzentriere dich einfach."

Ich lächelte. „Es ist in Ordnung, Matt. Hör auf, dich zu sorgen." Teilweise, um sicher zu sein, und teilweise, um ihn zufriedenzustellen, sang ich den Zauber weiter.

„Sind das nicht Coyle und Hope?", fragte Willie.

Ich hörte auf mit dem Singen, und der Teppich neigte sich rasch, bevor ich ihn abfing und anwies, weiter aufzusteigen. Es war zu spät, um etwas unternehmen, weil Coyle und Hope uns gesehen hatten. Man würde eine Unterhaltung führen müssen, wenn wir wieder sicher zu Hause waren.

Der Teppich hielt sich eng an den Dächern, gleich über den Kaminen. Hier oben war es verrauchter, da die Kamine in der ganzen Stadt angezündet waren, aber der Ausblick war spektakulär. Das Meer aus Dächern wurde von Kirchtürmen durchbrochen, mehr, als ich erwartet hatte. In der Ferne kauerte die

Kuppel von St. Paul's mitten im Bankenviertel der Stadt wie eine Mutter, die über ihre Brut wachte.

Wir schwebten eher, als dass wir flogen, trieben über den Fluss und stille Fabriken, über die offene Fläche der grünen Parks und die dicht gepackten Slums, die nur eine Spuckweite voneinander entfernt waren. Die Stadt wirkte von hier oben wie ein schlafender Riese, wenn die Kamine ihren rauchigen Atem ausstießen und die aderartigen Straßen sich in die Ferne erstreckten.

Aber noch erstaunlicher war die Stille. Es gab keine rufenden Händler, keine Glocken am Omnibus oder Zugpfeifen, keine ratternden Kutschräder und kein Klappern von Pferdehufen. Es gab nichts bis auf den Wind.

„India", sagte Fabian leise. „Wir müssen schneller fliegen, oder?"

Er hatte recht. Diese schwebende, treibende Geschwindigkeit war zu langsam. Wir würden niemals vor zwei Uhr nach Brighton kommen.

„Ja", sagte ich.

Auf seinem Gesicht lag ein Ausdruck starker Konzentration. Ich konnte spüren, wie sich die Eisenstäbe nach vorn bewegen wollten, die Geschwindigkeit erhöhen. Es war kein Gefühl, das ich mit dem Körper spüren konnte, sondern eher mit dem Verstand. Nein, nicht meinem Verstand – meinen Sinnen. Meinen *magischen* Sinnen.

Der Teppich reagierte allerdings nicht auf die Eisenstäbe. Nicht, bis ich meine Aufmerksamkeit darauf wandte und mir vorstellte, wie er schneller wurde. Erst dann nahm unsere Geschwindigkeit zu. Mir gegenüber nahm Fabian seinen Hut ab, bevor er weggeweht wurde, und nickte mir zustimmend zu.

Matts Arm spannte sich um meine Taille an.

Wir sausten durch die Luft und ließen London bald hinter uns. Alle nahmen wir unsere Hüte ab, und meine Haare lösten sich durch den Wind aus ihrer Hochsteckfrisur. Matt faltete die Decke auf und schlang mich hinein, aber mir war nicht kalt. Die Magie hielt mich warm.

Als ich Willie beben sah, reichte ich sie ihr.

Sie dankte mir und warf sie sich um die Schultern.

Der Wind peitschte sie herum, zupfte an den Enden. Sie grinste, dann ging sie auf die Knie und streckte die Arme aus. „Yeeehaw! Wir fliegen!"

Ich lehnte mich an Matt zurück. „Falls sie aufsteht, nimmst du ihr linkes Bein, und ich ihr rechtes."

Sein anderer Arm legte sich auch um mich, und sanft drückte er mich. „Hör auf zu reden. Konzentriere dich einfach."

Ich lächelte. Der arme Mann genoss diese Erfahrung nicht so sehr wie seine Cousine. Oder so sehr wie ich, wie ich merkte. Ich *hatte* Spaß. Es war nicht unbedingt die Tatsache, dass ich einen Teppich zum Fliegen gebracht hatte, die mir ein solches Gefühl der Befriedigung verschaffte. Es war der Einsatz meiner Magie. Jeder Zauber, den ich auf einer tiefgreifend konzentrierten Ebene benutzte, hätte mich erfüllt, es war nur zufällig eben gerade diesmal der Zauber, der die Wolle bewegte.

„Folgt den Eisenbahngleisen nach Brighton", sagte Matt laut genug, dass sowohl Fabian als auch ich es hörten.

Ich schaute nach unten und sah die Eisenbahngleise links von uns. Ich lenkte dort hinüber. Fabian hatte es genauso gemacht, denn ich spürte keinen Widerstand von dem Eisen unter uns.

Wir kamen an grünen Weiden und kleinen Dörfern vorbei, über vom Winter entlaubten Bäumen und dunklen Flüssen, die sich durch das Land schlängelten. Ich sah den Wirrwarr aus Waggons des entgleisten Zuges und erübrigte einen Gedanken an die Opfer.

Wir waren nicht hoch genug für die Wolken, aber hoch genug, dass die Leute auf dem Boden nicht merken würden, dass über ihnen ein Teppich flog, und den Anblick wohl für einen großen Vogel oder eine Lichterscheinung gehalten hätten. Es war schwer, zu wissen, wie weit wir gereist waren und wie weit wir es noch hatten. Ich schaute nicht auf meine Uhr, aber ich spürte, dass über eine Stunde vergangen war, als das Meer in der Ferne sichtbar wurde. Und dort, an der Küste, ballten sich viele Gebäude zusammen. Brighton.

Der Teppich sackte plötzlich in einem Bereich ein. Willie fluchte, als sie in die Ausbuchtung rutschte, und musste sich eines der Seile schnappen, um sich herauszuziehen.

Einer der Eisenstäbe war abgefallen. Nein, nicht gefallen,

aber er schien nicht mehr zu fliegen. Er war nur noch ein Passagier, von den Seilen an Ort und Stelle gehalten. Sein Gewicht zog den Teppich nach unten, anstatt ihn zu stützen.

Ich warf einen Blick auf Fabian. Schweiß perlte über seine Stirn, und die Muskeln in seinem Kinn waren angespannt.

„Charbonneau", brüllte Matt. „Was ist los?"

Fabian schüttelte den Kopf. Er schien nichts mehr tun zu können.

„Er konzentriert sich", erklärte ich Matt.

„Er muss sich fester konzentrieren. Das Ding sinkt."

Eine weitere Ausbuchtung erschien im Teppich, als der zweite Eisenstab seine Magie verlor. Das Gewicht zerrte an meiner Magie, und ich hatte Mühe, den Teppich am Fliegen zu halten, ganz zu schweigen flach.

„Schnappt euch die Seile!", schrie Matt über den Wind hinweg.

Wir klammerten uns alle an die Seile, während der Teppich auf einer Seite schief zu hängen begann. Alle außer Fabian. Von seiner Schläfe lief der Schweiß. Seine Lippen bewegten sich, während er den Zauber sprach, jede Wiederholung lauter als die letzte. Er flüsterte ihn nicht mehr. Er kniff die Augen zusammen.

Doch seine Bemühungen reichten nicht. Ein weiterer Stab stellte plötzlich seinen Dienst ein, und der Teppich neigte sich heftig. Ich fiel zurück auf Matt. Durch seine Stärke und seinen Halt um die Seile rutschen wir nicht herab.

Zum Glück hatte sich Willie an Matts Warnung gehalten. Sie lag mit dem Gesicht nach unten da, ihre Beine baumelten über den Rand des Teppichs, aber zumindest hielt sie sich noch an den Seilen fest.

Fabian allerdings fiel hinab.

<h1 style="text-align:center">KAPITEL 15</h1>

att ließ eines der Seile los und hechtete vor, sodass er Fabian am Unterarm zu fassen bekam.

Ich kreischte. Fabian brüllte etwas auf Französisch. Matt rief ihm zu, er solle sich festhalten, und Willie brüllte Matt an, sich am Seil festzuhalten. Sein Griff war das Einzige, was verhinderte, dass sowohl er als auch Fabian auf die Weiden unter uns in den Tod stürzten.

Lieber Gott, nein. Die Eisenstäbe fielen einer nach dem anderen aus. Fabian war in keinem Zustand, sich auf seine Magie zu konzentrieren, und ich konnte den Teppich ohne sie nicht fliegen lassen. Wir waren zu schwer.

Der Teppich senkte sich plötzlich, als die Magie in den letzten Stäben nachließ.

Willie, die sich wieder nach oben gezogen hatte, hatte das Seil nicht fest genug im Griff. Ihr leichtes Gewicht sorgte dafür, dass sie sich vom Teppich in die Luft erhob, nur mit den Fingerspitzen noch am Seil hing.

„India!", rief sie. „Lande dieses Ding!"

„Kann ich nicht", rief ich. „Nicht ohne Fabian."

Ich konnte nicht mehr als seinen Arm und die Hand sehen, die sich an Matt klammerte. Aber seine Hand rutschte ab.

Matt biss die Zähne zusammen und versuchte, Fabian heraufzuziehen, doch er war zu schwer, und da Matts Arme so weit ausgestreckt waren, wie sie reichen konnten, konnte er sein Gewicht nicht hineinlegen. Er nutzte all seine Kraft, nur um Fabian festzuhalten.

Aber Fabian rutschte weiter.

Willie legte sich wieder auf den Teppich und versuchte Matt zu helfen, aber sie war zu weit weg, und ich konnte mich auch nicht weit genug strecken, um Fabian zu erreichen.

Der Teppich stürzte weiter Richtung Boden.

Ich wiederholte den Zauber immer wieder und konzentrierte mich fest auf die Wollfasern. Der Teppich reagierte, indem er unseren Sinkflug verlangsamte, aber das Gewicht der Stäbe und von uns war zu viel, und bald nahm er wieder Geschwindigkeit auf. Wenn wir weiterhin so stürzten, würden wir hart auf dem Boden aufschlagen.

Zu hart, um zu überleben.

„Matt", sagte Willie düster und verzweifelt. „Lass ihn los."

Matt kniff die Augen zusammen und knurrte vor Schmerz und Frust. Er war an seine Grenzen gelangt.

Und der Boden kam näher.

„Matt!", rief Willie. „Wir müssen Gewicht verlieren."

Matt öffnete die Augen, und was ich darin sah, ließ es mir eiskalt werden. Die Entscheidung, die er treffen musste, quälte ihn. Er wollte nicht für Fabians Tod verantwortlich sein, aber wenn er nicht losließ, starben wir vielleicht alle.

Wenn er Fabian losließ, würde er sich das für immer zum Vorwurf machen, ganz gleich, wie oft er hörte, dass es nicht seine Schuld war. Er würde sich ewig sagen, dass er ihn länger hätte festhalten können, dass er die notwendige zusätzliche Kraft hätte finden können.

Ich konnte ihn nicht so leiden lassen. Nicht, wenn dieser Flug meine Idee gewesen war. Fabians Tod würde mir zuzuschreiben sein. Und ich wusste, mit dieser Schuld konnte ich nicht leben.

Ich hatte uns auf diesen Weg gebracht. Ich musste ihn beenden.

Ich sang den Spruch weiter und konzentrierte mich auf den Teppich, aber das verlangsamte unseren Sturz nicht. Der Teppich war nicht das Problem, es waren die Eisenstäbe. Genau die Elemente, die uns gestattet hatten, diese Reise zu unternehmen, waren jetzt unser Untergang. Die Magie darin arbeitete nicht mehr, und Fabian war zu erschöpft und zu verängstigt, um einen Effekt darauf zu haben.

Ich kannte seinen Zauber. Ich hatte ihn während unserer Experimentiersitzungen viele Male gehört. Wenn meine Magie mit Wolle gelang, einem Werkstoff, der nicht meine Expertise war, dann konnte sie auch mit Eisen gelingen.

Aber ich hatte noch niemals zwei Zauber gleichzeitig versucht.

Ich wusste, dass ich aufhören konnte, den Teppichzauber zu wiederholen, und die Magie weiter arbeiten würde, solange ich die Konzentration nicht aufgab. Das hatte ich bereits gemacht, und die Magie hatte gehalten.

Es gab keine Zeit, um zu experimentieren. Keine Zeit, um zögerlich zu sein. Uns blieben jetzt nur noch Sekunden.

Ich hörte auf, den Wollzauber zu wiederholen, und sprach den Eisenzauber. Die Stäbe reagierten nicht. Ich konzentrierte meine Vorstellungskraft auf die Stäbe und wiederholte den Zauber. Unser Fall wurde langsamer.

Aber es war nicht genug. Wir fielen immer noch zu schnell. Die blattlosen Äste der Bäume kamen neben uns in Sicht. Es blieb nur noch Zeit, den Zauber einmal mehr zu sprechen.

Ich brüllte ihn in den Wind und stellte mir die Eisenstäbe und den Teppich vor, die uns vorwärts zogen anstatt nach oben, in der Hoffnung, dass das weniger Magie erfordern würde.

Der Teppich schlitterte wenige Zentimeter über dem langen Gras nach vorne. Als Fabians Füße auf dem Boden aufkamen, schob er sich hoch und sprang auf den Teppich. Er fiel nach vorne aufs Gesicht, umklammerte immer noch Matts Arm. Matt ließ los und rollte sich auf den Rücken. Er schloss die Augen und holte tief und schnell Luft.

Ich konzentrierte mich darauf, den Teppich zu verlangsamen, sodass wir in einem ruhigeren Tempo über der Weide dahinschwebten. Einem sicheren Tempo.

Ich stieß einen Atemzug aus und legte Matt eine Hand auf die Brust, unter dem Mantel. Sein Herz schlug rasch, aber stetig. Es bestand kein Bedarf, seine magische Uhr zu nutzen.

„India!", rief Willie. „Baum!"

Ich schaute auf und hatte nur noch Zeit, mir vorzustellen, wie der Teppich auswich, um dem riesigen Baumstamm zu entgehen. Aber anstatt eines eleganten Gleitens darum herum neigte sich der Teppich. Wir fielen alle herunter und landeten auf dem Boden.

Das Gras dämpfte meine Landung, doch Willes Fuß traf mich am Kopf, und kurz wurde mein Blickfeld verschwommen. Als es sich klärte, sah ich Willie, die aufrecht da saß, und Fabian, der sich mit einem Stöhnen herumrollte.

Matt war bereits auf den Beinen und näherte sich mir. Niemand schien zu verletzt zu sein, Gott sei es gedankt.

Matt kniete sich neben mich, sein Gesicht finster und blass. Er schob mir die Haare zurück und berührte mich an der Schläfe. „Du blutest." Er nahm sein Taschentuch aus der Tasche und tupfte auf die kleine Verletzung.

Ich warf die Arme um ihn und schrie erleichtert auf. Seine Arme legten sich um mich und hielten mich fest. Er vergrub das Gesicht an meinem Hals und holte schaudernd Luft.

„Juchuuu!", rief Willie. „Das war unfassbar! Ich kann nicht erwarten, es wieder zu machen."

Ich löste mich von Matt, um sie anzufunkeln. „Erwarte nicht, dass ich nach Hause fliege. Ich mache das niemals wieder. Wäre es der Menschheit bestimmt, zu fliegen, hätten wir Flügel."

Fabian nahm sich zusammen und staubte seine Hose ab, doch er konnte die Schlammflecken auf seinem Oberschenkel nicht entfernen. Er gab auf und näherte sich uns stattdessen. Er wirkte ernst.

„Vielen Dank, Glass. Sie haben mir das Leben gerettet." Er schüttelte Matt die Hand, Matt erwiderte das mit einem Nicken, aber das war auch schon alles.

„Der Teppich ist im Schlamm gelandet", sagte Willie von dort, wo sie über dem zerknitterten Gebilde stand. „Kommt und helft mir, die Stäbe wegzubringen und ihn aufzurollen."

„Lass es", sagte Matt. „Wir müssen nach Brighton."

Wir marschierten so rasch über die Weide, wie es ging und das feuchte Gras es gestattete, während wir den Kühen und ihren Hinterlassenschaften auswichen. Auf dem Hauptweg nach Brighton war viel los, aber für uns hielt keine Kutsche an. Ich konnte es ihnen kaum verdenken. Grasflecken und Schmutz bedeckten unsere Kleidung, wir hatten alle keinen Hut, und wenn meine Haare auch nur irgendwie aussahen wie die von Willie, könnte sie ein Vogel für sein Nest halten.

Eine weitere Kutsche fuhr schnell an uns vorbei, achtete nicht auf Matts Bitten, anzuhalten. „Da saß nur eine Person drin", murrte er. „Die hatte Platz für uns alle."

Ich schaute auf meine Uhr. „Achtundzwanzig Minuten bis zwei."

Eine weitere Kutsche näherte sich. „Überlasst das mir", sagte Willie, die Matt auf die Schulter klopfte. Sie trat mitten in die Straße.

„Willie!", rief ich. „Du wirst noch überfahren!"

Sie hob die Hände, als wolle sie die Kutsche abwehren.

„Das wird nicht helfen. Tritt zurück!"

„Willie!", fuhr Matt sie an. „Runter von der Straße."

Sie stellte sich breitbeinig hin. „Sie wird anhalten."

Die Kutsche raste auf sie zu. Der Kutscher rief etwas, aber ich konnte ihn nicht verstehen, weil die Räder so laut ratterten. Willie rief zurück. „Nehmen Sie uns mit nach Brighton!"

Der Kutscher zog fest an den Zügeln, und die vier Pferde reagierten. Dennoch brauchten sie ein paar Meter, bevor sie völlig angehalten hatten, direkt vor Willie. Sie streichelte einem davon die Nase. Es schnaubte in ihre Finger.

„Was in drei Teufels Namen machen Sie da?", rief der Kutscher.

„Die Unannehmlichkeiten tun uns sehr leid", sagte ich so freundlich wie möglich. „Aber es ist von höchster Dringlichkeit, dass wir in den nächsten fünfundzwanzig Minuten den Bahnhof von Brighton erreichten."

„Dringlichkeit?"

„Es geht um Leben und Tod."

Der Kutscher knurrte. „Das tut es doch immer." Er klopfte auf den Platz neben sich. „Ich habe nur Platz für einen."

„Wir müssen alle mit", sagte Matt.

„Ich kann Sie nicht alle unterbringen. Die Kutsche ist voll."

„Ich kann Sie bezahlen."

„Spielt keine Rolle. Ich kann kein Geld für einen Platz anneh-men, den ich nicht habe. Also los, wer wird es?"

Ich raffte meine Röcke.

„Nein, India", sagte Matt. „Wir warten auf die nächste."

„Und wenn es darin auch keinen Platz gibt? Ich muss das tun, Matt. Ich muss es sein."

Er schlug mit der flachen Hand an die Seite der Kutsche.

Ich stieg die Leiter hinauf zum Kutschsitz und setzte mich neben den Kutscher. „Es kommt in Ordnung. Ich muss doch nur rechtzeitig auftauchen."

„Und dann was? Das tun, was sie wollen? Das halte ich nicht für klug."

„Ist das nicht das, was wir ohnehin tun wollten, falls die Polizei sie nicht erwischt?"

Er presste die Lippen aufeinander.

„Matt?"

Die Kutsche rollte los und zwang Matt, einen Schritt zurück-zuweichen.

Ich drehte mich, um ihn anzusehen. Er stand da, flankiert von Willie und Fabian, den Kopf gesenkt. Ich wandte mich wieder nach vorne und starrte voraus auf die Stadt Brighton.

Matts Plan für das Treffen um zwei Uhr nachmittags war wohl ein anderer gewesen als meiner. Hatte er es mir im letzten Moment erzählen wollen, damit ich mich nicht gegen ihn zur Wehr setzte? Was hatte er denn vorgehabt? Mich daran zu hindern, zum Bahnhof zu gehen und Mr. Bunn und Amelia zu fangen, statt ihren Forderungen nachzugeben? Aber wie? Falls sie uns aus der Ferne beobachteten, würden wir sie niemals finden.

Verhandeln. Darin war Matt gut. Es war auch der einzige Pfad, der uns noch offenstand, wenn die Polizei die beiden vor zwei Uhr nicht fand.

„Weshalb wollen Sie an den Bahnhof?", fragte der Kutscher. „Die Strecke nach London ist geschlossen, weil ein Zug entgleist ist."

„Ich treffe mich mit einigen Leuten, und ich muss so bald wie möglich dorthin."

„Das ist auf dem Weg zu meinem Ziel. Wir werden in fünfzehn Minuten da sein."

Das verschaffte mir fast zehn Minuten, bevor die Zeit ablief. Es war nicht viel, aber es reichte. Nachdem ich mit dem Kutscher gesprochen hatte, der in Brighton geboren und aufgewachsen war, wurde mir klar, dass es keinen Ort gab, wo Bunn und Amelia sich verstecken, über die Bahnsteige des Bahnhofs hinwegschauen und gleichzeitig der Polizei aus dem Weg gehen konnten. Sämtliche Polizisten von Brighton sollten inzwischen aufgrund Brockwells Telegramm nach ihnen suchen. Bunn und Amelia konnten mich nur sehen, wenn sie selbst auf dem Bahnsteig standen. Jemand anderem Anweisung zu geben, dort zu sein und mein Erscheinen zu melden, würde nicht funktionieren, denn alle möglichen Frauen konnten dort stehen, und ich war nicht auffällig genug, dass ein Bericht aus zweiter Hand ganz zweifelsfrei sein könnte. Laut des Kutschers bediente Gleis vier London und sollte daher leer stehen, aber ich glaubte trotzdem nicht, dass sie sich auf jemand anderen verlassen würden, um mich zu identifizieren.

Das bedeutete, dass sie selbst dort auftauchen mussten. Sie waren wohl verkleidet. So waren sie der Entdeckung in London entgangen und hatten es geschafft, nach Brighton zu entkommen, und so planten sie wohl auch, auf dem Bahnsteig zu sein, um mich persönlich zu sehen, ohne von der Polizei gesehen zu werden.

Fünfzehn Minuten später dankte ich dem Kutscher und trat hinab auf den Bürgersteig. Der große Bahnhof war nicht so trubelig, wie er sein sollte. Zwei Konstabler gingen vorbei. Sie musterten mich und taten mich sofort ab. Ich sah nicht aus wie die Beschreibung, die sie von Amelia erhalten hatten. Ich zog in Betracht, ihnen zu erzählen, wer ich war, entschied mich aber dagegen. Es änderte nichts, und ich merkte, dass wir töricht gewesen waren, uns zu sehr auf die Polizei zu verlassen, die nicht ausgebildet war, um mit magischen Verbrechern umzugehen. Amelia könnte die Bombe trotzdem hochgehen lassen, selbst wenn sie sie fingen. Sie würden sie knebeln müssen, und ich bezweifelte, dass sie nur auf meinen Vorschlag hin bereit wären, so drastische Maßnahmen zu ergreifen.

Der Bahnhofsvorsteher stand auf dem Vorplatz am Eingang und pfiff vor sich hin, während er auf den Fersen zurück wippte. Er sah mich näherkommen und tippte sich an den Schild seiner Kappe. „Es tut mir leid, Ma'am, aber es gab eine Zugentgleisung auf dem Weg nach London", sagte er. „Nur die Züge entlang der Küste fahren heute."

„Ich bin eigentlich nur hier, um meine Freunde auf Bahnsteig vier zu treffen."

„Die bedient die Hauptstrecke nach London. Er ist leer."

„Darf ich hineingehen und auf sie warten?"

Er runzelte die Stirn. „Wollen Sie nicht hier warten?"

„Ich muss auf dem Bahnsteig sein. Es ist eine Überraschung, sehen Sie. Wir spielen ein Spiel, bei dem wir Hinweise geben und einander suchen. Sie folgen der Spur aus Hinweisen von einem Ort zum nächsten, bis sie am letzten Ort ankommen, wo ich warte. Heute ist unser Zielort hier. Ich muss auf dem Bahnsteig sein, oder es gilt nicht als Sieg."

„Klingt amüsant", sagte er mit einem Lächeln. „Also gut, gehen Sie durch."

„Vielen Dank. Oh, und noch etwas. Sagen Sie meinem Freund nicht, dass ich bereits hier bin. Es ist wichtig, dass sie glauben, sie haben den Hinweis falsch verstanden, und nicht erwarten, dass sie gleich gewinnen. Es gehört alles zum Spiel, verstehen Sie. Versprechen Sie, dass Sie es nicht verraten."

Er salutierte. „Ich verspreche es."

„Nicht einmal ein Zwinkern oder Lächeln oder irgendeine Art Hinweis. Ich habe Geld darauf gesetzt, daher will ich nicht, dass sie wissen, dass ich hier bin. Verstanden?"

Er schaute mich von oben bis unten an und rümpfte die Nase. „Sie spielen?"

„Nur mit sehr guten Freunden", erklärte ich ihm mit einem, wie ich hoffte, charmanten Lächeln.

Seine Nase entspannte sich wieder, was ich so verstand, dass ich seinen Prüderietest bestanden hatte – wenn auch nur knapp. Ich entlockte ihm noch ein weiteres Versprechen, dass er niemandem sagen würde, dass ich da war, selbst wenn sie ihn direkt fragten, und ging durch das Tor.

Gleis 4 war verlassen. Ich eilte entlang, musterte die Umgebung. Alles war ruhig, leer. Es gab nicht einmal Wachen. Auf einem anderen Gleis kam ein Zug an, der wohl an der Küste entlang fuhr.

Ich schaute mich noch einmal um, bevor ich mich in den Warteraum duckte. Ich nahm meine Uhr aus meinem Pompadour und schaute nach der Zeit. Drei Minuten. Ich schloss den Deckel, packte sie aber nicht weg. Vielleicht brauchte ich eine Waffe.

Ich wünschte, ich hätte um Willies Waffe gebeten.

Ich setzte mich auf einen der Banksitze und schaute wieder auf meine Taschenuhr, und noch einmal. Schließlich, genau um zwei Uhr nachmittags, trat ich aus dem Wartebereich. Ein älteres Paar kam durch das Tor vorne und sah mich in dem Augenblick, als ich sie erblickte.

Sie näherten sich mit langsamem Schritt, den Rücken gekrümmt. Ihnen folgte kein Polizist, doch der Bahnhofsvorsteher steckte den Kopf um das Tor und tippte sich an die Kappe. Das Paar bemerkte es nicht.

Ich wartete und packte meine Taschenuhr fester.

„Schöne Verkleidungen", sagte ich, als sie in Hörweite waren.

„Sie haben es geschafft", sagte Mr. Bunn mit mehr als nur ein wenig Erleichterung. „Gott sei es gedankt. Wir dachten, wegen der Entgleisung ... " Sein Blick verlegte sich auf Amelia an seiner Seite.

„Dachten Sie, ich hätte nicht rechtzeitig kommen können?", fragte ich.

„Sie sind erfinderisch", sagte Amelia und hob eine Schulter. „Und eine mächtige Magierin. Ich wusste, Sie würden eine Möglichkeit finden, hierher zu kommen."

Neben ihr zog Mr. Bunn sein Taschentuch heraus und tupfte sich die Stirn. Es war ein kalter Tag, aber die dicke graue Perücke und der falsche Bart und noch dazu die Extraschichten aus Kleidung, damit er massig aussah, ließen es ihm bestimmt heiß werden. Das, und die Nervosität, die damit einherging, mit jemandem wie Amelia Moreton unter einer Decke zu stecken, einer gefährlichen Verrückten, die ihre selbst gebastelten Bomben aus der Ferne hochgehen lassen konnte.

Er war das schwache Glied der Kette, das ich ausnutzen musste.

Aber ich wollte nicht, dass einer von ihnen erfuhr, dass ich das wusste. Ich konzentrierte mich auf Amelia.

„Bitte zwingen Sie mich nicht, das zu tun. Denken Sie an die Folgen."

„Sind Sie allein?", fragte sie.

„Ja."

„Wie sind Sie hergekommen?"

„Unter großen Schwierigkeiten."

Sie wartete.

„Wir sind nicht hier, um über den Transport zu sprechen", sagte ich. „Sie sind hier, um mich dazu zu bringen, etwas zuzustimmen, das ich nicht tun möchte, und ich bin hier, um Ihnen das auszureden, also machen wir einfach damit weiter, oder?"

„Sie werden mich nicht davon abbringen, die Bomben explodieren zu lassen, außer Sie stimmen zu, Ihre Magie mit der von Mr. Bunn zu verbinden." Sie hielt meinen Blick mit der Zuversicht eines Pokerspielers fest, der ein starkes Blatt hatte. Ich konnte mit meinem schwächeren nur gewinnen, wenn ich bluffte.

„Ihren Vater hat man festgenommen, weil er illegal Bomben hergestellt hat", erzählte ich ihr.

Ihre Augenbrauen gingen hoch, aber der Schock zeigte sich nur auf Mr. Bunns Gesicht, nicht in ihrem. „Illegale Bomben!" Er starrte sie an. „Wusstest du davon?"

„Natürlich", sagte sie.

Er starrte sie heftiger an. „Für wen hat er die Bomben gebaut?"

„Ich weiß es nicht."

„Wo glauben Sie, gehen die illegalen Bomben hin?", fragte ich ihn. „Nicht an die britischen Streitkräfte, das ist ja mal sicher."

„Lieber Gott, das ist schrecklich."

„Es ist ein Geschäft", sagte Amelia. „Genauso wie das ein Geschäft ist. Dein Geschäft, um es genau auszudrücken. Ich mache das für dich, vergiss das nicht."

Er rieb sich über die Stirn.

„Die Polizei hat die Bomben entdeckt, während sie in der Fabrik Ihres Vaters nach Ihnen beiden gesucht hat", sagte ich ihr. „Sie sind verantwortlich für seine Festnahme."

Ihre Lippen zuckten, aber es war kein Lächeln zu sehen. „Er hat sein Bett gemacht."

„Ihre Mutter ist verstört. Sie braucht Sie jetzt, doch Sie helfen ihr nicht durch diese schwierige Zeit. Stattdessen weiß sie, was Sie getan haben, und was Sie zu tun drohen. Sie machen es ihr noch schwerer. Sie kommt nicht gut zurecht."

„Mein Bruder ist dort. Er ist in einer Krise äußerst zuverlässig. Talentfrei, aber zuverlässig. Sie werden das durchstehen, und alles, was noch kommt."

„Was glauben Sie denn, dass kommt?"

„Der Aufstieg der Magier. Wenn Ihre Magie mit der der anderen vermischt wird, werden die Magier überlegene Produkte herstellen, die ewig halten. Es wird nicht lange dauern, bis unsere Geschäfte aufblühen, unser Vermögen zunimmt, und wir unser Geld nutzen können, um Gilden und Regierungen zu beeinflussen. Sie werden gezwungen sein, uns bei der Gesetzgebung zu begünstigen und uns die Freiheit von Verfolgung zu garantieren. Über unseren Köpfen hängt dann nicht länger die Angst vor der Inhaftierung – oder Schlimmerem. So funktioniert die Welt, Mrs. Glass. Geld bedeutet Macht und Einfluss. Und um Geld zu bekommen, brauchen wir Sie."

„Das ist ein ehrgeiziger Plan."

„Es wird ein paar Jahre dauern, aber wir haben Zeit."

„Nein, nein", sagte Mr. Bunn zu mir. „Es ist nur mein Leder, auf dem Sie Ihre Magie anwenden. Vielleicht werden Sie es sich eines Tages anders überlegen und Ihre Magie mit anderen kombinieren, aber Amelia und ich waren uns einig, dass es mit meinem Leder ein Ende hat. Waren wir das nicht, Amelia?"

Sie antwortete nicht. Mr. Bunn war naiv, wenn er dachte, sie würde bei seiner Forderung aufhören. Oder vielleicht war er verzweifelt auf der Suche nach Hoffnung.

„Damit kommen Sie nicht davon", sagte ich. „Sie können nicht ewig weglaufen. Früher oder später wird die Polizei Sie fassen."

„Mit meiner magischen Kraft muss ich nicht weglaufen",

entgegnete sie. „Ich werde einfach drohen, eine Bombe zu zünden, wenn die Behörden mir zu nahe kommen, es vielleicht sogar durchziehen, wenn sie mich nicht ernst nehmen. Bald werden sie lernen, dass wir es ernst meinen, und sich fernhalten."

Sie erinnerte mich an Willie. Arrogant und stur, eine unabhängige Frau in einer Männerwelt, und man konnte nicht vernünftig mit ihr reden. Ich war inzwischen ziemlich gut darin, mit Willie zurechtzukommen, aber ich war mir überhaupt nicht sicher, ob ich mit Amelia zurechtkam. Willie hatte ein gutes Herz unter all dem Mut. Amelia war eiskalt, durch und durch.

„Sie erwarten, dass die Magier Ihre Sache unterstützen, wenn Sie solche Methoden einsetzen?", fragte ich. „Ich tue das ganz bestimmt nicht."

„Sie müssen meine Methoden nicht unterstützen, nur die Belohnungen einstreichen. Ich habe diese Idee von den Feniern bekommen, vor ein paar Jahren, und daran habe ich seitdem immer gedacht. Nicht alle Iren waren mit ihrer Taktik glücklich, aber von den Folgen profitierten alle. Was sie taten – was ich tue – ist selbstloses Handeln."

„Selbstlos! Es ist das Gegenteil. Sie werden von Gier und Macht getrieben."

„Ich werde von *Freiheit* getrieben. Die Freiheit, uns auszudrücken und zu sein, wer wir sind, ganz offen. Sie verstehen das natürlich nicht, Mrs. Glass. Sie haben bereits Geld und Privilegien. Sie brauchen Ihre Magie nicht, um im Geschäft zu überleben, wie die meisten von uns."

Es hatte keinen Sinn, mich mit ihr zu streiten. Leute wie sie glaubten, was sie glauben wollten, und sahen nur, was sie sehen wollten. Diese Ansichten hatten sich im Lauf der Jahre verfestigt, seit sie gefasst worden waren, und ihre große Last schob die Vernunft so weit nach unten, dass sie sich nicht mehr erheben konnte, keine Luft mehr bekam. Wenn sie ihre Intelligenz und Überzeugung genutzt hätte, um eine weniger gefährliche Möglichkeit zu finden, hätte sie vielleicht die Veränderungen herbeigeführt, die sie wollte.

Aber diese gewalttätige Methode würde nur für noch größere Spaltungen sorgen, die noch länger brauchten, um zu heilen.

Harmonie zwischen Magiern und Talentfreien war ein zerbrechliches Gleichgewicht. Nur ein kleiner Stoß konnte es in jede Richtung zum Kippen bringen. Ein Schubs, wie Amelias Bombenattentate, würde diese Harmonie völlig zerschmettern.

„Machen Sie es?", fragte mich Mr. Bunn. „Werden Sie Ihren Zauber einsetzen, um meine Magie zu verlängern?"

„Wollen Sie das?", fragte ich.

„Natürlich."

„Und wenn ich es nicht mache?"

Sein Blick huschte zu seiner Begleiterin.

„Ich sprenge die erste Bombe", sagte Amelia. „Und wenn Sie dann immer noch nicht zustimmen, sprenge ich eine zweite und eine dritte."

„Dann lassen Sie mir keine Wahl."

Amelias Augen leuchteten.

Mr. Bunn wirkte erleichtert. „Vielen Dank, Mrs. Glass. Sie werden es nicht bereuen. Ich werde dafür sorgen, dass ich das meiste aus dieser Gelegenheit mache."

„Und nachdem ich Mr. Bunns Ledermagie verlängert habe?", fragte ich Amelia. „Was dann?"

„Das ist alles." Mr. Bunn schluckte.

Ich ließ meinen Blick nicht von Amelia weichen. Sie lächelte nur mit einem aalglatten Lächeln zurück, das es mir bis auf die Knochen eiskalt werden ließ. Sie würde es nicht bei Mr. Bunns Leder belassen, aber das war ihm noch immer nicht ganz klar geworden.

„Kommen Sie mit uns, ohne für Aufruhr zu sorgen", sagte sie. „Wenn Sie irgendjemanden darauf aufmerksam machen, dass Sie gefangen gehalten werden, werde ich denjenigen verletzen." Sie zog ihre Hand aus der Manteltasche, um ein kleines Messer zu enthüllen. „Nicht Sie", fügte sie an. „Sie sind viel zu wertvoll, um verletzt zu werden. Aber ich vermute, sie wollen nicht, dass die Verletzung oder der Tod eines anderen auf Ihrem Gewissen lastet. Tatsächlich habe ich darauf die ganze Zeit gesetzt."

Ich nickte schnell, gab den Gedanken auf, mich mit einem Bluff zum Sieg vorzuarbeiten. Ich war niemals sonderlich gut im

Poker gewesen. Aus dem Augenwinkel sah ich Mr. Bunns ängstlichen Blick. Von dem Messer hatte er nichts gewusst.

„Wo ist Ihr Ehemann?", fragte er, während ich zwischen ihnen entlang des Bahnsteigs ging. „Er versteckt sich doch hoffentlich nicht irgendwo, bereit, uns zu überfallen. Amelia wird dieses Messer einsetzen, wissen Sie."

„Ich weiß", sagte ich. „Er ist zurückgeblieben."

„Er hat Sie ganz allein nach Brighton gehen lassen?"

„Ich bin gegangen, ohne es ihm zu sagen. Ich wusste, dass er nicht zustimmen würde, dass ich das mache, also musste ich mich wegschleichen."

Ich musterte verstohlen das Umfeld und hoffte, er, Willie und Fabian wären noch nicht eingetroffen. Es war ein Glücksfall, dass sie nicht mit mir hatten kommen können. Ein Hinterhalt für Amelia und Bunn wäre genau das, was sie getan hätten. Sie konnten allerdings nicht mehr weit sein. Es war nur eine Frage der Zeit, bis sie eine weitere Kutsche aufhielten, die nach Brighton unterwegs war.

Der Bahnhofsvorsteher berührte den Schild an seiner Kappe, als wir im Vorhof an ihm vorbeikamen. „Genießen Sie den Rest Ihres Tages", sagte er fröhlich.

Ich antwortete mit einem Nicken. Amelia und Mr. Bunn hielten das Gesicht abgewandt. Sie trugen graue Perücken und ausgestopfte Kleider, aber ihre Haut war nicht von den Zeichen der Zeit verunziert, ein sicherer Hinweis, dass sie verkleidet waren.

Statt den Bahnhof zu verlassen, lotsten sie mich zu den Bahnsteigen eins und zwei.

„Wohin bringen Sie mich?", fragte ich.

„Zurück nach London", sagte Mr. Bunn. „Auf dem langen Weg, wegen des …"

Amelia zischte ihn an, und er presste die Lippen aufeinander.

„Bringen Sie mich in Ihre Werkstatt?", fragte ich. Da die Polizei ihn beobachtete, würden sie nicht unentdeckt hineinkommen, selbst in Verkleidungen nicht.

Ich überlegte mir, ob ich ihnen das erzählen sollte, als Mr. Bunn sagte: „Ich habe eine weitere Einrichtung, wo ich

zwischenzeitlich etwas Leder aufbewahre, das ich für Sie beisei-
tegelegt habe.“

„Hör auf, zu reden!“, knurrte Amelia ihn an.

„Warum? Wem soll sie es denn erzählen?“ Mr. Bunn schaute
sich um. „Niemand folgt uns. Sie ist allein gekommen.“

„Wenn du das glaubst, bist du ein Narr.“

„Ich bin allein nach Brighton gekommen“, sagte ich. „Das ist
keine Lüge.“

Dieser Teil des Bahnhofs war voller Leute, die unbedingt
zurück nach London wollten, aber keine Direktverbindung auf
der Hauptstrecke nehmen konnten. Sie mussten auch über
Hastings fahren. Es wäre leichter für die Flüchtigen, in der
Menge zu verschwinden, aber mir würde es auch leichter fallen,
ihnen zu entwischen.

Ich wollte allerdings nicht flüchten. Ich war entschlossen, zu
tun, was Mr. Bunn von mir wollte, um zu verhindern, dass
Amelia ihre Drohung wahr machte. Das, was danach passieren
würde, bereitete mir Sorgen.

„Sie wird es nicht bei Ihrem Leder belassen“, sagte ich zu Mr.
Bunn. „Sie hat das schon zugegeben.“

Amelia zischte mich an, dass ich still sein sollte.

„Was werden Sie mit mir machen, nachdem ich die Magie auf
seinem Leder angewendet habe?“, drängte ich.

„Ich will Sie gehen lassen“, sagte er ein wenig schwach.
Schließlich dämmerte es ihm, dass er von seiner Komplizin
hereingelegt worden war. Ihre Ziele deckten sich nicht mit
seinen.

„Amelia?“, drängte ich.

Sie packte mich am Arm und schob mich nach vorne.

„Werden sie mich als Gefangene halten? Werden sie mich
dazu zwingen, meinen Verlängerungszauber in die Magie jedes
Magiers von London zu sprechen? Werden sie mit London
aufhören?“

„Das ist genug Gerede“, fuhr sie mich an.

Mr. Bunn wandte sich an mich. „Amelia und ich haben das
besprochen und waren einer Meinung ...“

„Ich habe niemals zugestimmt.“

„Doch, hast du!“

„Ich habe gesagt, was ich gesagt habe, damit du das Maul hältst." Sie biss die Zähne zusammen und schubste mich. „Bewegung jetzt. Der Zug fährt bald ab."

Ich schaffte es, mich loszureißen und fuhr zu ihm herum. „Sie werden mich gefangen halten", sagte ich ausdruckslos.

Mr. Bunn schüttelte den Kopf. „Natürlich nicht. Wir werden Sie freilassen, sobald Sie mit meinem Leder fertig sind."

„Sind Sie sicher, dass sie mich freilassen wird?", fragte ich, ohne meinen Blick von ihr zu wenden.

Amelias Lippen wurden blutleer, und ihre Nasenflügel bebten. „Bewegung jetzt, oder ich *werde* diese Bombe hochgehen lassen."

Die Lokomotive des wartenden Zuges zischte, und eine Dampfwolke stieg darum herum auf. Die Pfeife schrillte.

„Los", sagte Amelia.

„Aber Amelia", wimmerte Mr. Bunn. „Wir können sie nicht ewig festhalten. Das wäre Entführung!"

„Das hier *ist* eine Entführung."

„Aber sie auf unbestimmte Zeit festzuhalten, ist sehr viel ernster. Sobald sie ihre Magie auf meinem Leder eingesetzt hat, werden wir sie freilassen, und nichts wird passieren", sagte er überzeugt. „Es wird so werden, wie die Dinge waren, niemandem ist etwas zugestoßen, und wir haben bewiesen, was wir beweisen wollten. Aber wenn du sie gefangen hältst, wird ihr Mann mich in meiner Werkstatt belästigen. Die Polizei wird mich festnehmen, weil ich mich mit dir verbündet habe. Für dich ist alles gut. Du kannst dich weiter verstecken. Du hast kein Geschäft zu führen. Ich kann das nicht ewig machen. Es sollte doch nur vorübergehend sein."

Ihre Augen blitzten. Sie fuhr ihn mit gefletschten Zähnen an. „Rein in diesen Zug mit ihr jetzt, oder ich lasse diese Bombe hochgehen. Verstehst du das?"

Mr. Bunn wurde weiß. Endlich hatte er sich eingestanden, dass Amelia niemals vorgehabt hatte, es auf seinem Leder beruhen zu lassen. Sie hatte ihn hereingelegt, ihn ausgenutzt. Wenn sie mit ihrem Plan fortfuhr, mich gefangen zu halten, wäre sein Leben mehr oder weniger vorbei. Seine Pläne für seine Zukunft und sein Geschäft würden in sich zusammenfallen.

Schlimmer noch, er würde festgenommen werden und lange Zeit ins Gefängnis gehen.

„Ich sagte, rein in diesen Zug." Sie spuckte jedes Wort durch zusammengebissene Zähne aus.

Sie war ja vielleicht klein, doch sie war angriffslustig. Mr. Bunn kauerte sich unter ihrem kalten, starren Blick fast schon zusammen. Er nickte rasch und zog drei Fahrkarten aus seiner Manteltasche, von denen er mir eine hinhielt.

Da der Zug gleich abfahren würde, strömten die Passagiere zu den Türen, während die Zuschauer sich versammelten, um sie zu verabschieden. Die Menge in der Nähe teilte sich plötzlich und entließ zwei Gestalten. Sie waren über uns, bevor ich Luft holen konnte.

„Keine Bewegung", knurrte Matt, während er Mr. Bunn am Arm fasste.

„Und Sie, kein Wort", sagte Willie zu Amelia. Sie öffnete ihren Mantel leicht, um ihre Waffe zu zeigen. „Legen Sie mit diesem Zauber los, und ich schieße auf Sie."

„Wir geben auf", sagte Mr. Bunn rasch.

Amelia lächelte nur dieses aalglatte Lächeln. „Werden Sie mich tatsächlich hier am helllichten Tag erschießen?"

Willies Lächeln passte sich dem von Amelia an. „Fangen Sie mit diesem Zauber an, und Sie finden es raus."

Amelia wich nicht zurück. „Ich glaube nicht, dass Sie das tun. Sie wollen mich nicht umbringen."

„Da sollten Sie aber echt sichergehen, bevor Sie noch etwas sagen."

Amelias Lächeln wurde breiter, während sie einen Schritt vorging, um die Lücke zwischen ihnen zu schließen. Sie und Willie sahen einander so ähnlich, mit ihrer kleinen Gestalt, ihren hochaufgerichteten Rücken und dem vorgereckten Kinn. Es war, als würde man zusehen, wie zwei Wildkatzen einander umtänzelten, bevor sie einen Revierkampf vom Zaun brachen.

Amelia machte einen weiteren Schritt vor, bis sie fast an Willies Zehenspitzen stieß. Da fiel mir die Klinge wieder ein.

„Sie hat ein Messer!", rief ich.

Willie tänzelte aus dem Weg, als Amelia gerade zuschlug. Der Stahl blitzte und traf Willie an der Hand. Sie ließ die Waffe fallen, und Amelia trat sie auf die Gleise in der Nähe der Lokomotive. Willie nahm ihren Handschuh ab, zuckte dabei zusammen. Ihre Hand blutete wegen eines Schnitts über die Handknöchel.

Amelias Lächeln wurde siegreich.

„Willie, komm zurück", warnte Matt.

Er kannte Willie nicht gut, wenn er dachte, sie würde sich kampflos ergeben. Sie war jetzt zwar unbewaffnet, aber in ihrem Kopf konnte sie Amelia besiegen.

Diesen Glauben in die Realität umzusetzen, war allerdings etwas ganz anderes.

Amelias Finger passten ihren Griff um das Messer an. „Sie sollten leise mit mir kommen." Es dauerte einen Augenblick, bis ich merkte, dass sie mit mir sprach.

Bevor ich etwas erwidern konnte, kamen seltsame Worte über ihre Lippen. Der Detonationszauber!

„Nein!", rief ich. „Aufhören! Ich tue, was Sie wollen! Ich komme mit Ihnen."

Amelia hörte nicht auf zu sprechen. Genauso wenig hörte sie auf, sich zu Willie zu bewegen. Sie drängte sie an eine Wand und hob die Klinge. Dann schlug sie zu.

Ich handelte aus tiefem, überwältigenden Instinkt, und schleuderte die Taschenuhr auf Amelia. Sie traf sie fest an der Hand. Ihre Worte stockten, und sie ließ das Messer fallen. Es klapperte auf dem Bahnsteig, und ein Passant trat in seiner Eile, den Zug zu erreichen, dagegen.

Amelia und Willie starrten einander an, drängten weder weiter vor, noch zogen sie sich zurück. Willies Hände waren an ihren Seiten zu Fäusten geballt, und Amelia holte gemessen Luft. Leute rannten an ihnen vorbei, und der Dampf der Lokomotive rollte auf sie zu, aber es war, als wären sie in einer Blase, wo nichts sie erreichen konnte. Sie waren in einer eigenen Welt.

Die Zugpfeife schrillte.

Die Blase zerbarst.

Amelia wich zurück und begann wieder ihren Zauber. Willie fluchte und setzte ihr nach, doch Amelia drehte sich um, sprach dabei noch immer und floh.

Sie lief mit voller Wucht in Mr. Bunns ausgestreckte Hand hinein, die das weggetretene Messer hielt.

Matt fing die stürzende Amelia auf und nahm Mr. Bunn das Messer aus der Hand. Er wehrte sich nicht. Er schaute einfach auf die Gestalt seiner Mitverschwörerin hinab und begann zu weinen.

„Sie hätte es getan", flüsterte er durch seine Tränen. „Sie wollte Menschen mit ihren Bomben töten."

Ich dachte, er würde mit niemand Konkretem sprechen, aber dann sah ich die uniformierten Polizisten, die ihn einkreisten, und den Mann im langen Mantel, der sie anwies. Er stellte sich als der Inspektor vom Ort vor, doch seinen Namen vergaß ich sofort wieder. Ich stellte fest, dass mein Verstand zu wirr war, um sich auf irgendetwas zu konzentrieren.

„Deine Taschenuhr, India", sagte Fabian leise. Ich schaute auf in seine Augen, während er mir meine Uhr an der Kette hinhielt. In seinem Gesicht stand Sorge, aber auch etwas Tieferes. Stolz oder Verwunderung vielleicht. „Du hast ihren Flug perfekt gesteuert."

„Ich hatte eine Menge Übung."

Er berührte mich am Ellbogen. „Es ist vorbei. Du warst sehr mutig."

Ich stieß einen langen, angehaltenen Atemzug aus und schaute auf Amelia. Sie war tot. Ich empfand nichts für sie. Keine Gefühle des Bedauerns oder der Verantwortlichkeit dafür, wie die Ereignisse sich abgespielt hatten. Sie hatte den ultimativen Preis bezahlt, doch sie hatte die Konsequenzen ihrer Taten gekannt. Ihr Tod war von dem Augenblick an unvermeidbar gewesen, in dem wir erfahren hatten, dass sie Bomben mit einem Zauber hochgehen lassen konnte, und bereit war, diese Magie zu nutzen, um zu bekommen, was sie wollte. Sie war zu gefährlich, um frei zu sein. Selbst ihre Mutter hatte es tief im Innersten gewusst.

„Wo ist die Bombe?" Matts geknurrte Frage holte mich aus meiner Verwirrung. Er stellte sie an Bunn, der sich nicht bewegt hatte. Amelia lag immer noch zusammengekrümmt zu seinen Füßen, wo Matt sie abgelegt hatte.

„Bomben", sagte ich. „Es gibt mehr als nur eine."

Der Inspektor schnippte mit den Fingern vor Bunns Gesicht. Mr. Bunn blinzelte plötzlich, als wäre er aus dem Schlaf erwacht. Er ratterte drei Orte herunter, alle in Brighton. Der Inspektor schnippte mit den Fingern, und ein Mann mit Brille in der Nähe, der mir gar nicht aufgefallen war, und der einen Art Arztkoffer dabei hatte, trat vor. Mr. Bunn wiederholte die Adressen, und der Mann nickte einmal und ging dann, begleitet von zwei Konstablern und einem Sergeanten. Er war wohl der Bombenexperte.

Matt schloss sich mir an und drückte mir einen warmen Kuss auf die Schläfe. „Alles in Ordnung?", murmelte er.

„Mir geht's gut."

„Du hast noch diese Verletzung von vorhin." Er deutete auf meine Stirn. „Da sollte man sich drum kümmern, bevor wir nach Hause aufbrechen."

Ich nickte, dankbar darum, dass er die Verantwortung übernahm. Ich fühlte mich betäubt, als wäre ich nicht wirklich da, sondern würde nur alles aus der Ferne beobachten. Fahrgäste kamen und gingen, ohne zu nahe zu kommen, da wir von einem Kreis aus Polizisten umringt waren. Fabian war an eine Seite aus dem Weg gegangen, und Mr. Bunn wurde vom Inspektor befragt. Ich war mir vage bewusst, dass Willie auf die Gleise spähte, wo vor ein paar Minuten noch der Zug gestanden hatte.

Ich war mir allerdings sehr bewusst, dass Matt da war, und dankbar, als ich mich an ihn lehnte. Mein Fels. Mein Anker.

Er legte die Arme um mich. „Wir bleiben über Nacht in einem Hotel und fahren morgen nach Hause."

„Sorgt dafür, dass ein Telegramm an den Yard geht, und teilt Brockwell mit, er soll Nachricht an Cyclops und Duke schicken. Einer von ihnen muss im Haus bei Tante Letitia bleiben. Sie ist am Abend nicht gerne allein, und wenn sie sie hat, bedeutet das, dass sie sich um uns keine Sorgen machen muss."

„Das mache ich."

„Wenn wir am Vormittag Zeit haben, würde ich gerne ein Geschenk kaufen. Ich werde keine weitere Gelegenheit bekommen, so kurz vor Weihnachten noch ohne sie einkaufen zu gehen. Sie wird darauf beharren, mit mir zu kommen, um ihre eigenen Geschenke zu kaufen."

„Wir werden am Vormittag einkaufen gehen und den Mittagszug nach Hastings nehmen, falls die Direktverbindung bis dahin noch nicht freigeräumt ist. Wir werden am Spätnachmittag zu Hause ankommen."

Meine Taubheit ließ allmählich nach, während er redete.

Damit ging das Bewusstsein einher, wie kalt es war. Ich rieb mir über die Arme und bebte.

Matt nahm seinen Mantel ab und legte ihn mir um die Schultern. Er rief Willies Namen. Sie lief zurück, aber erst, als ich einen Bahnhofsaufseher sah, der sich dort hinkauerte, wo ich sie als letztes gesehen hatte, wurde mir klar, dass sie auf den Gleisen stand. Der Aufseher half ihr wieder zurück auf den Bahnsteig und fuhr dann damit fort, sie zu tadeln und aggressiv auf die Schilder zu zeigen, die Passagiere anwiesen, nicht auf die Gleise zu gehen.

Sie brach mitten in seiner Predigt auf. „Ich bin bereit zu gehen", sagte sie und klopfte auf ihren Mantel über der Wölbung an ihrem Taillenbund.

Zwei Konstabler kamen mit Mr. Bunn zwischen sich vorbei.

„Mrs. Glass", setzte er an, und sie blieben stehen. Er fuhr allerdings nicht fort. Er wirkte irgendwie erstarrt; taub, wie ich es gewesen war. Ich nahm an, er war auch von den Ereignissen überwältigt. Vielleicht sogar noch mehr als ich.

„Leben Sie wohl, Mr. Bunn", sagte ich.

Er blinzelte verschlafen, in seinen blauen Augen standen Tränen. Er wirkte jung und unschuldig. Der entschlossene, ehrgeizige Geschäftsmann, den ich anfangs kennengelernt hatte, war nirgends zu sehen. „Ich weiß nicht, wie das passiert ist. Ich habe nie gewollt, dass es so endet. Irgendwie ist es außer Kontrolle geraten." Er schaute auf Amelias Leiche hinab. „Seit ich sie getroffen habe, hat sich mein Leben irgendwie nicht mehr angefühlt, als wäre es meines. Ich war nur ein Spielstein in ihrem Spiel. Ich war ersetzbar."

„Sie war kein guter Mensch", sagte ich.

Sein Kinn zitterte. „Ich wünschte, das hätte ich eher gemerkt."

Die Konstabler führten die elende Gestalt ab.

„Was wird mit ihm passieren?", fragte ich den Inspektor.

„Er wird ins Gefängnis kommen, aber für seine Verbrechen wird man nicht gehängt." Er deutete auf Amelias Leiche, die gerade auf eine Bahre gelegt wurde. „Er kann behaupten, dass er sie zur Selbstverteidigung getötet hat, und dass sie ihn dazu manipuliert hat, einverstanden damit zu sein, Sie zu entführen."

Er zuckte mit den Schultern. „Normalerweise würde ich Sie jetzt um Aussagen bitten, doch Kriminalinspektor Brockwell hat mir gesagt, er wird mit Ihnen allen reden, sobald Sie zurückkehren. Es ist nicht das übliche Vorgehen, aber Scotland Yard setzt sich immer durch." Die letzten Worte wurden durch zusammengebissene Zähne gemurmelt.

Wir folgten ihm aus dem Bahnhof und erwischten eine Droschke zum Grand Hotel, wo wir unsere Flitterwochen verbracht hatten. Ich fühlte mich immer noch ein wenig schockiert von den Ereignissen des Tages, aber bis wir uns zum Abendessen im Speisesaal des Hotels hinsetzen, war ich schon wieder etwas mehr ich selbst.

Der gute Wein und das Essen halfen. Ich war am Verhungern. Mein Magen erinnerte mich mit einem lauten, zustimmenden Knurren daran, dass ich seit dem Frühstück nicht gegessen hatte, als der Suppengang aufgetragen wurde. Und so sehr ich auch mit Matt allein sein wollte, war es schön, Willies lebhaftes Geplauder da zu haben, damit ich nicht zu melancholisch wurde.

„Ich glaube, ich werde einen Spaziergang hinunter zum Hafen unternehmen, während ihr beiden morgen Vormittag einkauft", sagte sie. „Was ist mit dir, Fabian? Willst du mit mir mitkommen?"

„Danke für das Angebot, aber ich werde ablehnen", erwiderte er. „Ich muss auch Geschenke kaufen."

„Reist du über Weihnachten nach Frankreich zurück?", fragte ich.

„Ich bleibe hier, damit wir mit unseren Experimenten fortfahren können."

Ich biss mir auf die Innenseite der Wange. Ich sollte ihm wirklich erzählen, dass ich nicht vorhatte, noch weitere Zauber zu erschaffen. Aber noch nicht. Diese Diskussion würde auf einen passenden Zeitpunkt warten müssen. Ich wich seinem Blick allerdings den Rest des Suppenganges lang aus.

Die Unterhaltung kehrte unausweichlich zu dem zurück, was vorhin vorgefallen war. Willie war erleichtert, ihre Schusswaffe zurückzuhaben, während Fabian weiterhin meine Genauigkeit lobte, mit der ich den Flug meiner Uhr gesteuert hatte.

„Hast du dir in Gedanken vorgestellt, wie sie sie an der Hand trifft?", fragte er. „Oder ist sie von ganz allein dorthin geflogen?"

„Nicht von ganz allein", sagte ich. „Das tut sie nur, wenn mein Leben in Gefahr ist. Ich musste sie steuern, um Willie zu retten."

Willie deutete mit dem Messer auf mich. „Du weißt schon, dass ich ihrem Messer in letzter Sekunde ausgewichen wäre, oder?"

„Genau", sagte Matt trocken.

„Wäre ich! Ich hätte mich doch von dieser Frau nicht überrumpeln lassen. Wenn Bunn sie nicht getötet hätte, hätte ich es getan."

„Wie? Du hattest doch zu diesem Zeitpunkt keine Waffe."

„Ich hätte mir was einfallen lassen."

„Ich habe eine Frage an Sie, Glass", sagte Fabian. „Wie hat sich Bunn auf dem Bahnsteig von Ihnen befreit? Sie haben ihn doch gefangen, oder?"

Matt nahm sich weitere Kartoffeln vom Servierteller. „Er hat es einfach irgendwie geschafft."

„Haben Sie ihn absichtlich losgelassen, weil Sie wussten, dass er Amelia angreifen würde?"

Matt nahm Messer und Gabel wieder auf. „Ich kann doch nicht wissen, was in jemandes Gedanken vorgeht."

„Aber Sie haben es vermutet."

Matt erwiderte nichts.

Fabian öffnete den Mund, um weiter zu sprechen, doch Willie ging dazwischen. „Es ist doch egal, wie es passiert ist, es ist nur wichtig, dass es so gekommen ist. Und ein Glück war es auch. So ist alles für alle am besten gekommen – Bunn wird belastet, und da er eh schon ins Gefängnis geht, spielt es keine Rolle, dass ihm noch ein weiteres Vergehen vorgeworfen wird. Jasper wird erleichtert sein, dass er nicht mit seinen Vorgesetzten reden und versuchen muss, uns vom Haken zu kriegen, weil wir ihren Tod herbeigeführt haben."

„Er wird ihnen sagen müssen, dass Amelia eine Magierin war", sagte Matt. „Die Polizei weiß bereits, dass sie Bomben zünden konnte, ohne ein Zeitschaltgerät zu haben."

„Er könnte ihnen einfach nur sagen, dass sie eine Art neues

Gerät gebaut hat", sagte Willie. „Dann muss er keine Magie erwähnen."

Dieser Gedanke gefiel Matt, und er hob sein Glas zum Salut.

Willie nahm ihr Weinglas auch und sprach einen Toast. „Auf einen ereignisreichen Tag voller Überraschungen und die ersten fliegenden Menschen."

Wir alle schauten sie mit gerunzelter Stirn an. „Du vergisst die Ballonfahrer", sagte ich.

„Ballonfahrt ist doch kein Fliegen. Das ist Schweben. India, du hast diesen Teppich *echt* schnell fliegen lassen." Sie grinste. „Eines ist sicher – beim Fliegen fühlt man sich lebendig."

„Bis man in den Tod stürzt."

„Wenn die Talentfreien eine Möglichkeit finden, richtige Flugmaschinen zu bauen, dann bin ich die erste, die sich eine Fahrkarte kauft."

„Und ich werde weiterhin Gefährte nutzen, die über Land oder Wasser fahren. Mir ist es gleich, ob das länger dauert, zumindest weiß ich dann, dass es wahrscheinlich ist, mein Ziel in einem Stück zu erreichen."

„Du bist so langweilig, India."

„Und du bist verrückt, Willie."

Sie grinste wieder. „Da hörst du von mir keine Widerworte."

* * *

WIR KAMEN am nächsten Nachmittag mit Päckchen von unserem Ausflug zum Geschenkekauf zurück in die Park Street. Tante Letitia freute sich nicht, dass sie außen vor gelassen worden war, und mir fiel es sehr schwer, sie davon zu überzeugen, dass wir wegen der Ermittlungen nach Brighton gefahren waren und einfach im Nachhinein noch ein paar Einkäufe erledigt hatten. Sie hörte endlich auf, sich zu beschweren, als Catherine eintraf. Das war eine angenehme Ablenkung nach den Anstrengungen der letzten paar Tage.

„Wie geht es denn im Laden voran?", fragte ich.

„Wunderbar", erwiderte sie. „Mein Bruder hat eine riesige Freude daran. Er liebt die Freiheit, für sich selbst zu arbeiten."

„Anstelle für deinen Vater?"

„Es ist nicht so sehr mein Vater als unser älterer Bruder. Orwell hat das Gefühl, als hätte Ronnie aus Boshaftigkeit eine Konkurrenz gegen ihn aufgebaut. Er glaubt, Ronnie verabscheut es, nicht der älteste Sohn zu sein."

„Ronnie hat Unternehmergeist", wandte Cyclops ein. „Ich bezweifle, dass es ihm gefallen hätte, für jemand anderen zu arbeiten, insbesondere ein Familienmitglied."

„Stimmt genau", sagte Catherine und schenkte ihm ein Lächeln, das ihn schüchtern den Kopf senken ließ.

„Hat sich deine Familie bereits mit eurer Beziehung abgefunden?", fragte ich.

Sie warfen einander einen Blick zu. „Noch nicht", sagte Catherine mit einem Seufzen. „Ronnie ist natürlich sehr hilfreich. Vater erwärmt sich allmählich auch dafür. Es sind meine Mutter und Orwell, die das Problem darstellen. Er bringt sie gegen uns auf, erzählt ihr alle möglichen lächerlichen Dinge, die sich mit ihrem Unwissen ergänzen." Sie lächelte, doch es war gezwungen. „Aber sie wird es sich überlegen, und Orwell kann ja mal vom Hafenanleger fallen, mir wäre es egal. Er ist nicht mein Vormund."

„Irgendeine Ahnung, wie sie von eurer Beziehung erfahren haben?", fragte Matt.

Sie schüttelte den Kopf.

„Ich werde sehen, ob Farnsworth irgendwas von den Rycroft-Bediensteten erfahren hat", sagte Willie.

Tante Letitia stellte die Tasse ab und betrachtete Catherine. „Falls du glaubst, dass es hilft, kann ich für euch mit deinen Eltern reden und für Cyclops' Charakter bürgen. Es ist eine Schande, dass es dazu kommen muss, aber so sind die Dinge eben. Matthew kann auch etwas sagen, wenn du möchtest."

„Das wird nicht nötig sein", sagte Cyclops, kurz bevor Catherine sprach. Dem Ausdruck auf ihrem Gesicht nach zu urteilen, nahm ich an, dass sie dem Plan hätte zustimmen wollen. „Ich kann selbst etwas gegen das Problem unternehmen."

Wir alle schauten ihn ausdruckslos an, sogar Catherine.

„Dem Problem, dass ich sie nicht unterstützen kann, nicht dem, dass sie mich nicht akzeptieren", klärte er uns auf. „Für Matt arbeite ich nur hin und wieder. Das reicht, während ich unter diesem Dach lebe, aber ich muss ein regelmäßiges Einkommen haben."

„Du hast dir eine Arbeit gesucht?", fragte Willie. „Was machst du denn? In London kann man doch nicht im Bergwerk arbeiten."

Tante Letitia keuchte. „Du verlässt London? Um in einem Bergwerk zu arbeiten? Nein, Cyclops, das verbiete ich. Du bleibst hier, bei uns, in diesem Haus." Sie nahm ihre Tasse. „Du brauchst keine Arbeit. Matthew hat ein ganz ordentliches Vermögen und kann seine Familie genauso wie deine unterstützen."

„Tante", tadelte Matt. „Lass ihn doch seinen eigenen Weg in der Welt finden. Wenn das bedeutet, dass er wegziehen muss, dann ist das eben so."

„Wir können sie immer noch besuchen", versicherte ich ihr.

Willie machte ein unwilliges Geräusch. „Ich stimme Letty zu. Duke, sag doch mal was Vernünftiges. Sei nicht wie Matt und India, sag etwas, das ihn zum Bleiben bewegt."

Duke stand auf und ging zum Getränkewagen. „Ich brauche was Stärkeres, wenn ich meinen besten Freund verliere."

„Du wirst ihn nicht verlieren", sagte Matt zur gleichen Zeit, als Willie einwarf: „Ich bin doch deine beste Freundin."

Cyclops beobachtete, wie die Unterhaltung hin und her ging, ein schwaches Lächeln spielte um seine Lippen. Catherine wirkte auch erheitert. Ich sah nichts, über das man erheitert sein konnte, und sagte es ihnen auch.

„Man wird dich vermissen", fügte ich an. „Wir verstehen, dass du deinen eigenen Weg suchen musst, Cyclops."

„Du triffst voreilige Annahmen, India", sagte Catherine. „Wenn ihr Nate mal reden lasst, hätte er etwas Wichtiges, das er euch mitteilen möchte."

Cyclops räusperte sich. Nach einem zustimmenden Nicken von Catherine sagte er: „Ich will eine Ankündigung machen."

„Das ist ja wohl auch Zeit", erklärte Willie.

„Endlich", stimmte Tante Letitia zu. „Wie wunderbar, dass ihr die Zweifel deiner Familie zur Seite geschoben habt, Catherine, und trotzdem weitermacht. Wo wird die Feier stattfinden?"

Cyclops warf einen Blick auf Catherine. „Das ist es nicht."

„Oh", sagten wir alle gleichzeitig.

„Ich gehe zur Metropolitan Police", erklärte Cyclops. „Brock-well denkt, dass er meine Bewerbung schneller durchdrücken kann, weil ich schon Erfahrung habe."

Matt war der Erste, der aufstand und ihm die Hand schüttelte. „Ich halte das für eine großartige Idee. Du gibst einen hervorragenden Polizisten ab."

„Londons Verbrecher werden in ihren Stiefeln zittern", sagte ich mit einem Lächeln.

„Endlich setzt sich die Vernunft durch", sagte Tante Letitia. „Dieser Gedanke, dass du zu den Bergwerken weglaufen willst, war wirklich lächerlich, Cyclops. Ich weiß nicht, was in dich gefahren ist. Du bleibst viel besser hier bei uns."

Er gab ihr einen Kuss auf die Wange. „Ich weiß. Ich bin froh, dass Brockwell es vorgeschlagen hat."

„Wo wir gerade bei Brockwell sind", sagte Matt mit einem Blick auf mich. „Wir erstatten besser mal Bericht bei Scotland Yard. Du kannst hierbleiben, wenn du möchtest, India."

Catherine nahm das als ihr Signal zum Aufbruch, obwohl ich darauf beharrte, dass sie bleiben konnte. „Ich muss zum Laden-schluss zurück", sagte sie. „Ronnie ist nicht sonderlich gut mit dem Geldzählen."

Nachdem Catherine gegangen war, legten Matt und ich unsere Mäntel, Hüte und Handschuhe an, und wollten gerade aufbrechen, als Willie die Stufen herabgelaufen kam. „Ihr geht ohne mich?"

„Wir dachten nicht, dass du mitkommst", sagte Matt angriffs-lustig. „Du bist verschwunden."

„Ich musste kurz mal oben Halt machen. Zu viel Tee."

„Zu viele Informationen." Er bedeutete ihr, ihren Mantel anzuziehen und sich uns in der Kutsche anzuschließen.

In Scotland Yard winkte sie dem Sergeanten im Dienst am Eingangstresen zu. „Wir besuchen Kriminalinspektor Brock-well", sagte sie hochnäsig. „Wir brauchen keine Begleitung. Wir sind unterwegs."

Der Sergeant versuchte nicht, uns aufzuhalten.

Wir fanden Brockwell, umgeben von Papieren. Sie hatten sich über seinen Schreibtisch ausgebreitet wie eine Tischdecke. Eine

Reihe von Tassen, Tintenfässern und Büchern dienten als Briefbeschwerer, damit die Blätter nicht in der Brise davonflogen, die wir erzeugten, als wir die Tür öffneten, sodass er die Arme über die Papiere legte, die ihm am nächsten waren, um sie festzuhalten.

„Tür zu!", fuhr er uns an.

„Ich weiß nicht, wie Sie irgendwas finden", sagte ich und las eines der Papiere auf dem Kopf. Es war die Aussage von Mr. Bunn. „Das sieht sehr schlecht organisiert aus."

Er runzelte die Stirn. „Es gibt da ein System."

„Da bin ich mir sicher."

Willie nahm die Aussage, die ich gelesen hatte, und musterte sie. „Das wirkt auf mich wie ein treffender Bericht über den Tag. Bis auf diesen Teil." Sie deutete auf einen Absatz am Ende. „Ich bin nicht fast durch Amelia ums Leben gekommen. Das hatte ich alles unter Kontrolle. Ich habe gewartet bis zur letzten Sekunde, um mich wegzuducken. India hat das, was wir Scharfschützen einen nervösen Finger am Drücker nennen."

„Unsinn", sagte ich und nahm Platz. „Du wärst gestorben, hätte ich nicht so rasch überlegt und eine magische Uhr gehabt. Oder du hättest ein Auge verloren, das wäre das mindeste gewesen."

Sie drückte sich aufs rechte Augenlid. „Ich schätze, ich würde gut aussehen mit einer Augenklappe. Besser als Cyclops."

Ich erwartete halb, dass sie sagte, dass Frauen gerne Geliebte mit Augenklappen hatten, aber zum Glück fiel es ihr entweder nicht ein, oder sie hielt sich in Brockwells Anwesenheit zurück.

„Auf jeden Fall", fuhr sie fort „hätte ich kein Auge verloren, und auch kein Ohr oder sonst was. Amelia war mir nicht gewachsen."

Brockwell verschränkte die Hände auf den Papieren. „Geht das schon lange so, Glass?"

„Immer wieder mal, seit wir zurückgekommen sind."

„Sie haben mein Mitgefühl."

Willie und ich funkelten Matt beide an. Er lächelte nur und setzte sich auch hin.

„Darf ich Bunns Aussage sehen?", fragte er.

„Ja, dürfen Sie, und danke, dass Sie fragen." Brockwell

reichte ihm die Blätter mit einem betonten Blick auf sowohl mich als auch auf Willie.

Ich rückte näher an Matt, um es richtig zu lesen. „Dort steht, dass er nicht wusste, dass Amelia irgendwas in die Luft jagen würde, darunter den Pavillon", sagte ich. „Glauben Sie, dass das stimmt?"

„Wir haben darauf das Wort von niemandem außer ihm", sagte Brockwell. „Die Geschworenen werden entscheiden müssen, ob er die Wahrheit sagt."

Laut dieser Aussage waren Mr. Bunn und Amelia von Mr. Carpenter dem Jüngeren aus der Stadt geschmuggelt worden, allerdings widerstrebend. Amelia hatte ihn überzeugt, es zu tun, wie sie Mr. Bunn überzeugt hatte, mit ihrer Entführung und dem Bombenplan weiterzumachen.

„Das ist sehr vage", sagte ich. „Die Magie oder ich werden darin überhaupt nicht erwähnt. Dort steht auch nicht, was er und Amelia konkret zu erreichen hofften, und er lässt es wirken, als wäre meine Taschenuhr durch reines Glück ans Ziel geflogen."

„Tatsächlich", sagte Brockwell, der zufrieden klang. „Ich habe diese Aussage selbst geschrieben, nachdem ich Mr. Bunn befragt habe, sobald er nach London zurückgekehrt war. Ich habe ihn auch angewiesen, die Magie vor niemand anderem oder bei der Verurteilung zu erwähnen. Ich glaube, ich habe ihm klargemacht, dass es für ihn nicht gut laufen würde, wenn er das täte."

Willie erzählte ihm von ihrer Idee, so zu tun, als hätte Amelia ein besonderes Gerät gebaut, um Bomben aus der Ferne zünden zu können, und Brockwell stimmte zu, es nachträglich in die Aussage einzufügen, mit einer Anmerkung, dass niemand wusste, wie man das Gerät baute und Amelia es vor ihrem Tod zerstört hatte.

„Für was für eine Sache wird Bunn denn behaupten, dass er eingetreten ist?", fragte Matt.

„Ich werde ihm morgen, bevor er weggebracht wird, ein paar Möglichkeiten vorlegen. Die irische Sache ist vielleicht am glaubwürdigsten, aber ich habe das Gefühl, dass andere es auch verdient hätten, ins Licht gerückt zu werden."

Ich war mir nicht sicher, ob er das Licht, in das sie gerückt werden würden, als etwas Positives oder etwas Negatives für die Sache empfand.

„Ist er jetzt hier in Scotland Yard?", fragte Matt.

„Unten in den Untersuchungszellen."

„Darf ich mit ihm reden?"

„Worüber denn?"

„Ich will wissen, ob er und Amelia versucht haben, mich vor dem Bureau der *Weekly Gazette* zu erschießen."

Brockwell stand auf. „Kommen Sie mit mir."

„Kann sie nicht jemand anders hinbringen?", fragte Willie.

„Weshalb?"

Willie zwinkerte. Als Brockwell sie ausdruckslos anschaute, sagte sie: „Damit wir allein sein können."

Brockwells Wangen wurden leicht rot. „Stimmt ja, du wolltest ja diese Angelegenheit mit mir unter vier Augen besprechen. Diese offizielle Polizeiangelegenheit, von der wir gesprochen haben, die aber weitere Diskussion erfordert. Natürlich, Willie, das würde ich nur zu gerne."

Sie verdrehte die Augen.

Brockwell holte einen Sergeanten, der uns in die Zellen im Keller brachte. Wir fanden Mr. Bunn, der allein auf einem schmalen Bett saß, den Kopf in die Hände gestützt. Er schaute bei unserer Ankunft auf, dann senkte er wieder den Kopf. Er stöhnte.

„Was wollen Sie jetzt wissen?", murmelte er. „Ich habe die Fragen des Inspektors beantwortet."

„Diese hat er nicht Ihnen nicht gestellt." Matt verschränkte die Arme und betrachtete Mr. Bunn, bis der Gefangene schließlich aus morbider Neugier heraus aufschaute. „Weshalb haben Sie vor den Bureaus der *Weekly Gazette* auf mich geschossen?"

„Auf Sie geschossen? So etwas haben wir nicht getan!"

Matt senkte die Arme und ging weiter in die Zelle. Tatsächlich pirschte er schon eher, als dass er ging. Ein Tier, das seine Beute jagte. Mr. Bunn schluckte und kroch rückwärts über das Bett, um weiter wegzukommen.

„Wollten Sie mich verletzen oder wirklich töten?", knurrte Matt.

„Nichts dergleichen! Wir haben nicht auf Sie geschossen."

„Haben Sie gehofft, mein Tod würde India zwingen, Ihrem Plan zuzustimmen? Oder war es tatsächlich nur eine Warnung?"

„Eine Warnung? Die Bombe im Pavillon war eine Warnung, und die Bomben in Brighton waren unsere Drohungen. Wir mussten nicht auch noch auf jemanden schießen."

Matts Hände ballten sich zu Fäusten.

Mr. Bunns Augen wurden groß. „Sie müssen mir glauben, Sir!" Sein Kreischen war so hoch, dass ich Angst hatte, der Sergeant würde kommen. Die Zellentür blieb allerdings geschlossen. „Warum sollte ich jetzt deswegen lügen? Mein Leben ist vorbei. Ich werde innerhalb weniger Tage gehängt."

Matts Fäuste öffneten sich, und er stieß einen Atemzug aus. Mr. Bunn jedoch entspannte sich nicht. Er wirkte, als würde er gleich in Tränen ausbrechen.

Ich ging um Matt herum und dachte darüber nach, mich neben Mr. Bunn auf das Bett zu setzen, doch die Matratze war dreckig, und ich trug ein dunkelblaues Kleid mit cremefarbenen Einsätzen. Die helle Farbe würde jeden Schmutz aufnehmen, mit dem sie in Kontakt kam.

„Man wird Sie vermutlich nicht hängen", sagte ich. „Nicht, wenn Sie darauf setzen, dass Amelia Sie gezwungen hat, zu tun, was sie wollte, indem sie gedroht hat, ihre Bombe hochgehen zu lassen, falls Sie es nicht tun. Was Amelias Tod angeht, können Sie sagen, dass Sie Willie das Leben gerettet haben. Das stimmt immerhin, und die Polizei kann für Sie aussagen. Genau wie wir."

Sein Kinn bebte. „Ich gehe trotzdem ins Gefängnis. Da drin werde ich keine Woche überleben."

„Das hätten Sie bedenken sollen, bevor Sie versucht haben, India zu manipulieren", fuhr Matt ihn an.

Mr. Bunn senkte den Kopf mit einem Stöhnen.

Matt hielt mir die Hand hin, um mich aus der Zelle zu führen, und ich bedeutete ihm, dass ich noch einen Moment brauchte. „Sind Sie ehrlich mit uns wegen des Schusses?", fragte ich sanft. „Haben Sie auf irgendjemanden vor dem Bureau der *Weekly Gazette* in der Lower Mire Lane geschossen?"

„Ich habe Ihnen doch gesagt, nein", jammerte Mr. Bunn.

„Haben wir nicht. Ich weiß nicht mal, wo die Lower Mire Lane ist.“

Ich richtete mich auf und nahm Matts Hand. Wir gingen, ohne uns zu verabschieden.

„Glaubst du ihm?“, fragte ich, während wir dem Sergeanten aus dem Zellenbereich folgten.

„Ja, tue ich.“

„Also stellt sich die Frage, wer hat diesen Schuss abgefeuert? Hätte es Sir Charles Whittaker sein können, der doch versucht hat, Oscar zu töten?“

„Das ist möglich, allerdings unwahrscheinlich. Falls er wollte, dass Barratt stirbt, hätte er diesen Grobian bezahlt, ihn in der Gasse zu töten, nicht nur zu verprügeln. Mit dem Messer wäre es schneller gegangen, während eine Prügelei länger dauert. Da bleibt mehr Zeit, dass sich Zeugen einmischen können.“

Er hatte recht. Es war unwahrscheinlich, dass es die gleiche Person gewesen war, wenn also Whittaker die Prügelei angeleiert hatte, war er nicht für den Schuss verantwortlich. Wer hatte ihn also abgegeben?

Und wer war das beabsichtigte Opfer gewesen?

KAPITEL 17

$\mathcal{W}$ir schickten Oscar eine Nachricht, dass wir gerne sowohl ihn als auch Louisa heute Abend treffen würden. Er schickte eine Nachricht zurück, in der er uns einlud, mit ihnen in Louisas Stadthaus zu dinieren.

Louisas alte Großtante schloss sich uns zum Abendessen an, also blieb die Unterhaltung höflich, aber wenig tiefgründig. Kurz danach zog sie sich zurück, wurde von ihrem Dienstmädchen aus dem Speisezimmer begleitet. Zum Glück lehnten die Männer die Formalien mit Zigarren und Portwein ab, darum musste ich nicht mit Louisa allein bleiben. Ich nahm an, dass Matt und Oscar genauso wenig Interesse daran hatten, Zeit zusammen zu verbringen, ohne dass die Damen anwesend waren. Wir zogen uns in den Salon zurück und tranken Tee.

Oscar wartete kaum ab, bis der Butler die Tür geschlossen hatte, um loszulegen. „Was haben Sie noch über Whittaker herausgefunden?"

„Noch nichts", sagte Matt. „Wir waren auf einer Ermittlung."

„Einer magischen Ermittlung?", fragte Louisa, während sie mir eine Teetasse reichte.

„Das ist geheim." Matt würde ihr nicht zu viel verraten. Ihre Begeisterung für Magie war ziemlich heftig. Ich nahm an, sie würde sich mit Mr. Bunn und Amelia auf eine Seite stellen, wenn sie wüsste, dass sie meine Magie hatten einsetzen wollen, um die Sache der freien Magie voranzutreiben.

„Darum hätte sich gewiss die Polizei kümmern können", sagte Oscar. „Die Lage mit Whittaker ist kritisch. Er will meinen Tod."

„Er will Sie aufhalten", erklärte Matt. „Er will nicht, dass Ihr Buch veröffentlicht wird."

„Der Mann hat auf mich geschossen! Er will mich töten, Glass. Die Prügelei war nur eine Warnung; die Schießerei hätte mein Leben beenden sollen."

Matt holte Luft. „Wir wissen nicht, ob es Whittaker war, der diesen Schuss abgefeuert hat."

Er erklärte, dass es beim ersten Mal leichter gewesen wäre, Oscar zu töten, als ihn zu verprügeln, wenn es Sir Charles' Absicht gewesen wäre, ihn zu töten. „Es ist also unwahrscheinlich, dass er derjenige ist, der auf Sie geschossen hat", schloss Matt.

Oscar stöhnte. „Sie glauben, es ist noch jemand hinter mir her?"

Matt sagte nichts, trotz der brüllenden Stille. Er wollte nicht, dass Oscar erfuhr, dass er vielleicht gar nicht das beabsichtigte Opfer gewesen war, sondern Matt. Er wollte, dass Oscar glaubte, er hätte mehr als einen Feind, der wünschte, er würde aufhören, dieses Buch zu schreiben. Es war ein wenig grausam, aber nicht so grausam wie eine Prügelei.

Oscar war zu sehr auf sich selbst konzentriert, um daran zu denken, dass jemand anders das Ziel des Schützen hätte sein können, aber Louisa bekam es heraus.

„Das ist reine Spekulation", sagte sie. „Wir wissen nicht sicher, dass es Sir Charles war, der den Grobian geschickt hat. Wir wissen auch nicht sicher, dass jemand auf dich geschossen hat, Oscar. Der Schütze hätte auch versuchen können, zum Beispiel India umzubringen."

„Mich?", sagte ich.

„Sie sind inzwischen äußerst gut bekannt in gewissen Kreisen. Falls die Talentfreien, die sich Sorgen wegen der Magier machen, die zu mächtig werden, von Ihnen erfahren, wollen sie

Sie vielleicht aus dem Weg räumen, damit die Magier sich nicht hinter Ihnen scharen und aufbegehren können."

„Ich bin doch keine Gestalt, die Leute dazu bringt, aufzubegehren. Ich bin auf niemandes Seite."

„Die Talentfreien wissen das nicht. Sie haben doch gesehen, wie die Gilde der Uhrmacher auf Sie reagiert hat, obwohl Sie gar keinen Laden mehr besaßen."

„Das war eine kleine Minderheit, die gar nicht mehr in der Gilde ist."

„Trotzdem", sagte sie einfach.

Oscar schüttelte den Kopf. „Es ist zu sehr miteinander verknüpft. Erst die Prügelei und dann die Schießerei; ich *muss* das Ziel sein, und Whittaker steckt hinter beidem. Glass hörte, wie der Grobian den Kutscher nach Hammersmith schickte, wo Whittaker lebt."

„Dort leben tausende Leute." Sie stellte ihre Teetasse ab und wandte sich ihm zu. „Oscar, du denkst nicht klar. Schieb deine Sorgen mal beiseite und schau dir die Vorfälle objektiv an. Würdest du darüber berichten, würdest du zum selben Schluss kommen? Würde dein Herausgeber dich Sir Charles' guten Namen in seiner Zeitung in den Dreck ziehen lassen, basierend auf den Beweisen, die du bis jetzt hast? Oder würdest du in Betracht ziehen, dass er eine Möglichkeit unter vielen ist?"

Oscar starrte in seine Tasse. „Du hast recht. Es gibt nicht genügend Hinweise, um irgendwas zu beweisen. Ich brauche weitere Informationen, bevor ich Sir Charles verleumde." Er schaute zu Matt. „Was tun wir also, um diese Beweise zu erhalten?"

„Nichts", sagte Matt. „Sie stimmen zu, das Buch nicht mehr zu schreiben, wie wir es bereits besprochen haben."

„O nein", sagte Louisa durch ein angespanntes Lächeln hindurch. „Er hat zugestimmt, es so *wirken* zu lassen, als würde er das Buch nicht mehr schreiben. Wo wir gerade dabei sind, India, würden Sie der Ehrengast bei einer Clubversammlung sein, die ich hier morgen Abend abhalte? Ich habe bereits Einladungen verschickt. Ach, und bringen Sie doch Fabian dazu, auch zu kommen. Ich habe ihm eine Einladung geschickt, aber noch keine Antwort erhalten. Ich glaube, sobald er weiß, dass Sie kommen, wird er auch teilnehmen.“

„Wir werden auf dieser Versammlung verkünden, dass ich das Buch aufgebe“, erklärte Oscar.

„Sag mir, dass du es wirklich aufgibst“, bat ich. „Es nicht nur so erscheinen lässt, als würdest du das tun. Es wird viel zu gefährlich.“

Er warf einen Blick auf Louisa.

„Er gibt es *nicht* auf“, sagte sie hochnäsig. „Weshalb sollte man zu solchen Extremen schreiten?“

„Um seine Sicherheit zu gewährleisten“, schoss ich zurück.

„Unfug. Sobald jeder *glaubt*, dass er aufgibt, werden die Anschläge auf sein Leben aufhören. Er hat nichts zu befürchten.“

„Sie sind bereit, mit seinem Leben zu spielen?“, fragte Matt.

„Es ist ein kalkuliertes Risiko, kein Spiel. Herr im Himmel, Sie reagieren alle über. Er gibt das Buch nicht auf, und das ist das letzte Wort. Er hat zu schwer daran gearbeitet, viel zu lang, und was er bisher geschrieben hat, ist hervorragend. Es ist mitreißend und erhellend und stellt die Magie in ein günstiges Licht. Die große Mehrheit der Öffentlichkeit wird ziemlich überzeugt von der Güte der Magie sein, nachdem sie es gelesen hat.“

„Und die Minderheit, die das nicht ist?“, fragte Matt. „Diese gefährliche Minderheit, die alles tun würde, um ihre Geschäfte vor den Magiern zu schützen? Was, wenn sie es in die eigenen Hände nehmen, diese Geschäfte mit mehr als nur Prügeleien und Schießereien zu schützen?“

„Dann wird das Gesetz sie bestrafen.“

„Und bis dahin könnten Magier wie Ihr Verlobter und meine Frau tot sein.“ Er stand plötzlich auf und knöpfte sein Jackett zu. „Sie scheinen durch diese Drohungen nicht verstört zu sein, aber ich schon.“

Louisa plusterte sich auf. „Wollen Sie nahelegen, dass mir Oscar gleich ist?“

„Da gibt es nichts nahezulegen.“

Sie blähte die Nasenflügel. „Ich setze mich für seine Interessen ein. Ich glaube, mein Verlobter wäre glücklicher, wenn er seine Magie offen einsetzen könnte und sie nicht verstecken müsste.“

„Und ich glaube zufällig, meine Frau wäre glücklicher, wenn sie lebt." Er hielt mir eine Hand hin. „Wollen wir, India?"

Ich schaute Oscar flehentlich an, der neben Louisa auf dem Sofa saß und aussah, als wäre er nicht gerne das Thema dieser Unterhaltung. Ich stimmte diesem Gefühl sehr zu.

„Streiten wir nicht darüber", sagte ich zu ihnen. „Wir werden nie übereinstimmen. Vorerst ist es wichtig, dass Sir Charles erfährt, dass Oscar den Gedanken aufgibt, ein Buch über Magie zu schreiben. Dazu bin ich nur zu froh, auf Ihre Gesellschaft zu kommen, Louisa."

Sie läutete nach dem Butler, der uns hinausbrachte.

Sobald ich in der Kutsche saß, schmiegte ich mich an Matt. „Armer Oscar. Er hat heute Abend irgendwie verloren gewirkt. Und das nicht einfach nur wegen der Drohung, dass er nicht mehr in Sicherheit ist. Louisa diktiert sein Leben, und ich nehme an, dass ihm das nicht sonderlich gefällt."

Matt richtete die Decke über meinem Schoß, dann legte er die Arme um mich. „Dann sollte er ihre Verlobung lösen. Gentleman-Verhalten hin oder her. Wenn sie dem nicht zustimmt, dann muss er sie zwingen, das Arrangement auf jede Art zu lösen, die ihm möglich ist. Mir wäre es lieber, wenn mir jemand das Herz mit einem stumpfen Messer herausschneidet, als den Rest meines Lebens mit ihr festzusitzen."

„Das ist ein ziemlich lebhaftes Bild. Ein Schreckensbild, aber ein lebhaftes."

„Sie bringt den Schreckenskünstler in mir hervor." Er berührte mich am Kinn, drängte mich, zu ihm aufzuschauen. „Auf der anderen Seite bringst du, meine liebe Frau, das Beste in mir zum Vorschein. Jetzt küss mich, damit mein gutes Wesen wieder zum Vorschein kommt."

Ich seufzte dramatisch. „Also gut. Um der Welt etwas Gutes zu tun, komm schon näher mit deinen Lippen."

* * *

MATT BOT AM FOLGETAG AN, mit mir zu Fabian zu kommen, doch ich lehnte ab. Ich konnte mich nicht auf seine charmante Art verlassen – oder seine zwingende – wann immer ich in eine heikle Situation ging. Außerdem war Fabian mein Freund und Kollege und nicht der von Matt. Es wäre besser, wenn ich allein mit ihm redete.

Er begrüßte mich mit seinen üblichen Küsschen auf beide Wangen und lud mich in sein Wohnzimmer ein, wo wir üblicherweise unsere Experimente durchführten. „Der fliegende Teppich war ein großer Erfolg, oder nicht?", sagte er mit vor Begeisterung strahlenden Augen. „Äußerst furchterregend ebenfalls, aber du hast ihn mit so viel Talent gesteuert, India. Deine Magie ist ein Wunder. Ich bin gespannt zu sehen, was du sonst noch erreichen kannst."

„Fabian, wir müssen reden."

„Setz dich, setz dich. Reden wir und trinken Tee." Er bedeutete dem Butler, Erfrischungen zu holen. Ich hatte nicht den Mut, ihm zu sagen, dass ich nicht lange bleiben würde.

„Womit sollen wir als nächstes experimentieren?", fragte er, nachdem der Butler gegangen war. „Ich glaube nicht, dass Flugmagie für dich jetzt noch eine Herausforderung ist, sonst würde ich vorschlagen, du versuchst, ein Buch fliegen zu lassen, oder eine Statue. Du könntest es mit etwas Großem und Schwerem probieren. Vielleicht einem Boot."

„Nein, Fabian."

„Ich stimme zu." Er wackelte mit dem Finger in der Luft. „Keine fliegenden Gegenstände mehr. Was sollen wir dann als nächstes probieren? Etwas Ausgefallenes, ja? Keine Landkarten, die lebendig werden, wir wollen ja nicht, dass das Wasser von den Seiten fließt und Leute ertränkt." Er wackelte noch einmal mit dem Finger. „Wasser! Was, wenn wir Wasser nach oben fließen lassen? Wir könnten Wasser dorthin bringen, wo es trocken ist, und Wüsten in Oasen verwandeln."

„Würden wir dafür nicht einen Wassermagier brauchen? Gibt es denn so etwas wie einen Wassermagier?" Ich hielt inne, bevor ich von der Idee zu begeistert wurde.

„Vielleicht sollten wir deinen *grand-père* Chronos um Ideen bitten", sagte er.

„Fabian, bevor wir zu weit voran stürmen, muss ich dir etwas sagen."

Er lächelte. „Ja?"

„Ich will keine Zauber mehr erschaffen."

Das Lächeln verblasste. Seine Gesichtszüge entglitten ihm, und das Licht wich aus seinen Augen. „*Cherie*, was sagst du da?"

„Ich weiß, dass das ein Schock ist, aber ich kann es nicht so weiter gehen lassen. Unsere Zauber sind gefährlich, und ich will keine mehr erschaffen."

„Gefährlich? Aber du hast den Flug des Teppichs doch gesteuert."

„Das meine ich doch gar nicht. Ich habe gemeint, dass Leute die Zauber wollen und schreckliche Dinge tun, um sie zu bekommen."

„Aber wir haben einander doch versprochen, dass wir sie nicht weggeben oder verkaufen. Sie sind sicher weggeschlossen."

„Bis sie gestohlen werden oder bis uns jemand zwingt, sie herauszurücken. Wenn die Ereignisse mit Amelia Moreton mich etwas gelehrt haben, dann, dass ich verwundbar bin. Ich habe Nahestehende, die man bedrohen wird, um mich zu zwingen, diese Zauber herauszugeben."

„Doch sie ist tot. Sie kann dir nicht wieder schaden."

„Es werden andere kommen. Vielleicht nicht morgen oder nächste Woche, aber eines Tages. Es ist zu gefährlich, weiterzumachen, Fabian. Komm schon, du siehst doch bestimmt auch, dass die Gefahren die Vorteile aufwiegen. Immerhin, wer wird denn von einem fliegenden Teppich profitieren?"

„Es spielt keine Rolle! Es spielt eine Rolle, dass du einen neuen Zauber geschaffen hast."

Ich seufzte. „Meine Entscheidung ist endgültig. Es wird keine Experimente mehr geben. Es tut mir leid, Fabian."

„*Non!*" Er ratterte etwas auf Französisch herunter. Ich musste die Worte nicht verstehen, um zu wissen, was sie bedeuteten. Er war wütend.

„Ich weiß, dass du dein ganzes Leben umgekrempelt hast, damit du hier nach England kommen und mit mir arbeiten konntest. Das war der Grund, weshalb das so eine schwierige Entscheidung war."

„Dann entscheide es eben nicht so!" Er stieß mit der Faust an die Armlehne des Sessels und schüttelte heftig den Kopf.

„Wenn du an die Folgen denkst, wirst du die Gefahren auch erkennen", sagte ich. „Wir können unsere Zauber nicht ewig geheim halten. Nicht, wenn jemand wie Lord Coyle um uns herumkreist und darauf wartet, dass wir sie ihm enthüllen."

„Es ist nur ein Mann. Dein Ehemann wird dich vor ihm schützen."

„Das sollte er nicht tun müssen. Darum geht es doch." Ich holte Luft, um mein Temperament zu beruhigen. Es würde nicht helfen, auf Fabian wütend zu sein. Er war von mir enttäuscht und würde Dinge sagen, die er später bereute. Ich durfte es nicht persönlich nehmen. „Es werden mehr kommen. Lord Coyle ist vorerst eine Bedrohung, aber es wird weitere interessierte Parteien geben, sobald sich die Nachricht verbreitet."

Er sprach wieder auf Französisch, flehte sowohl mich als auch die Rosette an der Decke an. Zumindest war sein Tonfall nun eher frustriert als wütend. Ich ließ ihn weitermachen, bis er schließlich wieder zum Englischen zurückkehrte. Plötzlich lehnte er sich vor und nahm mich an der Hand. „Du bist dazu geboren, eine Zauberwirkerin zu sein, India. Es liegt dir im Blut. Durch dich fließt starke Magie. Wenn du es leugnest, wirst du leiden, wie eine Rose, auf die kein Sonnenlicht mehr fällt. Mach das nicht. Gib nicht auf."

Es war ein wenig dramatisch, aber ich sagte ihm das nicht. Er war aufgeregt, und er war Franzose.

„Meine Entscheidung ist getroffen, Fabian." Ich stand auf, um zu gehen. „Das ist das beste – für dich, mich und die ganze Welt. Wir sind sicher, wenn wir das Zauberwirken aufgeben."

Er schoss hoch. „Es gibt noch eine Möglichkeit."

„Wie denn?"

Das Licht in seinen Augen leuchtete wieder, und er lächelte erneut. „Wir sagen, dass wir es aufgeben, führen es aber insgeheim weiter."

Mein Herz wurde schwer. Die Parallele zur Unterhaltung des Vorabends mit Louisa und Oscar war unheimlich. Matt hatte dort seine Argumente äußerst vehement vorgetragen; es lag nun an mir, es hier genauso zu tun.

„Früher oder später findet jemand die Wahrheit heraus", sagte ich traurig. „Sie werden sehen, wie ich herkomme oder wie du mich zu Hause besuchst. Außerdem werden die Zauber selbst existieren, und das ist die größte Gefahr. Wenn sie gestohlen und für niederträchtige Zwecke eingesetzt werden …"

„Was für Zwecke? Wer wird einen Zauber für einen fliegenden Teppich nutzen, den nur du kontrollieren kannst?"

„Ein Wollmagier könnte vielleicht lernen, meinen Zauber zu steuern", sagte ich. „Und was, wenn Feinde des Landes diesem Magier befehlen, dass er einen Teppich mit Bomben über unsere Stadt fliegen lässt? Tatsächlich könnte unsere eigene Regierung vielleicht einer so verführerischen Waffe nicht widerstehen. Stell dir die Zerstörung vor. Ich kann es nicht ertragen, die Schöpferin einer solchen Waffe zu sein. Kannst du das?"

Er schloss die Augen, als hätte er Schmerzen, und seufzte tief. „Das ist Matts Idee, ja?"

„Ich kann zu meinen eigenen Schlüssen kommen, ohne dass mein Mann mich beeinflusst."

„Natürlich. Es tut mir leid, India. Meine Gedanken rasen, mein Herz auch." Er drückte sich eine Hand auf die Brust. „Ich weiß nicht, was ich sagen soll."

„Es ist ein Schock."

„*Oui*, ein Schock."

„Ich hoffe, es wird unsere Freundschaft nicht beeinflussen."

„Nein, nein. Natürlich nicht." Er nahm meine Hände zwischen seine und beugte sich darüber. „Wir sind verbunden. Unsere Freundschaft ist etwas Besonderes, weil es keine zwei Magier wie uns gibt. Ich werde dich immer zu schätzen wissen, India."

„Ich bin erleichtert, das zu hören."

„Aber diese Entscheidung … Sie betrifft mein ganzes Leben. Eine Zukunft, ohne dass du Zauber mit mir schaffst … Ich kann unmöglich daran denken. Aber ich muss daran denken."

„Ich weiß. Und als deine Freundin möchte ich dich ermutigen, nicht zu früh lebensverändernde Entscheidungen zu treffen. Es besteht kein Zwang, dass du London verlassen musst. Vielleicht ziehst du sogar in Erwägung, dauerhaft zu bleiben. Die Stadt hat einem rührigen Gentleman wie dir sehr viel zu bieten."

Er lächelte mich an, doch es erreichte seine Augen nicht. „Ich werde keine plötzlichen Veränderungen vornehmen, das verspreche ich. Aber ohne dich und unsere Zauber sehe ich keinen Sinn darin, zu bleiben. Es ist eine schöne Stadt, aber es ist nicht Paris."

„Wenn es irgendetwas gibt, das Matt und ich tun können, lass es mich wissen."

Er verbeugte sich wieder. „Es tut mir abermals leid, wie ich mich gerade benommen habe."

„Es sei dir vergeben. Du hast dich aufgeregt."

„Ach, ja, aber ich habe nahegelegt, dass Matt die Entscheidung für dich getroffen hat, und das war nicht gerecht. Du bist eine starke Frau und kannst selbst Entscheidungen treffen. Es ist etwas, das ich an dir immer bewundert habe." Er küsste meinen Handrücken. „Wir werden uns bald sehen, *non*?"

„Nein. Ich meine, ja, werden wir. Heute Abend tatsächlich, falls du Louisas Einladung annimmst. Sie hat mich gebeten, dir ihren Wunsch zu unterbreiten, dich bei ihrer Versammlung zu sehen."

„Wenn du da bist, werde ich ihre Gesellschaft ertragen." Er zuckte zusammen. „Ich weiß, es ist grausam, das zu sagen, aber sie ist äußerst energisch."

„Energisch?"

„Ich glaube, sie möchte mich noch immer heiraten."

„Aber sie ist mit Oscar verlobt."

Er zuckte nur mit den Schultern. „Sie hat mich nicht gebeten oder es noch einmal erwähnt, seit ich ihr abgesagt habe, aber … Es ist einfach ein Gefühl, das ich habe, wenn ich in ihrer Nähe bin. Ergibt das einen Sinn?"

„Ja", sagte ich leise. „Schon."

Armer Oscar.

Oder vielleicht auch nicht. Er liebte Louisa nicht und wusste, dass sie ihn auch nicht liebte. Er wusste, dass sie ihn wegen seiner Magie heiratete, und sollte nicht traurig sein, wenn sie versuchte, stattdessen einen mächtigeren Magier zu heiraten.

Trotzdem würde es seinen männlichen Stolz verletzen, wenn schon nicht sein Herz. Keinem Mann gefiel es, für einen anderen sitzen gelassen zu werden, selbst wenn er nicht verliebt war. Obwohl Oscars Gründe, Louisa zu heiraten, genauso gierig waren, hatte er es nicht verdient, von seiner Verlobten so schlecht behandelt zu werden.

Das würde ich ihr heute Abend auch sagen.

* * *

Willie beharrte darauf, mit Matt und mir zu dem Treffen zu gehen, obwohl sie nicht eingeladen war. Es war etwas so Unvorstellbares, dass wir es Tante Letitia nicht sagten, damit sie nicht eine ihrer Episoden bekam. Ich fühlte mich auch nicht ganz behaglich damit, eine so gravierende gesellschaftliche Sünde zu begehen, stimmte aber zu. Je mehr Leute mich bei diesen Ereignissen unterstützten, umso besser. Willie sagte, sie wollte alle Reaktionen im Auge behalten, wenn Oscar ankündigte, dass er sein Buch aufgeben würde, aber ich nahm an, dass sie nur wegen des Essens mitkam.

Louisa trug eine wunderbare Auslage aus Kuchen, Sandwiches und Pasteten auf, aber man konnte mich nicht zum Essen verführen. Ich war zu sehr damit beschäftigt, Leuten aus dem Weg zu gehen. Ganz oben auf meine Liste standen Hope und Lord Coyle. Zum Glück übernahm es Lord Farnsworth, mich bei unserer Ankunft in eine Unterhaltung ziehen.

„Ich bin sehr dicht daran, herauszufinden, wer die Masons über Ihren Mann und Miss Mason in Kenntnis gesetzt hat", flüsterte er, nachdem er mich in einen Winkel des Raumes gelockt hatte.

„Das hat Sie einige Zeit gekostet", sagte ich.

Er hielt mich an, leise zu reden, und schaute sich dann an um. Niemand konnte es mitgehört haben, doch er flüsterte weiter. „Es gab Entwicklungen."

„Ach? Fahren Sie fort."

Er tippte sich an den Nasenflügel. „Noch nicht. Ich muss meinen Verdacht bestätigen. Ich werde übermorgen bei Ihnen vorbeikommen und alles enthüllen."

„Das ist der erste Weihnachtsfeiertag."

„Wirklich? Wie außergewöhnlich. Ich habe wohl irgendwo zwei ganze Tage verloren. Das laste ich den langen Nächten und zu viel gutem Alkohol an."

„Vielleicht sollten Sie nicht so viel trinken, wenn Sie ganze Tage verlieren."

„Meine liebe Mrs. Glass, das muss ich! Wie soll ich denn sonst an Antworten kommen?"

„Ich verstehe es nicht."

„Man muss Verdächtige und Zeugen mit dem guten Stoff verführen, wenn man will, dass sie reden. Nichts Billiges." Er verzog das Gesicht. „Billiges Zeug vertrage ich sowieso nicht gut, und da ich auch mittrinken muss, ist nur das Beste gerade gut genug."

„Sie sorgen dafür, dass die Dienerschaft der Rycrofts betrunken ist?"

„Nicht nur sie." Er schaute sich wieder um und beugte sich dann vor. „Also übermorgen?"

„Da ist Weihnachten", rief ihm in Erinnerung.

Er runzelte die Stirn. „Hatten wir diese Unterhaltung nicht schon geführt? Ja, es ist Weihnachten. Und?"

„Und müssen Sie dann nicht bei Ihrer Familie sein?"

„Was für eine Familie?", fragte er ganz unschuldig.

„Oh. Es tut mir leid, mein Lord, ich dachte, Sie haben gewiss Geschwister oder Cousins oder jemanden, mit dem Sie am Weihnachtstag dinieren können."

„Ich bin ein Einzelkind, meine Cousins reden nur mit mir, wenn sie Geld brauchen, mein Vater ist tot, und meine Mutter ist im Irrenhaus in der Nähe des alten Familiensteinhaufens. Da gehe ich kaum je hin."

„Das tut mir leid."

„Muss es nicht. Die Diener schmeißen den ganzen Laden und sind äußerst glücklich, dass ich nur selten auftauche, um die Pächter zu besuchen und mir die Ländereien anzusehen, so was eben. Sie würden gar nicht wissen, was sie tun sollen, wenn ich an Weihnachten in Erscheinung trete, und es scheint doch kaum gerecht, nur meinetwegen den ganzen Ort auf den Kopf zu stellen."

Ich biss mir auf die Innenseite der Wange, damit ich nicht lachte. Er wirkte ganz ernst. „Ich meine, es tut mir leid wegen Ihrer Mutter. Ich wusste nicht, dass sie im Irrenhaus ist."

Er hatte einmal erwähnt, dass sie Feen sehr zu schätzen

wusste, also war ich nicht überrascht, aber ich hatte angenommen, sie wäre tot.

Er warf mir einen mitfühlenden Blick zu, als wäre ich diejenige, deren Mutter verrückt war. „Es ist schon gut. Ich muss Ihnen nicht leidtun. Sie erkennt mich nicht einmal mehr."

Ich war mir nicht sicher, ob es das besser machte, aber er schien das zu denken. „Würden Sie gerne zu uns zum Weihnachtsdinner kommen?", fragte ich.

Er strahlte. „Ach, Mrs. Glass, das ist äußerst großzügig. Ausgesprochen großzügig. Sie geben mir das Gefühl, zur Familie zu gehören." Er berührte den Augenwinkel mit dem kleinen Finger, aber auf mich wirkte er trocken. „Ich nehme Ihre Einladung von Herzen gerne an." Er verbeugte sich. „Vielen Dank."

Willie kam zu uns, ihr Blick bemüht nach vorne gerichtet. „Schau nicht hin, aber Hope kommt hier entlang. Macht euch bereit."

Lord Farnsworth schaute sich um. „Ah, die neue Lady Coyle. Ich sage, sie hat eine gute Partie abgegriffen. Glückliches Mädchen."

„Eine gute Partie!", zischte Willie. „Er ist uralt. Wenn irgendjemand eine gute Partie abgegriffen hat, dann doch er."

„Ja, aber da er uralt und ziemlich ungesund ist, wird er innerhalb von zehn Jahren tot sein, und sie wird alles erben, darunter seine erstaunliche magische Sammlung. Die allein ist doch schon ein Vermögen wert." Er setzte sich ein Lächeln auf und verbeugte sich tief, als Hope näherkam. „Guten Abend, Lady Coyle. Diese Aufmachung steht Ihnen sehr gut. Nicht alle können einen solchen Grünton tragen."

Sie strich sich mit der Hand über die Vorderseite ihres Rockes, während sie ihn betrachtete. Ich wollte Lord Farnsworth gratulieren, weil er sie verunsichert hatte, ohne es auch nur darauf anzulegen. Es war etwas, das mir niemals gelungen war.

„Nun, wenn Sie mich entschuldigen, ich muss mit Matt über etwas reden", sagte ich.

Er war im selben Augenblick von Lord Coyle überfallen worden, als Hope sich uns angeschlossen hatte. Es schien, als wäre ihr Zangenangriff dazu ausersehen, uns getrennt zu halten. Der arme Matt hatte keinen, der die Aufmerksamkeit woanders hinlenkte. Ich hatte zumindest Willie und Farnsworth, obwohl ich mir nicht sicher war, wie zuträglich das sein würde.

„Nur ganz kurz." Hope legte mir eine Hand auf den Arm. „Ich wollte dich wegen des Teppichflugs etwas fragen."

„Des was?"

„Ja, des was?", wiederholte Lord Farnsworth.

„Du weißt, was ich meine, India", tadelte sie. „Wir haben euch gesehen." Sie warf einen Blick auf Lord Farnsworth. „Können wir irgendwo in einer ruhigen Ecke reden?"

„Nein, könnt ihr nicht", sagte Willie. „Was immer du glaubst, gesehen zu haben, es ist falsch. Es war eine Lichterscheinung. Ein Experiment mit Seilen und Flaschenzügen. Nichts mehr."

Hope zog die Augenbrauen hoch. „India? Du hast nicht an einem Feuerwerkszauber gearbeitet, wie du behauptet hast, oder? Es war Wolle, oder ein Teppich, um genau zu sein."

Es war sinnlos, zu versuchen, sie zu überzeugen, dass sie keinen fliegenden Teppich gesehen hatte. Es war helllichter Tag gewesen, und sie hatten fast direkt unter uns gestanden. Ich würde mich allerdings auch nicht weiter auf die Angelegenheit einlassen.

„Wir werden nichts mit euch besprechen", sagte ich. „Nicht darüber oder sonst irgendwas. Einen schönen Abend noch."

Ihr Griff auf meinem Arm spannte sich an. „Mein Ehemann bespricht gerade genau dasselbe mit deinem Mann. Wie du dir vorstellen kannst, ist er sehr darauf erpicht, die Bedingungen zu verhandeln, den allerersten fliegenden Teppich für seine Sammlung zu erstehen. Er wird sicher das Original wollen, aber ich bin hier, um dir zu sagen, falls du dich nicht davon trennen kannst, wird er einen weiteren annehmen, solange er auch fliegen kann." Sie beugte sich vor und senkte die Stimme. „Aber sag ihm nicht, dass ich das gesagt habe."

Ich riss mich los, aber bevor ich etwas erwidern konnte, sprach Willie.

„Wenn er verhandeln will, sollte er mit India reden. Es war ihr Experiment, nicht das von Matt, also ist sie genauso fähig, Nein zu Coyle zu sagen, wie Matt. Als eine unabhängige und starke Frau hätte ich von dir erwartet, dass du mehr Respekt vor India hast."

Hope richtete den Rücken auf. „Das ist eine geschäftliche Angelegenheit."

„Und?"

„Gespräche über Geld überlässt man am besten den Männern."

Willie schnaubte. „Ich glaube keinen Augenblick, dass du das denkst. Du bist genauso fähig, manipulativ und verschlagen im Geschäft wie Coyle. Du hattest ausreichend Übung in Manipulation und Verschlagenheit."

„Ist sie nicht darum hier?", erklärte Lord Farnsworth. „Um mit Mrs. Glass zu sprechen, falls Coyles Bemühungen fehlschlagen? Oder vielleicht zu versuchen, Mrs. Glass Honig ums Maul zu schmieren, damit sie sich über ihren Mann hinwegsetzt, falls er sich weigert, was er wohl tun wird." Er nickte zu Matt hin, der ein Gesicht machte, in dem ein Gewitter aufzuziehen schien, während er mit Coyle sprach. „Glaubst du, sie werden kämpfen, Willie?"

„Es wird kein Wettbewerb, falls sie das tun", sagte sie. „Matt ist ein begabter Faustkämpfer. Obwohl Coyle aussieht, als würde er nicht leicht umkippen."

Lord Farnsworth lachte leise.

„Mir ist es gleich, ob du oder dein Mann den Teppich wollt", sagte ich zu Hope. „Er wurde zerstört. Das Gebilde kann niemand außer mir selbst steuern, und es ist darum unbrauchbar."

„Nicht als Sammlergegenstand, dann nicht. Sobald die Nachricht sich verbreitet …"

„Die Nachricht wird sich nicht verbreiten."

„Meine liebe India." Sie ließ mir ein herablassendes Lächeln zukommen. „Die Clubmitglieder sind eine eng verbundene Gemeinschaft. Wir teilen Informationen miteinander."

„Aber keine Hochzeitseinladungen", erklärte Willie. Sie deutete mit dem Daumen auf Lord Farnsworth. „Außer es sind Lords und Ladys."

Hope versteifte sich wieder. Sie verbrachte den Großteil dieses Gespräch so angespannt wie ein Zaunpfosten. „Das war das Einwirken meiner Mutter." Sie wandte sich an mich. „Das Geheimnis wird nicht lange geheim bleiben. Bald wird man dich mit Anfragen bombardieren, magische Gegenstände fliegen zu lassen."

Mein Herz wurde schwer.

„Auf jeden Fall", fuhr sie fort, „werden wir es geheim halten, wenn ihr uns den Teppich verkauft. Mein Mann wird einen guten Preis dafür bezahlen."

Nun war es an mir, mich zu versteifen. „Ich lasse mich nicht manipulieren. Macht doch, erzählt der Welt davon. Und während ihr Gerüchte verbreitet, stellt auch sicher, den anderen Sammlern zu sagen, dass ich den Flugzauber nicht wieder einsetzen werde, ganz gleich, wie viel Geld man mir bietet. Wenn du mich jetzt entschuldigen würdest, ich muss irgendwo anders hin, nur nicht in deine Nähe."

Hope schnaubte, drehte sich heftig um und ging durch die kleine Versammlung weg. Einige der Männer verbeugten sich vor ihr, während die Frauen versuchten, sie in ein Gespräch zu ziehen, aber sie marschierte zu Matt und Lord Coyle, ohne jemanden zur Kenntnis zu nehmen. Der einzige, den sie zur Kenntnis nahm, war Matt. Er sagte etwas Steifes zu ihnen beiden und marschierte dann zurück entlang des Weges, den Hope freigemacht hatte. Sein stürmischer Ausdruck war nur noch düsterer geworden.

Hope warf einen Blick über die Schulter zurück und lächelte triumphierend.

Was hatte Matt getan?

KAPITEL 18

„Ein Flug auf dem Zauberteppich, was?", sagte Lord Farnsworth. „Hat es Spaß gemacht?"

„Auf jeden Fall", erwiderte Willie und grinste. „So frei habe ich mich noch nie gefühlt. Du hättest die Stadt von oben sehen sollen. Alles war so klein. Ich schätze, wenn ein klarer Tag gewesen wäre, hätte ich von einer Seite des Landes zur anderen gesehen."

„Darf ich mich nächstes Mal anschließen?"

„Es wird kein nächstes Mal geben", sagte ich, während ich Matt näherkommen sah. „Es ist zu gefährlich."

Ich sah Willies Gesicht nicht, nahm aber an, dass sie die Augen verdrehte und das Gesicht verzog, da Lord Farnsworth leise lachte.

„Also, Matt", sagte sie, als er sich uns anschloss. „Hat dir Coyle eine riesige Geldsumme angeboten, um den Teppich zu kaufen?"

„Hat er", sagte Matt. „Aber deshalb habe ich nicht angenommen."

„Du hast angenommen!"

Lord Farnsworth brachte sie zum Schweigen, als jene, die uns am nächsten waren, in unsere Richtung schauten. „Ich sage, das ist nicht gerecht", brachte er sich mit trotziger Stimme ein. „Ich hätte ein Gegenangebot gemacht, wenn Sie mir die

Gelegenheit gegeben hätten. Ein fliegender Teppich mit Magie wäre ein wunderbarer Ausbau meiner Sammlung gewesen. Hätte ich gewusst, dass Sie verkaufen wollen, hätte ich etwas gesagt, aber Mrs. Glass sagte, Sie würden es nicht tun, also habe ich es gelassen. Ich will mich ja nicht schlecht mit ihr stellen, wissen Sie."

„Warum hast du ihn ihnen verkauft?", spie Willie aus.

„Gehen Sie", sagte Matt zu Lord Farnsworth.

Seine Lordschaft brach auf, ohne auch nur zu murren.

Matt schaute sich um, um sicherzustellen, dass niemand mithören konnte, dann senkte er die Stimme. „Ich verkaufe ihnen einen gewöhnlichen Teppich. Er war nicht nahe genug dran, um das Muster auf dem fliegenden zu sehen, und er wird den Unterschied nicht erkennen."

„Ohhh", sagte Willie mit einem Nicken. Sie grinste. „Guter Plan."

„Hör auf zu grinsen", fuhr Matt sie an.

Ihr Lächeln verschwand, und sie blinzelte ziemlich verloren. Ich schaute Matt mit gerunzelter Stirn an, aus vielerlei Gründen.

„Sollen sie doch denken, wir sind wütend und enttäuscht, dass wir manipuliert wurden", fuhr er fort.

„Manipuliert?", wiederholte ich. „Was hat Lord Coyle gesagt, um dich zu überzeugen? Oder vorzugeben, dass er dich überzeugt hat?"

„Er hat Geld geboten, was ich abgelehnt habe. Dann hat er Informationen im Austausch geboten."

„Was für Informationen?"

„Was immer wir wollen."

Guter Gott, das war ein ziemlich mächtiger Handel, den Matt abgeschlossen hatte. Und wir mussten Coyle nicht mal den echten Teppich im Austausch geben. Der lag immer noch irgendwo auf einer Weide vor Brighton. Er hatte recht damit, dass Lord Coyle niemals erfahren würde, dass er einen gewöhnlichen, talentfreien Teppich besaß. Es war ein genialer Plan.

„Ich habe ihn auch versprechen lassen, dass er den Teppich in seiner Sammlung lassen und keinem weiteren Magier geben darf, um zu versuchen, ihn noch einmal fliegen zu lassen", sagte Matt. „Ich habe ihm gesagt, es wäre zu gefährlich, aber das soll einfach nur sicherstellen, dass der Austausch niemals entdeckt wird."

„Ein anderer Magier würde wissen, dass er eine Fälschung ist, wenn er ihn berührt und keine Hitze spürt", sagte Willie, die dazu nickte.

Die Unterhaltungen wurden plötzlich leise, als der Butler Fabians Ankunft kundtat. Louisa rauschte hinüber, um ihn zu begrüßen, und die Unterhaltungen gingen rasch weiter. Sie nahm ihn am Arm und lächelte zu ihm auf. Er sagte steif irgendetwas zu ihr, aber sie schnippte nur Staub von seinem Revers und plauderte weiter, lächelte die ganze Zeit über.

„Himmel", murmelte Willie. „Hier kommt Mrs. Delancey. Sie hat mich wegen der Unterschrift auf der Abstinenzübereinkunft gefragt. Bis heute Abend hatte ich das ganz vergessen." Sie sah Fabian, und ein entschlossener Ausdruck trat auf ihr Gesicht. „Ich schätze, ich rette ihn vor Louisa." Sie schnappte sich Fabians anderen Arm und zog ihn dann von Louisa weg.

Louisa sah ihnen düster nach, ließ Fabian aber ziehen und schloss sich einer anderen kleinen Gesellschaft an.

„Die arme Louisa hatte keine Chance", sagte ich.

„Willie sollte auf sich aufpassen", sagte Matt. „Sie wird sich mehr Feinde schaffen, als ihr klar ist, wenn sie weiterhin so aggressiv vorgeht."

Ich wandte mich zu ihm. „Was ist zwischen euch vorgefallen?"

„Nichts."

„Spiel mir doch nichts vor, Matt. Irgendwas stimmt nicht. Was ist es denn?"

Er presste die Lippen aufeinander.

„Sag es mir, Matt, oder ich frage sie."

„Es ist sinnlos, sie zu fragen. Sie glaubt, sie hat nichts falsch gemacht."

„Dann sag mir, was es ist, und ich kann den Vermittler spielen. Matt", fuhr ich ihn an, als er sich weiterhin weigerte. „Sag es mir einfach."

Er seufzte. „Es war etwas, das sie vor ein paar Tagen in der Kutsche gesagt hat."

„Fahr fort."

Sein Blick wich mir aus. Wären wir allein gewesen, hätte ich sein Gesicht in die Hände genommen und ihn gezwungen, mich anzusehen. Aber das konnte ich in der Öffentlichkeit nicht tun, darum drückte ich ihm nur fest die Hand.

Er seufzte erneut. „Es war, nachdem Carpenter zugegeben hat, dass er Amelia und Bunn zur Flucht aus London verholfen hat. Er behauptete, es getan zu haben, damit seine magischen Kinder eine Zukunft in Freiheit hätten. Willie hat in der Kutsche danach gesagt, dass Eltern so töricht sind, wenn es ihre Kinder betrifft, und sie sagte, du solltest keine haben."

Ich wartete, aber es kam nicht mehr. „Und?"

„Und das war einfach grausam, dir so etwas zu sagen."

„Es war nur ein Witz, Matt. Sie hat es nicht ernst gemeint."

„Es war nicht feinfühlig, wenn man bedenkt …"

„Wenn man was bedenkt?"

„Dass du noch kein Kind erwartest."

Ich nahm seine Hände in meine. Das reichte, um ihn dazu zu bringen, mich anzusehen. Sorge verdüsterte seinen Blick, aber ich war mir nicht sicher, ob es aus Sorge um mich war, oder weil wir noch kein Kind erwarteten und er sich Sorgen machte, dass es womöglich nie dazu kam.

„Solche Witze regen mich nicht auf, aber ich sehe, dass sie dich aufregen", sagte ich sanft. „Es ist schon gut, zuzugeben, dass du dir Sorgen machst, dass wir keine Kinder haben können, aber werde bloß nicht um meinetwillen wütend wegen einer so nebensächlichen Anmerkung."

Seine Finger klammerten sich an meine. „Ich mache mir keine Sorgen."

Ich stieß einen langen Atemzug aus. „Genauso wenig ich. Wir sind noch nicht lange verheiratet, und uns bleibt noch Zeit. Ich bin wohl kaum noch in Hopes Alter, aber ich bin auch nicht alt."

Seine Züge wurden weicher, und ich dachte, er würde mich gleich hier vor allen küssen. „Ich weiß."

„Wenn wir keine Kinder haben können, adoptieren wir welche."

Er dachte darüber nach, dann nickte er. „In der Stadt gibt es viele Waisen."

Ich lächelte, erleichtert, dass er dem Gedanken nicht abgeneigt war. „Wir werden vielen Waisen ein liebevolles Zuhause geben."

„Ihnen allen."

„Ich bin mir nicht sicher, ob selbst dein großes Vermögen so weit reichen kann, aber wir können es auf jeden Fall versuchen."

Er senkte den Kopf zu meinem. Ich dachte, er würde mir etwas zuflüstern, doch er küsste die Haut neben meinem Ohr. „Ich liebe dich, India."

„Und ich liebe dich. Jetzt geh und schließe Frieden mit Willie."

Er drückte mir die Hand, dann ging er pflichtergeben.

Fabian kam zu mir, und wir plauderten ganz zwanglos. Es gab zum Glück keine Spur von Enttäuschung über meine Entscheidung, aufzuhören, mit neuen Zaubern zu experimentieren. Ich wollte unbedingt mit Louisa über ihre kokette Art mit ihm reden, aber sie war zu beschäftigt damit, von Gruppe zu Gruppe zu rauschen. Als sie in unsere Richtung schaute, landete ihr Blick wieder auf Fabian. Sie ignorierte mich den Großteil des Abends lang.

Sie konnte mir allerdings nicht ewig entgehen. Ich wollte sie gerade abfangen, als Oscar um Ruhe bat. Er war Sir Charles Whittaker aus dem Weg gegangen, obwohl er etliche Blicke in seine Richtung geworfen hatte. Sir Charles schien es nicht aufzufallen.

„Darf ich um die Aufmerksamkeit aller bitten." Als alle Gäste zu Oscar schauten, räusperte er sich. „Ich habe eine Ankündigung zu machen. Ich schreibe kein Buch mehr über Magie."

Gemurmel füllte den Raum.

Hope beäugte Lord Coyle, doch seine Lordschaft starrte Oscar an, als wolle er in seine Gedanken eindringen und herausfinden, ob er die Wahrheit sagte oder nicht. Er hatte wohl einen Verdacht. Wenn man Oscars vehemente Begeisterung für das Buch in der Vergangenheit betrachtete, sollte wohl jeder Zweifel haben. Aber dem Nicken nach zu urteilen schienen die meisten zu glauben, dass er die Wahrheit sprach und die richtige Entscheidung getroffen hatte.

Mr. Delancey gehörte nicht dazu. „Weshalb nicht?", fragte er.

„Ich habe das Interesse verloren", sagte Oscar ausdruckslos.

„So unstet sind Sie doch nicht, Barratt."

Louisa trat neben Oscar. „Sehr wahrscheinlich kostet der Druck mehr, als wir mit den Verkäufen einnehmen würden. Es war eine wirtschaftliche Entscheidung, Mr. Delancey. Ich bin sicher, so etwas verstehen Sie."

Er verneigte sich leicht vor ihr. „Das auf jeden Fall."

Während des Austauschs versuchte ich, Sir Charles' Reaktion einzuschätzen. Er wirkte ganz locker, als hätte die Ankündigung keine Wirkung auf ihn. Bis er einen sehr schnellen und ziemlich verstohlenen Blick zu Lord Coyle warf.

Lord Coyle fiel es nicht auf, doch Hope blinzelte überrascht zurück. Hätte ich wetten müssen, hätte ich gesagt, dass sie nach einer Bestätigung gesucht hatte, dass Lord Coyle und Sir Charles sich insgeheim trafen und Informationen austauschten. Sie war sich vermutlich nicht sicher gewesen, dass wir die Wahrheit gesagt hatten, doch dieser Blick hatte sie überzeugt.

Ich war so sehr auf die drei konzentriert, dass mir Matt entging, der versuchte, meine Aufmerksamkeit auf sich zu ziehen, bis Willie mich mit dem Ellbogen anstieß und zu ihm hin nickte. Er zog die Augenbrauen fragend zu mir hoch.

Ich antwortete mit einem Nicken. „Entschuldigen Sie bitte alle", sagte ich über die leisen Unterhaltungen hinweg, die Oscars Ankündigung herbeigeführt hatte. „Ich würde Ihnen auch gerne etwas sagen."

Mrs. Delancey klatschte begeistert die in die Hände. „Oh, ich hoffe, es ist das, was ich glaube."

„Genug von diesem Geschwätz", fuhr Willie sie an. Es schien, als hätte Matt mit ihr geredet, und Willie hätte es ziemlich schlecht aufgefasst. „Ich brauche was zu trinken", murmelte sie düster, bevor sie in die Schatten zurückwich.

„Ich wollte Sie alle wissen lassen, dass ich keine weiteren Zauber mehr mit Mr. Charbonneau erschaffe."

Meine Ankündigung wurde mit lauterem Murmeln begrüßt als die von Oscar. Er wirkte über die meine Neuigkeiten genauso enttäuscht wie alle anderen. Es war allerdings seine Verlobte, die sich zu Wort meldete.

„Machen Sie sich doch nicht lächerlich, India", schnaubte

Louisa. „Sie wurden geboren, um Zauber zu schaffen. Es ist Ihr *raison d'être*.“

„Was für ein Reh?“, fragte Willie.

„Ich denke doch wohl gerne, dass ich andere Gründe habe, auf dieser Erde zu sein“, erwiderte ich schnippisch. „Ich bin mehr als eine Magierin, ich bin auch eine Frau, eine Ehegattin, Freundin ...“

„Sie sind eine mächtige Magierin.“ Louisa ging durch die versammelten Gäste, um sich vor mich zu stellen. Ihre wunderschönen blauen Augen wurden ganz scharf, als wolle sie ihr Argument in mich hineintreiben. „Sie sind die vielleicht stärkste von all denen, die noch übrig sind. Fabian kennt keine stärkere auf der Welt, und er sucht schon seit Jahren.“

Sie schaute zu Fabian, der nur dastand und sich nicht regte. Sie plusterte sich auf, als ihr klar wurde, dass er es bereits gewusst hatte und nicht betroffen schien.

„India, Sie haben eine Verantwortung vor anderen Magiern, die existierenden Zauber zu erweitern und neue zu schaffen“, fuhr sie fort.

„Nein, habe ich nicht!“

Sie neigte den Kopf und betrachtete mich, als wäre ich dumm. „Wirklich? Wenn Sie Ihre Blutlinie nicht stärken, dann ...“

„Wie bitte?“, stieß ich hervor.

„Ihre Kinder mit Mr. Glass werden schwächer sein als Sie, wenn sie überhaupt Magier werden. Mit einem talentfreien Vater könnten sie auch gut und gerne talentfrei bleiben. Und was, wenn deren Kinder ebenfalls Talentfreie heiraten? Sobald Sie weg sind, wird es nie wieder einen geben, der so stark ist.“

„Das wissen wir nicht.“

„Doch. So ist die Magie im Lauf der Jahrhunderte abgeschwächt worden. Eine Ehe mit einem Talentfreien hier, noch eine dort, und innerhalb von Generationen wurde die Magie geschwächt. Zusammen mit der Geheimhaltung, die wegen der Angst vor Verfolgung aufrechterhalten werden muss, ist es kein Wunder, dass Zauber vergessen wurden und einige magische Abstammungslinien völlig untergingen. Aber Ihre Magie ist stark, India, und mit dieser Kraft geht eine Verantwortung für die Zukunft einher. Falls Sie keine magischen Kinder haben, dann müssen Sie neue Zauber schaffen und diese Zauber auch teilen. Sie allein können das Instrument sein, das die Magie verjüngt und sie wieder an die Macht bringt."

„Das ist doch das ganze Problem", stieß ich hervor. „Die Macht. Die lässt sich zu leicht ausnutzen. Neue Zauber kann man stehlen, wenn man etwas Niederträchtiges tun will. Niemandem kann man vertrauen, diese Macht nicht auszunutzen, Louisa. Nicht einmal Ihnen."

„Das ist eine Entscheidung, die nur India fällen kann", sagte Fabian.

Louisa schüttelte den Kopf. „Aber ..."

„Sie hat recht. Es ist zum Besten."

„Fabian! Wie kannst du das sagen? Ausgerechnet du solltest doch versuchen, sie umzustimmen."

„Das habe ich versucht", sagte er. „Aber sie ist entschlossen, und ich muss ihre Entscheidung respektieren. Genauso wie du, Louisa." Er wandte seinen funkelnden Blick zu Coyle. „Sie alle."

Louisa stieß schnaubend Luft aus und marschierte weg, um mit einem der Bediensteten zu reden. Er öffnete die Tür, schaute hinaus und sprach mit jemandem. Einen Augenblick später gingen die Türen weit auf, weitere Bedienstete traten ein, beladen mit Tabletts voller Portwein und Sherrygläsern. Sie bot sie den Männern an.

Aus dem Augenwinkel sah ich, wie Mrs. Delancey geradewegs auf Willie zulief, während diese nach einem Glas griff. Willie hob es schnell und stürzte den Inhalt vor Mrs. Delanceys Augen hinunter, ein triumphierendes Glitzern in den Augen.

„Eine hübsche Ansprache, India", ließ sich Lord Coyles tiefe Stimme vernehmen. Er stand neben mir, Hope zu seiner Linken, ihre Hand lag leicht auf seinem Arm. „Aber wie viele in diesem Raum glauben Ihnen?"

„Weshalb sollten sie das nicht tun?", fragte ich.

„Gewissermaßen hatte Louisa recht. Magie ist vielleicht nicht Ihr *raison d'être*, aber sie ist auf jeden Fall eine Macht in Ihnen, die Sie nicht leugnen können. Sie will heraus."

„Unfug. Es ist noch kein Jahr her, dass ich entdeckt habe, dass ich eine Magierin bin, und nicht einmal habe ich das Gefühl gehabt, dass ich einen Zauber wirken muss, weder vorher noch seither."

„Sie wussten, dass etwas in Ihrem Leben fehlt, bevor Sie die Magie entdeckt haben, und Sie haben diese Abwesenheit tiefschneidend gespürt. Deshalb haben Sie fast Hardacre geheiratet."

Bei der Erwähnung meines ehemaligen Verlobten zog sich etwas in mir zusammen. „Ich hatte meine Gründe, ihn heiraten zu wollen, die nichts mit einer Leere zu tun hatten, die gefüllt werden musste. Falls Sie mir nicht glauben, dass ich das Zauberwirken wirklich aufgebe, ist das nicht meine Sorge." Ich drehte mich um, um zu gehen, blieb aber stehen. „Ich gratuliere übrigens zum Teppich. Ich bin äußerst verärgert, dass Matt Ihren Bedingungen zugestimmt hat. Dieser Teppich hätte zerstört werden sollen, sobald wir damit fertig waren. Ich hoffe, Sie halten Ihre Seite des Handels ein und lassen ihn in Ihrem Schrank bei Ihren anderen magischen Stücken."

Seine Antwort war eine Verbeugung.

„Natürlich lassen wir ihn sicher weggesperrt", ergänzte Hope.

Sie gingen, um sich den Delanceys anzuschließen, und ich suchte Matt auf, doch er besprach sich mit Sir Charles, darum beschloss ich, sie allein zu lassen und später herauszufinden, ob er von ihm etwas Wichtiges erfahren hatte.

„Ich glaube, es hat funktioniert", sagte Oscar, der zu mir trat.

„Was denn?", fragte ich.

„Meine Ankündigung. Ich denke, sie haben mir wirklich geglaubt, dass ich das Buch aufgebe."

„Was du natürlich auch tust. Oder nicht, Oscar?"

Er lächelte und nickte.

„Meine Verlobte ist recht wütend auf dich", sagte er.

Sein Blick suchte und fand sie am Kaminsims, wo sie mit Fabian eine ziemlich erhitzte Diskussion führte. „Armer Charbonneau", sagte er mit einem leisen Lachen. „Ich gehe ihn retten. Vermutlich erzählt sie ihm, er hätte versuchen sollen, dich dazu zu bringen, dir die Sache mit dem Aufgeben noch einmal zu überlegen. Dieser Gedanke entsetzt sie." Er lehnte sich zu mir und flüsterte mir verschwörerisch zu. „Ich will, dass du weißt, dass für mich nicht wichtig ist, wie du dich entscheidest, India. Ich stimme Fabian zu. Es ist deine Wahl. Wenn du mit einem unparteiischen Freund darüber reden willst, weißt du, wo du mich findest."

Ich dankte ihm, er war ein guter Mann, wenn er nicht darauf beharrte, sein Buch zu schreiben. Ich beobachtete, wie er ging, um einem Diener nachzujagen, der ein Tablett mit Gläsern trug. Sein Schritt schien irgendwie leichter, seine Schultern straffer. Die Entscheidung, das Buch aufzugeben, stand ihm gut. Tatsächlich hätte ich gesagt, so glücklich hatte ich ihn seit langer Zeit nicht mehr gesehen. Deshalb glaubte ich tatsächlich, dass er wirklich vorhatte, aufzuhören.

Louisa würde das nicht gefallen. Sie würde ihn dafür tadeln, und ihn enormem Druck aussetzen, damit er weitermachte. Armer Oscar. Er hatte es nicht verdient, so grausam von seiner Verlobten behandelt zu werden.

Als Fabian von Louisa wegging, fing ich sie ab. „Ging es in diesem Gespräch um mich?", fragte ich.

„Unter anderem."

„War eines dieser anderen Dinge das Buch?"

Sie hob das Kinn. „Das geht Sie nichts an."

„Haben Sie wieder mit Fabian geflirtet?"

Ihr Mund ging auf. „Wie bitte?"

„Ich weiß, dass Sie mit ihm geflirtet haben. Zum Glück ahnt Ihr Verlobter nichts." Ich beugte mich dichter heran. „Ich will, dass Sie aufhören. Es ist beiden gegenüber höchst ungerecht. Oscar hat es nicht verdient, und Fabian hat es auch nicht verdient, in diese Lage gebracht zu werden. Sie sind ehrbare, anständige Männer."

Sie warf ihre blonden Locken nach hinten, und ihre Augen blitzten. „Ich muss mich vor Ihnen nicht rechtfertigen."

„Oscar und Fabian sind meine Freunde."

„Wirklich?", fauchte sie. „Weshalb haben Sie Fabian dann so schrecklich enttäuscht?"

Über mein Entsetzen lächelte sie bedauernd. „Ich bin nicht diejenige, die sich entschuldigen sollte. Zumindest weiß ich, was ich tue. Ich glaube nicht, dass Sie sich bewusst sind, welchen Schaden Sie angerichtet haben."

Sie marschierte weg, und ich sprach den ganzen Abend lang nicht mehr mit ihr. Nicht mal, um mich zu verabschieden, als wir gingen.

„Dieser Abend war ein Martyrium", sagte ich, als wir uns in der Kutsche niederließen. „Aber zumindest ist er vorbei, und ich denke, die meisten haben mir geglaubt, als ich sagte, dass ich das Zauberwirken aufgebe."

„Sie haben dir geglaubt, aber es hat ihnen nicht gefallen", erklärte Matt. „Erwarte nicht, dass es Louisa duldsam hinnimmt."

„An ihr ist, glaube ich, nichts Duldsames", sagte die Frau, die im ganzen Raum immer am wenigsten duldsam war.

„Ich bin einfach nur froh, dass wir jetzt aufgebrochen sind", sagte ich.

„Ich auch. Mrs. Delancey ist auf dem Kriegspfad. Sie hat mir gesagt, ich würde in die Hölle kommen, wenn ich diese Abstinenzler-Erklärung nicht unterschreibe. Ich habe ihr gesagt, wenn es im Himmel keinen Alkohol gibt, dann will ich da sowieso nicht hin."

„Ich habe gesehen, wie du mit Sir Charles redest", sagte ich zu Matt. „Hast du es geschafft, etwas über ihn in Erfahrung zu bringen?"

Er schüttelte den Kopf. „Es zu gerissen. Er hat nichts herausgerückt."

Willie seufzte. „Heute Abend war reine Zeitverschwendung. Ich hätte zu Hause bleiben und in Frieden Whiskey trinken sollen. Inzwischen zuckt ja nicht mal mehr Letty mit den Wimpern. Meistens."

„Etwas Gutes ist herausgekommen." Ich lächelte sie an, und dann Matt. „Ihr beiden habt euer Problem gelöst."

Willie schrumpfte in die Ecke. „Das tut mir sehr leid", murmelte sie. „Ich wollte dich nicht beleidigen."

Ich tätschelte ihr Knie. „Ich weiß, und das hast du auch nicht."

„Es wird ein ziemlich volles Haus, wenn die Adoptivbabys eintreffen."

Ich lachte. „Sehen wir doch erst mal, ob ich nicht ein Kind bekommen kann."

„Darf ich da eine Bitte einbringen?"

„Ich bin mir nicht sicher, dass das so funktioniert", sagte Matt, der versuchte, nicht zu laut zu lachen.

„Könnt ihr eines nach dem anderen adoptieren? Ich muss mich anpassen, und ich schätze, für meine Nerven wird es leichter, wenn wir eins erst mal ein oder zwei Jahre haben, bevor wir noch eins bekommen."

„Wir?", wiederholte Matt.

„Ich ziehe nicht aus. Außerdem sind Kinder klein und brauchen nicht viel Platz. Ich schätze, wir können alle noch ein bisschen länger zusammen wohnen."

„Vielleicht überlegst du es dir nach dem ersten noch einmal und willst sie dicht hintereinander", sagte ich.

Sie rümpfte die Nase. „Ich mag Kinder nicht besonders."

„Wie kannst du denn Kinder nicht mögen?"

„*Eure* Kinder werde ich mögen", verbesserte sie rasch. „Ob adoptiert oder sonst wie, sie werden brav sein und sich gut benehmen. Die Kinder von anderen Leuten mag ich nicht."

„Was ist mit deinen eigenen? Ich bin sicher, die würdest du mögen."

„Meine wären die mit dem schlechtesten Benehmen der ganzen Nachbarschaft. Darum werde ich niemals Mutter werden. Kannst du dir vorstellen, wie ich Kinder aufziehe? Ich bin doch nicht reif genug, um mich um mich selbst zu kümmern, ganz zu schweigen von kleineren Versionen von mir. Nein, ich bin damit zufrieden, eure aufwachsen zu sehen. Und ich verspreche, ich werde sie nicht korrumpieren, bis sie mindestens sechzehn sind."

„Achtzehn", sagte Matt.

Sie hielt ihm eine Hand hin. „Abgemacht."

* * *

UNSER ERSTES GEMEINSAMES Weihnachtsfest in der Park Street war alles andere als zurückhaltend. Während wir in Brighton gewesen waren, hatten Duke und Cyclops im Salon einen Baum aufgestellt und Tante Letitia geholfen, ihn zu schmücken, obwohl sie den Stern aufgehoben hatten, damit ich ihn oben anbringen konnte. Die Äste des Baumes bogen sich unter dem Gewicht der Kerzen, Süßigkeiten und Verzierungen aus Glas, Wachspapier und Stoff durch. Tante Letitia hatte auch auf Stechpalmen in jedem Empfangszimmer und außerdem dem Flur und dem Speisezimmer bestanden.

„Es lohnt sich nicht, die Dinge halbherzig zu machen", sagte sie. „Nicht, wenn wir alle morgen tot sein könnten."

„Tante", tadelte Matt. „Woher kommen diese morbiden Gedanken?"

Sie wedelte seine Sorge weg. „Nicht morbide, nur praktisch." Sie reichte ihm ein Geschenk von unter dem Baum. „Jetzt öffne meines."

Wir tauschten unsere Geschenke am Vormittag aus, bis unsere Gäste zum Mittagessen kamen. Kriminalinspektor Brockwell reichte mir ein Paket, das mit blauem Band umwickelt war, als er eintrat. „Das ist beim Yard für Sie eingetroffen. Es kommt von Mr. Carroll."

„Dem Baumwollmagier?" Ich wickelte das Papier ab, wodurch ein kleines Nadelkissen zum Vorschein kam, auf dem in Goldfaden oben eine Taschenuhr eingestickt war. Winzige silberne und blaue Sterne kamen aus dem Zifferblatt der Uhr hervor, und die Kette war so ausgerichtet, dass sie meine Initialen bildete. Der Faden schien im Licht zu schimmern. „Das ist exquisit", sagte ich gehaucht.

Matt nahm eine Nachricht auf, die aus dem Paket auf den Boden gefallen war, und reichte sie mir.

„Mr. Carroll schreibt, dass ihm seine Ungehaltenheit kürzlich leidtut", las ich vor. „Er hat mir das als Entschuldigung gemacht." Ich strich mit den Fingern über das bestickte Zifferblatt. „Das ist magisch warm."

„Ich wusste es", erklärte Willie. „Ich wusste es, dass er die Stickereien anfertigt, nicht seine Töchter."

„Du hast die Stickerei bei Carroll zu Hause doch gar nicht gesehen", erklärte ihr Matt. „Wie ich mich erinnere, waren Brockwell und ich die Argwöhnischen."

Duke schniefte. „Ich kann ihm nicht vorwerfen, dass er gelogen hat. Kein Mann gibt zu, dass er in seiner Freizeit stickt."

„Cyclops ist ziemlich gut im Nähen", sagte Tante Letitia.

Cyclops wirkte nicht im Geringsten peinlich berührt, dass das vor allen erwähnt wurde.

Wir aßen mittags, dann entließ Matt alle Bediensteten, damit sie den Nachmittag mit ihren eigenen Familien genießen konnten. Ich war mir nicht sicher, was Mr. und Mrs. Bristow tun würden, da sie die einzige Familie waren, die sie jeweils hatten, aber es war auch nicht meine Angelegenheit, mich da einzumischen.

Wir hatten kaum begonnen, uns auf die Mince Pies, den Truthahn, die Kartoffeln, den Kürbis und die unzähligen weiteren Gemüsegerichte zu stürzen, als Chronos sich laut über den ganzen Tisch hinweg an mich richtete. „Warum gibst du die Magie auf, India?"

„Du gibst die Magie auf?", fragte Tante Letitia. „Aber India, meine Liebe, wie gehen deine Uhren denn dann noch richtig?"

„Ich gebe die Magie nicht auf", versicherte ich ihnen beiden. „Ich gebe das Zauberwirken auf."

„Ist das nicht dasselbe?", fragte sie.

„Nein. Unsere Uhren werden weiterhin ganz pünktlich sein, Tante."

„Was für ein Glück. Pünktlichkeit zeichnet einen guten Menschen aus."

Willie schnaubte, aber zum Glück saß sie zu weit weg, als dass Tante Letitia es gehört hätte.

„Du kannst es nicht aufgeben", fuhr Chronos fort. „Dazu bist du doch geboren."

„Unsinn", sagte ich.

„India, du kannst es nicht aufgeben. Es gibt niemanden sonst, der es kann." Er legte die Ellbogen auf den Tisch, was ihm ein Stirnrunzeln von Tante Letitia einbrachte.

„Es ist das Beste, wenn man bedenkt, wie viel Ärger die neuen Zauber anrichten", sagte ich.

„Nur weil der fliegende Teppich sich als zu gefährlich erwiesen hat, bedeutet es nicht, dass andere Zauber das auch sein werden. Nächstes Mal schafft doch einfach etwas weniger ..." Er wedelte mit der Gabel in die Luft. „Fliegendes."

„Fliegender Teppich?", wiederholte Tante Letitia.

„Ich wünschte, ich wäre dabei gewesen", sagte Lord Farnsworth mit verzogenem Gesicht. „Ich glaube, mir würde ein Flug ziemlich gefallen."

Ich funkelte Chronos an. Er zuckte nur die Schultern und nahm sich eine weitere Bratkartoffel. „Es ist nicht gerecht gegenüber Fabian", murmelte er.

„Nein, nein", erwiderte Fabian rasch. „Ich habe meinen Frieden mit ihrer Entscheidung gemacht, Chronos. Jetzt musst du das auch tun."

Chronos betrachtete ihn gleichmütig. „Mein Leben ist der magischen Recherche gewidmet, und der Suche nach Magiern, die mächtiger sind als ich. Du kannst doch nicht erwarten, dass ich das jetzt alles aufgebe."

„Ich habe mein Leben auch der Magie gewidmet", sagte Fabian mit ebensolcher Gravität. „Wenn ich Indias Entscheidung akzeptieren kann, dann kannst du das auch."

Chronos schnaubte. „Für dich ist es leichter. Du hast weniger Jahre damit verbracht als ich. Ich bin alt. Alte Menschen können sich nicht so verändern wie jüngere. Stimmt das nicht, Miss Glass?"

Tante Letitia legte ihr Messer und ihre Gabel ab, ihr Mahl war abgeschlossen. „Ich weiß nicht, weshalb Sie mich fragen. Sie sind sehr viel älter als ich."

Willie lachte leise und hob zum Salut ihr Weinglas.

Chronos wandte sich wieder an mich. „India …"

„Ich will nichts mehr darüber hören", sagte ich. „Du bist hier, weil du mein Großvater bist und es Weihnachten ist, aber fordere meine Großzügigkeit nicht zu sehr. Wir können dich genauso gut nach Hause schicken, bevor das Dessert kommt."

„Es gibt einen Nachtisch?", fragte Duke. „Ich dachte, da die Bediensteten schon nach Hause gegangen sind, wäre es das." Er deutete mit dem Messer auf die Teller. „Ich lasse wohl lieber mal Platz."

„Ich auch", sagte Cyclops, der nach einer weiteren Scheibe Truthahn griff.

Brockwell stand auf und hob sein Glas. „Ein Trinkspruch, wenn ich darf. Auf unsere Gastgeberin und unseren Gastgeber, Mrs. und Mr. Glass. Vielen Dank für Ihre Großzügigkeit."

„Ganz genau", rief Lord Farnsworth, bevor er sein Glas

austrank. Willie füllte es für ihn aus der Flasche auf, die Bristow in ihrer Reichweite hatte stehen lassen.

„Es ist doch keine Großzügigkeit, wenn es Familie ist", sagte Willie zu Brockwell. „Du warst inzwischen so lange hier, Jasper, du bist einer von uns."

Die Wangen des Inspektors wurden rot. „Oh. Das ist sehr freundlich. Wirklich sehr freundlich." Er hob noch einmal das Glas vor uns.

„Bin ich auch wie Familie?", fragte Lord Farnsworth.

„Du bist noch nicht so lange da wie Jasper", sagte Willie zu ihm, „aber wenn du hier weiterhin so oft auftauchst wie in letzter Zeit, bist du bald ein so vertrautes Gesicht wie dieses hässliche Gemälde einer Kuh im Wohnzimmer."

„Es ist nicht hässlich", sagte Matt zu seiner Verteidigung. „Ich mag Kühe."

Lord Farnsworth richtete sich etwas gerader auf, und das Lächeln wich den Rest des Tages lang nicht mehr aus seinem Gesicht. Na ja, eigentlich bis wir uns in den Salon zurückgezogen hatten, den Bauch voll, und unsere Herzen zufrieden.

Da brachte er die Angelegenheit mit Cyclops und Catherine auf. „Ich habe herausgefunden, wer es Catherines Eltern gesagt hat", fügte er von dort an, wo er am Kaminsims stand.

Cyclops war am Kamin eingedöst, doch nun fuhr sein Kopf hoch, und er zog die ausgestreckten Beine an. „War es Charity?"

„Nein. Es waren nicht Lord und Lady Rycroft oder irgendeines ihrer Kinder."

„Wer dann?", fragte ich.

„Ein Kerl, der Abercrombie heißt."

„Abercrombie!", riefen etliche Stimmen gleichzeitig.

Ich stöhnte. „Ich verabscheue diesen Mann."

„Sie kennen ihn?", fragte Lord Farnsworth.

„Er war der ehemalige Meister der Gilde der Uhrmacher", sagte ich. „Er hat mir das Leben zur Hölle gemacht, bis er vor ein paar Monaten aus dieser Position entfernt wurde."

„Warum will er mein Leben ruinieren?", fragte Cyclops.

„Weil du mit mir in Verbindung stehst", sagte ich.

„Und er will nicht, dass eine Uhrmacherfamilie wie die

Masons in Verbindung mit India kommen", sagte Matt. „Das würde ich zumindest schätzen."

„Ich schätze, er macht einfach nur gern Ärger", entgegnete Willie. „Ich denke nicht, dass es was Persönliches ist. Es liegt einfach in seinem Wesen, ein Arsch zu sein."

Tante Letitia warf ihr einen Blick zu. „Dieses Wort ist vulgär."

„Wir sollten Abercrombie zur Rede stellen", warf Duke ein. „Ihm sagen, er soll Cyclops in Ruhe lassen."

Cyclops schüttelte den Kopf. „Das ist sinnlos. Es wird die Dinge nur schwieriger machen. Außerdem bearbeitet Catherine ihre Eltern nach und nach. Vielleicht ist es etwas Gutes, dass sie von uns erfahren haben. Es war sowieso Zeit."

Ich lächelte ihn mitfühlend an. „Ich bin froh, dass du so empfindest. Alles wird gut werden, das siehst du schon. Mr. Mason wird glücklich sein, dass du seine Tochter mit deinem Gehalt bei der Polizei unterstützen kannst, und Mrs. Mason wird ihre Vorurteile zur Seite schieben, sobald sie dich kennenlernt."

Willie verschränkte die Arme vor der Brust. „Mir gefällt Dukes Idee besser. Wir sollten Abercrombie besuchen und ihn ein wenig verprügeln."

„Das habe ich gerade nicht gehört", sagte Brockwell, der sie mit erhobenen Augenbrauen anschaute.

Farnsworth schob sich vom Kaminsims weg und näherte sich Willie, die in einem der Sessel saß. „Du hast die Wette verloren, Willie, und du musst ein Kleid tragen, wenn wir nächstes Mal ausgehen."

„Ich habe sie nicht verloren! Du hast verloren."

Seine Unterlippe schob sich vor, während er versuchte, sich an die Unterhaltung zu erinnern. Nach einem Augenblick wackelte er mit dem Finger vor ihr. „Ich sagte, ich würde herausfinden, wer es den Masons verraten hat, und dann gewinne ich die Wette."

„Nein, die Wette lautete, du gewinnst, wenn du herausfindest, dass Charity es den Masons gesagt hat. Charity hat es nicht getan, also gewinne ich." Sie lächelte ihn triumphierend an. „Ich kann es nicht erwarten, dich in einem Kleid zu sehen. Irgendwas mit ganz vielen Schleifchen. Und es muss rosa sein."

„Aber das ist nicht gerecht. Ich hatte den Eindruck, dass ich die Identität des Schurken herausfinden muss. Ansonsten hätte ich aufgehört, nachdem ich erfahren habe, dass es nicht Charity war."

„Hast du das nicht lange herausgefunden, bevor du von Abercrombie gehört hast?"

„Nein, gleichzeitig."

Willie warf die Hände in die Luft. „Warum dann all die Aufregung? Du hast verloren, Farnsworth. Ich erwarte früh nächstes Jahr die Bezahlung."

Er seufzte. „Also gut. Aber ich kann kein rosarotes Kleid tragen. Mein Haar ist viel zu rot für rosa. Such dir jede andere Farbe aus."

Willie klatschte die Hände aneinander. „Ich kann es nicht erwarten."

Brockwell kam zu Lord Farnsworth, um ihm die Hand zu schütteln. „Großartige Detektivarbeit, mein Lord. Haben Sie je daran gedacht, Scotland Yard zu beraten? Wir könnten hin und wieder auf der nicht-magischen Seite der Dinge die Hilfe eines Adligen gebrauchen. Das Verbrechen ist nicht exklusiv die Spielwiese der niederen Klassen."

„Sie meinen Arbeit?" Lord Farnsworth wirkte, als hätte er etwas Fauliges gerochen. „Das könnte ich doch nicht."

„Der Gedanke, bezahlt zu werden, um Aufgaben zu erfüllen, ist vulgär für Leute wie uns", erklärte Tante Letitia dem Inspektor mit freundlicher Stimme. „Matthew wurde in Amerika aufgezogen, also ist er eine Ausnahme. Aber für Lord Farnsworth und seinesgleichen steht Arbeit überhaupt nicht zur Debatte."

Brockwell nickte langsam. „Ich verstehe. Danke, dass Sie mich erleuchtet haben, Miss Glass. Ich verstehe es jetzt ganz genau." An Lord Farnsworth gerichtet sagte er: „Wir müssten Sie ja nicht unbedingt bezahlen."

Lord Farnsworths Gesicht hellte sich auf. „Ach? Das rückt das Ganze natürlich gleich in ein ganz anderes Licht. Ich würde nur zu gerne Scotland Yard in verbrecherischer Angelegenheit beraten, die den Adel betrifft. Sie dürfen mich jederzeit aufsuchen, natürlich diskret. Ich kann ja nicht die Leute sehen lassen, dass die Polizei zu mir an die Tür kommt. Wie peinlich."

Ich legte mir eine Hand auf den Mund, damit ich mein Lachen verbergen konnte. Aber Matt fiel es auf. Er zwinkerte mir zu, dann grinste er.

Später, als unsere Gäste nach Hause gegangen waren und der Rest des Haushalts sich für den Abend zurückgezogen hatte, schmiegte ich mich im Bett an Matt. „Was hältst du von unserem ersten gemeinsamen Weihnachtsfest?", fragte ich.

„Einzigartig. Unterhaltsam. Wunderbar." Er zog mich auf sich und strich mir die Haare aus dem Gesicht. „Und wunderbarer, als ich es mir im Traum hätte vorstellen können."

Ich lächelte. „Das war es, oder nicht? Sogar Chronos hat sich benommen, nachdem er sich den Frust von der Seele geredet hat."

„Wir haben bereits eine wirklich unziemliche Brut", sagte er. „Bist du sicher, dass es eine gute Idee ist, da noch Kinder darunter zu mischen?"

„Ziemlich sicher. Wir brauchen mehr normale Leute in diesem Haushalt, die das Gleichgewicht wiederherstellen."

„Dann küss mich lieber mal, Mrs. Glass, denn wir werden versuchen, zusammen ein Baby zu machen."

Um Matts und Indias Geschichte weiterzulesen, suchen Sie nach:

DER FLUCH DES SPIELZEUGMACHERS
Buch 11 der Reihe Glass & Steele von C.J. Archer

Abonnieren Sie den Newsletter von C.J., um über neue ins Deutsche übersetzte Bücher informiert zu werden. Abonnenten erhalten außerdem einen exklusiven Zugang zu einer **KOSTENLOSEN** GLASS UND STEELE-Kurzgeschichte.
Abonnieren: WWW.CJARCHER.COM

HOLEN SIE SICH EINE KOSTENLOSE KURZGESCHICHTE.

Ich habe eine Kurzgeschichte zur Reihe *Glass & Steele* geschrieben, die vor DIE TOCHTER DES UHRMACHERS SPIELT. Sie heißt DAS SPIEL DES VERRÄTERS und folgt Matt und seinen Freunden ins Wildwest-Städtchen Broken Creek. Sie enthält Spoiler für DIE TOCHTER DES UHRMACHERS, das sollte man also vorher gelesen haben. Das Allerbeste ist aber, dass die Geschichte KOSTENLOS ist, exklusiv für Abonnenten meines Newsletters. Tragen Sie sich jetzt auf meiner Webseite ein, falls Sie das nicht bereits getan haben: WWW.CJARCHER.COM

Wenn Sie bereits Abonnent sind, finden Sie die Anleitung in meinem Newsletter.

EINE NACHRICHT DER AUTORIN

Ich hoffe, Ihnen hat **Die Komplizin des Entführers** genauso viel
Spaß gemacht wie mir beim Schreiben. Als Indie-Autorin ist es
für den Erfolg des Buches entscheidend, es bekannt zu machen.
Wenn Ihnen dieses Buch gefallen hat, sagen Sie es doch bitte
weiter und schreiben Sie eine Rezension in dem Shop, in dem Sie
es gekauft haben.

AUSSERDEM VON C. J. ARCHER

REIHEN MIT 2 ODER MEHR BÄNDEN

The Glass Library

Cleopatra Fox Mysteries

After The Rift

Glass and Steele

The Ministry of Curiosities Series

The Emily Chambers Spirit Medium Trilogy

The 1st Freak House Trilogy

The 2nd Freak House Trilogy

The 3rd Freak House Trilogy

The Assassins Guild Series

Lord Hawkesbury's Players Series

Witch Born

EINZELTITEL

Courting His Countess

Surrender

Redemption

The Mercenary's Price

ÜBER DIE AUTORIN

C.J. Archer begeistert sich für Geschichte und Bücher, seit sie denken kann, und wähnt sich glücklich, dass sie beides vereinen konnte. Sie verbrachte ihre frühe Kindheit in der dramatischen Schönheit des Outbacks von Queensland, Australien, lebt inzwischen aber mit ihrem Mann, zwei Kindern und einer frechen schwarzweißen Katze namens Coco in Melbourne.

Abonnieren Sie C.J.s Newsletter auf ihrer Webseite, um informiert zu werden, wenn sie ein neues Buch herausbringt: http:// cjarcher.com/deutsch/

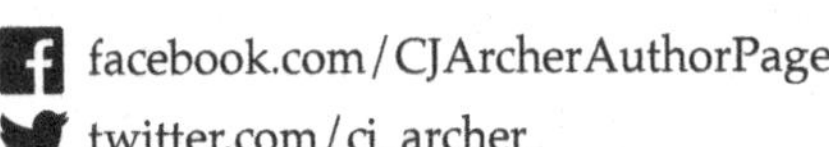

facebook.com/CJArcherAuthorPage
twitter.com/cj_archer
instagram.com/authorcjarcher